青海蒙古史诗研究

斯钦巴图 著

学苑出版社

图书在版编目（CIP）数据

青海蒙古史诗研究 / 斯钦巴图著. -- 北京：学苑出版社，2024. 10. --（中国史诗学丛书 / 斯钦巴图主编）. -- ISBN 978-7-5077-7064-3

Ⅰ．I207.22

中国国家版本馆 CIP 数据核字第 2024QT4223 号

出 版 人：洪文雄
责任编辑：陈　佳
助理编辑：余兴亚
出版发行：学苑出版社
社　　址：北京市丰台区南方庄 2 号院 1 号楼
邮政编码：100079
网　　址：www.book001.com
电子邮箱：xueyuanpress@163.com
联系电话：010-67601101（营销部）、010-67603091（总编室）
印 刷 厂：鸿博昊天科技有限公司
开本尺寸：710 mm × 1000 mm　1/16
印　　张：20.5
字　　数：301 千字
版　　次：2024 年 10 月第 1 版
印　　次：2024 年 10 月第 1 次印刷
定　　价：128.00 元

出版前言

中国各民族有形态各异、蕴藏丰富且传承悠久的史诗传统，在国际史诗版图中占据重要位置。中国史诗大体可分为两类：一类是南方少数民族史诗，主要以神话史诗为主，篇幅比较短小，大多以天地宇宙形成、人类起源等神话故事为叙述对象，并作为民俗仪式的一部分而存在，保持着古老的形态；另一类是北方少数民族史诗，主要以英雄史诗为主，以《格萨（斯）尔》《江格尔》《玛纳斯》"三大史诗"为代表，篇幅比较长，规模宏大，以英雄的征战、婚姻等历史事件为叙述对象，已脱离相关仪式而获得独立的传承形式，代表着史诗体裁的高度发达阶段。其中，中国"三大史诗"不仅传播于国内各民族民间，还传播到周边各国各民族民间，成为跨国界流传、多民族共享的史诗。

然而，我国各民族史诗的抢救保护、整理出版、分析研究工作起步很晚。无论在资料搜集还是在理论研究的开启时间上，均落后其他流传区国家几十年，甚至上百年。以《江格尔》为例，这部史诗主要流传于中蒙俄三国各民族民间。俄罗斯联邦卡尔梅克《江格尔》的抢救保护、搜集记录工作早于中国150年，于1802年开始，至20世纪40年代，记录出版了卡尔梅克《江格尔》30余部诗章的数十种异文，从而使其名扬世界，并成为与世界著名史诗齐名的伟大史诗。蒙古国记录该国《江格尔》可追溯至立国前的1901年，至1978年，共抢救记录了蒙古国《江格尔》25部诗章。而我国《江格尔》的正式搜集记录工作，是从1978年开始的。

虽然起步较晚，但我国各民族史诗研究的起点高、发展快。中国《江格尔》

的抢救记录工作启动后，从100多位艺人口中抢救记录了100余部独立诗章的300余部异文，迄今出版《江格尔》资料本、翻译本、文学读本60余部，推出了《江格尔》科学资料本。《格萨（斯）尔》搜集出版工作更是硕果累累，迄今出版资料本数百卷。至于讲述玛纳斯子孙八代英雄事迹的《玛纳斯》史诗，国外经100多年的搜集，记录下了玛纳斯祖孙三代英雄的前三部，而我国已记录了完整的《玛纳斯》八部。史诗资料记录出版工作的成就，带来了中国史诗研究的起步、发展和腾飞。而这些成就的取得，与党和国家的重视与大力支持是分不开的。

改革开放以来，党和国家一直很重视少数民族史诗的抢救和研究，先后将其列入国家社会科学"六五""七五""八五"重点规划项目。此后，中国社会科学院又将中国少数民族史诗研究列为"九五""十五"和"十一五"重点目标管理项目，保证了中国史诗学科不断开拓进取，攀登高峰，摆脱史诗在中国而话语权却在国外的尴尬局面，逐步掌握并开始引领中国少数民族史诗研究的话语权，为国家赢得了尊严和荣耀。在这个过程中，中国社会科学院史诗研究团队发挥了极其重要的作用。

中国社会科学院民族文学研究所的中国少数民族史诗研究，始于1980年该所成立之初。一开始便实行资料建设与科学研究并行、田野观察与理论建构相结合的思路。在资料建设方面，民族文学研究所史诗研究团队成员奔赴全国各地，经过多年的集体努力，搜集到了大量珍贵的资料，撰写了300多万字的田野考察报告和研究报告，内容覆盖了内蒙古、新疆、西藏、青海、甘肃、四川、广西、云南、贵州、黑龙江、吉林、辽宁、北京等13个省、自治区、直辖市的多个民族。在这些积累基础上，已出版210多种学术资料、14部工具书，其中有20多种是多卷本，有的甚至达几十卷本。如，仁钦道尔吉、朝戈金、旦布尔加甫、斯钦巴图主持的《蒙古英雄史诗大系》（4卷，2007—2010），降边嘉措主持的《藏文〈格萨尔〉精选本》（40卷、51册，民族出版社2002—2013），斯钦孟和主持的《格斯尔全书》（第1—12卷，民族出版社2002—2014），郎樱、次旺俊美、杨恩洪主持的《格萨尔艺人桑珠说唱本》（全套计50卷，西藏藏文古籍出版社2001—2014）等。

在理论研究方面，团队成立之初就承担"九五"国家级重点项目"中国史诗研究"，先后完成并出版发表了众多研究成果，开启中国少数民族史诗研究的序幕。尤其是《格萨尔》《江格尔》《玛纳斯》等中国"三大史诗"和南方史诗为研究内容的一系列研究成果——"中国史诗研究"丛书7部，更是奠定了中国社会科学院民族文学研究所史诗学科的国内领先地位。通过理论开拓与借鉴，结合长期田野调查，中国社会科学院民族文学研究所学者开始在中国少数民族史诗的综合研究、比较研究、传承研究以及史诗形成和发展规律的探讨方面显现出强大实力。截至20世纪末，出版了《江格尔论》《玛纳斯论》《格萨尔论》《南方史诗论》《民间诗神——格萨尔艺人研究》《蒙古英雄史诗源流》等标志性成果，全面系统地评价和描述了中国史诗的总体概貌、重点史诗文本、重要演唱艺人以及史诗文类的各种问题，为以后的研究奠定了基础。在此过程中，民族文学所老一辈学者做了开拓性、奠基性的工作。他们基于本土资料，努力引进和借鉴国外相关理论，公开翻译出版或内部编印方式国外史诗研究经典著作或文章，推动了中国史诗研究的深入发展。

进入21世纪以来，民族文学研究所史诗研究团队新一代学者开始挑大梁，积极引进和推介口头程式理论、民族志诗学、表演理论等理论方法，翻译出版《口头诗学：帕里-洛德理论》《故事的歌手》《荷马诸问题》《突厥语民族口头史诗：传统、形式和诗歌结构》等国外史诗理论经典，以"口头史诗文本研究""中国少数民族语言与文化研究""格萨（斯）尔抢救、保护与研究""柯尔克孜族百科全书《玛纳斯》综合研究"等10多项国家社会科学基金委托项目、重大项目、重点项目以及一般项目，院级重大项目和所级重点课题为依托，逐步建立起了具有中国特色的史诗学，出版了《口传史诗诗学——冉皮勒〈江格尔〉程式句法研究》《史诗学论集》《古代经典与口头传统》《鹰灵与诗魂——彝族古代经籍诗学研究》《蒙古史诗：从程式到隐喻》《〈玛纳斯〉史诗歌手研究》《诗性智慧与智态化叙事传统》等一大批成果，引领中国史诗学研究方向，成功实现了研究范式转型。

2017年开始，借助于中国史诗研究方面的丰厚积累和优势，民族文学研究所史诗学研究被列为中国社会科学院"登峰战略"优势学科。2023年2月，"中国史诗学团队"被评为"首届中国社会科学院优秀科研团队"。此次出版的"中国史诗学丛书"除了符拉基米尔佐夫的《蒙古卫拉特史诗》，收录的都是本学科团队成员的创新成果。我们希望继续发扬首届中国社会科学院优秀科研团队优良传统，保持和巩固总体学术优势和学科框架，加强基础理论研究，提炼标识性话语，加快推进"中国史诗学派"形成的步伐，明确方向，突出优长，形成合力，砥砺前行，奋力开创中国史诗学学科高质量发展的新境界。

斯钦巴图

2024年4月24日

目　录

绪　论 ·· 001
　　一、青海蒙古史诗的搜集整理出版 ··································· 004
　　二、青海蒙古史诗的研究 ·· 007
　　三、本书研究的问题 ·· 015
　　四、在青海的田野调查 ··· 017
　　五、索克生平 ·· 022

第一章　青海蒙古史诗传统的地域特征 ······························ 025
　　一、青海蒙古史诗的体裁特征 ··· 028
　　二、青海蒙古史诗传统的主题和题材特征 ························ 034
　　三、青海蒙古史诗传统的演唱曲目 ··································· 047
　　四、青海蒙古史诗传统的表演方式 ··································· 048
　　五、青海蒙古史诗传统的发展态势 ··································· 053

第二章　索克演唱的青海蒙古古老史诗 ······························ 057
　　一、《汗青格勒》史诗 ·· 060

二、《道力静海巴托尔》史诗 ……………………………… 076
三、《古南布克吉尔嘎拉》史诗 …………………………… 085
四、《七岁的道尔吉彻辰汗》史诗 ………………………… 092
五、《赫勒特盖贺萨哈勒》与《达兰泰老汉》 …………… 101
六、《阿努莫尔根阿布盖》史诗 …………………………… 106
七、《道勒吉延宝彦额尔德尼》史诗 ……………………… 112
八、青海蒙古英雄史诗与英雄故事的关系 ………………… 117

第三章　青海蒙古《格斯尔》及其索克唱本 ………… 125
一、蒙古《格斯尔》概述 …………………………………… 128
二、内容与北京木刻版相近的青海蒙古口传《格斯尔》… 129
三、内容与北京木刻版不同的青海蒙古口传《格斯尔》… 141

第四章　青海蒙古《格斯尔》与佛经故事 …………… 173
一、北京木刻版《格斯尔》与佛经故事 …………………… 175
二、《巴达拉希日布汗》与《阿尔塔希迪王子传》 ……… 189
三、《阿尔查希迪格斯尔台吉》与佛本生故事 …………… 198
四、《淖木齐莫尔根汗》与《玛尼巴达尔沁汗传》 ……… 201

第五章　索克的演唱艺术 ……………………………… 213
一、索克的诗歌艺术 ………………………………………… 216
二、即兴表演中创编诗行和争取思考时间 ………………… 233
三、索克的纠错技巧 ………………………………………… 238

附录 1　论民间文学记录整理者的身份流动及身份认同⋯⋯⋯245

附录 2　史诗《阿努莫尔根阿布盖》曲谱⋯⋯⋯⋯⋯⋯⋯271

参考文献⋯⋯⋯⋯⋯⋯⋯⋯⋯⋯⋯⋯⋯⋯⋯⋯⋯⋯⋯⋯309

后　记⋯⋯⋯⋯⋯⋯⋯⋯⋯⋯⋯⋯⋯⋯⋯⋯⋯⋯⋯⋯⋯317

绪 论

绪 论

居住在我国青海省的蒙古族，蒙古文史书称他们为青海和硕特蒙古，他们自称德都蒙古，清代史书称之为青海厄鲁特蒙古。17世纪30年代，藏传佛教的格鲁派和宁玛派之间发生冲突，原居住在新疆乌鲁木齐一带的蒙古族和硕特部首领固始汗，应格鲁派的请求出兵青藏高原，于1642年扶植格鲁派平息了战争，实际控制了青藏高原，并把这种状态保持了80余年，直到19世纪20年代清政府统一青藏高原为止。

今天的青海蒙古族遍布青海省各个地区，在海西蒙古族藏族自治州的乌兰县、都兰县、格尔木市、德令哈市，海南州河南蒙古族自治县，海北州海晏县等地都有聚居或散居。青海卫拉特蒙古族一部分使用本民族语言，一些与藏族杂居地区的卫拉特人同时也通藏语，而有的地方，例如河南蒙古族自治县的卫拉特蒙古族则大部分使用藏语。此外，现今甘肃省肃北蒙古族自治县的大部分蒙古族是青海卫拉特蒙古族的分支。

青海蒙古史诗传统是蒙古族史诗中一支富有地域特色的传统。在这里，不仅有很多传统而古老的中小型史诗，也有《格斯尔》这样规模宏大的史诗。据有关信息，青海蒙古史诗搜集记录工作的源头可追溯到17世纪，是以章嘉呼图克图从青海地区蒙古族史诗艺人口中记录《格斯尔》为开端的，当时北京木刻版《格斯尔》还没有出版。然而，这只是青海蒙古史诗搜集整理史上一个孤立的零星事件，真正意义上大规模搜集整理出版青海蒙古史诗，是从20世纪80年代才开始的。

003

一、青海蒙古史诗的搜集整理出版

青海蒙古史诗的最早搜集者是俄国旅行家波塔宁。他在《中国唐古特——西藏边缘和中央蒙古》（1893 年）里用俄文转述了青海卫拉特史诗《东吉毛劳姆额尔德尼》《好如勒岱莫尔根博克多》和《威伦汗》的内容。在国内，1956 年阿·太白、曹洛孟二人以俄文字符记录了肃北县蒙古族史诗《胡德尔阿尔泰汗》。这是确知的国内外最早的科学记录。根据民间传说，早在 17—18 世纪，蒙古高僧就从青海蒙古族民间记录了《格斯尔》史诗。

除了上述零星记录行为，真正意义上对青海蒙古史诗传统进行调查，从民间艺人口中大规模记录是 1978 年以后的事。是年春，达·哈丹宝力格从青海省海西州乌兰县艺人乌泽尔（敖德斯尔）口中记录了《汗青格勒》史诗。[1] 贾·伦图把这个文本转写成托忒蒙古文并发表在《汗腾格里》（1981 年第 4 期）。[2] 此后，西北民族学院（今西北民族大学）的苏荣、乌云毕力格，内蒙古师范学院（今内蒙古师范大学）的宝力格、那日苏，青海民族学院（今青海民族大学）的古·才仁巴力，内蒙古社会科学院的道荣尕、布和朝鲁，中国社会科学院少数民族文学研究所（今中国社会科学院民族文学研究所）的安柯钦夫，中央民族大学的乌力吉巴雅尔、萨仁格日勒，青海省海西州的才仁道尔吉、跃进（勒·乌苏荣贵）、才仁敦德布、乔苏荣等人均参与青海蒙古史诗的搜集记录。他们中有些人在业余时间出于兴趣爱好记录若干史诗，有的人如道荣尕、布和朝鲁、古·才仁巴力、萨仁格日勒、跃进、斯钦巴图等则走访多位艺人，记录多部史诗并整理出版发表，为青海蒙古史诗的抢救保护和研究做出重要贡献。他们采访的艺人有乌泽尔、勒格珠尔、达尔汗、尕旦、巴拉察克、毛浩尔、确德布、索克、诺尔金、色仁、达格玛、胡亚克图、拉合斡、古·曲力腾、金宝、道力格尔苏

---

1 萨仁格日勒：《青海蒙古史诗的搜集研究概况》，《内蒙古社会科学》（蒙古文版）2007 年第 4 期，第 25 页。
2 跃进主编：《青海蒙古族民间口头文学集锦》上册，呼和浩特：内蒙古教育出版社，2007，第 4 页。

荣、潘迪、乔格生等众多艺人，记录了 30 多部史诗之众多异文。

2005—2013 年，笔者曾 5 次在青海省海西州进行田野调查，采访了道丽格尔苏荣、索克、尼玛、胡亚克图、乔格生、布热等史诗艺人。搜集了青海蒙古史诗、故事，获得了丰厚的田野资料，仅从索克那里记录的史诗就有 20 多部。其中一部分史诗和故事已经整理发表，更多的还没有整理出版。

由于民间文学记录整理理论发展水平有限和受过民间文学专业训练的记录整理者缺乏，青海蒙古史诗记录整理工作中存在很多问题，用今天的眼光看，不够专业和科学。主要表现在只记录史诗文本，忽略相关语境资料和口述史的记录；用书面文学的眼光对待民间文学，对史诗异文缺乏正确认识，没有意识到"艺人每一次演唱都是一次创作"，从而有意避免"重复"搜集。例如，1982 年 6—7 月，道荣尕先生赴青海、甘肃两省蒙古族聚居区，搜集以《格斯尔》为主的口头文学资料。当他听说当地学者斯·窦布钦先生"已经将该地区（甘肃省肃北蒙古族自治县——引者）流传的民间文学毫不遗漏地进行了搜集记录，故没有在该地区再进行探查"[1]。这不仅真实地反映了当时民间文学田野作业缺乏正确的理论指导，更反映了当时国家财政困难情况下民间文学工作者的无奈选择。由于经费紧张且很多地区的民间文学还没有得到初步搜集，他们需要尽量把有限的经费投入到那些还没有搜集的地区。

虽然存在这样那样的问题，但在民间文学搜集整理者的共同努力下，青海蒙古史诗的记录整理出版工作取得了丰硕的成果，也出现了集结发表青海蒙古史诗的民间文学集。

首先应该提到的是内蒙古《格斯尔》工作领导小组办公室编印的内部资料集《格斯尔传——青海〈格斯尔传〉四章》（1984 年）、《青海〈格斯尔传〉（二）》（1986 年）和蒙汉对照版《青海格斯尔风物传说》（1984 年）。这是对道荣尕等学者搜集的青海蒙古《格斯尔》资料的汇编。[2]

---

[1] 乌·新巴雅尔著，牟妮译：《善福书翁道荣尕》，海拉尔：内蒙古文化出版社，2008，第 59 页。
[2] 有关道荣尕、安柯钦夫一行这次田野调查的详情请参阅乌·新巴雅尔著，牟妮译：《善福书翁道荣尕》，海拉尔：内蒙古文化出版社，2008，第 59—60 页。

1986年，齐·布仁巴雅尔、图格、却苏荣编印了三卷本《德都蒙古民间文学精华集》（内部资料），其中第一部分是《格斯尔》，收录了诺尔金演唱、却苏荣记录的《格斯尔》史诗篇章10部。第二部分收录青海蒙古史诗和英雄故事10部。

1989年，纳·才仁巴力搜集整理出版《英雄黑旋风》。收录《汗青格勒》《道力静海巴托尔》《艾尔瑟尔巴托尔》《宝尔玛汗的儿子宝玛额尔德尼》《道格森哈尔巴托尔》《古南布克吉尔嘎拉》《图古拉沁克布恩》等7部史诗和英雄故事。[1]

1998年，肃北县斯·窦步青搜集整理的《肃北蒙古族英雄史诗》[2]出版发行，收录韵文体的《汗青格勒》以及《道力静海巴托尔》两部史诗，散文体的《格斯尔》史诗7部篇章。

2003年出版、由跃进主编的《青海蒙古族格斯尔传说》，收录都兰县艺人诺尔金演述的《格斯尔》史诗篇章10部和德令哈市畜集乡艺人胡亚克图演述的《格斯尔》史诗篇章9部以及格斯尔传说故事94则。

2005年，玛·乌尼乌兰编著的《〈格斯尔传〉西蒙古变异本研究》一书由民族出版社出版发行，全书由第一编和第二编两部分以及附录构成。其中第一编是研究内容，第二编是《格斯尔传》西蒙古变异本的代表性作品。在这个部分，作为青海蒙古《格斯尔传》的代表性作品，编著者选录了上述跃进主编的《青海蒙古族格斯尔传说》中的诺尔金演述本10章。同时作为肃北蒙古族《格斯尔传》代表作，选用了斯·窦步青记录、肃北县女艺人扎吉亚演述的《格斯尔汗的故事》。

2007年出版、由跃进主编的上下两卷本《青海蒙古族民间口头文学集锦》[3]

---

[1] 纳·才仁巴力搜集整理：《英雄黑旋风》，海拉尔：内蒙古文化出版社，1989。此书版权页上虽然注明"纳·才仁巴力搜集整理"，但是书中有不少口头文本并不是纳·才仁巴力先生亲自搜集记录。
[2] 斯·窦步青搜集整理：《肃北蒙古族英雄史诗》（蒙古文），北京：民族出版社，1998。
[3] 跃进主编：《青海蒙古族民间口头文学集锦》（上、下册），呼和浩特：内蒙古教育出版社，2007。

第四部分和第十部分集中发表了包括《格斯尔》在内的青海蒙古英雄史诗和英雄故事。第四部分收录韵文体和散文体史诗共 25 部。其中韵文体 7 部，散文体 18 部。《青海蒙古族民间口头文学集锦》第十部分是青海蒙古口传《格斯尔》和格斯尔传说。包括前述诺尔金演述的《格斯尔》史诗篇章 10 部、胡亚克图演述的《格斯尔》篇章 9 部、曲力腾演述的《格斯尔》篇章 4 部，以及其他艺人演述的《格斯尔》史诗 5 个篇章。

2007—2009 年，仁钦道尔吉主编出版了《蒙古英雄史诗大系》1—4 卷，其中发表由笔者记录整理的青海蒙古史诗 10 部，萨仁格日勒记录整理的史诗 4 部，以及由其他人记录整理的肃北蒙古史诗若干部。

2017 年，笔者记录整理出版了《青海蒙古〈格斯尔〉索克唱本》，其中发表了索克演述的《格斯尔》3 部篇章。

青海蒙古史诗、英雄故事的搜集、出版发表情况大致如此。需要说明的是，虽然集结出版青海蒙古史诗的刊物和书籍较多，但是出版物之间相互转载、抄录现象严重，重复发表的的史诗不少，因而每部集子新刊登的史诗或英雄故事相对较少。同时，从当今民间文学记录整理的科学规范要求衡量，有很多记录整理文本是存在这样那样的缺陷的。但无论如何，我们现在能够依据这些已出版的资料，对青海蒙古史诗进行整体描述和分析研究，这就足够了。

二、青海蒙古史诗的研究

与青海蒙古史诗的搜集、出版发表相比，对它的研究更加滞后，迄今公开发表或出版的专门研究青海蒙古史诗的论著寥寥无几。这与进行得轰轰烈烈、如火如荼的新疆卫拉特史诗研究相差甚远，不能不说是遗憾。

对青海蒙古史诗的研究，也是从中国实行改革开放政策以后才开始。之前虽然有 18 世纪青海蒙古族著名学者颂巴堪布伊希班觉对《格斯尔》的一番研究，但那是个历史上的孤立现象，没有被继承和发扬光大，所以从那以后的 200

年间，没有人再对青海蒙古史诗进行过研究。

　　说到改革开放后对青海蒙古史诗的研究，还是从仁钦道尔吉的研究开始。1980年，他写了一篇题为《关于巴尔虎史诗的起源、发展与变异》的论文，并于当年在联邦德国首都波恩举行的第三届蒙古史诗国际研讨会上宣读。论文中他首先提到我国巴尔虎、布里亚特、扎鲁特、科尔沁、阿巴嘎、苏尼特、察哈尔、乌拉特、鄂尔多斯、肃北、青海、新疆等地都发现有蒙古史诗，接着把我国蒙古史诗流传地带划归三大史诗带：（一）从内蒙古东部的巴尔虎到西部的鄂尔多斯的纯牧业地区史诗带；（二）新疆、甘肃等地的卫拉特史诗；（三）半农半牧的扎鲁特-科尔沁史诗带。[1]显然，在这里他把青海蒙古史诗划归卫拉特蒙古史诗带。这也是国内第一次从内容、形式和体裁上确认青海-甘肃卫拉特史诗同新疆卫拉特史诗之间的亲缘关系。1985年，他发表题为《探寻蒙古史诗的发祥地》（蒙古文）的论文。文中作者在自己提出的我国蒙古史诗三大流传带上加上符拉基米尔佐夫、宾·仁钦等提出的国外蒙古史诗四大中心[2]，提出国际蒙古史诗七大中心说。并且说这七大中心的史诗传统分别属于三大体系：卫拉特体系、布里亚特体系、喀尔喀-巴尔虎体系。这样，青海蒙古史诗被划归卫拉特体系中的中国卫拉特史诗带。在此后出版发表的论著中作者都坚持了这样的划分并逐步进行完善。[3]在《蒙古英雄史诗源流》总论中，仁钦道尔吉探讨了青海-甘肃蒙古史诗的地域和部族特征。他写道："根据其内容、形式和风格看，它们（指青海、肃北蒙古史诗——引者）都是和硕特史诗，属于卫拉特史诗体系。和硕特史诗与新疆卫拉特史诗的共性可能形成于15世纪上半叶至17世纪20年代和硕特人在乌鲁木齐一带生活的200年间。和硕特史诗的艺术风格、语言特

1　见于仁钦道尔吉：《蒙古民间文学论文集》（蒙古文），北京：民族出版社，1986，第174—176页。
2　鲍·雅·符拉基米尔佐夫提出的蒙古史诗四大中心包括俄罗斯卡尔梅克地区、俄罗斯布里亚特地区、蒙古国西部卫拉特地区、蒙古国喀尔喀地区。
3　这些论者包括《中国少数民族英雄史诗〈江格尔〉》（汉文），杭州：浙江教育出版社，1990，1995，第142—148页）、《〈江格尔〉论》（汉文，呼和浩特：内蒙古大学出版社，1994，第99—108页；1999，第115—125页）、《蒙古英雄史诗源流》（汉文，呼和浩特：内蒙古大学出版社，2001，第42—47页）。

色和程式化的诗句与新疆卫拉特史诗相似，但是迄今为止，在二者中没有发现同名相同内容的史诗或同一史诗的异文。很奇怪的是青海和硕特史诗与遥远的蒙古国西北部乌布苏省的巴亦特史诗和杜尔伯特史诗有一定的联系。如在青海和肃北广泛流传的最有代表性的史诗是《胡德尔阿尔泰汗》或《汗青格勒》，被称为和硕特民间文学名著。在毗邻的新疆卫拉特人中尚未发现它的异文，可是史诗《汗青格勒》在巴亦特人和杜尔伯特人中广泛流传。尽管它的内容不同，但是勇士的名字汗青格勒和马名哈萨嘎·陶哈勒（哈萨嘎·陶亚罕）相似。再如青海省乌兰县的牧民哈希嘎讲述的史诗《宝尔玛汗的儿子宝玛额尔德尼》也同巴亦特同名史诗的内容很相似。这是特别重要的信息，说明了早在'四卫拉特联盟'时期的和硕特部与杜尔伯特部、巴亦特部之间的密切联系。在青海和肃北的和硕特史诗中已发现的有婚事型单篇史诗、婚事加征战型串联复合史诗以及反映家庭斗争型史诗。和硕特史诗的数量少，除了《汗青格勒》以外的其他史诗处于被遗忘的过程中，散文化和故事化倾向比新疆卫拉特史诗还严重。青海史诗中，尤其是在《道力静海巴托尔》中佛教影响和藏语词汇较多，这是和硕特人的生活环境所决定的。青海的英雄故事多，有的已经变成了韵文体，被看作英雄史诗。除了和硕特史诗的部族特征和地方特色，其他方面与新疆卫拉特史诗相同。"[1] 在该书下编"文本论"第七章，作者还对《征服七方敌人的道力静海巴托尔》《汗青格勒》（或《胡德尔阿尔泰汗》）《宝尔玛汗的儿子宝玛额尔德尼》《艾尔色尔巴托尔》《道格森哈尔巴托尔》等青海、肃北蒙古史诗多种异文做了介绍，并对它们进行了文本比较。[2]

改革开放以后对青海蒙古史诗进行具体研究的，属青海民族学院（今青海民族大学）的古·才仁巴力。他曾于1983年在海西州蒙古族地区进行田野调查，访问乌泽尔等著名艺人，记录了他们演唱的《汗青格勒》《格斯尔》等史诗。他根据自己在田野作业中获取的资料以及当时其他人发表的相关资料，对青海蒙古口传《格斯尔》率先进行研究，发表了题为《青海蒙古〈格斯尔〉简论》的

---

[1] 仁钦道尔吉：《蒙古英雄史诗源流》（汉文），呼和浩特：内蒙古大学出版社，2001，第62—63页。
[2] 同上书，第131—151页。

论文，认为青海蒙古族口传《格斯尔》与其他地区蒙古族《格斯尔》一样，与藏族《格萨尔》有着密切的关系，同时，与其他地区流传的《格斯尔》相比，青海蒙古《格斯尔》受《格萨尔》的影响更深，但也都浸透着蒙古族艺人们的创造，来自蒙古族古老史诗传统的影响清晰可辨。他还认为，青海蒙古族另一部分《格斯尔》史诗篇章是"蒙古史诗艺人们新创造的"，这部分《格斯尔》"与传统蒙古史诗及其他史诗密切相关"。他还举出蒙古族艺人如何把传统的故事情节改编成《格斯尔》故事的种种实例。[1]古·才仁巴力在题目叫《青海蒙古史诗的来源与发展变化》的论文中把视角从青海蒙古口传《格斯尔》扩大到了整个青海蒙古史诗传统，认为青海蒙古史诗有三个基本种类，第一种是传统的蒙古史诗，第二种是源自藏族史诗的史诗，第三种是在佛教经典基础上创作的史诗，三种类型代表着青海蒙古史诗传统的三个发展阶段，而第三个发展阶段中产生的源于佛教经典的史诗不见于其他任何地区的蒙古史诗传统，反映了青海蒙古史诗传统发展的重要转折。作者就青海蒙古史诗的归属发表了自己的看法，认为"无论从内涵和结构任何方面看，把青海蒙古史诗划归卫拉特史诗范围内是不太恰当的"[2]。关于古·才仁巴力先生的研究，中央民族大学的萨仁格日勒教授有如下评论："古·才仁巴力教授作为青海本土学者，对青海蒙古史诗进行较全面的研究，准确而又有根据地概括了青海蒙古史诗的来源和特点。"[3]笔者赞同这样的评价。的确，综观迄今为止的青海蒙古史诗研究，古·才仁巴力基本准确地描述了青海蒙古史诗在题材内容上的特点、与相关文化传统的关系以及其发展变异过程。

在青海蒙古史诗研究方面，乌·新巴雅尔也发表了几篇论文，涉及青海蒙古口传《格斯尔》的搜集整理出版史、蒙藏《格斯（萨）尔》的关系、青海蒙

---

[1] 古·才仁巴力：《青海蒙古〈格斯尔〉简论》，《蒙古语言文学》1986年第1期；另见于中国社会科学院民族文学研究所编：《〈格斯尔〉论集》，呼和浩特：内蒙古人民出版社，2003，第254—261页。

[2] 古·才仁巴力：《青海蒙古史诗的来源与发展变化》，《蒙古语言文学》1986年第5期。

[3] 萨仁格日勒：《青海蒙古史诗的搜集整理研究概况》，《内蒙古社会科学》（蒙古文版）2007年第4期。

古口传《格斯尔》与其他蒙古《格斯尔》之间的关系、青海蒙古《格斯尔》的种类等方面。后来，他把自己发表过的有关《格斯尔》的论文汇编成册出版。他认为，"青海蒙古口传《格斯尔》可分为两种，一种是来源于书面而口头叙述的《格斯尔》故事，另一种完全是由民间艺人口头传播和创编的史诗韵文体《格斯尔》，这种《格斯尔》中既有与书面《格斯尔》相似内容的篇章，也有与之完全不同内容的篇章"[1]，"青海省蒙古族聚居区是蒙古《格斯尔》的最初流传地"[2]。

巴·布和朝鲁在多次田野工作基础上发表了《大河源上观巨流——再谈柴达木蒙古〈格斯尔〉之特性及其典型意义》的论文，探讨了青海蒙古格斯尔奇、与《格斯尔》中的《锡莱高勒之战》有关的文化遗迹、《格斯尔》与民族宗教历史、《格斯尔》传说与风物、《格斯尔》与蒙古民俗、柴达木蒙古《格斯尔》的三种基本类型等一系列问题。[3] 其中，他提出青海蒙古《格斯尔》有如下三个基本类型：始终围绕格斯尔英雄事迹展开故事情节的篇章、在格斯尔英雄群体中增加一些英雄人物并围绕他们的英雄事迹展开故事情节的篇章、在格斯尔化身名目下，把一些本来与《格斯尔》毫无相关的史诗纳入《格斯尔》史诗集群的篇章等三种类型。他认为，青海蒙古《格斯尔》是在浓厚的"格斯尔文化"氛围中形成、保存和传承下来的。这种文化氛围表现在与格斯尔相关的古迹、格斯尔风物传说、同一地域其他民族《格萨（斯）尔》传统》。

玛·乌尼乌兰的《〈格斯尔传〉西蒙古变异本研究》[4] 一书，在第一编第二、第三部分专门探讨了青海蒙古族和肃北蒙古族中流传的《格斯尔传》。他对诺尔

---

1 乌·新巴雅尔：《蒙古〈格斯尔〉探究》，呼和浩特：内蒙古教育出版社，2002，第104—105页。
2 同上书，第79页。
3 巴·布和朝鲁：《柴达木田野调查报告（1985、1988、2001）》，中国社会科学院民族文学研究所编：《〈格斯尔〉论集》，呼和浩特：内蒙古人民出版社，2003，第137—176页；巴·布和朝鲁：《大河源上观巨流——再谈柴达木蒙古《格斯尔》之特性及其典型意义》，载于中国社会科学院民族文学研究所主办，2007年8月在吉林省前郭尔罗斯举行的"中国蒙古文学与文化国际学术讨论会"论文汇编。
4 玛·乌尼乌兰编著：《〈格斯尔传〉西蒙古变异本研究》，北京：民族出版社，2006。

金演述的《格斯尔传》10部篇章展开研究，主要与北京木刻版《格斯尔》比较，指出了"诺尔金演述的《格斯尔》虽然基于北京木刻版《格斯尔》第一、第四、第五章被创作，但是受青海蒙古传统的民间故事和艺人们的现代思维影响而新增一些内容，形式上具有民间故事特征，语言通俗易懂、朴实无华，可以说是著名格斯尔奇诺尔金的再创作品"[1]。他还对青海蒙古另一位著名艺人胡亚克图的《格斯尔》九部篇章和诺尔金演唱的《格斯尔》之间进行详细比较，指出"胡亚克图一方面以北京木刻版《格斯尔》第一、第二、第四、第五、第六、第七章的故事情节为基础，另一方面创造性地利用《汗青格勒》等青海蒙古英雄史诗和民间故事以及甘肃蒙古族《格斯尔》和民间故事，创编了自己的《格斯尔》"[2]。关于青海《格斯尔》及关于格斯尔的故事传说的来源，他认为"居住在青海的蒙藏民族杂居区并蒙藏语言兼通的民间艺人们，是把藏族《格萨尔》的素材不断地引进到蒙古民间的功臣。他们听藏族艺人的演唱，然后用蒙古语给蒙古族民众演唱，在此过程中根据蒙古社会经济、民俗、文化的实际，对其加以增减加工甚至创作出新的篇章，于是形成了既与藏族《格萨尔》相似又有很大区别的青海蒙古《格斯尔》"[3]。他还对甘肃肃北蒙古《格斯尔》进行了文本比较[4]。

萨仁格日勒在搜集发表青海蒙古史诗的同时，从2005年起承担国家社科基金项目"德都蒙古史诗文化研究"，已发表《青海蒙古史诗的搜集研究概况》[5]、《试论史诗〈道里静海巴图尔〉的宗教文化特征》[6]两篇论文。在后一篇论文中，作者从蒙古族萨满教和佛教等宗教信仰观念如何对蒙古史诗产生作用的角度展开研究，在列举史诗《道里静海巴图尔》中萨满教文化的种种表现后，再探讨了佛教文化在其中的穿插表现。关于两种宗教文化在同一部史诗文本中的对立

---

[1] 玛·乌尼乌兰编著：《〈格斯尔传〉西蒙古变异本研究》，北京：民族出版社，2006，第78页。
[2] 同上书，第85页。
[3] 同上书，第91页。
[4] 同上书，第95—104页。
[5] 萨仁格日勒：《青海蒙古史诗的搜集研究概况》，《内蒙古社会科学》（蒙古文版）2007年第4期。
[6] 萨仁格日勒：《试论史诗〈道里静海巴图尔〉的宗教文化特征》，《中央民族大学学报》（哲学社会科学版）2007年第1期。

与交融的原因,她认为,"虽然不同宗教的教义相差甚远,它们所包含的文化内涵也并不相同","宗教本身的纯正教义与信徒大众所理解的意义之间相差悬殊",但是,"作为宗教,萨满教和佛教都有某些共同的因素,其信奉者也有某些共同的心理因素","信教群众按照自己的理解赋予宗教以特殊意义",所以,"不同的宗教在大众化过程中也相互影响,相互融合,产生一些混合概念",因而"大众文化中有时候很难区分不同宗教的严格的分界线",故而在史诗中,萨满教和佛教文化交替出现也就不难理解。最后总结说:"蒙古史诗是蒙古先民们创造的古老艺术","体现的是蒙古族古老的萨满教意识","是蒙古族先民原始生存斗争的风俗画和他们的原始思维方式及行为方式的重塑","在史诗中,宗教话语的交替和替换,源自史诗传播的时代性特点","史诗叙事语言的变化,是史诗适应时代语境,并获得生命力和传承的一种策略或自我调适"过程,"史诗尽管世代相传,其叙事会有很大变化,但构成史诗基本框架的英雄行为及其与生活环境和神的关系,是其相对稳定的部分。因此分析英雄行为同英雄生活环境的关系,分析英雄行为同神的实质关系,分析英雄行为和叙事语言的矛盾,理应成为梳理史诗文化积层的基本方法"。笔者认为,萨仁格日勒关于史诗的稳定传承成分和易于流变的部分的论述、宗教教义大众化过程与各种宗教的交汇融合方面的论述,都有独到之处,值得借鉴。

笔者2007年起在自己的田野工作基础上承担了中国社会科学院重点课题"青海蒙古史诗研究"。在2006年出版的《蒙古史诗:从程式到隐喻》[1]一书第一章涉及了青海卫拉特史诗。其中简单介绍了青海蒙古史诗传统的现状、主要的史诗演唱艺人及他们的演唱篇目等等,然后根据青海卫拉特史诗传统较之其他地区卫拉特史诗传统的特殊性,提出了应把青海卫拉特史诗列为蒙古史诗一个重要的分布中心的观点。并提出了如下几点支持这种观点的依据:1.青海卫拉特史诗非常丰富,它与新疆卫拉特史诗之间还存在着重大的差异。青海卫拉特蒙古的艺术风格、语言特色和程式化诗句与新疆卫拉特史诗相似,但是演唱曲目上二者相差甚远,青海蒙古史诗艺人们并不知道新疆卫拉特地区流传的史诗,

---

[1] 斯钦巴图:《蒙古史诗:从程式到隐喻》,北京:民族出版社,2006。

因而迄今为止，在二者间发现的同名相同内容的史诗或同一史诗的异文极少[1]。2.在青海卫拉特人中间，对史诗有特别的理解，导致那里的史诗传统中有很多新疆卫拉特史诗传统所没有的因素出现，这使得青海卫拉特史诗在题材、形象、形式各方面均有自己的特色。这说明，青海卫拉特史诗已经发展成区别于新疆卫拉特史诗的史诗传统[2]。3.在青海（包括甘肃肃北）蒙古族地区史诗传统中，用散文形式还是用韵文形式，并不成为判断它所表演的是史诗还是英雄故事的标准[3]。4.在青海卫拉特地区无论韵文体还是散文体不能成为区分英雄史诗和英雄故事的标准，而且是否用曲调也同样不能成为区分它们的一个标志[4]。5.如同在卡尔梅克地区、新疆卫拉特地区《江格尔》史诗有绝对影响那样，在青海卫拉特地区史诗《格斯尔》的影响特别重要，在它的影响下，青海卫拉特蒙古史诗传统中出现了一切史诗都向它靠拢的倾向[5]。这种倾向明显地表现在，许多与《格斯尔》无关的史诗英雄被说成是格斯尔的英雄，或者被说成是格斯尔的化身，于是许多本来与《格斯尔》无关的史诗都被说成是《格斯尔》史诗的一部分。正是由于这个原因，青海卫拉特蒙古《格斯尔》史诗形成了自己的三种基本类型：始终围绕格斯尔英雄事迹展开故事情节的基本型；在格斯尔英雄群体中增加一些英雄人物并围绕他们的英雄事迹展开故事情节的扩展型；在格斯尔化身名目下，把一些本来与《格斯尔》毫无相关的史诗纳入《格斯尔》史诗集群的附着型。这三个基本类型中，第一种类型是传统的和典型的《格斯尔》史诗。第二种类型的《格斯尔》史诗篇章基本上是由青海卫拉特其他史诗改编而成。第三种类型的《格斯尔》篇章应该说纯粹就是独立于《格斯尔》史诗的青海卫拉特传统史诗。由此，青海卫拉特史诗整体上表现出了《格斯尔》中心型史诗带特征。这与《江格尔》中心型的新疆卫拉特史诗形成鲜明的对照[6]。虽然

---

1 斯钦巴图：《蒙古史诗：从程式到隐喻》，北京：民族出版社，2006，第37页。

2 同上书，第37—38页。

3 同上书，第92页。

4 同上书，第93页。

5 同上书，第94页。

6 同上书，第94—95页。

当时还没有进行深度探究，相关问题的论述也显得很凌乱，但所提出的观点还是基本符合青海蒙古史诗实际的。在本书研究中，我们会在此基础上进一步探讨相关问题。

以上学者关于青海蒙古史诗的研究基本上都是宏观性研究。他们把青海蒙古史诗作为一个整体，考察其起源、发展阶段、地域文化特征、彼此联系、类型特点，等等，为青海蒙古史诗研究的深入发展奠定了基础。

除了上述学者的宏观性研究，还有部分学者的个案性研究。其中最具代表性的是西北民族大学的道·照日格图的《〈汗青格勒〉史诗研究》[1]。作者利用从国内搜集的7个文本和蒙古国西部卫拉特人中记录的2个文本，探讨了《汗青格勒》史诗的产生发展、流传演变以及基本特征。此外，近些年来国内科研院校的部分研究生以青海蒙古史诗的研究论文取得了硕士、博士学位。还有一些论文涉及了某个史诗某方面的问题或者探讨了某个母题，我们在相关问题的讨论中将提及它们，故在此不做专门介绍。

三、本书研究的问题

本书所称青海蒙古史诗，顾名思义，就是居住在我国青海省的蒙古族史诗。在我国，东从兴安岭西至天山南北，北起内蒙古高原南至青藏高原的广大地区，在内蒙古、新疆、青海、甘肃、辽宁、吉林、黑龙江、河北等地均有蒙古族聚居区。其中，内蒙古、新疆、青海、甘肃等地的蒙古族均保留着活态史诗传统。因此，青海蒙古史诗，是中国蒙古族史诗传统中一个地方性分支传统。蒙古族还是一个跨国界分布的民族，主要分布在中国、蒙古国及俄罗斯联邦，地域跨度东起中国黑龙江，西至欧洲伏尔加河畔，北起西伯利亚贝加尔湖周边，南至中国青藏高原，几乎覆盖了欧亚草原丝绸之路。这三国境内蒙古语民族因族源、历史、文化的紧密联系，他们的史诗传统也在内容和形式、主题和题材各方面

---

[1] 道·照日格图：《〈汗青格勒〉史诗研究》，呼和浩特：内蒙古人民出版社，2001。

均有高度相似性。

　　与此同时，因分布的地理—空间、从事的生产生活方式、宗教信仰、各民族之间的文化交流交融等因素，各国各地蒙古族史诗也形成了各自的地域特点。这种地域特点在我国蒙古族史诗中尤为突出。例如，在内蒙古东北部呼伦贝尔的巴尔虎－布里亚特史诗，因与邻近或杂居的达斡尔族、鄂伦春族、鄂温克族、满族的文化交流，形成了具有浓烈萨满英雄故事特点的短小英雄史诗；在东部扎鲁特－科尔沁地区，蒙古族英雄史诗传统又与汉族说唱文学相结合，产生了富有地方特色的扎鲁特－科尔沁史诗；在青海蒙古族地区，则在保持自己传统的同时与邻近藏族、土族、裕固族等民族接触而发展出了富有佛教文化特色的青海蒙古史诗。当然，这只是一个感性判断，要探究每个地区蒙古史诗传统的地域特色，深化对蒙古史诗传统的认识和理解，就需要从更多角度切入，运用更多资料，从宏观到微观、从整体到个案，深入细致地进行探讨才有可能达到预期目标。

　　为此，本书将青海蒙古史诗放在国内甚至国际蒙古史诗广阔语境中探究其所具有的地域性特征。在这里，有两个维度特别重要。一是青海蒙古史诗对自身古老传统的继承和发展过程。另一个是多民族文化交流对青海蒙古史诗传统的再塑过程。唯有在这两个维度上，青海蒙古史诗传统地域特色才能得到说明。为此，本书在总论性的第一章里从体裁、题材、演唱曲目、表演方式、发展态势几个方面对青海蒙古史诗的地域特色进行了总结。

　　为更加深入认识青海蒙古史诗，本书将采用个案分析的方法进行研究，但并不追求对所有青海蒙古史诗逐个研究，而是从代表性艺人演唱的诸多史诗中选取重要且具有代表性的史诗用于个案分析研究。在这里，青海蒙古史诗历史文化内涵、纵向对传统的继承、横向对文化的交流等方面的特征被具体化。而且，青海蒙古史诗传统中各部史诗如何在互文性中得到创编、传承并在不断变异中保持其稳定性的史诗创编与传承规律也在个案分析中得到揭示。具体而言，本书将以索克为主要观察对象，以他演唱的史诗为主要分析样例，在每个史诗个案中充分观照其他艺人演唱的同名史诗，在众多艺人演唱的异文之比较中揭示史诗作为集体记忆的稳定性与作为个体创造的变异性，并以一个个具体案例生动地揭示青海蒙古史诗在与多民族文化交流交融中形成自己地域特色的丰富画卷。

最后，通过长期跟踪调查特定艺人之演唱实践，在表演现场观察与文本分析相结合，在活态语境中探究青海蒙古史诗艺人的史诗创编艺术。史诗不仅是一种民间文学口头文类，更是一个综合性表演艺术，是民众民俗生活的重要方面。其中最为核心的是艺人的表演及其表演现场。在传统条件下，史诗表演现场是由艺人和听众构成的。在这个场域，随着史诗艺人面对他的观众开始表演，史诗文本的现场创编、传播、接受过程也同时开始。在这里，不仅可以观察艺人创编史诗的各种细节，也可以观察听众接受史诗的细节，更为重要的是，只有在史诗艺人的表演现场才能观察到艺人和观众的互动以及在这个互动过程中具体史诗文本的产生。不止于此，与一种史诗文化相关的各种传统民俗、规矩、禁忌、信仰等，在这个现场得到充分的展示。

在现场观察艺人是如何在直面观众的压力下创编他的史诗，观察他在这个过程中处理各种危机的技巧，是个特别有趣的事情。在现场观察中，不仅应该观察艺人，还应观察观众，包括对作为观众和另一种传播者身份参与的记录整理者自身的反思。这是以往民间文学理论研究所忽视的一个重要问题。只有在这种全方位的观察与反思中，不仅可以揭示一个口传史诗口头文本如何通过音声媒介产生的过程，也可以揭示一部出自记录整理者之手的口传史诗记录文本如何在现场音声文本基础产生的过程。

四、在青海的田野调查

2005年7月，笔者踏上青藏高原，到了青海省海西蒙古族藏族自治州德令哈市，在州群艺馆跃进研究员的协助下开始了青海蒙古史诗田野调查，采录了80岁高龄的女艺人道力格尔苏荣演唱的史诗《汗青格勒台吉》和《格秀米德格》，以及其他一些故事。因为很多艺人都迁徙或转场到夏牧场，交通不便，且无法通信，很难确定具体位置，冬天他们大都回到各自固定的居所，有充裕的闲暇时间，适合进行调查采录。于是这年11月下旬，笔者再次到海西州，见到了索克、胡亚克图、尼玛等史诗艺人和故事演述人。采录尼玛演述的故事、传说100余则，胡亚克图演唱的史诗6部（其中《格斯尔》史诗3个诗章），道力格尔苏荣演唱的史诗1部，索克演唱的史诗18部，演述的故事22篇。有关这次调研的详细情况，在《蒙古史诗：从程式到隐喻》中已做介绍，在此不再赘述。[1] 需要说明的是，2007—2009年期间，笔者承担了中国社会科学院重点课题"青海蒙古史诗研究"，而2009年完成的最终成果《青海蒙古史诗研究》，即本书初稿，是在这次记录的索克唱本资料基础上写成的。

综合有关青海蒙古民间文学搜集整理本中收录的史诗篇数和相关人员田野记录中的统计，可以肯定，青海蒙古史诗有30多部。而索克仅在2005年作为"图吉"（当地蒙古人对史诗、故事的统称）为笔者演唱的就有18部之多：

1.《七岁的道尔吉彻辰汗》（doloon nastai dorji tsetsen khan）

2.《答兰台老头》（dalantai övgen）

3.《阿努莫尔根阿布盖》（anu mergen abuγgai）

4.《道力静海巴托尔》（doloon jiliin daisniig barin daran čadadag doljinkhai baatar）

5.《玛-章辰-扎勒布-巴达拉-希日布汗》（ma jangčin jalbu badraa Šiireb kahn）

6.《塔本-南齐-莫尔根汗》（tavan namč mergen khan）

7.《额尔赫-巴彦汗》（erke bayan khan）

8.《汗青格勒》（khan tsengel）

9.《绍克图巴罕克布恩》（urt baakhan buutai šoγt baakhan köbüün）

10.《古南布克吉日嘎拉》（γunan bükjarγal）

11.《道勒吉延-宝彦-额尔德尼》（dolgion buyan erdene）

---

[1] 斯钦巴图：《蒙古史诗：从程式到隐喻》，北京：民族出版社，2006，第66—92页。

12.《十四岁的阿拜杨宗巴托尔和十三岁的阿拜旺钦巴托尔》(arban dörben nastai abai yanzan baatar arban ɣurban nastai abai vančin baatar)

13.《阿拉奈德布扎木苏》(araanoiboɣ jamsu)

14.《科勒特盖赫萨哈勒》(keltegei ke sakhal)

15.《沙扎海莫尔根汗》(šaazɣaa mergen khan)

16.《格斯尔博格达汗》(geser boɣda khan)

17.《东吉毛劳木额尔德尼》(donji molom erdene)

18.《降服十方敌人的格斯尔博格达汗》(arban zügiin daisniig barin diilsen ariun mergen geser khan)

在笔者之前，道荣尕、布和朝鲁等人也采访并记录过索克演唱的史诗。道荣尕于1982年记录的有：

1.《十四岁的阿玛尼格斯尔博格达和十三岁的阿拜昂钦把托尔》(arban dörben nastai amni geser boɣda arban ɣurban nastai abai ančin baatar)

2.《阿尔查希迪格斯尔台吉》(artsašid geser taiji)

3.《七岁的道尔吉彻辰汗》(doloon nastai dorj tsetsen khan)

4.《降服胡尔赫尔扎勒布蟒古斯》(khurker jalbu mangasiig darsan)

5.《骑黑色神驹的格斯尔博格达汗》(burkhan khar moritoi geser boɣda khan)

6.《降服乌隆沙日蟒古斯》(üülen šar manɣasiig darsan ni)

7.《降服骑黑公驼的恶魔》(khar buur unasan muusiig darsanni)

8.《阿努莫尔根阿布盖》(anu mergen abugai) 等。

1988年布和朝鲁采访记录的有：

1.《八条腿的耐尔莎日嘎》(naiman költei nair šarag)

2.《巴达拉希日布汗》(badra šireb khan)

019

3.《炮奇莫尔根》(puuč mergen khan)

4.《八岁的杜翁格尔》(naiman nastai düüvenger)

5.《塔本南齐莫尔根汗》(tavan nomč mergen khan)

6.《黑汗、黄汗、白汗》(khar khan šar khan tsaɣaan khan) 等史诗。

即便不考虑其他人记录的史诗，即便把《格斯尔》的不同诗章算作一部史诗，这里已经列出来的，也有20部之多。因此，索克是演唱青海蒙古史诗最多的艺人。

笔者在调查中了解到，对于索克的史诗演唱，当地艺人群体有着不同的评价。一部分人肯定其演唱是传统的、优美的。而另一部分人则颇有微词，主要是说他随意改变史诗原有的内容，例如，加入一些内容，或省略一些情节，或者把不同史诗和故事拼凑在一起等等。然而，誊写、整理他演唱的史诗，并与其他艺人演唱的异文进行初步比较后，笔者发现，索克唱本虽然与他人唱本有所不同，篇幅也比别人唱本长很多，但是，他对史诗的改变基本集中在史诗的开头部分，而在史诗的主要情节上仍然与他人唱本保持基本一致。据此，笔者认为，索克是那种按照传统的要求既"不改变史诗主干情节"，又善于在"限度之内"让史诗发生改变，以适应不同听众需求的艺人。即，索克是善于既坚持蒙古史诗传统规矩，又善于根据表演现场的情况创编史诗的艺人。而观察和分析研究出自这种艺人的史诗，能够更好地探讨蒙古史诗的创编规律，因而具有极为重要的学术价值。基于此，在制订本书研究计划的时候，笔者就选定了索克和他演唱的青海蒙古史诗，作为主要研究对象。

在本书初稿完成后，为了修改完善，笔者还分别于2011年、2012年、2013年赴海西州，跟踪采访索克，记录他演述的其他史诗和故事。2011年的田野调查是在11月9日至24日进行。笔者与硕士研究生卓娜和中央民族大学蒙古语言文学系硕士生葛根哈斯一同前往。采访了秋日青、索克、乔格生、尼玛、布热、银花（女）、伊西措（女）、诺尔金措（女）、嘎嘎丽（女）、拉宗都、奥茨尔、桑都等民间艺人，记录他们演述的史诗、故事、神话、传说、祝词、赞词等民间文类。这一次，索克演唱了如下几部史诗：

    1.《哈日铁木尔克布恩》（khar tömör kövüün）
    2.《七岁的东吉毛劳木额尔德尼》（doloon nastai donji molom erdene）
    3.《白音吉日嘎拉汗》（bayan jarɣal khan）
    4.《汗苏代与哈日苏代》（khan sudai khar sudai）
    5.《宝木钦达木尼额尔德尼》（bum čandamani erdene）

    2012年8月14—22日，笔者与青海民族大学蒙古语言文学系的仁增、呼和、宝音尼木呼、玉梅一起，在海西州做田野调查。在乌兰县采访《格斯尔》演述艺人雍巴（音）、图布桑，祝词诵唱家屯地、文道，故事演述人旺沁等艺人，采录他们演述的《格斯尔》、祝词、故事；在德令哈市采访索克、毛劳木、道尔吉、图布丹、尼玛、乔格生等人，采录了他们演述的史诗、故事、民歌。[1]19—22日，与青海民族大学仁增和玉梅一起在都兰县做有关当地民俗、口头文学的田野调查，采访了关布扎、塔尔巴、乌兰巴特尔、桑吉扎布、照日克图、才丹、占巴拉等人，采录了《汗青格勒》等史诗、故事、传说、民歌以及民族志资料。本次调查，记录了索克演唱的《宝音图布拉尔汗》（buyant buural khan）史诗。

    2013年，因国家社科基金重大委托项目"中国史诗百部工程"子课题"蒙古族《汗青格勒》"的实施需要，带领课题组摄影师、录音师等3人，9月专门赴德令哈市，采录了索克演唱的《汗青格勒》史诗。[2]

    这样，索克演唱的史诗先后达到20余部，如果算上有关《格斯尔》的近10个诗章，索克一个人演唱的史诗诗章就达到了30多部。可见，索克是当之无愧的青海蒙古史诗传统杰出的传承人。

---

[1] 在乌兰县和德令哈市采录的部分资料已誊写整理出版。见斯钦巴图等搜集整理：《口头文学异文比较集——青海蒙古史诗与故事》，北京：民族出版社，2013年。
[2] 该课题成果将由学苑出版社以《蒙古族〈汗青格勒〉》之名出版。

五、索克生平[1]

索克，生于1947年，卒于2015年。他父亲名叫胡尔杜拜，原柯柯旗（今乌兰县柯柯镇）人，在索克2岁时，死于土匪袭击。母亲叫诺仁金，原台吉乃尔旗人，在索克出生十几天后因病去世。母亲去世后由奶奶照顾索克，但在他4岁的时候，奶奶也去世。此后，索克在哥哥扎木扬、嫂子吉布珠勒玛和姐姐伊布新的照料下长大成人。索克出生6个月不幸患上天花，从此双目失明，成为终身残疾。

据2005年的访谈，在他3岁时，由奶奶带他向班禅活佛祈祷，给他起了一个法名，叫作松德布扎木苏却吉尼玛。正是由于这个原因，从20世纪80年代起不断有人请他去念经。90年代，他取得了喇嘛证，名正言顺地参加当地的阿力腾德令哈寺的各种法会以及其他活动。笔者就曾多次目睹他在该寺法会上诵经的场面。

20世纪50年代末到60年代初，索克被送到西宁社会福利院盲童学校，在那里学习汉语盲文、中医经络与气血理论和推拿按摩技能。[2] 1963年，回到乌兰县色尔克乡南柯柯村。为了维持生计，起初做一些力所能及的工作，如帮别人看孩子、推磨、捻绳、捣酸奶等。因学得一门手艺，也经常免费帮别人按摩。久而久之，他的按摩技术获得广泛认可。1978年后，进入改革开放的年代，索克开始了有偿按摩服务，包括按摩、正骨、占卜、主持民间各种仪式、念经等等。2005年，在德令哈市创办自己的按摩诊所。用诊所带来的收入解决生活所需。

1979年索克32岁时，与蒙古族姑娘小丽结婚成家。随后有了两个女儿、一

---

[1] 有关索克生活经历，笔者在《蒙古史诗：从程式到隐喻》（民族出版社，2006）一书第72—78页做过专门介绍。

[2] 关于这点，在2013年的一次访谈中有了不同说法，说自己还曾在北京上过盲童学校，此说法不太可信。但是，他上过盲童学校，学习过盲文和中医推拿按摩，是真实的。笔者2005年采访时在德令哈市他自己的按摩诊所看见盲文中医理论教材，也目睹他写盲文的情景。

个儿子。索克以残疾之身，用辛勤劳动和坚强的意志，先后供三个子女上大学，直至儿女毕业就业、成家立业。从2012年起关闭按摩诊所，重新在家里接待有各种需求的人。

索克从小就喜欢听艺人们演唱史诗或讲述故事。每听一部史诗或故事，他都能记住。然后模仿着演唱或讲述给小朋友们听。他姐姐伊布新的儿子王才华就是他的一位小听众。据索克说，他小时候能讲999部故事，这个数字，就是王才华统计出来的。

关于从小爱听史诗演唱和讲故事的原因，他在2013年的访谈中有所解释："我这个人比较爱听人讲故事、演唱史诗。为什么？我是一个瞎子，其他孩子可以玩各种游戏，但我不能像他们一样玩耍。我只能听故事，学故事。当时我记忆力也好。人们讲述各种故事，我边听边学，一次就能记住。"

2008年，索克入选青海省非物质文化遗产（《汗青格勒》）传承人，2012年成为国家级非物质文化遗产（《汗青格勒》）传承人。2015年6月7日索克病逝，享年68岁。

青海蒙古史诗传统的地域特征

第一章　青海蒙古史诗传统的地域特征

青海卫拉特蒙古英雄史诗十分丰富。迄今为止，从他们中间搜集、记录和出版、发表的有名的史诗作品不少，例如《格斯尔》《汗青格勒》《东吉毛勒姆额尔德尼》《艾尔瑟尔巴托尔》《那仁赞丹台吉》《征服七方敌人的道力静海巴托尔》《道格欣哈日巴托尔》《古南布克吉日嘎拉》等。其中，《汗青格勒》是青海蒙古史诗传统中最具代表性的一部。

在蒙古英雄史诗学术史上，基于各个时代不同地区史诗蕴藏量的发现情况，将中蒙俄三国蒙古族史诗分为几大中心。1923年，苏联科学院鲍·雅·符拉基米尔佐夫院士分为三大中心：伊尔库茨克－贝加尔湖一带的布里亚特、伏尔加河流域的卡尔梅克以及蒙古国西部的卫拉特，他将中国新疆卫拉特史诗划归卡尔梅克史诗传统。[1] 1965年，蒙古国学者宾·仁钦根据喀尔喀蒙古地区史诗蕴藏量，主张将该地区列为国际蒙古史诗又一分布中心。[2] 由于我国蒙古族史诗的搜集记录工作20世纪50年代才开始，国外学者对此缺乏了解，鲍·雅·符拉基米尔佐夫和宾·仁钦均没有将我国蒙古族地区列入国际蒙古史诗重要分布中心。1980年，史诗学家仁钦道尔吉根据当时已经记录出版的我国蒙古族史诗资料，首次将中国蒙古族史诗分为三大中心：呼伦贝尔巴尔虎史诗、科尔沁史诗和新疆卫

---

[1] ［俄］鲍·雅·符拉基米尔佐夫：《蒙古卫拉特英雄史诗》，乌·扎格德苏荣编《蒙古英雄史诗原理》（西里尔蒙古文），科学院出版社，乌兰巴托，1966，第36页。

[2] ［蒙古］宾·仁钦：《我国人民的史诗》，乌·扎格德苏荣编《蒙古英雄史诗原理》（西里尔蒙古文），科学院出版社，乌兰巴托，1966，第1—2页。

拉特史诗。[1] 几年后他在题为《蒙古史诗产生的发祥地考》的论文中提出，国际蒙古史诗分布中心应包括符拉基米尔佐夫和宾·仁钦提出的国外四大中心和我国三大中心。这样，他首次将国际蒙古史诗分为七大中心，其中卡尔梅克和布里亚特两大中心在俄罗斯联邦境内，喀尔喀和西蒙古卫拉特两大中心在蒙古国境内，巴尔虎—布里亚特、扎鲁特—科尔沁和新疆卫拉特三大中心在我国境内。[2] 这一观点为国内学界普遍接受。

仁钦道尔吉把中国蒙古族史诗传统划分为三大中心是在20世纪80年代初。当时，青海蒙古族史诗的搜集记录工作刚刚开始，出版发表的只诗为数不多，因而他对青海蒙古史诗缺乏更深入的了解，没有形成更成熟的见解，他将这一地区史诗传统划入新疆卫拉特史诗范围，依据的是在青海的蒙古族与新疆卫拉特蒙古族之间历史文化的联系。

但是，笔者长期研究青海蒙古史诗后发现，青海蒙古史诗蕴藏丰富，且在内容、形式、类型、曲目等各方面不仅与新疆卫拉特蒙古史诗有着显著区别，而且与其他六大中心的史诗也存在显著区别。据此，笔者在《蒙古史诗：从程式到隐喻》中提出了青海蒙古地区（含甘肃肃北蒙古族自治县）为蒙古史诗第八大中心的观点。在此，笔者将继续探讨青海蒙古史诗的地域特色，会在坚持以往提出的观点的同时，从体裁、题材、演唱曲目、表演方式、发展态势等更多方面、用更多事实，支持自己上述观点。

一、青海蒙古史诗的体裁特征

青海蒙古史诗传统作为一个地方性传统，不仅与其他地域传统有共性，也有区别于其他区域传统的个性。前面已经提到，笔者曾经提出过一个观点，就

---

1 仁钦道尔吉：《论巴尔虎英雄史诗的产生、发展和演变》，[德]瓦尔特·海希西主编《亚细亚研究》第73卷，威茨巴登，奥托-哈拉索维茨出版社，1981，第92—115页。
2 仁钦道尔吉：《蒙古史诗产生的发祥地考》，《内蒙古社会科学》（蒙古文版）1985年第4期。

是从史诗蕴藏量、题材、主题、内容、形式各方面看，我国青海省蒙古族聚居区是国际蒙古史诗第八大中心。因甘肃省肃北蒙古族自治县的蒙古史诗在各方面均与青海蒙古史诗传统一致，故可将这一地区史诗传统归入青海蒙古史诗传统之中。据笔者研究，在整个蒙古英雄史诗传统中，青海蒙古史诗传统具有独特的地位，其独特性表现在体裁、题材、演唱曲目、表演方式、发展态势等几个方面。

青海蒙古史诗传统区别于其他地区史诗传统的一个重要的地域特征，首先表现在体裁方面独一无二的易变性、兼容性和开放性。主要表现在韵文体或韵散结合体的史诗和英雄故事两个体裁之间可以自由转换。

或许有人对已经出版的青海蒙古口头文学资料集中的一种现象迷惑不解——当拿一本青海蒙古民间文学集，阅读其中的英雄史诗部分，就会发现，那里似乎已经把我们通常意义上的英雄史诗和英雄故事搞混了，把英雄故事也当作英雄史诗了。例如，在齐·布仁巴雅尔主编的《德都蒙古民间文学精华集》英雄史诗部分，收入10部史诗，其中除了乌泽尔演唱的《汗青格勒》和占布拉演唱的《布拉尔泰汗老太婆的九个儿子》是我们熟悉的英雄史诗韵文体，苏荣格尔演述的《古南布克吉尔嘎拉》、伊克都演述的《征服七方敌人的道力静海巴托尔》、吉格斯尔加夫和伊布新演述的《达兰泰老头》（才仁敦德布记录并整理合编，将题目改成《勇斗大鹏鸟的巴托尔》）、布热演述的《好汉中的好汉哈日库克克布恩》、比拉演述的《好汉额尔克胡亚克》、伊布新演述的《好心肠的南珠海》、诺尔金演述的《山野之子》、盘迪演述的《达利托罗海》等均为散文体的英雄故事。还有，跃进主编的《青海蒙古族民间口头文学集锦》的英雄史诗部分，收录了25部作品。其中《汗青格勒》《宝尔玛汗的儿子宝玛额尔德尼》《道力静海巴托尔》《艾尔瑟尔巴托尔》《布拉尔泰汗老太婆的九个儿子》《阿曼莫尔根》等7部是韵文体，《米德歌格秀台吉》《柯尔克斯可汗的儿子毛盖莫尔根陶尔查》《巴达尔汗台吉传》《好汉哈日杭吉斯》《好汉哈日库克克布恩》《阿拉坦珠拉克布恩》《骑三岁黑马的古南布克吉尔嘎拉》《德勒岱巴托尔》等18部作品都是散文体的英雄故事。翻阅纳·才仁巴力的《英雄黑旋风》、窦布青的

《肃北蒙古族英雄史诗》等,情况都一样。

但是,这与我们以往的史诗认定标准有一定距离。[1]旦布尔加甫在《卫拉特英雄故事研究》中曾经这样概括英雄史诗和英雄故事的区别:英雄故事是散文体作品,而英雄史诗是韵文体作品;英雄史诗有长达几十行至几百行的序诗,英雄故事则没有;英雄史诗的演唱都有一定伴奏乐器,而英雄故事的表演则不用乐器伴奏;卫拉特史诗艺人在演唱史诗前一般完成一些信仰仪式,如先演唱《阿尔泰颂》,或者在佛龛前烧香拜佛等等,而英雄故事的表演则没有这些规矩;卫拉特英雄史诗的演唱者是一些受过专门训练的史诗艺人,而英雄故事则人人会说。我们判断一个文本是不是史诗文本的时候,往往首先看它是不是韵文体。在遇到表现了通常意义上的史诗题材的文本时,看它是韵文体还是散文体,似乎已经成了国内判断英雄史诗和英雄故事之间的区别的一个标准。

然而,如若拿这个标准去衡量青海卫拉特史诗艺人们表演的文本,就会立刻陷入困境。因为,在青海卫拉特人那里,用叙述形式还是用韵文演唱形式,并不成为判断他们所表演的是史诗还是英雄故事的标准。在那里,人们普遍认为,只要不改变故事情节,用散文体叙述和用韵文体演唱,就叙说的故事本身来讲,是没有任何区别的。甚至,在叙说同一个作品时,他们还会把散文叙述和韵文演唱两者结合起来。于是,人们看到,有许多史诗同时有若干同名英雄故事;反过来,一篇英雄故事也有其同名的英雄史诗。例如,《道力静海巴托尔》有好多个文本已经发表,其中,索克1984年唱本和2005年唱本,以及达格玛唱本都是韵文体的,伊克都的唱本是散文体的,而扎吉娅演唱、斯·窦步青整理的《道力静海巴托尔》是散文夹韵文体;又如,《古南布克吉尔嘎拉》也有众多异文,其中,不仅有索克演唱、笔者记录的韵文体异文,达格玛演唱、萨仁格日勒记录的韵文体异文,乔格生演唱、萨仁格日勒记录的韵文体异文,而且还有胡亚克图演述、呼和希力录音记录的散文体异文,以及胡亚克图演唱、

---

[1] 旦布尔加甫:《卫拉特英雄故事研究》(蒙古文),北京:民族出版社,2006,第45—51页。

笔者记录的散文韵文结合体异文等等。在笔者采录胡亚克图演唱的《古南布克吉尔嘎拉》时，开始他以韵文体演唱，后来改成用散文体叙述的方式。女艺人道力格尔苏荣也一样，在演唱《汗青格勒》时，她也是以韵文形式演唱开始，中间还夹杂着用散文体叙述的部分。这里固然有艺人年老体弱的原因，但更重要的是，当地史诗传统允许他们的这种表演方式。

事实上，在青海卫拉特地区根本不存在我们通常使用的陶兀里（tuuli，史诗）这一史诗概念。在那里，把故事按长短分为"陶兀吉"（tuuji）和"乌力格尔"（yabuud ülger）两种。"陶兀吉"这个概念泛指长篇叙事故事，而"乌力格尔"则表示短篇故事。"陶兀吉"包括韵文体的史诗和散文体的英雄故事。[1]也就是说，对于一部"陶兀吉"来说，只要完整地叙述其故事情节，那么，用韵文体演唱抑或是用散文体叙说并不重要。按照这样的理解，他们把我们学术界严格区分的史诗、英雄故事在"陶兀吉"这一术语下统统包括了进来。

"陶兀吉"这一概念术语及其背后对韵文体、散文体表演方式的独特理解，以及同名的史诗和英雄故事的大量存在，使青海卫拉特史诗传统有了与其他地区蒙古史诗传统很大不同的地域特征。也向学术界提出了一个难题。因为，这个现象关系到英雄故事和英雄史诗两种体裁在起源上的关系问题。英雄史诗和英雄故事在起源上的关系是一个悬而未决的问题。这不仅仅关系到简单的口头文学体裁关系问题，而且作为民族民间文学的两种样式，还关系到民族历史、文化和信仰以及道德观念的形成和发展过程。

学界通常认为，英雄故事是英雄史诗赖以产生的基石。俄罗斯学者梅列金斯基说，原古史诗有两种形式，"一是关于文明使者（祖先或创世者）的传说，二是早期的勇士民间故事"[2]。他说："随着人类驾驭自然界力量能力的增强、个人

---

1 笔者就此电话采访了索克（2006年3月2日），他说，除了用这两个词，其他尚有tuuh（历史）、namtar（传记）两个概念，都属于tuuji之列。namtar表现一个人的生平事迹，而tuuh则叙述的事件更为宏大。tuuji这个概念是蒙古民间使用最普遍的概念，由来已久，但至今未曾有人弄清它的确切含义。
2 ［俄］E.M.梅列金斯基：《英雄史诗的起源》，王亚民、张淑明、刘玉琴译，赵秋长校，北京：商务印书馆，2007，第20页。

对原始公社集体依赖性的减弱，原始民间故事中没有个性的'某个人'逐渐转化为可以降服各种敌人的勇士。这类英雄在利用巫术的同时，主要凭借的是自己的体能和技能，他们在证明自己的能力时表现出强烈的主动性。他们身上已具备了史诗勇士，已经具备了'英雄性格'的特征，亦即勇敢自信的品行。"[1]他又介绍了日尔蒙斯基关于勇士故事与史诗关系的观点：日尔蒙斯基认为，"勇士民间故事在后来出现的英雄史诗中只是在背景和部分内容的形成上起了明显作用"。在他看来，"如果史诗中出现过神话内容的话，那么这些神话内容也是通过勇士民间故事渗透到史诗中的，勇士民间故事是连接神话与英雄史诗的重要纽带"[2]。面对蒙古、阿尔泰等民族民间在流传着英雄史诗的同时还流传着相当多的英雄故事的现状，德国著名学者瓦尔特·海希西教授也写了一本书，书名叫《是否英雄故事演变成英雄史诗？——阿尔泰英雄故事的发展及其结构问题》。可见上述学者均认为英雄故事先于英雄史诗产生，是英雄史诗产生的基础。

就体裁的起源问题上，上述学者的观点有其道理，我们也承认新疆卫拉特地区等其他蒙古史诗流传地带都有英雄故事流传。但是从那些地区发现的同名的英雄史诗和英雄故事很少，相比之下，青海蒙古地区的特殊性在于这里记录了很多同名相同内容的史诗和英雄故事。这说明在这里，韵文体的史诗和散文体的英雄故事之间可以自由转换。

这样，就带来了另一个问题。通常，口头文学中的韵文体裁，尤其是那些与信仰仪式紧密相连的口头诗歌都与某种信仰观念有关。例如，祝词、赞词、咒语、祭词等萨满教诗歌，都与语言魔力的信仰观念有关。在一些地区，例如蒙古国西部的卫拉特人、俄罗斯的卡尔梅克人那里，在演唱史诗前都要进行一些仪式，大多数是以优美的诗歌赞颂阿尔泰山，因为他们相信，这样阿尔泰山山神会高兴，会给他们以恩赐。为了敬神，有的艺人始终跪着演唱史诗，例如卡尔梅克著名艺人鄂利扬·奥夫拉；有的艺人则用特殊的喉音——呼麦演唱史

---

1 [俄] E.M.梅列金斯基:《英雄史诗的起源》, 王亚民、张淑明、刘玉琴译, 赵秋长校, 北京: 商务印书馆, 2007, 第82—83页。

2 同上书, 第11页。

诗，例如乌梁海部、巴亦特部等卫拉特部落的史诗艺人们。这些都表明史诗这个体裁与古代信仰之间的关系，也表明史诗体裁韵文体形式的文化意义。

有趣的是，在青海蒙古人那里，散文体叙述方式丝毫没有降低所述作品的神圣性。青海卫拉特史诗艺人们不管用什么形式叙述，都认为所叙述的是过去的历史，是关于神灵的故事，对史诗中的英雄抱有敬仰之情。从而他们同其他地区的史诗艺人一样，坚信史诗的故事情节不可随意改变。

在讨论青海蒙古史诗和英雄故事之间的这种转换关系时，一个重要的因素似乎必须考虑进去：我们现在讨论青海蒙古史诗传统，所用资料几乎都是20世纪80年代以后搜集记录和整理发表的资料。虽然采访的艺人里面不乏知名艺人，但也有很多艺人是业余的，若按照真正的传统标准去衡量和评价，他们中的一些人算不上是史诗艺人。况且，20世纪50年代末开始直到1978年，国内各种政治运动不断，对民间传统文化及其传承、传播冲击极大，有很多优秀艺人中断了演唱，一些有才华的初学者的学艺活动戛然停止，这样时隔20年后让他们重新去恢复记忆并进行现场表演，能够得到一个什么样的文本是可想而知的。因此，我们当前所掌握的青海蒙古史诗资料与20世纪前半期或者更早记录的卡尔梅克史诗、布里亚特史诗、蒙古国西部卫拉特史诗是不能同日而语的。

但是，同样经历国内政治运动影响而中断长达20年之久的新疆卫拉特史诗传统中，英雄史诗和英雄故事的界限仍然泾渭分明。如此看来，传统的中断虽然有影响，但不是青海卫拉特史诗传统中史诗体裁和英雄故事体裁之间相互转换的决定性因素。体裁之间的这种转换并不是一朝一夕形成的，可能经历了相当漫长的过程，是青海卫拉特史诗传统发展历程中的产物。

因此，从尊重传统、实事求是的立场出发，我们应当把青海蒙古英雄故事纳入史诗范围中来加以综合研究。因为该史诗传统已经兼容了英雄故事体裁。我们不能以其所不认可的任何东西强加于某一传统，也不能强行分割传统自认为是其有机整体之一的东西。我们的任务是继续深入研究英雄故事和史诗之间体裁转换关系及其起源关系等一系列问题，以解释青海蒙古史诗传统的这一特殊特征的形成原因。这是一项既富有挑战性又有重要理论意义的研究。

二、青海蒙古史诗传统的主题和题材特征

青海蒙古史诗传统在史诗题材上也有独特的地域色彩。主要表现在这一地区的史诗题材既继承了传统蒙古英雄史诗的所有题材，而且还吸收了来源于印度文学和藏族文学尤其是佛教典籍中的故事题材。

我们在绪论中曾经介绍过，古·才仁巴力在《青海蒙古史诗的来源与发展变化》一文中准确概括了青海蒙古史诗传统的三大来源：一是传统的蒙古英雄史诗，二是基于藏族《格萨尔》史诗影响下产生的青海蒙古《格斯尔》系列篇章，三是来源于佛经故事的史诗。笔者同意才仁巴力的上述看法。青海蒙古史诗传统继承了上述三种来源的史诗题材。

（一）蒙古史诗传统题材

我们知道，传统蒙古史诗的题材包括如下几类：一是战争题材；二是婚姻题材；三是结义题材；四是以兄妹、叔嫂或母子之间的矛盾斗争形式出现的特殊的婚姻－战争题材。仁钦道尔吉教授称第四种题材的史诗为家庭斗争型史诗。青海蒙古史诗传统中的相当一部分史诗继承了这四种题材，构成青海蒙古史诗传统的主流。像《汗青格勒》《道力静海巴托尔》《艾尔瑟尔巴托尔》《古南布克吉尔嘎拉》《七岁的道尔吉彻辰汗》《赫勒特盖贺萨哈勒》《达兰泰老人》《阿努莫尔根》《七岁冬吉毛劳姆额尔德尼》等都是以上述蒙古英雄史诗四种题材为基础产生和流传的。但是，正如仁钦道尔吉教授所指出的那样，"在青海和肃北的和硕特史诗中已发现的有婚事型单篇史诗、婚事加征战型串联复合史诗以及反映家庭斗争型史诗"[1]，很少有专门叙述勇士们的结义故事的史诗。结义情节或与婚姻情节，或与战争情节等其他情节串联在一起出现。

传统题材反映的是蒙古游牧社会古老的社会政治问题，是与游牧人的日常生活情景紧密联系在一起的。青海蒙古史诗中的传统题材尤其与他们迁徙到青

---

[1] 仁钦道尔吉：《蒙古英雄史诗源流》，呼和浩特：内蒙古大学出版社，2001，第63页。

藏高原之前的社会生活息息相关。其中的英雄远征题材即战争题材的史诗中，英雄从年幼的时候起总要向其父母询问："有没有父亲过去结下的仇恨？有没有母亲还没有了结的嫉恨？"一旦得到仇敌的消息，小英雄便迫不及待地寻仇敌而去，并通过艰苦卓绝的战斗战胜敌人，一雪过去的仇恨。这一点与其他地区的蒙古史诗，尤其是新疆卫拉特史诗十分一致。如同新疆卫拉特史诗那样，青海蒙古史诗中一些勇士似乎就是为了替前辈报仇雪恨而生。学界认为，复仇型史诗题材属于古老的时代，反映的是氏族社会的问题。在青海蒙古战争题材的史诗中除了有部分复仇故事，还有与前来进行挑衅的敌人作战的史诗，例如《阿努莫尔根阿布盖》。这类史诗也是蒙古卫拉特英雄史诗中最常见的故事。

在战争题材中，英雄除了与其他部落民族的仇敌战斗，还要与形形色色的恶魔进行斗争。这些恶魔要么抢夺英雄的妻儿财产，要么占领英雄的故土、奴役其人民。蒙古英雄史诗中这是常见的题材。恶魔在大多数地区都被称作"蟒古思"，也有称作"蟒盖""满嘎德哈伊"等。在青海蒙古史诗传统中一般都称作"毛思"，有时也称"蟒古思"，但大多情况下都用"毛思"来称呼"蟒古思"。这也与其他地区蒙古史诗传统不同。"毛思"这个名称在其他蒙古地区的蒙古民间故事中出现过，但不是在英雄史诗中。在内蒙古等其他蒙古族聚居区的民间故事中，"毛思"常常以吸血女魔的形象出现。它们面目狰狞，长着青铜嘴、黄羊腿，专门骗小孩或弱小女子到深山密林中，趁人入睡，便把青铜嘴插入人体血脉吸食血液。在新疆卫拉特史诗中这个形象经常出现，但不是以"毛思"之名，而是以"黄羊腿""黄铜嘴的妖婆"之名出现。可见这个形象与古代吸血鬼神话有关系。

婚姻题材的史诗，在蒙古英雄史诗传统中占据重要地位。几乎大部分蒙古史诗都或多或少涉及勇士婚事故事。青海蒙古史诗传统也不例外，著名的青海蒙古史诗《汗青格勒》就是一部婚事题材的史诗。此外还可以指出《道力静海巴托尔》《古南布克吉尔嘎拉》等史诗。在这样题材的史诗中，英雄幼小的时候便向父母询问"前世有缘"的姑娘在何方。一旦得到"前世有缘"的姑娘的消息，英雄便不顾一切劝阻，义无反顾地踏上娶亲的远征路。这是一个相当定型的叙述方式。

这些史诗中蒙古民族古老的婚姻习俗得到了反映。例如，指腹为婚习俗、族外婚习俗、抢婚习俗等等。族外婚习俗在蒙古史诗中总是以英雄到遥远的地方，在各种竞技比赛以及种种考验中战胜不同来路的婚姻竞争对手，迎娶那个地方的汗的女儿——前世有缘的姑娘为妻的形式出现。青海蒙古史诗《道力静海巴托尔》就是这样的史诗。史诗《汗青格勒》不仅反映族外婚制，而且也反映了指腹为婚习俗。英雄汗青格勒的父亲和西南方的巴拉姆格日勒汗年轻时定下的儿女婚事约定，是该史诗故事情节展开和发展的重要线索。而抢婚习俗在青海蒙古史诗中也有所反映。例如，在《阿努莫尔根阿布盖》等一批史诗中叙述了敌人前来抢夺英雄的妻子的情节。

婚姻题材的史诗的产生和发展不仅反映了蒙古民族婚姻家庭历史以及古老的婚姻习俗，更重要的是它们还包含着深刻的社会历史文化甚至政治内容，反映了以婚姻为纽带形成的蒙古社会组织、政治联盟。史诗中的婚姻并不是一般建立家庭的婚姻，而是为保持氏族部落的强大而进行的政治联姻。梅列金斯基就此发表的观点很精辟，他说："在史诗中是这样来解读英雄的婚姻的：结婚是为了整个氏族的发展，而不是为了建立家庭。"[1] 日本学者藤井麻湖认为蒙古史诗中的婚姻题材包含着复杂的内容，"'战争'是把'男人'直接纳入统治结构的契机，而'婚姻'是通过'女人'把'男人'纳入统治结构的一种契机"[2]。这种政治联姻习俗在蒙古社会一直保持到晚近时期。我们只要看一看历史上那些处于社会政治旋涡中的人们的婚姻，就不难发现其中充斥着各种各样的政治交易。以《蒙古秘史》中的一些婚姻关系为例，成吉思汗9岁时，父亲带着他到弘吉剌惕部为他定亲，孛儿帖成为成吉思汗明媒正娶的妻子。[3] 成吉思汗在建立蒙古

---

1 [俄] E.M.梅列金斯基：《英雄史诗的起源》，王亚民、张淑明、刘玉琴译，赵秋长校，北京：商务印书馆，2007，第13页。

2 [日] 藤井麻湖：『伝統の喪失と構造分析の行方―モンゴル英雄叙事詩の隠された主人公』，東京：エディタースクール出版部，2001，第98-101页。

3 额尔登泰、乌云达赉校勘：《〈蒙古秘史〉校勘本》，呼和浩特：内蒙古人民出版社，1981，第61-66节。

汗国的过程中，为了笼络当时斡亦剌惕（卫拉特的另一种音译）部首领，把自己的女儿嫁给了斡亦剌惕部首领的儿子。[1]当成吉思汗的实力尚未达到统一蒙古各部的时候，为了得到当时十分强大的客列亦惕部的支持，成吉思汗曾经向客列亦惕部提出联姻要求，但由于客列亦惕部首领之子桑昆从中作梗，这一联姻计划未能实现，最终导致成吉思汗的蒙古部与客列亦惕部之间决裂。[2]还有一次婚姻记录，更为有趣。成吉思汗征服客列亦惕部，把王汗所属百姓分给众将领、兄弟、儿女。王汗有一个弟弟叫札合敢不，他有两个女儿。蒙古和客列亦惕开战前他态度强硬，蔑视成吉思汗。因此，成吉思汗本来对他恨之入骨。成吉思汗战胜客列亦惕部后，自己娶了札合敢不的大女儿，给儿子术赤娶了其小女儿。因此，成吉思汗没有没收札合敢不的百姓，叫札合敢不从此成为成吉思汗的"第二辕条"。[3]如果审视古代北方民族上层人物的婚姻史，里面充斥着各种各样的政治交易。从东西蒙古之间的联姻到满蒙联姻，大多都是这种政治交易的产物。《蒙古秘史》记载的这四次婚姻记录中，只有成吉思汗与孛儿帖的婚姻是传统的、纯粹的婚姻。想与客列亦惕联姻，目的是联合强大的客列亦惕部，借助他们的力量壮大自己。但是，计划未能实现，他与客列亦惕部决裂。这印证了藤井麻湖的观点：求婚者，就是潜在的敌人。成吉思汗把女儿嫁给斡亦剌惕人首领的儿子，是想通过婚姻把斡亦剌惕部牢牢控制。而征服敌人后娶仇敌札合敢不的女儿，因此把仇敌免于惩处。这表明，是婚姻，在两个仇敌之间搭起了联盟的桥梁。蒙古史诗艺人们总是把国家政治事件简化为婚姻关系，寓错综复杂的社会政治关系于家庭成员之间相对单纯的情感关系当中，用一个人业绩的线性发展，来组织史诗的情节结构。这是一个相当经济的叙事模式，这种模式符合口头创作和表演的实际需要。

青海蒙古史诗中还没有发现专门叙述勇士结义的史诗。但这并不表明青海

---

1 额尔登泰、乌云达赉校勘：《〈蒙古秘史〉校勘本》，呼和浩特：内蒙古人民出版社，1981，第139节。
2 同上书，第165—185节。
3 同上书，第186节。

蒙古史诗缺少结义题材。在那些以征战、婚事为题材的青海蒙古英雄史诗中，还是不乏结义情节。例如，《汗青格勒》史诗中汗青格勒在娶亲路上遇见玛德乌兰勇士，两人战斗到天昏地暗，腾格里天神派两个喇嘛前去调停不成，汗青格勒越战越勇，力气越来越大，终于把玛德乌兰勇士按倒在地上。在汗青格勒就要结束玛德乌兰勇士性命的关键时刻，两位勇士的三匹战马奔跑过来，建议他们成为义兄弟。两位勇士听取战马的建议，分尝圣水，佛经前起誓，向腾格里天神献祭，成为结义兄弟。

实际上，结义题材是战争题材的特殊变异。因为，在蒙古英雄史诗传统中，凡是结义兄弟几乎都是彼此曾经的对手，他们在结义前都要进行殊死的搏斗。他们总是在战斗将要结束、胜负将要决出、对手将要被处死的时候化干戈为玉帛，成为结拜兄弟。在他们战斗的时候有时还有第三方介入，扮演他们之间的调停者角色。这些调停者包括天神的使者、有名望的喇嘛等宗教人士，有时甚至是勇士们的坐骑。这些题材在青海蒙古史诗中依然有相当多的表现。比如上述《汗青格勒》史诗中就出现了以天神的使者身份进行调停的喇嘛以及勇士的坐骑。虽然有神灵世界的介入而使得该题材被披上一层神话外衣，但结义情节进入蒙古英雄史诗传统本身有其深刻的社会历史背景。对手之间在胜负几已决出的情况下结义，意味着战争以和平方式解决或处于劣势者接受强者的统治。蒙古族古代历史上，对手之间的这种结义被称作"安答"，他们在成为"安答"之前彼此或者是潜在的竞争对手，或者是显在的仇敌。北方草原上有实力的集团都曾利用这种结义兄弟，而成吉思汗则是利用"安答"实力，建立"安答"集团，称雄蒙古高原的最典型、最著名的例子。

蒙古英雄史诗中还有一个被认为反映家庭斗争的题材。主要叙述夫妻、兄妹、叔嫂或母子之间围绕外来敌人而展开的斗争。通常叙说英雄战胜一个闯进领地的异族勇士，然后把他关进地牢，自己却外出打猎，这时妻子、妹妹、嫂子、母亲等女性亲属通敌，从地牢里把敌人放出来私通，却欲置英雄于死地，屡次让英雄去完成极其危险的任务，最后英雄识破她们的阴谋，把敌人铲除，惩处通敌的亲属。在这类史诗中，妻子、嫂子、妹妹、母亲通敌加害于英雄，

第一章　青海蒙古史诗传统的地域特征

而英雄的姐姐却总是保护英雄。新疆卫拉特史诗、布里亚特蒙古史诗以及其他地区蒙古史诗中都有这种题材的史诗。在卫拉特英雄故事中这种题材尤为常见。在青海蒙古史诗中也有这样的史诗。《艾尔瑟尔巴托尔》《七岁的道尔吉彻辰汗》就是其例。青海省乌兰县嘎尕旦讲述、林宝吉记录整理的作品《艾尔瑟尔巴托尔》（见《汗腾格里》，1984年第1期）就是关于后母及其女儿勾结敌人、谋害勇士而失败的故事。《七岁的道尔吉彻辰汗》则叙述勇士的妻子和妹妹通敌，欲加害于道尔吉彻辰汗最终失败的故事。这种题材也是突厥—蒙古各民族英雄史诗中普遍存在的题材。在有些民族史诗中还有通敌的姐姐形象出现。

如上所述，仁钦道尔吉教授把这种题材的史诗称作家庭斗争型史诗。诚然，这种题材总是以家庭成员之间的矛盾冲突形式出现，所以在类型分类上可以叫作家庭斗争型史诗，但这种题材的内涵绝不仅仅是一个家庭内部的矛盾冲突或家庭问题，而是有着比战争、婚姻、结义等题材更为古老、更为复杂曲折而又极为深刻的社会历史文化内涵。最重要的是，这种题材的"家庭斗争"首先是因外族男性的入侵和英雄的妹妹、母亲（有时是嫂子）等与之私通而引起。英雄的妹妹、母亲与敌人的私通是一种特殊的婚姻。而这个婚姻又是以消灭英雄为目的的。

这种题材史诗的开头，英雄战胜入侵者，把他打入地牢的情节有其古老的神话观念根基。乌兰诺夫就布里亚特史诗中英雄把恶魔驱入洞穴的情节发表了这样的看法："在艾希里特[1]史诗中关于阴世生活的描写是这样的：起初，满嘎德哈伊住在深深的洞穴之中，被男女壮士驱赶的恶魔跌落到那里。此后，那里就成了满嘎德哈伊和鬼怪们的避难所。这个时期就相当于人类的母系制时代。后来这种避难所又添加了黑暗的色彩，演变成了阴世。而洞穴则成了通往阴世的必经之路，游牧民族向畜牧民族过渡时期，史诗搬用了以艾尔里克－罕为统治者的阴世生活的生动情景。"[2] 我们知道，在这种题材的史诗中英雄总是把入侵的

---

[1] 艾希里特系布里亚特蒙古一个部落。
[2] 转引自［俄］E.M.梅列金斯基:《英雄史诗的起源》，王亚民、张淑明、刘玉琴译，赵秋长校，北京：商务印书馆，2007，第248页。

敌人驱入深深的洞穴并用巨石镇压在上面。这是蒙古史诗艺人们演绎这类情节时惯用的套路。把这种情节同乌兰诺夫的上述观点联系起来，就不难发现其古老的神话观念基础。原来，英雄把入侵者驱入洞穴是把它打入阴世，入侵者本身的原型可能来自神话中的恶魔。

然而，神话只是为这类题材的史诗提供了一个人物的原型和叙述的路径，英雄的妻子（姐妹、嫂子或母亲）的变节通敌才是故事的核心。关于突厥—蒙古民族史诗的此类题材，梅列金斯基发表了自己的看法："阿尔泰史诗也流行妻子或姐妹背叛壮士归顺敌人的故事情节。在布里亚特史诗中，常常演绎奸诈的妻子和忠诚的姐妹的故事，这是母系社会观念的反映。在萨彦岭—阿尔泰地区各民族史诗中，妻子和姐妹统统不忠于主人公，这又是母系社会观念衰落的反映。"[1] 德力格尔玛对《艾尔瑟尔巴托尔》史诗的多种异文进行比较研究后也提出了类似的观点。在她看来，这一题材的产生与母权制为父权制所替代的社会过渡期有关。[2]

其实，征战、结义、婚事等题材外，还有一些重要题材已经演变成婚事斗争型史诗的一个从属性主题。例如，英雄驯服野兽的情节、猎杀野兽的情节。驯服野兽、猎杀野兽的那些英雄身上有着原始文化英雄——畜牧文化和狩猎文化的先驱的烙印，可能来自反映畜牧英雄、狩猎英雄的史诗题材。青海蒙古史诗中这些情节和题材依然频频出现。

（二）来源于藏族文学的题材

世界上没有一个民族文化自原始时代到现在保持着纯民族的成分。事实上，不与外界发生关系而保持文化的纯民族性是不可想象的。一个民族的形成过程

---

[1] ［俄］E.M.梅列金斯基：《英雄史诗的起源》，王亚民、张淑明、刘玉琴译，赵秋长校，北京：商务印书馆，2007，第263页。

[2] 德力格尔玛：《〈艾尔瑟尔巴托尔〉型史诗比较研究》，中央民族大学博士学位论文，2006年，第3页，转引自萨仁格日勒《德都蒙古史诗搜集研究概况》，《内蒙古社会科学》（蒙古文版）2007年第4期。

就是一个不断的文化接触与融合的过程。这在自氏族到部落、从部落到部落联盟、直到民族的发展过程中表现得非常充分。与外界的不断接触，文化的不断交流，不仅是一个民族生存发展的基本条件，而且是整个人类社会不断发展的必要条件。正因为如此，现代每个民族文化当中都有不同时代外来文化的成分。蒙古文化也一样。它的多元性是无可争辩的。它不仅同周边民族文化有着密切的联系，而且同其他民族、国家的文化也有千丝万缕的联系。《格斯尔》作为蒙古文化的一部分，而且作为举世闻名的鸿篇巨制，其产生和流布过程与藏族文化有着密切的关系。

研究蒙古族《格斯尔》的学者一再强调这部鸿篇巨制同藏族《格萨尔》的源流关系，指出藏族的《格萨尔》和蒙古族《格斯尔》系同源异流之作，也有学者认为蒙古族《格斯尔》的发源地是青海蒙古族聚居区。不管是《格萨尔》和《格斯尔》是同源异流也好，青海蒙古地区是蒙古《格斯尔》发源地也罢，其中有一个基本事实是，青海蒙古口传《格斯尔》史诗中既有来源于藏族《格萨尔》的部分篇章，也有蒙古族独创的部分篇章，其独创部分以格斯尔为主人公，或用蒙古英雄史诗传统题材，或用来源于蒙藏两个民族的史诗题材混合起来创编《格斯尔》史诗篇章。

作为与藏族人民比邻而居的蒙古族分支，青海的蒙古族民间兼通藏语的人很多，用蒙藏两种语言表演史诗和其他民间故事、演唱民歌的民间艺人也颇多。不仅如此，在田野调查过程中我们还得知，过去曾有不少藏民也会讲蒙古语，其中也不乏能用蒙藏两种语言表演的藏族民间艺人。这样的艺人促进了两个民族的民间口头文学的交流，也促使产生许多相同的民间口头作品在两个民族中同时流传的现象。例如，青海蒙古族的《美尔根特门的传说》与藏族的《禄东赞的传说》之间，拥有许多相同的故事情节。[1] 在这样的艺人的影响下，也有很多人会演唱或讲述同一种故事的蒙藏两个民族异文。例如，青海蒙古艺人尼玛

---

[1] 关于青海蒙古族《美尔根特门的传说》和藏族的《禄东赞的传说》的关系，才布西格教授曾经著述予以较详细的研究，了解两部作品的进一步关系，请参阅才布西格：《美尔根特门传说研究》，呼和浩特：内蒙古人民出版社，2004。

的爷爷精通蒙藏两种语言，会演唱和讲述蒙藏两个民族的故事，因此，在尼玛讲述的故事里面有不少来源于藏族的故事。据他自己讲，在为笔者演述的110部故事中，《黑山羊的故事》《石狮子的故事》《杜布钦喇嘛》《嘎海图勒格奇》《达丽玛与兆丽玛》《铁匠与木匠》《玛塔噶尔哈日》《七个兆赤的故事》《阿克东布》《古尔班辛吉图扎胡》《陶亦苏木诺彦》《查宝罗尔德克》等12篇故事来源于藏族，占他讲述的故事的10%以上。其中，他讲述了《嘎海图勒格奇》的两个异文，分别是蒙古族异文和藏族异文。

关于青海蒙古史诗中来自藏族文学的题材，是个应该进行专题深入研究的课题。这需要掌握两个民族的语言，需要对蒙藏民族比邻而居或杂居的青海地区进行广泛的田野调查，大量阅读两个民族书面和民间口头文学作品。这是一项艰巨、富有挑战性且具有重要意义的工作，在现条件下，我们只能把这项工作留给将来，留给那些有志于此并有条件进行这项研究的学者去完成。

（三）来源于印度文学的题材

古印度文学，尤其是其中的佛经文学，对蒙古族文学的影响极其深刻。虽然印度文学传入蒙古族地区主要是通过书面翻译途径，但其影响对蒙古族书面文学和对蒙古族口传文学都是一样的。而就影响时间的迟早而论，对蒙古族口头文学的影响远早于对其书面文学的影响。原因是，在蒙古族还没有创制自己的民族文字的时候，随着佛教在匈奴、回鹘等古代北方民族中的传播，印度文学早已传入蒙古语族民间，以口头方式在蒙古语族民间流传。

众所周知，印度文学传入蒙古族地区是通过佛教的传入而实现的。那么，蒙古族是从什么时候开始接触佛教的？关于这个问题学界目前还没有定论，很多学者认为，匈奴时代佛教已经开始传入蒙古高原，其大规模传播也不迟于回鹘汗国时代。策仁苏德纳木指出："根据《西辽史》的有关记载，在伊斯兰教传入之前，中亚广袤地区曾经是佛教的第二大故乡。现已出土的回鹘汗国时期大量的佛教文献已证明这一点。本世纪初（指20世纪初——引者注）从吐鲁番出土的大量回鹘文文献中大多数都是佛教文献。顺便应该指出，这一时期蒙古和回鹘的宗教历史及其相互影响问题，目前仍然是科学研究的一个盲点。学者们普遍的看法是，8—9世纪回鹘汗国统治蒙古高原的时候，不仅把佛教传播到蒙古民间，而且把文字也传授给蒙古族祖先。然而，学者们还一再强调，匈奴、鲜卑、柔然等古代蒙古语民族中间，佛教有一定程度的传播。"[1] 也有人认为，对于把佛教传给蒙古人方面，粟特人所起的作用堪与回鹘人相提并论。阿·阿穆尔说："粟特人从西方来到回鹘地区主要从事商业买卖，他们带来了两种宗教，一是释教，二是摩尼教。现在摩尼教已经消失得无影无踪，只是在蒙古民间保留着其祭敖包、祭火习俗。当时回鹘、突厥、蒙古都信仰萨满教，但是粟特人的传教士们在蒙古高原建起寺庙传播着佛教。"[2]

佛教的传入时间虽然可追溯到古远时代，但是大规模传入和影响蒙古民间却是元代以后。从元朝忽必烈可汗时期开始，佛教逐渐成为国教，自1260年八思巴被尊以帝师后，相继被奉为帝师者十余人。佛教文献也开始被翻译成蒙古文。到了17—18世纪，佛教典籍的蒙古文翻译工作达到了顶峰。例如，藏文《大藏经》之《甘珠尔》《丹珠尔》的蒙古文翻译工作始于元代，而其完成则在17—18世纪，是佛教文献之集大成者。达·策仁苏德纳木指出："《甘珠尔》是释迦牟尼的徒弟们及后世圣贤们整理编纂的释迦牟尼佛说教集，是佛教典籍的大集成。但在其中，有不少源自民间的故事、传说、诗歌、训喻诗，这些都可以纳入文学史范围内进行讨论。例如，根据学者们的研究，《甘珠尔》中有大约500多部传记文学，是真正的文学文献。"[3]

佛教传记文学中的不少作品不仅以书面手抄本形式在蒙古族地区广为流传，而且还从书面文字转为口头文本在民间广泛传播。其中的著名例子就是《玛尼巴达尔汗传》《阿尔塔希迪汗传》《吉祥天女传》等在蒙古族民间同时分别以手抄本形式和口头形式流传的史诗。而且在流传过程中不管是手抄本还是口头文本均产生了诸多不同变体。随着佛教的传入和佛教文献的翻译，印度古代文学

---

[1] 达·策仁苏德纳木：《蒙古佛教文学》，呼和浩特：内蒙古人民出版社，2001，第78页。
[2] ［蒙古］阿·阿穆尔：《蒙古简史》，乌兰巴托，1989，第75页。
[3] 达·策仁苏德纳木：《蒙古佛教文学》，呼和浩特：内蒙古人民出版社，2001，第30页。

作品《五卷书》的故事以及古印度史诗《罗摩衍那》的故事也在蒙古地区流传开来。

这些源于佛教文学、印度史诗和其他文学作品的题材早已渗透到蒙古民间口头文学，甚至蒙古英雄史诗中。学者们从《江格尔》《格斯尔》以及蒙古民间文学其他种类中都找到了印度史诗、印度古代文学的影响。但是，除了个别事例，人们还很少发现有佛教传记故事在蒙古民间以史诗的形式流传。

然而，在青海蒙古史诗中确有以佛教传记故事为题材的史诗在流传。例如《玛尼巴达尔汗传》《阿尔查希迪与阿姆嘎希迪》等。玛尼巴达尔系梵文音译，是释迦牟尼佛前世的名字，藏语叫作诺桑王子，蒙古民间有根据梵文音译的玛尼巴达尔汗、根据藏语音译的诺桑汗、根据梵文意译的赛音额尔德尼（善财）和赛音额德（善财）等名称。"阿尔查希迪"是"阿尔塔希迪"的音变，系梵文 Sarvartha-Siddha 或 Siddhartha 的音译，汉文佛教典籍中译作"悉达多"，佛祖释迦牟尼出家前的本名，意为"一切义成"。我们在策·达木丁苏荣的研究基础上对青海蒙古民间广为流传的史诗《巴达尔汗传》进行了比较研究，结果表明，《巴达尔汗传》及其各种异文均与佛教经典故事密切相关，在主要故事情节上仍然保留着佛教典籍中的原貌。而索克等艺人演唱或讲述的《阿尔查希迪与阿姆嘎希迪》《阿尔查赛特》等与佛教典籍中的佛祖释迦牟尼传之间的关系也很明显。值得注意的是，索克在演唱《阿尔查希迪与阿姆嘎希迪》的时候，对阿尔查希迪名字的含义是很清楚的，因为他在演唱过程中还不时地把"阿尔查希迪"叫作"扎勒布敦德布敦德布-阿尔查希迪"或"顺布敦德布-阿尔查希迪"。这里，"扎勒布敦德布"或"顺布敦德布阿尔查希迪"是藏语，是梵文阿尔查希迪的藏文译名，蒙古佛教文献中也根据藏文译名，把佛祖释迦牟尼出家前的本名叫作"绍努敦德布"或"绍努敦儒布"[1]。可见，有关阿尔查希迪的史诗与释迦牟尼传的关系非同一般。

还有一个有趣的现象是，索克演唱的《格斯尔》史诗一部篇章叫作《阿尔

---

[1] 金巴道尔吉著、留金锁校注：《水晶鉴》（蒙古文），北京：民族出版社，1984，第55页。

查希迪格斯尔台吉》，在"阿尔查希迪格斯尔台吉"这个名称中，"阿尔查希迪"和"格斯尔"是同位词，表明演唱者把格斯尔与释迦牟尼等同起来了。乍一看这似乎是毫无根据的说法，但是进一步探究，也可发现其中的原因。这原因有以下三种：一是格斯尔下凡前在天界的本名"威勒布特格奇"之意与佛祖释迦牟尼出家前的本名"阿尔查希迪"相同，都是"一切义成就者"；二是《格斯尔》史诗中的格斯尔与劫掠妻子的蟒古思战斗，夺回妻子等一些故事与古印度史诗《罗摩衍那》中，罗摩和劫掠妻子悉达的恶魔战斗，解救妻子等相应故事情节非常相似，而《罗摩衍那》的这些故事情节又被转用到释迦牟尼佛祖的祖先谱系及其故事的叙述中。三是《格斯尔》中的格斯尔降生的故事和格斯尔通过种种比赛打败众多竞争者，赢得美女茹格牡高娃为妻的故事，更像佛教典籍中关于释迦牟尼佛降生的故事、出家前的释迦牟尼——阿尔塔希迪通过三项竞技赢得美女为妻的故事。尤其是格斯尔从母亲的右腋出生和佛祖释迦牟尼从母亲的右肋出生的故事之间，以及格斯尔的叔父成为格斯尔婚姻的主要竞争对手和悉达多的叔父与悉达多共同竞争美女的故事之间，确实有着不可否认的共同点。或许正是由于这个原因，有些民间艺人把关于佛祖阿尔塔希迪的故事反过来纳入《格斯尔》史诗结构中。

借此，我们可以对蒙古《格斯尔》研究史上的一个疑难问题作出新的判断。我们知道，学界通常认为蒙古文《格斯尔》各种版本中，康熙五十五年（1716年）在北京出版的木刻本《格斯尔》是最早的一种版本。康熙年间，众多学问高深的蒙古喇嘛云集北京，奉旨翻译出版蒙古文佛教文献之集大成者——《甘珠尔》和《丹珠尔》，北京木刻版《格斯尔》正是在这个时候由那些高僧编辑出版的。于是，"以往的研究者大多认为北京版《格斯尔》是夹杂在佛教经卷里出版的"[1]。但也有学者对此持反对意见。巴雅尔图认为，"北京版《格斯尔》的编辑人员从来没有把《格斯尔》神话小说与传统的《格斯尔》史诗混淆过，更没有把它纳入佛教翻译著作之列来刊印"[2]。为了证明自己的观点，他还把北京木

---

[1] 巴雅尔图：《〈格斯尔〉研究》，呼和浩特：内蒙古教育出版社，2006，第41页。
[2] 同上书，第43页。

刻版《格斯尔》同稍早出版的蒙古文佛教文学《目莲经》《嘛呢宝训》和《故事海》作了版本学比较，指出它们之间的异同。但是笔者认为，把《格斯尔》史诗夹杂在佛经中予以出版，反映了当时的一种倾向，即可能有部分高僧和学者根据格斯尔和佛祖释迦牟尼在本名意义上的一致性、降生情景上的相似性和通过竞技迎娶美女故事的一致性等诸多相似性，倾向于把《格斯尔》史诗当作佛祖释迦牟尼传的一种加以出版，但是，这种倾向在当时可能还没有得到全部高僧和学者的认同，有的学者或高僧可能更愿意把《格斯尔》区别于佛教文学，于是产生了把《格斯尔》史诗同佛教文献一同出版，却没有编辑成标准的佛经文学的矛盾现象。

　　现在我们回到正题上。青海蒙古史诗中来源于印度佛教文学的题材和因素不仅上述这些。我们知道，蒙古族婚姻题材的传统英雄史诗中，英雄在求婚过程中与其他竞争者进行较量时往往以赛马、摔跤、射箭等男子汉三项竞技来决出胜负。但是，在青海蒙古传统的婚事史诗中，英雄在与其他竞争者较量时，往往以摔跤、射箭、佛经论辩来决出胜负，笔者认为，这个佛经论辩来自佛祖释迦牟尼出家前与众竞争者进行学术、男子汉力气、武艺三项比赛的故事。[1]

　　除此之外，来源于印度神话的内容在青海蒙古史诗中也大量存在。例如，宇宙天地的形成、如意宝树的观念等等，不一而足。

　　佛教在蒙古地区的传入，是通过藏族。佛教典籍的蒙古语翻译，也是根据藏文佛教典籍。其中也不乏藏蒙佛教高僧撰写的佛教文献。因此，谈论印度文学题材在蒙古民间的传播，不能绕过蒙藏文化关系。在通过藏族接受印度文学的过程中同时接受藏族文学题材，也是肯定的。

　　综上所述，青海蒙古史诗在题材上兼容蒙古固有英雄史诗题材、来源于藏族文学的题材和来源于古印度文学的题材。这一点，有别于其他蒙古史诗流传带。

1　参见金巴道尔吉著、留金锁校注：《水晶鉴》（蒙古文），北京：民族出版社，1984，第61—67页。

三、青海蒙古史诗传统的演唱曲目

一个地区的史诗传统区别于其他地区史诗传统的一个重要特征表现在该地区流传什么史诗,该地区史诗艺人们喜欢唱哪些史诗。通常,除了那些在大部分蒙古地区普遍传播的为数不多的史诗,每个地区、每个部落都有一些只在当地流传、只有当地史诗艺人们才演唱的地方特有的史诗。

青海卫拉特史诗非常丰富,它与新疆卫拉特史诗之间还存在着重大的差异。正如仁钦道尔吉先生所言,"和硕特(青海卫拉特蒙古)史诗的艺术风格、语言特色和程式化诗句与新疆卫拉特史诗相似,但是迄今为止,在二者间没有发现同名相同内容的史诗或同一史诗的异文"[1]。当然,这里并没有把《格斯尔》考虑进去。也就是说,除了《格斯尔》以外,青海卫拉特史诗和新疆卫拉特史诗之间没有其他"同名相同内容的史诗或同一史诗的异文"。最令学术界感到疑惑的是,青海蒙古族史诗艺人们不知道《江格尔》,青海蒙古族地区没有《江格尔》流传,同样,新疆卫拉特史诗艺人们并不知道在青海蒙古族民间广为流传的《汗青格勒》史诗,然而远在蒙古国西部的卫拉特人中却有同名的史诗流传。

其实,除了《汗青格勒》以外,《道力静海巴托尔》《赫勒特盖贺萨哈勒》《艾尔瑟尔巴托尔》《阿拜杨宗巴托尔与阿拜旺钦巴托尔》《古南布克吉尔嘎拉》《道勒吉延宝彦额尔德尼》《额尔赫巴彦汗》《阿努莫尔根阿布盖》《东吉毛劳木额尔德尼》等史诗只在青海蒙古民间流传,而新疆卫拉特史诗艺人们却并不知道这些史诗。

我们一般认为,《格斯尔》是包括青海卫拉特蒙古和新疆卫拉特蒙古在内的所有地区蒙古人中广为流传的史诗。如果我们不考虑过去在民间流传的《格斯尔》版本或各种手抄本,那么,青海卫拉特蒙古口传《格斯尔》与新疆卫拉特蒙古口传《格斯尔》之间还存在着巨大的差别。新疆卫拉特蒙古口传《格斯尔》受北京木刻版《格斯尔》等书面《格斯尔》的影响巨大,口传《格斯尔》依存

---

[1] 仁钦道尔基:《蒙古英雄史诗源流》,呼和浩特:内蒙古大学出版社,2001,第62—63页。

于版本或手抄本《格斯尔》，因而其故事情节也与版本或手抄本《格斯尔》的故事情节保持高度一致性。而青海卫拉特蒙古口传《格斯尔》恰恰相反。作为在青藏高原各民族文化交流中率先被创作出的蒙古《格斯尔》传统，其不仅为蒙古《格斯尔》书面版本、手抄本的最初产生奠定了基础，而且自始至终都保持着自身的活态演唱传统。其流传始终不依赖于版本或手抄本《格斯尔》，因而其与北京木刻版等各种书面《格斯尔》在内容、篇目、故事情节以及人物上的差距比其他任何地方的蒙古《格斯尔》传统都要大得多。

正因为如此，青海蒙古口传《格斯尔》中的好多篇章是新疆卫拉特地区以及其他蒙古族聚居区不曾有过的。例如，《骑黑棕马的格斯尔博格达汗》《阿尔查希迪格斯尔台吉》《降伏霍尔黑尔扎勒布蟒古思之部》《降服乌隆沙日蟒古思之部》《降伏骑黑公驼的恶魔之部》《十四岁的阿穆尼格斯尔博格达和十三岁的阿拜昂钦把托尔》等篇章只有在青海蒙古地区（包括肃北蒙古）流传，其他蒙古族地区的人不知道这些篇章。

即使是那些仍然保留着北京木刻版《格斯尔》诞生时的那些古老故事的史诗，在故事情节上也已经发生了巨大的变化，可以说只是保留住了那些古老内容的一些影子而已。

所以说，青海蒙古史诗传统在演唱曲目上和其他蒙古史诗流传带保持着相对独立性。这也是青海蒙古史诗传统区别于其他地区蒙古史诗传统的一个重要的地域特征。

四、青海蒙古史诗传统的表演方式

在蒙古史诗流传带，每个地区都有每个地区的史诗演唱方式。例如，"西蒙古卫拉特史诗艺人们绝不把史诗以一般的叙说方式去表演，而总是弹着陶布舒尔琴进行演唱，偶尔也有一些艺人拉着琴演唱史诗。至于在演唱中使用什么样的曲调以及使用什么乐器，取决于各个地区的传统以及所要演唱的史诗的故事情节等"[1]。西蒙古史诗艺人们不仅用乐器演唱史诗,而且还很多艺人是用呼麦来演唱史诗。这种演唱方式庄严肃穆,艺术感染力极强,给人以极大的震撼。卡尔梅克史诗艺人有使用陶布舒尔琴演唱史诗的,也有不用乐器演唱史诗的。巴尔虎史诗艺人们一般不使用乐器来演唱史诗。实际上,巴尔虎没有中长篇史诗流传,那里的史诗篇幅都很短小,一般都是几百行,几乎没有一个达到1000诗行。东蒙古科尔沁地区演唱蟒古思故事[2]的史诗艺人一般用"朝尔"(一种马头琴)或"胡尔"(低音四胡)伴奏。

在青海,蒙古史诗艺人们演唱他们的史诗时不使用任何乐器,但是演唱那些篇幅较长的史诗时用特定的曲调演唱,篇幅较短的史诗则一般以故事的形式进行演述。有时,在一次演唱中会把这两种表演方式交叉运用。他们演唱的曲调有别于新疆卫拉特史诗艺人们用的曲调,也有别于蒙古国西部卫拉特史诗艺人们使用的曲调。

在笔者的田野观察中,青海史诗艺人们是否用曲调演唱不仅意味着表演方式上的区别,而且还意味着一种完全不同的表演状态。在用曲调去演唱史诗时,青海蒙古族史诗艺人们显得很庄重,手里拿着念珠,端坐在座位上,不用很多手势及身体语言,像念经那样进行演唱。然而,当不用曲调、以讲述故事的形式进行表演时,情况有所不同,有的艺人这个时候往往显得很活跃,根据故事情节内容做出各种身体动作,包括各种手势、身体姿态、眼神等等,以辅助表现故事中各种人物的形象、神态和性格。例如,在笔者采录著名艺人胡亚克图演唱的史诗时,老人开始用曲调演唱,没有身体动作,但是到了中间由于身体原因换作散文演述方式,这时老人的表演状态立刻发生变化,随着故事情节的发展,时而做出拉弓搭箭的姿势,时而模仿人物的声音和语言,时而做出愤怒

---

1 [俄]鲍·雅·符拉基米尔佐夫:《卫拉特蒙古英雄史诗》,乌·扎格德苏荣编《蒙古英雄史诗原理》,乌兰巴托,1966,第48页。
2 流传于内蒙古东部地区的一组英雄故事,一般由专业民间艺人以蒙古族传统乐器"朝尔"(一种马头琴)或"胡尔"(说书艺人的低音四胡)伴奏,用韵文或韵散文结合的形式说唱,故事内容主要叙述由天神下凡托胎人间的英雄迅速长大,在天神和众助手的帮助下解救被恶魔蟒古思抢劫的人们并最后消灭恶魔全族,完成保卫人间美好幸福的使命。

状,时而做出喜悦状,眼睛、双手、声音、身体各部位都发挥着表演功能。这种表演方式同样使听众为之振奋,博得听众的喝彩。

在青海蒙古族地区,一般来讲艺人们如果用曲调开始演唱某部史诗,那么会从头到尾一直唱下去,或者一开始以散文叙述形式表演,那么也会用这种表演方式把史诗演述完。除了特殊情况,不会以曲调演唱开始、以散文演述形式结束。但是那些上了年纪、体弱多病的艺人则不受这种约束,他们视身体状况,在表演过程中能够自由变换表演方式。例如,笔者在采访上述胡亚克图老人和另一位艺人道力格尔苏荣时,两位老人因年事已高,身体不佳,在演唱中多次变换演唱和演述两种表演方式。

据了解,过去青海蒙古史诗艺人们在演唱史诗时都是用曲调的,尤其是那些篇幅较长的史诗。用一定的曲调演唱的长处在于,其语言非常优美,常常能够对事物进行详细、生动的描绘,因而所用时间也长。之所以其语言能够比散文演述时更优美,是因为用曲调演唱时表演节奏相对慢一些,艺人们有稍微宽松的思考时间,因而能够组织起优美的诗歌。但其缺点在于节奏比较慢,故事推进也较缓慢。不用曲调演述,故事推进速度快,所用时间短,但是语言不如演唱优美,却可用身体语言的表演去弥补。

这样的情形也见于其他蒙古地区。例如内蒙古东部地区的乌力格尔说唱艺人们也有两类。一类叫作胡尔奇,是指在低音四胡伴奏下说唱乌力格尔的艺人。另一类叫作亚巴干-乌力格尔奇或亚巴干-胡尔奇,指的是没有四胡伴奏下演述乌力格尔的艺人。亚巴干-乌力格尔奇或亚巴干-胡尔奇这个名称特别生动、形象,具有很浓厚的游牧文化色彩。亚巴干(yaɣgan)一词,本义是专指不骑马或不使用任何交通工具而徒步行走的人。在蒙古语中,传统上亚巴干一词的反义词就是 moritan(骑马的人)。亚巴干-乌力格尔奇(或亚巴干-胡尔奇)和胡尔奇这一对名称,是把徒步行走之人和骑马之人的对比运用到乌力格尔表演艺人身上而产生的。胡尔奇使用胡琴伴奏而演唱故事,犹如骑马行走;而亚巴干-乌力格尔奇(或亚巴干-胡尔奇)则不使用胡琴伴奏而演述故事,犹如徒步行走。笔者在内蒙古东部地区进行乌力格尔田野调查时发现,两类艺人之间有较大的差别。表现在诸多方面。首先是，演述型艺人所受表演压力大于说唱型艺人。在采访亚巴干－胡尔奇赛音乌力吉老人的时候，他给笔者演述了《三穿鲁国》选段和完整的《四姬白花》。表演结束后他说："一来我老了，体力不支，二来没有胡琴伴奏压力大，难度大，不像拉着胡琴演唱那么轻松。""要是用胡琴就好了，轻松多了，这不用胡琴讲述，实在很难。想不起来的时候稍微停顿一下吧，人家都在看着你呢，而你自己却除了嘴巴没有别的东西可动，嘴巴停了，可就什么都停了，不像拉胡琴，还可以边拉间奏曲边想。"[1]这是一个在口头演述和拉着胡琴演唱故事两方面都有经验的艺人发自内心的切身感受。笔者想，这是"徒步行走之人"和"骑马之人"的差别，"徒步行走之人"站着，他就是停止前进，表演就停顿了；而"骑马的人"即便是站着，他也是在马背上蹬着马镫站着，只要他的"马"没有停下来，他仍旧还是走着，表演还在继续。其次是表演方面的伸缩性差别巨大。因为有了故事《四姬白花》的唱本和口头演述文本，使我们有条件对这两种类型的艺人演绎同一部故事时所表现出的伸缩性方面的差别做比较。不说别的，就是两种类型的艺人演唱或演述同一部故事所用时间，就能够说明问题。古儒演唱《四姬白花》用了 14 个小时，而赛音乌力吉演述同一部故事，却仅仅用了不到 3 个小时的时间。由于曲调的运用、利用间奏曲构想故事情节，以及运用优美的好来宝对事物进行精雕细刻等原因，使用乐器的艺人推进故事的速度总比不使用乐器的艺人要慢许多。笔者曾于 2004 年 10 月 30 日到科尔沁右翼中旗采访过 82 岁的著名艺人希日布，他曾经演唱过《四姬白花》，笔者请求他演唱该故事，他给笔者演唱了半个小时。虽然他自己说减掉了许多细节，但是半个小时的演唱才唱完了故事的开头部分。[2]而赛音乌力吉老人用同样的时间演述，早已经过了故事的开头部分，进入了故事的展开阶段。再次是艺术表现力方面差别巨大。说唱型艺人的艺

---

[1] 2004 年 11 月 3 日艺人赛音乌力吉访谈，采访人：斯钦巴图。MD 盘，中国社会科学院民族文学研究所"少数民族文学资料库"收藏。

[2] 2004 年 10 月 31 日艺人希日布访谈，采访人：斯钦巴图。MD 盘，中国社会科学院民族文学研究所"少数民族文学资料库"收藏。

表现力远非演述型艺人所能比。拉着四胡演唱故事，艺人同时运用乐器、优美的曲调及其变换、韵散结合的说唱形式、出神入化的描绘以及丰富的身体语言演绎一部故事，其艺术表现力和感染力自然是不言而喻的。最后，学艺方面的差别很大。说唱型艺人绝大多数都是师承型艺人，曾经在师父的指导下接受过训练。而演述型艺人则几乎都没有师承关系。顶多也就是曾经多次听过某位艺人的演唱，对某些艺人的演唱有深刻的印象罢了。说唱型艺人有职业的和非职业的差别，而演述型艺人清一色都是非职业的。但是，由于他们推进故事的速度很快，所以还是受很多故事迷们的欢迎。

实际上，乌力格尔表演艺人的这两种类型及其区别，也适用于青海蒙古史诗艺人。然而现在，用曲调演唱的史诗艺人和不用曲调演述史诗的艺人在民间，尤其是在年轻人中受欢迎的程度不同。在笔者问到现在为什么有那么多艺人都演述史诗时，索克曾对笔者说："演唱史诗用的时间长，年轻人不愿意听冗长的描绘，喜欢听故事，所以我们演唱的时候有些年轻人就说，唱了那么长时间听不懂你唱的什么，还是告诉我们它的故事吧。"笔者认为，这也可能是艺人们演述史诗的一个重要原因。

是否用曲调演唱，是否使用乐器伴奏，是传统中自然形成的。但是，用曲调演唱和用乐器伴奏，可能并不完全是出于习惯上的原因。其特定演唱传统的形成可能与一些信仰观念有关。俄罗斯学者布尔杜科夫长期观察蒙古国西部卫拉特史诗艺人的演唱活动，他指出，探讨史诗的起源问题时萨满的口琴值得关注，因为这种琴发出的声音虽然近在咫尺，但听起来像是来自遥远的地方，并且还像是风吹树木发出的声响，萨满们随着这种琴声开始做招魂等仪式，进而用喉音（呼麦）演唱并跳神舞。现今的卫拉特、卡尔梅克史诗艺人们虽然不用那种口琴，而是用二弦的陶布舒尔或三弦的东布尔，但是他们表演的状态和曲调与萨满的请神仪式以及请神歌曲调惊人地相似。[1] 在这里，布尔杜科夫想说明演唱史诗的乐器和曲调可能来自萨满教信仰。笔者认同这样的观点。东蒙古说

---

[1] ［俄］A.V. 布尔杜科夫：《卫拉特 - 卡尔梅克史诗艺人们》，乌·扎格德苏荣编：《蒙古英雄史诗原理》，乌兰巴托，1966，第82页。

书艺人们也把自己的低音四胡视同法器,这种观念具体地表现在"朝尔颂"里,其中有不少"这是佛祖的创造物,具有镇压妖恶魔怪的魔力""这是我们蒙古人的乐器,它会带来牲畜的繁殖""听我朝尔悠扬的琴声,天父会欢喜神灵会感动,一切妖怪会逃遁"之类的唱词。[1]

因此,我们认为,青海蒙古史诗艺人们演唱史诗的三种方式(演唱、演述、演唱与演述交叉运用)表明,青海蒙古史诗传统保留着古老的演唱风格,但随着时代的发展变化,史诗演唱的信仰色彩逐渐淡化,于是产生了演述史诗和演述与演唱并用的史诗表演传统。这也导致了史诗向英雄故事演化的趋势。

五、青海蒙古史诗传统的发展态势

在青海蒙古族地区,《格斯尔》史诗有重要影响。《格斯尔》史诗集群中的多部故事和长诗,是青海卫拉特史诗艺人们最喜欢演唱的。青海卫拉特蒙古史诗艺人演唱的《格斯尔》史诗中,既有来源于北京木刻版《格斯尔》的故事,也有更多青海卫拉特蒙古独有的《格斯尔》故事。即便是那些来源于北京木刻版《格斯尔》的故事,也发生了相当大的变异,变异涉及包括人物名、故事情节在内的各个方面。在笔者对史诗艺人索克进行采访,并将他演唱的包括《格斯尔》在内的多部史诗录音之前,海西州都兰县的已故老艺人诺尔金被认为是青海卫拉特格斯尔奇(《格斯尔》史诗演唱艺人)当中演唱《格斯尔》部数最多、最长的人。他共演唱《格斯尔》史诗的 10 部故事。其中多数故事与北京木刻版《格斯尔》有关系。老艺人胡雅克图也演唱了《格斯尔》史诗 9 部故事,由海西州群众艺术馆的跃进记录,发表在《青海蒙古族格斯尔传说》一书中[2]。他演唱的 9 部故事中有些故事与北京木刻版《格斯尔》很相似,有些则是与之

---

[1] 色楞演唱,瓦尔特·海西希、佛罗尼卡·法依特、尼玛搜集整理:《阿拉坦嘎拉巴汗》,海拉尔:内蒙古文化出版社,1988,第 1 页。

[2] 跃进主编:《青海蒙古族格斯尔传说》,海拉尔:内蒙古文化出版社,2003。

没有多少关系。

如同在卡尔梅克地区、新疆卫拉特地区《江格尔》史诗有绝对影响那样，在青海卫拉特地区史诗《格斯尔》的影响特别重要。在它的影响下，青海卫拉特蒙古史诗传统中出现了一切史诗都向它靠拢的倾向。这种倾向明显地表现在，许多与《格斯尔》无关的史诗英雄被说成是格斯尔的英雄，或者被说成是格斯尔的化身，于是许多本来与《格斯尔》无关的史诗都被说成是《格斯尔》史诗的一部分。胡亚克图老人给笔者演唱了《骑三岁黑马的布和吉日嘎拉》史诗，并说这是《格斯尔》的一部故事。笔者问为什么把同格斯尔毫无相关的骑三岁黑马的布和吉日嘎拉说成是格斯尔呢？他回答："格斯尔是个无所不能、变化多端、十分神通的人。经常重新投胎出生，降妖伏魔。骑三岁黑马的布和吉日嘎拉只是其一次投胎转生时用的名字，其他还有，像道力静海巴托尔他们都是格斯尔的化身。"[1] 索克也曾做过同样的解释。再例如，内蒙古社会科学院文学研究所研究员巴·布和朝鲁于1988年从青海省海西州格尔木市乌图美仁乡艺人南德格口中记录了《额仁赛因耿格斯》史诗，艺人当时是把它作为《格斯尔》史诗的一部分来演唱的。这实际上是把青海卫拉特其他史诗纳入《格斯尔》史诗系列的认识基础。正是由于这个原因，青海卫拉特蒙古《格斯尔》史诗形成了自己的三种基本类型：

1. 始终围绕格斯尔英雄事迹展开故事情节的基本型；

2. 在格斯尔英雄群体中增加一些英雄人物并围绕他们的英雄事迹展开故事情节的扩展型，例如《格斯尔的两个儿子阿拜杨宗把托尔和阿拜班钦巴托尔》；[2]

3. 在格斯尔化身的名目下，把一些本来与《格斯尔》毫无相关的史诗纳入

---

1 2005年12月7日，在演唱中间休息时的一次访谈中，胡亚克图老人作了上述表示。
2 这个史诗名称是古·才仁巴力在《青海蒙古〈格斯尔〉简论》中报道的。见《蒙古语言文学》1986年第1期；另见中国社会科学院民族文学研究所编：《〈格斯尔〉论集》，呼和浩特：内蒙古人民出版社，2003，第260页。

《格斯尔》史诗集群的附着型。[1]

这三种基本类型中，第一种类型是传统的和典型的《格斯尔》史诗。第二种类型的《格斯尔》史诗篇章基本上是由青海卫拉特其他史诗改编而成。第三种类型的《格斯尔》篇章应该说纯粹就是独立于《格斯尔》史诗的青海卫拉特传统史诗。

由此，青海卫拉特史诗整体上表现出了《格斯尔》中心型史诗带特征。这与《江格尔》中心型的新疆卫拉特史诗形成鲜明的对照。

青海卫拉特蒙古地区之所以成为《格斯尔》中心型史诗带，另有一个重要的标志。那就是，在那里还流传着大量的格斯尔传说，在每个地方山水风物上都贴满了格斯尔的"标签"，使整个青海卫拉特地区俨然变成了那个叱咤风云的格斯尔可汗频繁活动和居住生活的地方。格斯尔可汗小时候嬉戏的三座丘陵、支锅用的三块石头、拴马桩、马绊、格斯尔烧茶用的锅、格斯尔及其马和狗的脚印、格斯尔用来取火的燧石、格斯尔饮马的河水、格斯尔放牧的草场、格斯尔数畜群的盆地、格斯尔的水井、格斯尔射穿的山、格斯尔歇息的椅子、格斯尔的盐湖、格斯尔摔跤的地方、格斯尔驻扎的营盘、格斯尔拴住太阳的铁柱、格斯尔下棋的棋盘、格斯尔打死的恶魔的血滴、同格斯尔为敌的妖婆的镜子……都可以在这里找到，连柴达木地区的蚊子、咸水等等都与格斯尔可汗的活动有关。仅仅在跃进主编的《青海蒙古族格斯尔传说》中就收入了这样的风物传说94则。地域涉及青海省蒙古族聚居的乌兰县、都兰县、格尔木市、河南县等地。青海卫拉特史诗带之所以成为《格斯尔》中心型史诗带，还有一个重要的标志。那就是，在这一地区以《格斯尔》史诗和格斯尔传说为依托，隐约形成了格斯尔保护神信仰；在一些地方，以这种信仰为核心，进而还形成了与当地敖包祭祀相结合的格斯尔祭祀活动。

---

[1] 关于青海卫拉特《格斯尔》的基本形式的最早划分是由布和朝鲁提出的（见巴·布和朝鲁：《柴达木田野调查报告》，中国社会科学院民族文学研究所编：《〈格斯尔〉论集》，呼和浩特：内蒙古人民出版社，2003，第172—174页），我在这里沿用他的划分，并给它贴上了基本型、扩展型、附着型等类型标签。

前面我们的分析视角始终在《格斯尔》史诗的外围部分。在格斯尔英雄群体中增加一些英雄人物并围绕他们的英雄事迹展开故事情节的篇章，是新创作的部分，这一部分一经创作出来，就成为《格斯尔》史诗的一部分而为《格斯尔》史诗系列的形成添砖加瓦。与此同时，青海卫拉特史诗传统中的其他一些史诗，也渐渐被纳入《格斯尔》史诗系列。即新创史诗和固有史诗都在成为《格斯尔》系列的组成部分。从这个角度看，很多青海卫拉特传统史诗都在向《格斯尔》史诗靠拢，并成为它的组成部分。这个过程给人一种感觉，就是青海卫拉特史诗正围绕《格斯尔》史诗在做向心运动。这个运动的结果是，《格斯尔》史诗在青海卫拉特蒙古人当中形成了具有青海卫拉特蒙古特色的《格斯尔》史诗。换句话说，青海卫拉特蒙古传统史诗向《格斯尔》史诗靠拢的向心运动，就是具有青海卫拉特蒙古地方特色的《格斯尔》史诗的形成过程。

　　然而，当我们把视角移到《格斯尔》史诗原初的核心部分，以这个核心部分作为标准放眼其外围的时候，上述形成过程就立刻走到了它的对立面——变异过程。这一变异过程实际产生的结果是，《格斯尔》史诗在青海卫拉特蒙古地区更加富有变化，更加向蒙古传统史诗靠拢。

　　《格斯尔》中心型是青海蒙古史诗带所表现出的一个最重要的地域特征。除此之外，还有一些特征必须指出来。在进行田野调查以后，笔者认为，青海卫拉特史诗带的另一个比较突出的地域特色，就表现在与藏文化的密切关系上。这种关系的形成既得益于这一史诗带所处的地理人文环境，也得益于蒙藏两个民族文化交流的悠久传统。

第二章

索克演唱的青海蒙古古老史诗

第二章　索克演唱的青海蒙古古老史诗

　　青海蒙古史诗中的相当一部分是古老的、传统的英雄史诗。这部分史诗无论是在题材上、演唱的传统套路上还是在反映的社会历史文化方面都与其他地区蒙古史诗传统保持着高度统一性。既有叙说英雄赴远方通过种种较量胜过竞争者迎娶美丽的妻子的婚事型史诗，也有反映英雄抗击外来入侵者或英雄远征，雪氏族部落之仇的征战型史诗，还有一种被称为"家庭斗争型"史诗，主要叙述英雄的女性亲人倒向外敌加害于英雄的故事，笔者建议称这类史诗为"非典型婚事史诗"。此外，在青海蒙古史诗中虽然没有专门叙述英雄们通过各种较量最终成为义兄弟的结义型史诗，但在上述几种类型的史诗中还是能够看到结义情节。

　　在这一章，我们主要对索克演唱的青海蒙古族古老的英雄史诗进行介绍和比较研究。之所以强调索克演唱的史诗，是因为这位艺人演唱的史诗不仅包括了大多数的青海蒙古古老英雄史诗、《格斯尔》史诗的多部篇章，还包括来源于印度题材的史诗，以及把上述几种史诗改编、混合而创编的史诗，甚至包括他本人创作的史诗。在演唱青海蒙古史诗的数量上，到目前为止，还没有一个艺人能够超过他。他演唱的史诗不仅体现着古老传统的延续，还体现着这一传统随着社会政治、经济、文化的变迁而产生的发展变化，不仅体现着青海蒙古史诗艺人们共同遵循的传统规则，还体现着艺人个体创造的特性与光芒。

一、《汗青格勒》史诗

《汗青格勒》是索克演唱次数最多、最熟练的一部史诗，同时也是在我国青海省、甘肃省蒙古族民间和蒙古国西部广泛流传的、一直以来被认为是最具代表性的青海蒙古史诗。2008 年，《汗青格勒》入选国家级非物质文化遗产代表作名录。

笔者于 2005 年 12 月 4 日夜在德令哈市记录了索克演唱的《汗青格勒》史诗[1]。在此之前，在我国青海省和甘肃省卫拉特人以及蒙古国西部卫拉特人中间，人们曾记录过不同艺人演唱的多种文本。在我国，这部史诗有时候被称为《胡德尔阿尔泰汗》。之所以出现这样的不同，是因为绝大多数艺人以史诗中的主要英雄汗青格勒的名字命名史诗，而少数艺人以史诗中最先登场的人物——汗青格勒的父亲胡德尔阿尔泰汗命名自己演唱的史诗。

（一）内容概述

为了便于比较索克的唱本与其他唱本之间的异同，首先介绍一下索克的 2005 年唱本。

很早以前，有一位称雄西方的巴彦阿拉坦胡德尔汗。他的妻子为他生了一个儿子，其后背长着一颗三角形黑痣。孩子神速长大，三天长成三岁的孩子，四天长成四岁的孩子。到了第七天，开始不断向父亲询问自己应该出征的地方，应该复仇的敌人以及应该迎娶的未婚妻。父亲告诉他，他的未婚妻在日落的西方，是西北方巴拉穆格日乐汗的女儿。听到这个消息，他不听父母的劝阻，执意要去迎娶未婚妻。

巴彦阿拉坦胡德尔汗召集臣民举行送行仪式。给他准备了头盔铠甲，挑选了两匹骏马，并正式为他起名叫汗青格勒。汗青格勒带上长枪、利剑、弓箭、马鞭等武器，向父母、众将以及臣民道别，跨上战马，朝着西北方奔驰而去。

---

[1] 发表于仁钦道尔吉主编：《蒙古英雄史诗大系》卷一，北京：民族出版社，2007，第 823－905 页。

在自己的领地上，他所到之处受到臣民的欢迎和盛情款待。他的两条猎犬和两只猎鹰从后面追上了他，并开始追随他。旅途中，他多次行猎，多次长时间休息。他猎杀十只盘羊的时候遇上七个妖婆，汗青格勒给它们盘羊皮得以脱身。当他猎杀七头野公牛的时候遇上七匹野狼，汗青格勒给它们野牛肉得以脱身。七只乌鸦挡住去路要挖他的眼睛，汗青格勒扔给它们盘羊的眼睛和野牛的眼睛，得以脱身。

路上遇到从岩石里出生的玛德乌兰勇士的挑战，与之战斗，久不能决出胜负。扬起的尘土飘到天上，天界顿时变得天昏地暗，腾格里天神为之震惊，派两个喇嘛去调停。两个喇嘛带着圣水和佛经，变成两只孔雀飞到了人间。汗青格勒接过圣水尝了一尝，又向佛经顶礼膜拜，心里暗自祷告。这样，汗青格勒越战越勇，力气越来越大，终于把玛德乌兰勇士按倒在地上，喝令玛德乌兰勇士报上姓名和家乡，遭到玛德乌兰勇士的拒绝。在汗青格勒就要结束玛德乌兰勇士性命的关键时刻，两位勇士的三匹战马奔跑过来，建议他们成为结拜兄弟。两位勇士听从战马的建议，分尝圣水，佛经前起誓，向腾格里天神献祭，成为结义兄弟。他们互问姓名、年龄，按年龄，玛德乌兰勇士成为兄长，汗青格勒成为弟弟。

结义两兄弟一同前行，遇到大海，他们策马飞渡过去。遇到由巨蛇的身躯构成的大山，他们用弓箭射断它的脊梁开辟通道。接着，他们依次借助魔法通过毒蛇脊背变成的旷野、恶魔的旱獭、恶魔的黑蚁等几道障碍，最后来到了巴拉穆格日乐汗的宫帐前。

他们向巴拉穆格日乐汗挑明来意。原来，在他们到来之前，腾格里天神的库鲁克库克巴托尔捷足先登，已向汗青格勒的未婚妻求婚。得知汗青格勒要前来与未婚妻完婚的消息，库鲁克库克巴托尔暴跳如雷，气势汹汹地向汗青格勒提出挑战。举行了赛马、射箭、变幻术[1]三项竞技，汗青格勒在玛德乌兰的帮助

---

[1] 索克唱本中原本说是捉迷藏比赛，但叙述的是双方斗变幻术，因此翻译为变幻术比赛。这种情节在蒙古英雄史诗中很少见，可能与异文化，比如与藏族故事有关。

下均胜出。库鲁克库克巴托尔认输，汗青格勒与纳仁赞丹公主成婚。巴拉穆格日乐汗问女儿要什么嫁妆，女儿说要所有年幼的儿童和所有新生的幼畜。结果，父母跟着幼儿，母畜跟着幼畜，巴拉穆格日乐汗的所有臣民和牲畜都跟随汗青格勒和纳仁赞丹公主出发。巴拉穆格日乐汗只好也一同出发。

回归的路上汗青格勒携妻先行，玛德乌兰勇士护卫巴拉穆格日乐汗及其臣民随后迁徙。汗青格勒在回归途中先后遇见一牧羊老人和一位放牛老太。原来他们是汗青格勒的父母，被恶魔劫掠到此做奴隶。汗青格勒与父母相认。其经过如同青海蒙古《格斯尔》中的一些情节。玛德乌兰勇士见汗青格勒留给他的耳坠生锈，知道汗青格勒有难，遂疾驰而来，与汗青格勒一道铲除恶魔。汗青格勒和玛德乌兰勇士征服了敌人，过上了幸福生活。

（二）异文一览

除了索克2005年唱本，目前已经记录发表的《汗青格勒》史诗文本还有以下几种：

表2-1 《汗青格勒》版本统计

序号	异文	演述者	记录者	记录时间	出版情况
A	胡德尔阿尔泰汗	罗布桑	太白、曹鲁孟	1957	仁钦道尔吉：《英雄希林嘎拉珠》，黑龙江人民出版社，海拉尔，1978
B1	汗青格勒	乌泽尔	达·哈丹宝力格	1980	《汗腾格里》1981年第4期
B2	汗青格勒	乌泽尔	古·才仁巴力	1983	《花的柴达木》1983年第3期
B3	汗青格勒	乌泽尔	郭晋渊记录，纳·才仁巴力整理	1984	跃进主编：《青海蒙古族民间文学集锦》，内蒙古教育出版社，2008

续表

序号	异文	演述者	记录者	记录时间	出版情况
C	汗青格勒	古莱、扎格楚、查干夫、扎道依	斯·窦布青	1987	斯·窦步青：《肃北蒙古族英雄史诗》，民族出版社，1998
D	汗青格勒	乔格生	萨仁格日勒	2006	仁钦道尔吉主编：《蒙古英雄史诗大系》卷二，2007
E	汗精格勒传	纳·才仁巴力的父母	纳·才仁巴力	1980	跃进主编：《青海蒙古族民间文学集锦》，内蒙古教育出版社，2008
F	汗青格勒	海音赞〔蒙古〕	哲·曹劳	不详	《蒙古民间英雄史诗》，乌兰巴托：国家出版社，1982；仁钦道尔吉主编：《蒙古英雄史诗大系》卷二，2007
G	汗青格勒	帕尔沁〔蒙古〕	鲍·雅·符拉基米尔佐夫	1911，1913—1915	鲍·雅·符拉基米尔佐夫：《蒙古民间文学范例》，列宁格勒，1926；仁钦道尔吉主编：《蒙古英雄史诗大系》第二卷，民族出版社，2007

另外，还有一些未经公开的内部资料，如肃北县长命宝（音）演述、图格吉加布、孟克巴图记录整理的《衮金青吉斯传》，肃北县查干夫演唱，孟克巴图、却丹达尔记录整理的《汗青格勒传》等。西北民族大学的道·照日格图写《汗青格勒史诗研究》时利用了国内外发表和未经发表的9个文本。笔者利用的资料中，由于发表时间的原因照日格图先生未曾利用的有：1984年乌泽尔演唱、郭晋渊采录、2005年纳·才仁巴力誊写的文本，乔格生演唱、萨仁格日勒记录的《汗青格勒》以及1980年纳·才仁巴力从父母口中记录的散文体文本《汗精格勒传》，还有笔者2005年记录的索克唱本。

（三）比较研究

1. 罗布桑唱本与索克唱本的比较

《汗青格勒》史诗是青海卫拉特蒙古家喻户晓的史诗。流传广泛，记录的文本也较多。1957年2月20日图白（阿·太白）、曹鲁蒙二人记录的甘肃省肃北县史诗艺人罗布桑演唱的《胡德尔阿尔泰汗》[1]，是我国记录最早的《汗青格勒》史诗文本。

胡德尔阿勒泰汗的儿子汗青格勒出生，神速长大。从父母那里得知其未婚妻在遥远的西北方，是巴拉姆格日勒汗的女儿那仁赞丹。于是让马夫抓马，让人准备盔甲和武器，出征远方。路上遇见牧羊人预告汗青格勒将遇到的障碍。汗青格勒又走了十三年的路程，他的黑白两只雄鹰从前面飞来，哈萨尔和巴萨尔两条大狗也跟着狂奔过来。再向前奔驰七七四十九天，有一位勇士骑着巨大如山的骏马从后面赶来挑衅。二人先后在马背上扭打、用弓箭对射、下马肉搏，不分胜负地战斗数年。勇士的战斗震动了天界，搅得天界连续三年未能正常举行法会。腾格里天神只得派两个喇嘛手捧圣水去调解。汗青格勒接过圣水品尝，对手玛拉乌兰则拒绝。结果汗青格勒力气倍增，把玛拉乌兰按倒在地，在即将割断玛拉乌兰的喉咙结束他生命的时候，两个坐骑跑过来劝和。两位勇士接纳坐骑的建议，成为结拜兄弟。原来玛拉乌兰没有父母，是为了消灭蟒古思而从黑色卧牛石里出生的。玛拉乌兰答应帮助汗青格勒去完成迎娶未婚妻的使命。从此，两位勇士一起踏上征程，又走了十三年的路程，在玛拉乌兰的指点下避开了七大红旱獭的危害，也躲过了大青铁蛇的毒害，凭借骏马的本领跨过了毒海，看到了巴拉姆格日勒汗的宫顶。见到了可汗的牧羊人，探听到腾格里天神的爱将哈日库库勒勇士已经向那仁赞丹公主求婚。他们走到可汗家，决定通过好汉三项竞技来确定谁将迎娶那仁赞丹公主。汗青格勒和玛拉乌兰在赛马、射箭和摔跤比赛中战胜哈日库库勒，仍听从坐骑的劝告，与对手成为结拜兄弟。

---

[1] 见仁钦道尔吉搜集整理的英雄史诗选《英雄希林嘎拉珠》附件，第313—402页，约1100多行；仁钦道尔吉主编：《蒙古英雄史诗大系》卷一，北京：民族出版社，2007，第733—757页。

婚礼结束后，作为陪嫁，巴拉姆格日勒汗的女儿要求带走所有儿童和所有幼畜，结果，父母跟着孩子，畜群跟着幼畜，都跟随那仁赞丹而去，最后，可汗带着家眷也跟着女儿迁徙。

三位勇士护送那仁赞丹和他父母通过毒海，击退了敌人的进攻之后，玛拉乌兰同汗青格勒互换金耳坠，返回自己家乡。汗青格勒让哈日库库勒护送妻子一家，自己先回去为迎接新娘做准备。汗青格勒返回家乡，发现长着十二个脑袋的阿塔嘎尔哈尔毛思早已掠走他的父母和百姓，他再次出征追击敌人。玛拉乌兰看到汗青格勒留给他的金耳坠褪了颜色，知道兄弟遭遇困境。于是赶过来一同追击恶魔。两位勇士变幻成秃头流浪儿，先后见到汗青格勒被恶魔奴役的父母，与之相认。最后，他们消灭恶魔，带着父母和百姓返回家乡，与妻子和巴拉姆格日勒汗夫妇相聚，举行盛大宴会，开始了幸福的生活。

罗布桑唱本和索克唱本在故事情节上还是比较一致的。例如，出生，神速长大，询问有婚约的姑娘，出征前的宴席，左右手勇士们为少年勇士准备武器装备，出征，与玛拉乌兰交战，天庭派喇嘛调停，听从坐骑的建议与玛拉乌兰勇士成为结拜兄弟，靠玛拉乌兰勇士的指点通过路上遇到的毒大海、毒蛇岭、恶魔的巨旱獭、恶魔的巨蚂蚁等障碍，进入巴拉穆格日乐汗的宫殿，与腾格里天神的勇士激烈竞争，迎娶巴拉穆格日乐汗的女儿，给女儿陪嫁，汗青格勒先行回乡，发现父母被恶魔奴役，与父母相认，根据耳坠的颜色预知吉凶，铲除恶魔等主要情节都一一对应。

但也有不同的地方。例如，罗布桑唱本中，汗青格勒不仅与玛拉乌兰成为结义兄弟，而且最终还和自己的婚姻竞争对手、腾格里天神的爱将哈日库库勒巴托尔成为结拜兄弟，即有两次结义情节。但索克唱本中只有一次，没有汗青格勒与婚姻竞争者库鲁克库克巴托尔结义的情节。但是蒙古英雄史诗传统中还是有这种情节的，说明罗布桑在演绎这一情节时，把蒙古英雄史诗传统中各种婚姻竞争模式均作为选项，在传统的互文性中完成了创编。索克唱本中英雄汗青格勒在奔赴巴拉穆格日乐汗家的路上两次通过三道障碍：第一次是在与玛德乌兰相遇之前，通过了扒人皮的七个妖婆、吃人肉的七条恶狼、挖人眼睛的七只乌鸦。第二次是在与玛德乌兰结义后，通过了由巨蛇的身躯构成的大山、毒蛇脊背变成的旷野、恶魔的旱獭、恶魔的黑蚁等障碍。但罗布桑唱本中则只有一次通过三道障碍。与婚姻竞争者较量的故事在大的框架上一致，但是具体的细节多有出入。例如，罗布桑唱本中是通过赛马、射箭和摔跤比赛来决出胜负，而索克唱本中则没有摔跤，代之以捉迷藏，并且是三局两胜制。还有，索克唱本中汗青格勒在回乡途中直接遇到了被恶魔奴役的父母，而罗布桑唱本完整叙述了汗青格勒回乡后发现家乡和父母被恶魔劫掠，然后从留在家乡的一对老人口中探听到父母的遭遇，之后才追击恶魔的过程。这是蒙古卫拉特英雄史诗中常见的失而复得式故事的一种比较规范的叙述套路。索克唱本中也有从留在家乡的一对老人口中探听到父母遭遇的情节，但是把这个情节安排在玛德乌兰勇士身上。

两者还有一个区别在于语言表现方面。罗布桑唱本语言比较精练，较之索克唱本篇幅也比较短，重复的运用没有索克那么频繁。这或许是因为搜集记录者从演唱者口中直接笔录和先录音后誊写记录两种方式产生的差距。但是，整个语言风格和程式化诗句等方面保持着高度的相似性。

2. 乌泽尔唱本与索克唱本的比较

国内影响最大、记录次数最多、演唱质量最高的，当数乌泽尔唱本。乌泽尔是青海蒙古族最受人们尊崇的著名艺人之一。他的3次表演文本在故事情节上高度一致。索克唱本与乌泽尔唱本在下述几方面极为相似。第一，在出生，神速长大，询问有婚约的姑娘，出征前的宴席，左右手勇士们为少年勇士准备武器装备，出征，与玛德乌兰交战，天庭派喇嘛调停，听从坐骑的建议与玛德乌兰勇士成为结拜兄弟，靠玛德乌兰勇士的指点通过路上遇到的毒大海、毒蛇岭、恶魔的巨旱獭等障碍，进入巴拉穆格日乐汗的宫殿，与腾格里天神的勇士激烈竞争，迎娶巴拉穆格日乐汗的女儿，给女儿陪嫁，汗青格勒先行回乡，发现父母被恶魔奴役，与父母相认，玛德乌兰勇士见汗青格勒赠送的耳坠生锈便知义兄弟遇到麻烦，帮助汗青格勒铲除恶魔等主要情节都一一对应。

第二，两种异文中的主要人名、坐骑名相同或相似：巴彦胡德尔阿尔泰汗、汗青格勒台吉、巴拉姆格日勒汗、玛德乌兰勇士、那仁赞丹、库鲁克库克勇士、哈西嘎陶哈勒马等名字完全相同；十五个脑袋的阿塔嘎尔哈尔蟒古思与十二个脑袋的阿塔嘎尔哈尔毛思等名字稍有不同。

但是，乌泽尔唱本与索克唱本在篇幅上有很大差异。乌泽尔唱本篇幅较短，简单明了，而索克唱本则冗长繁复，重复性情节多。例如，索克唱本中英雄汗青格勒在奔赴巴拉穆格日乐汗家的路上两次通过三道障碍，第一次是在与玛德乌兰相遇之前，通过了扒人皮的七个妖婆、吃人肉的七条恶狼、挖人眼睛的七只乌鸦，与玛德乌兰一起走的时候又通过了由巨蛇的身躯构成的大山、毒蛇脊背变成的旷野、恶魔的旱獭、恶魔的黑蚁等障碍，而乌泽尔唱本中只有一次通过三道障碍。又如，婚姻竞争情节上，乌泽尔唱本是通过赛马、射箭和摔跤比赛来决出胜负，而索克唱本中则没有摔跤，代之以捉迷藏。还有，乌泽尔唱本同罗布桑唱本一样叙述了汗青格勒回乡后发现家乡和父母被毛思劫掠，然后从留在家乡的一对老人口中探听到父母的遭遇，之后才追击毛思。而索克唱本中则是汗青格勒在回乡途中直接遇到被毛思奴役的父母，把汗青格勒从老人口中得知父母消息这个情节移后，安排在随后赶到的玛德乌兰勇士身上。

索克唱本尤其在史诗开头的前半部分加入了很多无关史诗主要故事情节的派生情节，在史诗主要情节中也加入很多细节。因此两个异文之间的区别更多体现在次要情节和细节描述上。例如，在赛马情节上，索克唱本中黄羊腿黄铜嘴的妖婆替库鲁克库克勇士进行比赛，乌泽尔唱本中没有这种情节。但即便有很多相异之处，有些细节上索克唱本与乌泽尔唱本仍然保持一致。例如汗青格勒追击敌人途中射杀七只盘羊，带着这些盘羊的眼睛、肌肉和蹄筋进入恶魔的领地，用它们骗过恶魔的凶禽猛兽、妖婆、乌鸦、恶狼逃脱危险的情节，两个异文中都有。汗青格勒变幻为秃头流浪儿与被恶魔奴役的父母见面和相认的情节上两个异文也一致。

总之，乌泽尔唱本与索克唱本在故事框架、基本内容上基本一致，而在故事的细枝末节上有很多区别的异文。

3. 与蒙古国异文的比较

《汗青格勒》史诗在蒙古国西部卫拉特人中也有流传。目前公开发表的有鲍·雅·符拉基米尔佐夫搜集、帕尔沁演唱的《汗青格勒》史诗巴亦特异文[1]以及海音赞演唱、哲·曹劳记录的《汗青格勒》史诗杜尔伯特异文[2]。前者是鲍·雅·符拉基米尔佐夫院士于1911年和1913—1915年间考察蒙古西北部的巴亦特、杜尔伯特等卫拉特诸部时记录的。这也是所有以汗青格勒之名字命名的史诗文本中记录时间最早的一种。后者具体记录时间不详，从发表的时间上看，应该是20世纪70年代末、80年代初。

关于《汗青格勒》史诗的中蒙异文的关系，学界持有不同的见解。具体来说，关于《汗青格勒》史诗的蒙古国帕尔沁演唱文本与我国异文，仁钦道尔吉说它"除汗青格勒及其马名外，它的内容与我国各种异文有很大区别"。关于《汗青格勒》史诗的蒙古国杜尔伯特异文与我国异文的关系，他说"这是一部神奇的鬼怪性史诗，除了其中的勇士名字汗青格勒及其马名哈萨嘎陶亚罕与我国发现的异文相近外，内容完全不同，没有讲述传统的婚礼故事，失而复得式情节也与众不同"，是一部"后人运用鬼怪故事情节与英雄史诗相结合创作的作品。它与上述《汗青格勒台吉》和《胡德尔-阿尔泰汗（库德尔-阿尔泰汗）》不同，是另一种类型的作品"。他认为，这种现象说明了英雄史诗的极其复杂的发展和变异过程"。[3] 关于《汗青格勒》史诗的蒙古国异文与我国异文的关系，道·照日格图进行过详细的比较研究。他得出的结论是："蒙古国哲·曹劳记录的《汗青格勒》和鲍·雅·符拉基米尔佐夫记录的《汗青格勒》，较之其他文本（指我国青海、甘肃蒙古《汗青格勒》史诗诸文本——引者），有较大

---

[1] 原载鲍·雅·符拉基米尔佐夫：《蒙古民间文学范例》，列宁格勒，1926，第188—200页。这是用俄文字符记录的文本，蒙古文本见于仁钦道尔吉等主编的《蒙古英雄史诗大系》第二卷，北京：民族出版社，2007，第473—493页。

[2] 原载《蒙古民间文学丛书》之二《蒙古民间英雄史诗》，乌兰巴托：国家出版社，1982，第72—109页。蒙古文本见于仁钦道尔吉等主编的《蒙古英雄史诗大系》第二卷，北京：民族出版社，2007，第788—822页。

[3] 仁钦道尔吉：《蒙古英雄史诗源流》，呼和浩特：内蒙古大学出版社，2001，第241、239—242页。

的差别，几乎到了让人认不出的程度。但是有些唱词、名字、描绘、形象塑造方面与其他文本产生一定的联系。尤其是鲍·雅·符拉基米尔佐夫记录的文本与其他文本的差别更大，玛德乌兰等其他勇士不出现，汗青格勒始终一个人孤军奋战，是一个有趣的异文。"海音赞演唱本与其他文本的差别也很大，所以可以认为，这是其他几个异文（我国诸异文——引者）的续篇，因为这个文本不叙说汗青格勒的诞生，虽然汗青格勒、斯钦乌兰、腾格里天神之子图尔珠拉等名字与我国诸异文中的汗青格勒、玛德乌兰、腾格里天神之子胡和—库鲁克勇士（哈日库库勒勇士）等名字相对应，以及坐骑的名字也基本一致，但是，这个异文的故事情节与我国诸异文不同。因而可以说，这个文本不是我国诸异文的变体，而可能是它们的续篇。它们与我国诸异文之间可能存在像《江格尔》《格斯尔》史诗篇章那样的并列关系。而符拉基米尔佐夫记录的帕尔沁唱本好像也已经成为一部独立篇章，可能是海音赞演唱本的续篇。[1]

在比对中蒙异文之后，笔者发现，蒙古国异文和我国诸异文之间不仅在人物名字、某些情节上基本相同，而且整个故事框架上也存在一致性。因而笔者认为，蒙古国异文和我国异文同出一源。之所以在故事情节上发生很大的不同，是蒙古英雄史诗传统中英雄的妻子和英雄的妹妹，英雄的对手与英雄的义兄弟两对角色总是可以互相转换的缘故。下面看蒙古国两个异文的内容。

（1）帕尔沁唱本

①汗青格勒说要巡视阿尔泰故乡，骑着战马，全副武装，带着猎鹰和两条猎犬出发，父母祝福他战胜敌人早日归来，妹妹哈日尼敦送行。

②勇士登上阿尔泰山，恶魔变作一只狐狸来挑衅，汗青格勒没能消灭它。

③勇士回家，为保护妹妹层层设防，但恶魔还是偷走了妹妹。

④汗青格勒启程追赶恶魔。

⑤汗青格勒在坐骑的协助下杀尽魔兵，恶魔逃到天上去了。汗青格勒也追

---

[1] 道·照日格图：《〈汗青格勒〉史诗研究》，呼和浩特：内蒙古人民出版社，2001，第25、28—29、30页。

到天上，通过弓箭对射、空手肉搏，取得胜利，消灭了恶魔。

⑥汗青格勒得到一只狼崽的指点，找到妹妹，返回家乡。

⑦汗青格勒回乡发现父母百姓被恶魔掠去，于是去追赶。

⑧汗青格勒乔装，来到蟒古思的领地，见到被恶魔奴役的父母。父母开始没有认出他。汗青格勒恢复原貌，得以相认。

⑨汗青格勒杀死恶魔及其全族，与父母一起回到家乡，举办盛宴，过上了幸福生活。

（2）海音赞唱本

①汗青格勒有个妹妹叫乌仁高娃-哈日尼敦。汗青格勒梦见他射死了变作狐狸的杜希哈日蟒古思。

②他骑着战马，带着两只猎鹰和两条猎狗到雪山顶上瞭望，果然看见一条狐狸。他发毒誓说，如果打不死它，让我猎鹰翅膀上的羽毛褪去，让我猎犬的四只脚掌脱落，让我坐骑的四条腿摔个粉碎，而让我汗青格勒失去乌仁高娃-哈日尼敦妹妹。说罢，他追杀那条狐狸，围绕阿尔泰山和杭爱山追了又追，最终人困马乏，两只雄鹰和两条猎狗都筋疲力尽，猎杀没有成功。结果他的誓言实现，他和马、狗、鹰都受了伤。汗青格勒见状，担心真的失去妹妹，赶紧用疗效神速的白药治好了坐骑、猎鹰、猎狗和他自己，紧急回家。

③汗青格勒回家，为保护妹妹，层层设防。到了夜里，妹妹三次从梦中惊醒，说她梦见一只麻雀飞进了他们家。汗青格勒安慰她睡觉。

④第二天早晨，妹妹还没有起床的时候，汗青格勒叫来岱尔图哈日勇士，交给他自己平时穿的一件红绸缎袍子，说自己为了防止杜希哈日蟒古思夺走妹妹，决定去远方消灭敌人，如果这袍子保持鲜红的颜色，说明我平安，如果它褪色，说明我处境危难。说完就出发了。

⑤在远征途中，勇士听坐骑的话，先后找到被蟒古思害死的勇士斯钦乌兰和腾格里汗之子图尔珠拉二人。他们都被杜希哈日蟒古思打败，被它夺走了妹妹。汗青格勒用神药使他们死而复生，依次举行仪式，与他们结为义兄弟。

⑥他们一同去消灭蟒古思。在接下来的路上，他们按照哈萨嘎陶亚罕神驹

的指点，先后消灭蟒古思的黑牤牛，铁、黄铜、红铜三种蟒古思灵魂以及蟒古思的黑毒蛇。在这过程中，斯钦乌兰、图尔珠拉先后倒下，哈萨嘎陶亚罕神驹让他们复活。

⑦通过了三道障碍后，三位英雄来到杜希哈日蟒古思家，与蟒古思搏斗。图尔珠拉和斯钦乌兰先后被蟒古思所害。汗青格勒在神驹的协助下，终于杀死了蟒古思。

⑧他又一次把两位结义兄弟救活，让他们赶着蟒古思的臣民各自回家。

⑨汗青格勒回到蟒古思家，虽然追杀了蟒古思妖婆，却没有完全消灭。然后启程去寻找被蟒古思夺走的妹妹，不料却在半途上骏马倒下了。汗青格勒用巫术让天空下雨，把寸草不生的荒凉戈壁变成了水草丰美的草原。

⑩斯钦乌兰和图尔珠拉从后面赶来，最终消灭蟒古思的妖婆。

⑪他们举办盛大的宴会，宴会中三位勇士举行了婚礼，汗青格勒与斯钦乌兰的妹妹，斯钦乌兰与图尔珠拉的妹妹，图尔珠拉与汗青格勒的妹妹结婚，他们过上了幸福的生活。

以往的研究已经指出了我国异文和蒙古国异文之间主要人物名称、坐骑名称上的一致性和相似性，也重点探讨了它们在故事情节上的不同点。在这里，重点关注我国异文和蒙古国异文在故事框架上的联系。

我国诸异文在故事情节上基本一致，只存在语言上或"故事的非实质性部分"的差异，因此，它们之间只是普通的异文关系。而蒙古国两个异文之间，在夺回妹妹这个主要情节上基本相同，所以这两个异文之间也是异文关系。但是，两国异文之间，故事情节的某些实质性部分上有重要而较大的差别，所以，中蒙异文之间，即形成变体关系。

那么，《汗青格勒》史诗的中国变体和蒙古国变体是怎么生成的，又是如何维系相互间故事情节实质上的联系呢？只有透过表层故事去分析故事的结构，才能解答这个问题。

我们首先对我国异文与蒙古国帕尔沁唱本的结构进行比较。

我国诸异文的故事框架是婚事型故事加一个失而复得式故事。即勇士到远方，通过与婚姻竞争者的斗争娶回美丽的妻子，然后再启程消灭劫掠家乡、奴役父母的恶魔的故事。在婚事型故事中还夹有结义型故事。

那么，蒙古国帕尔沁唱本也由两个部分组成：勇士到远方，消灭蟒古思救回妹妹的失而复得式故事，再加一个勇士消灭劫掠家乡父母的蟒古思，救回父母臣民的失而复得式故事。两个变体的故事框架用图式表示如下：

我国变体：勇士到远方 — 结义 — 战胜竞争者娶回妻子 — 再启程 — 消灭恶魔 — 解救父母。

蒙古国变体（帕尔沁唱本）：勇士到远方 — 战胜蟒古思救回妹妹 — 再启程 — 消灭恶魔 — 解救父母。

不难看出，两个变体在故事框架上非常相似。在这个结构图式中，我国变体中的"战胜竞争者娶回妻子"情节同蒙古国帕尔沁唱本中的"战胜蟒古思救回妹妹"情节完全重合。当然，青海变体的"勇士到远方 — 战胜竞争者娶回妻子"里边还有一个结义故事，在蒙古国帕尔沁演唱的变体中则没有。

在这里我们应该重视的是，蟒古思夺走英雄的妹妹，是一个特殊的婚事型故事，在英雄的干预下蟒古思未能同英雄的妹妹结合，最终英雄如愿夺回妹妹，这也是一种特殊的婚事故事。在蒙古英雄史诗传统中，英雄的妻子和英雄的姐妹的位置在故事结构框架内总是互相重叠。例如特殊婚姻型史诗（家庭斗争型史诗）中背叛英雄通敌者往往是英雄的妻子或妹妹。在很多失而复得式史诗中，例如《锡林嘎拉珠巴托尔》和《英雄古纳罕乌兰》史诗多种异文中，被蟒古思夺走的往往也是英雄的妻子或妹妹。因此，在蒙古英雄史诗传统中"战胜竞争者娶回妻子"的故事和"战胜蟒古思救回妹妹"的故事是一对可以相互置换或转换的故事。按此思路再观照上面的结构图式，可以对两种异文做出如下判断：两种异文的故事框架结构是一致的；它们之间的不同，是同一种故事框架中英雄的妻子和英雄的妹妹被转换角色的结果。

值得指出的是，帕尔沁演唱的《汗青格勒》史诗的后半部分即英雄再启程去消灭蟒古思解救父母家乡的部分尽管篇幅很短，但在故事情节上与青海蒙古诸异文的相应故事相当吻合。像"勇士回到家乡——发现蟒古思劫掠家乡父母——通过三道障碍——乔装打扮（变作秃头流浪儿）——见到被恶魔奴役被迫放牛的父母——捉弄父母（不让父母认出自己）——变回原貌与父母相认——消灭恶魔全族——回乡"的情节，连同一些细节上都与青海蒙古异文如出一辙。这说明了中蒙异文之间还是维持着较紧密的关系。

再来看看我国诸异文与蒙古国海音赞唱本的结构异同。这个异文的故事结构更有趣。首先要说，汗青格勒的妹妹一开始并没有被蟒古思抢去，汗青格勒是为防止发生这种事而征讨蟒古思的。但是，叙述到最后却说，蟒古思抢夺了汗青格勒的妹妹，汗青格勒从蟒古思手中夺回妹妹。可以认为，这是艺人在现场即兴演唱的过程中产生的失误。因此，从故事的起因上讲，通篇史诗似乎讲的是一个失而复得式故事。

而且其中还有结义情节。斯钦乌兰勇士和图尔珠拉勇士与汗青格勒一样，也是被蟒古思夺走了妹妹。他们与蟒古思较量，被打败，从而与汗青格勒结为义兄弟，一起营救妹妹。在汗青格勒在征途中与其他勇士结义这一点上，与我国青海蒙古异文是一样的。而我国肃北县罗布桑唱本中，汗青格勒不仅与玛德乌兰勇士结义，而且打败婚姻竞争者哈日库库勒后，与其成为结拜兄弟。在三个勇士结义这一点上，我国罗布桑唱本和蒙古国海音赞唱本相似。

从结果上看，史诗叙述的无疑是汗青格勒、斯钦乌兰、图尔朱拉三位结义勇士的婚事故事：史诗的最后，汗青格勒与斯钦乌兰的妹妹，斯钦乌兰与图尔珠拉的妹妹，图尔珠拉与汗青格勒的妹妹结婚。因此，它是把三个婚事型故事和三个失而复得式故事两种不同的故事放在一条叙事主线上同时叙述的结构。但英雄汗青格勒在这个文本中还是有两次启程远征，整个故事呈现出比较复杂的状态。用结构图式可表示如下：

  海音赞唱本：英雄启程——三位勇士结义——消灭蟒古思——再启程——消灭蟒古思妖婆——救回妹妹——三位勇士成亲。

我国诸异文：英雄启程—结义—战胜婚姻竞争者—迎娶妻子—再启程—消灭蟒古思—救回父母。

比较上下两个结构图就会发现，海音赞唱本在"消灭蟒古思—再启程"中间缺少了一个结构板块，那正是迎娶妻子部分。正是由于这个部分的遗漏，使史诗某些部分的叙述显得变化较大。

其实，从蟒古思把三位勇士的妹妹抢夺和三位勇士的妹妹最终成为三位勇士的妻子这个结果看，蟒古思抢夺的无疑是三位勇士的未婚妻。因此，海音赞唱本结构图式中的"消灭蟒古思"这个板块，刚好对应我国异文结构图式中的"战胜婚姻竞争者"板块。

这样一来，上面的海音赞唱本的结构图式就应该纠正为：

英雄启程—结义—战胜婚姻竞争者—再启程—消灭蟒古思—救回妹妹—迎娶妻子

很显然，这个结构图式与我国诸异文的结构图式没有什么特别大的区别。区别只在于把"战胜婚姻竞争者"后面的"迎娶妻子"部分移到最后来叙述。这说明，海音赞唱本同我国青海蒙古各文本在基本的故事框架结构上还是一致的，只不过在海音赞演唱文本中有些结构部分在叙事的层面上被移动和变形。

可以肯定地说，产生这种改变的原因有两个：首先，英雄的妻子和英雄的妹妹这两个角色之间有着微妙的转换关系；其次，英雄的结义兄弟和英雄的婚姻竞争者之间也存在着微妙的转换关系。在我国艺人罗布桑的唱本中，哈日库库勒勇士就是由汗青格勒的婚姻竞争者变成义兄弟的。但是，海音赞在演唱中并没有明确地把这两组关系交代清楚。其唱本中的斯钦乌兰显然与我国青海蒙古异文中的玛德乌兰相对应。而图尔珠拉勇士则与我国异文中的库鲁克库克巴托尔对应。因此，图尔珠拉勇士应像库鲁克库克巴托尔那样，是汗青格勒的婚姻竞争者。但是，海音赞并没有这样去演绎。因为他把图尔珠拉从婚姻竞争者位置拿掉，改成了英雄的义兄弟，在婚姻竞争者位置上另安排了一个蟒古思，结果，我国异文中汗青格勒、玛德乌兰、库鲁克库克巴托尔三个英雄中，只有汗青格勒一个人娶亲，而在海音赞的唱本中，汗青格勒、斯钦乌兰、图尔珠拉三位英雄打败蟒古思后都成亲。

《汗青格勒》史诗的我国青海蒙古变体和蒙古国变体之间，表层故事层面上存在相当大的差别。但在深层情节结构上，却有着相当大的一致性。它们并不是"完全不同的故事"，彼此之间也不存在"续篇"关系，各异文之间更不存在并列复合的关系，它们不构成系列史诗。它们之间是变体关系。表层故事上的那些差别，其实是源于蒙古英雄史诗传统中存在的英雄的妻子与英雄的妹妹、英雄的结拜兄弟和英雄的对手这两对关系，经常处于相互转换的关系中。因而，我国青海蒙古史诗传统中，被争夺者是英雄的妻子，而在蒙古国史诗传统中，被争夺者就变成了英雄的妹妹。而在对手这一块，我国异文中汗青格勒的婚姻竞争者很明确，在蒙古国异文中，随着英雄的妻子角色被英雄的妹妹角色所取代，所以婚姻竞争者角色被模糊。当英雄的妻子和英雄的妹妹被相互调换，英雄的义兄弟和英雄的对手之间转换角色的时候，艺人必须按不同的角色调整故事情节套路，以适应不同的角色，从而产生了叙述上的较大差别。

因此，无论是我国诸异文，还是蒙古国诸异文，都是同一部史诗的异文或变体。在史诗规模和结构类型上，应属于蒙古英雄史诗中的串联复合型中小型史诗。

我们把上面《汗青格勒》史诗的索克唱本同我国其他诸文本和蒙古国两个文本进行的比较总结如下。

首先，包括索克演唱的《汗青格勒》在内的该史诗青海、肃北诸文本在人名、故事情节的基本框架结构上与蒙古国诸异文仍保持着一致性。它们并不是在内容上完全不同的史诗，也不是一部系列史诗各自独立的篇章。

其次，索克演唱的《汗青格勒》史诗文本同青海、肃北其他艺人唱本在各方面高度一致，说明索克演唱的《汗青格勒》史诗是传统的、定型的、没有被随意改动的，这也同时说明了索克对传统史诗的把握及其态度。

二、《道力静海巴托尔》史诗

《道力静海巴托尔》同《汗青格勒》史诗一样,也是在我国青海蒙古族民间广为流传的一部史诗。目前,正式发表的该史诗异文有多种,其中既有艺人演唱的韵文体文本,也有艺人演述的散文体文本。这部史诗也是索克非常熟悉且经常演唱的史诗。公开发表的索克唱本有两个。一个是 2005 年 11 月 27 日由索克演唱、笔者记录整理的韵文体文本,有 1700 余诗行。[1] 另一个是 1984 年由索克演唱、纳·才仁巴力记录并发表在青海蒙古民间文学集《英雄黑旋风》里的异文。

(一) 内容概述

为了使读者了解艺人在 21 年的时间跨度里先后演唱同一部史诗时所发生的一些变化,我们先介绍 1984 年唱本。[2]

韵文体,1089 诗行。叙述了道力静海巴托尔和弟弟乌兰班达莱到遥远的地方聘娶纳古朗汗的两个女儿娜日朗贵和萨日朗贵的故事。

> 有一天,少年英雄道力静海巴托尔在野外放牧,从东北方飞来一只乌鸦,道力静海巴托尔用套马杆碰了它一下,乌鸦竟然死了。勇士回家把这件事告诉母亲。母亲告诉他乌鸦来是为告诉你未婚妻的消息,她住在距离这里有九十九年路程的遥远的地方。父亲告诉他,未婚妻就是居住在西北方的纳古朗汗的女儿。得知未婚妻的消息,道力静海巴托尔不听父母的劝阻,执意去娶。他骑着大黄马独自向西北方出发。进入干涸的地方,骏马提醒主人念经求佛,天空突然下起了倾盆大雨。高山挡住去路,战马提醒勇士念经求佛,高山自开缝隙让出了一条道路。

---

[1] 发表于仁钦道尔吉等主编:《蒙古英雄史诗大系》卷三,北京:民族出版社,2008。
[2] 原载纳·才仁巴力搜集整理:《英雄黑旋风》,海拉尔:内蒙古文化出版社,1990;仁钦道尔吉主编:《蒙古英雄史诗大系》卷二,北京:民族出版社,2007,第 392—415 页。

道力静海巴托尔走后他母亲又生了一儿子，起名为乌兰班达莱。乌兰班达莱神速长大，三天后能开口说话，询问有没有兄长，应该从何方娶妻。得知自己应该娶纳古朗汗的女儿后，立即骑上云青马，携带武器，从哥哥道力静海巴托尔后面疾驰而去。追上后，故意与之角力，以试探其力量。结果兄弟二人不分胜负，平分秋色，兄弟相认。

在接下来的旅途中，他们遇到骑黑骆驼的人，说有个带两只恶熊和两个大力士、长着十二颗脑袋的蟒古思来侵占家乡已有三十二年。道力静海巴托尔勃然大怒，决定与之一争高下。道力静海巴托尔与熊搏斗不分胜负。乌兰班达莱轮换上阵，把两只熊摔个粉碎。接着道力静海巴托尔与恶魔的两个大力士较量，不分胜负，乌兰班达莱上阵，把蟒古思的两个大力士摔得粉碎。原来这是纳古朗汗的领地，长着十二颗脑袋的蟒古思是来向道力静海巴托尔的未婚妻求婚的。兄弟俩见到未婚妻，向纳古朗汗说明来意。此时十二颗头的蟒古思气势汹汹地向道力静海巴托尔兄弟俩提出挑战。通过射箭、赛马、猎杀铁青牛取其心肺等三项比赛，战胜了蟒古思，兄弟二人分别娶了纳古朗汗的两个女儿，胜利返乡。乌兰班达莱率先启程回乡，并告诫哥哥路上不要回头看。道力静海巴托尔违反禁忌，两次回头，结果先后被妖婆和妖叟毒害致死。他的大黄马采来药草和神水救活了主人。最终，兄弟英雄携妻回乡拜见父母，举行盛宴，过上了幸福的生活。

2005 年唱本：

少年英雄道力静海巴托尔，父母外还有祖母。有一天，道力静海巴托尔在野外放牧时，从东北方飞来了一只乌鸦，道力静海巴托尔用套马杆碰了一下，乌鸦竟然死了。大感不解的勇士回家把这件事告诉祖母，祖母告诉他乌鸦是来告诉你未婚妻消息的，她在离这里有九十九年路程的地方。得知未婚妻消息的道力静海巴托尔不听父母的劝阻，决定去娶回未婚妻。他独自骑着大黄马，带着心爱的两条猎狗和两只猎鹰向着西北方出发。途中，遇到骑白骆驼的人，告诉勇士前面有两只恶熊举着两座山玩耍。道力静海巴托尔与熊搏斗，最终战胜它们。

骑黑骆驼的人告诉道力静海巴托尔，前方有两个大力士手举两座山在耀武扬威。道力静海巴托尔与他们较量，不分胜负。这时道力静海巴托尔的母亲又生了一个儿子，起名为乌拉岱班迪。乌拉岱班迪神速长大，三天后能开口说话。得知哥哥为迎娶未婚妻去了西北方，也不听父母的劝阻，乘骑上云青马，带上武器从道力静海巴托尔的后面疾驰而去。乌拉岱班迪在道力静海巴托尔与两只熊打斗的时候追上了兄长。道力静海巴托尔扔下两只熊迎接弟弟，弟弟却故意与哥哥角力，以试探其力量。结果兄弟二人不分胜负，平分秋色，兄弟相认。

道力静海巴托尔与熊搏斗不分胜负。乌拉岱班迪轮换上阵，把两只熊摔个粉碎。道力静海巴托尔与两个大力士较量，不分胜负，乌拉岱班迪上阵，战胜两个大力士。在后面的路途中，他们先后越过大山、大海两道障碍，来到未婚妻扎比娅公主及其父汗所住的地方。道力静海巴托尔向可汗说明来意。原来，恶魔早已向扎比娅公主求婚，此时听到道力静海巴托尔也在求婚，就气势汹汹地向道力静海巴托尔兄弟俩提出挑战。通过射箭、赛马、取铁青牛心肺等三项比赛，战胜了蟒古思，道力静海巴托尔如愿娶了扎比娅公主。道力静海巴托尔率先启程回乡，弟弟乌拉岱班迪告诫哥哥路上不要回头看。道力静海巴托尔违反禁忌，先后两次回头，结果先后被貌似自己父母的妖婆和妖叟毒害致死。他的大黄马采来药草和神水救活了主人。他回乡拜见父母和祖母。祖母询问道力静海巴托尔是否成功迎娶妻子，勇士给了肯定的回答。这时，"西北方的纳古朗汗"几个字在宫帐顶上出现的彩虹中闪耀显现。最终，他们举行盛宴，过上了幸福的生活。

这是索克时隔21年后重新演唱同一部史诗。把这次唱本同1984年唱本文本比较，可见基本故事情节并没有大的改变。主要区别在于：

道力静海巴托尔有父母外还有一个老祖母，是这个老祖母解释乌鸦飞来的象征意义。1984年唱本中明确了道力静海巴托尔的岳父是住在西北方的纳古朗汗，它有两个女儿名叫娜日朗贵和萨日朗贵；然而在2005年唱本中这些名字除了纳古朗汗的名字最后出现之外都不曾出现，取而代之的是西北方的可汗和扎比娅公主。显然，这是艺人一时没有想起纳古朗汗的名字所致。最后想起后说纳古朗汗的名字在彩虹中显现，是以特殊的方式提醒了观众。1984年唱本中道力静海巴托尔的弟弟叫乌兰班达莱，但2005年唱本中叫作乌拉岱汗班迪（ulaadaikhan bandi），如果去掉表示宠爱之意的词缀-khan和对小男孩的习惯称呼bandi，这个名字实际上就是乌拉岱，因此也可译作乌拉岱班迪。在故事情节上，1984年唱本说道力静海巴托尔兄弟俩娶了纳古朗汗的两个女儿。关于这点，仁钦道尔吉指出："这部史诗中，乌兰班达莱神速长大，与哥哥去远方通过三项比赛战胜对手，分别娶到了同一可汗的两个女儿，这些情节与史诗《汗哈冉贵》中的汗哈冉贵与其弟乌拉岱的婚礼相似。"[1] 考虑到乌拉岱班迪的名字，仁钦道尔吉的见解是有道理的。说明艺人在创编《道力静海巴托尔》史诗时是以《汗哈冉贵》等英雄史诗相关人物和情节为互文的。但2005年唱本中这个情节有所变化，只叙述了道力静海巴托尔迎娶西北方的汗的女儿的故事，将其弟弟乌拉岱班迪只作为英雄的助手。这是一个比较大的变化。关于旅途中经过的障碍，1984年唱本中是干涸的地方、高山、两只熊和两个大力士。但在2005年的唱本中则是高山、大海、两只熊和两个大力士，并且叙述的先后顺序也发生了改变。

先后演唱的两个文本虽然有这些差别，但不难看出它们在大部分故事情节上还是比较一致的。时隔20多年，有些地方艺人的记忆难免会出现一些问题，这是自然而然的。

（二）异文一览

《道力静海巴托尔》是以道力静海巴托尔为主人公的史诗和故事。在青海省和甘肃省肃北县的蒙古族民间广为流传。除了索克唱本，其他尚有其他人演唱

---

[1] 仁钦道尔吉：《蒙古英雄史诗源流》，呼和浩特：内蒙古大学出版社，2001，第232页。

或演述的长短不同的韵文体和散文体几种异文。

表 2-2 《道力静海巴托尔》异文统计

序号	异文	演述者	记录者	记录时间、地点	出版及时间
A	《道力静海巴托尔》	达格玛	萨仁格日勒	2003 年 8 月，青海	仁钦道尔吉主编：《蒙古英雄史诗大系》卷二，2007
B	《道力静海巴托尔》	扎吉娅	斯·窦步青	不详，肃北	斯·窦步青搜集整理：《肃北蒙古族英雄史诗》，北京：民族出版社，1998
C	《征服七方敌人的道力静海巴托尔》	伊克都	才仁顿都布	不详，青海	齐·布仁巴雅尔主编：《德德蒙古民间文学精华集》，内部资料 1986
D	《道玲海乌兰巴托尔》	杜布青	图格吉尔加布、确丹达尔	不详，肃北	郝苏民搜集整理：《卫拉特蒙古民间故事》，1986

（三）比较研究

为了进一步了解这些异文间的关系，我们在索克唱本和那些文本之间进行一番比较研究。

1.达格玛唱本

2003 年 8 月 2 日青海省海西州德令哈市戈壁乡牧民达格玛演唱、萨仁格日勒记录的《道力静海巴托尔》。韵文体，994 诗行。

道力静海巴托尔的父亲叫炮奇莫尔根（神枪手），母亲是道奇宝彦（歌手）。一天，道力静海巴托尔梦见一只金丝雀飞来，对他说了很多话，他却一句都听不明白。回去问了母亲，母亲说："那只鸟是飞来通报你未婚妻的情况。很早以前，我们曾经同扎黑尔玛汗定亲，说好要把他的赞丹高娃仙女聘娶与你。"七岁的道力静海巴托尔听到这个消息，不听父母的劝阻，执意要去远方娶回自己的未婚妻。路上遇见一白发老者，老者指明路上将遭遇的困难，劝他应该等待弟弟的降生和前来帮助。道力静海巴托尔听从老人的意见，就地休息。

道力静海巴托尔的母亲又生了一个儿子，起名叫高利精海巴托尔。他也神速长大。三天后就能开口说话，询问上面有没有哥哥。得知哥哥到远方去迎娶未婚妻，也不听父母的劝阻骑上金鬃黄骠马，追踪哥哥而去。兄弟俩见面，互问故土和姓名相认。

他们一起朝扎黑尔玛汗的领地而去。在他们到达之前，天神的布克查干勇士已向赞丹高娃仙女求婚，驮着彩礼来到了扎黑尔玛汗的官帐。但是，赞丹高娃仙女却暗自希望前世有缘、今世有约的未婚夫道力静海巴托尔早些前来制止这个婚姻。她梦见未婚夫真的携弟弟前来。扎黑尔玛汗的三大摔跤手欲阻止道力静海巴托尔和高利精海巴托尔，被兄弟俩打败。兄弟俩向扎黑尔玛汗说明来意。汗说，虽然早前确曾有过这个婚约，但天神的布克查干也献上彩礼提亲已久。要决定最终谁迎娶赞丹高娃，得通过男子汉三项竞技，胜者迎娶。三项比赛中，道力静海巴托尔和高利精海巴托尔均胜出，道力静海巴托尔如愿与赞丹高娃仙女成婚。

回归的时候，高利精海巴托尔护卫嫂子先走一步，道力静海巴托尔殿后。弟弟嘱咐哥哥，在回家途中不能往回看，在有人从后面叫你姓名时不能应答。哥哥违禁，在有声音从后面叫自己名字的时候习惯地应了一声，迅即死亡。高利精海巴托尔回来用神奇功效的药物和特殊的巫术行为救活哥哥，众人一起回乡过上了美好的生活。

2. 扎吉娅唱本

肃北县扎吉娅演唱、斯·窦步青整理的《道力静海巴托尔》[1]。叙事特点是散

---

1 参见斯·窦步青搜集整理：《肃北蒙古族英雄史诗》（蒙古文），北京：民族出版社，1998。

韵结合，以韵文为主散文为辅。其主要情节与青海省海西州艺人达格玛唱本非常接近。区别有这么几点：（1）人名上，道力静海巴托尔的父亲名叫达赖巴托尔，母亲名叫达阳巴彦；道力静海巴托尔在路上遇见的骑白马满头白发的老者名叫青布拉尔；道力静海巴托尔的婚姻竞争者是天神的摔跤手。（2）在情节上，给道力静海巴托尔送来未婚妻消息的不是金丝雀，而是两只喜鹊，而且它们的相互对话直接道出了道力静海巴托尔的未婚妻消息；在回归途中没有道力静海巴托尔违禁而死亡的情节。其他均与达格玛唱本相同。

3. 伊克都唱本

青海省海西州伊克都讲述、才仁顿都布整理的《征服七方敌人的道力静海巴托尔》[1]，散文体，主要内容与索克演唱的《道力静海巴托尔》相近，但故事情节简单，篇幅短小。

从前有征服七方敌人的道力静海巴托尔。有一天他问母亲自己应该聘娶的未婚妻在哪里，母亲回答说是遥远的地方的努古朗汗的女儿。听到未婚妻的消息，道力静海巴托尔即刻启程寻找未婚妻去了。她走后，母亲又生了一个儿子，起名叫乌拉罕班迪。这个儿子神速长大。过了五天便起来询问自己有没有兄弟姐妹。母亲告诉他有一个哥哥道力静海巴托尔，已经出发寻找未婚妻去了。乌拉罕班迪要去帮助哥哥。他追上哥哥，兄弟相认。他们来到努古朗汗跟前，说明来意，努古朗汗瞧不起他们，说与兄弟俩比试武艺，如果兄弟俩胜出，将把女儿嫁给道力静海巴托尔。首先努古朗汗亲自上阵比射箭，兄弟俩胜出。接着赛马，乌拉罕班迪胜努古朗汗派出参赛的铜嘴鹿腿的妖婆。接着兄弟俩又战胜努古朗汗请来参加摔跤比赛的腾格里的大小两个摔跤手。最终道力静海巴托尔如愿迎娶努古朗汗的女儿，回到家乡，过上了美好的生活。

---

[1] 参见齐·布仁巴雅尔主编：《德德蒙古民间文学精华集》（蒙古文），海西州文化局、海西州民语办编辑出版，内部资料，第1册，第261—268页。

4. 杜布青唱本

肃北县牧民杜布青演述、图格吉尔加布、确丹达尔记录的《道玲海乌兰巴托尔》[1]，故事情节上与前述各文本既有相同之处又有不同之处。其主要内容与其他文本的异同点如下：很久以前，道玲海乌兰巴托尔在野外放牧时飞来三只乌鸦。用套马杆抽了一下，其中一只飞到天上，一只摔在地上，另外一只向西北方飞去。这一点与索克1984年唱本和2005年唱本相似。道玲海乌兰巴托尔就这件事请教喇嘛。喇嘛说，你命中注定的未婚妻在西北方，是纳古伦汗的三女儿。道玲海乌兰巴托尔回家，不听父母劝阻，去寻找未婚妻。路上向一位骑着黑骆驼的老人询问到纳古伦汗那边的路和路上可能遇到的麻烦，那人说要通过三位大力士的阻拦才能到达。如果觉得一个人势单力薄，那就等七天，七天后他的得力助手将会到来。道玲海乌兰巴托尔等了七天。果然，他母亲又生一个儿子，起名乌兰班迪。乌兰班迪迅速成长，七天后追上了哥哥。兄弟前行，向一老妇询问纳古伦汗的情况，其回答同骑黑骆驼者一样。乌兰班迪帮助兄长打败三个大力士，进到纳古伦汗的城池。纳古伦汗叫三女儿占卜兄弟俩的来意，三女儿说，道玲海乌兰巴托尔就是我的未婚夫。纳古伦汗宣布进行摔跤、射箭和赛马。摔跤比赛中，乌兰班迪先后打败纳古伦汗的三个摔跤手和天神的特努克沙尔布克。赛马时乌兰班迪屡次向坐骑磕头询问如何取胜。他违反马的忠告向后张望，看见自己的母亲被夹在两个大岩石中间受苦，一边的乳房被挤出奶汁，另一个乳房被挤出血液，他回去吃母亲的乳汁减少她的痛苦。他继续比赛，用计谋通过三条恶狼的障碍，打败细腿铜嘴的妖婆，获得了比赛的胜利。道玲海乌兰巴托尔如愿娶到纳古伦汗的三女儿，率先回乡。乌兰班迪则领着嫂子和纳古伦汗及其臣民从后面返乡，过上了幸福的生活。

这个文本的故事情节同其他文本有几个不同之处。首先，没有了天神的摔跤手成为英雄的婚姻竞争者并被英雄打败的情节。其次，道力静海巴托尔（道玲海乌兰巴托尔）在返乡途中死亡的情节也没有了。还有，人物名称上也与其

---

[1] 见于郝苏民搜集整理：《卫拉特蒙古民间故事》（蒙古文），呼和浩特：内蒙古人民出版社，1986。

他文本有不同之处。

比较索克演唱的两个文本和其他4位艺人演唱或演述的4个文本,它们在故事情节上基本一致,都叙述道力静海巴托尔到远方克服种种困难娶妻回乡的故事。6个文本在主人公的名字上相当一致,都是道力静海巴托尔,只有杜布青唱本中是道玲海乌兰巴托尔。在第二英雄的名字上,达格玛唱本和扎吉娅唱本相一致,都是高利精海巴托尔。而索克演唱的2个文本和伊克都唱本以及肃北县杜布青演述本虽然都不一致,但乌兰班达莱(ulaan bandalai)、乌拉岱班迪(ulaadaikhan bandi)和乌拉罕班迪(ulaikhan bandi)之间显然有联系。因为它们都是乌兰班迪或乌拉岱班迪的变形。从人物名字上看,伊克都演述本同索克演唱的两个文本接近。而达格玛唱本同扎吉娅唱本相近。

在细节上,达格玛唱本和扎吉娅唱本高度一致。索克演唱的两个文本之间虽基本一致,但是1984年唱本叙述了道力静海巴托尔兄弟俩迎娶纳古朗汗的两个女儿,而2005年的唱本中则与其他3个文本一样叙述了道力静海巴托尔的婚事故事。而伊克都演述本则只保留了上述4个文本的基本故事情节。

从叙述的文体上说,索克唱本、达格玛唱本、扎吉娅唱本都采用韵文体或韵散文结合体。但是扎吉娅唱本和达格玛唱本韵文特征更加强烈,韵律规整,没有任何多余的词语。尤其是达格玛唱本韵律更加规整,无论是在押行头韵、内韵、平行式方面均达到高度精练的程度。因笔者未曾访问过这两位艺人,也没有接触到这两个文本的原始录音,因此不清楚两位艺人的唱词原本就是如此,还是记录整理者删减了其中多余的词语。笔者记录的索克唱本实际上是散韵文结合体。其中能看到艺人想以规整的韵文体演唱的努力和为达成这个目标采取的种种演唱技巧。在文字化记录并整理的时候,笔者根据他的这种努力和他演唱的旋律,对之进行了分行,所以能看到有些地方的分行是十分勉强的。当然,如果根据艺人的目标韵律来去掉艺人为赢得思考时间而用的一些词语,那么,索克唱本也可以被提炼成比较成熟和规整的韵文。

三、《古南布克吉尔嘎拉》史诗

以主人公古南布克吉尔嘎拉的名字命名的史诗或英雄故事《古南布克吉尔嘎拉》，是青海蒙古族民间广为流传的民间口头创作，也是索克演述曲目中的一种。2005 年 12 月 5 日夜索克演唱、由笔者录音记录的《骑雉花马的古南布克吉尔嘎拉》史诗，表演形式是演唱，叙述文体确切说是韵散文结合体，史诗类型为婚事型英雄史诗。

（一）内容概述

索克演述的《骑雉花马的古南布克吉尔嘎拉》史诗，主要讲述这样的故事：

从前，有相依为命的老两口。一天，他们的骒马生了马驹，起名叫雉花马。三天后，老汉的老伴生了个儿子，起名叫乘骑雉花马的古南布克吉尔嘎拉。古南布克吉尔嘎拉向父亲透露到远方娶亲的想法，父亲制止。

少年古南布克吉尔嘎拉经常跟石狮子玩耍，经常与它分享用母亲的乳汁搅拌的面团，与石狮子结为兄弟。按照父母的话，他给石狮子烧香磕头，询问未婚妻的信息。石狮子说，你的未婚妻在遥远的东北方，是霍尔三汗之第二可汗的女儿，名叫董钦达姆尼，早晨太阳初升的时候从她身上发出金色光芒，傍晚太阳下山的时候从她身上放射金色光芒。由于你过早打听她的消息，你在路上将遇到三道障碍。石狮子应古南布克吉尔嘎拉的请求，告诉克服障碍的方法。

古南布克吉尔嘎拉不顾父母的劝阻，骑上雉花马，拿起武器，踏上娶亲路。遇到无边的火海，石狮子把眼泪变作倾盆大雨浇灭了火海。高山挡住去路，又是石狮子帮他越过了高山。无边的大海挡住去路，石狮子把大海变成戈壁沙滩，古南布克吉尔嘎拉得以通过。三个妖婆挡住去路，石狮子给古南布克吉尔嘎拉以自己的力量，三个妖婆败走。恶魔的三头公牛顶撞过来，用石狮子的弓箭把它们射死。

来到霍尔三汗的领地。古南布克吉尔嘎拉变幻成乞丐模样，从大可汗门前经过，来到第二可汗家旁边停下来，休息，睡觉。恰在此时，插在第二可汗的女儿董钦达姆尼公主舌头上的金针自行脱落，公主能开口说话了。父母见女儿能开口说话，知道女儿前世有缘的未婚夫已经来到。霍尔兄弟三汗召集各自的占卜师占卜，也都说董钦达姆尼的未婚夫已经到来。于是召集臣民举行盛大的那达慕。约定在那达慕上射金箭，金箭射中谁，谁就是公主的未婚夫。第一天连射三支箭，箭飞上天没有下来。第二天再射箭，箭射中了变幻成乞丐模样的古南布克吉尔嘎拉。霍尔三汗见他那副模样不甘心，让温杜尔乌兰布克、古南哈尔布克、董金哈尔布克三位大力士与古南布克吉尔嘎拉较量，古南布克吉尔嘎拉全部胜出，与董钦达姆尼公主成婚。

（二）异文一览

目前有多种表演文本被记录和发表，均为青海省各地蒙古族艺人演述。尚未见到其他地区艺人演述同名英雄史诗或英雄故事。

表 2-3 《古南布克吉尔嘎拉》异文统计

序号	异文	演述者	记录者	记录时间	出版情况
A	骑三岁黑马的古南布克吉尔嘎拉	青海省乌兰县希瓦	纳·才仁巴力记录整理	1980	纳·才仁巴力搜集整理：《英雄黑旋风》，内蒙古文化出版社，1989；跃进主编：《青海蒙古族民间口头文学集锦》，内蒙古教育出版社，2008
B	骑三岁黑马的古南布克吉尔嘎拉	德令哈市畜集乡艺人胡亚克图	胡和西力	2003	跃进主编：《青海蒙古族民间口头文学集锦》，内蒙古教育出版社，2008
C	三岁的古南布克吉尔嘎拉	德令哈市戈壁乡牧民达格玛	萨仁格日勒	1990年8月	仁钦道尔吉主编：《蒙古英雄史诗大系》卷二，北京：民族出版社，2007

续表

序号	异文	演述者	记录者	记录时间	出版情况
D	古南布克吉尔嘎拉	德令哈市戈壁乡牧民乔格生	萨仁格日勒	2006年10月	仁钦道尔吉主编：《蒙古英雄史诗大系》卷二，北京：民族出版社，2007
E	骑雄花马的古南布克吉尔嘎拉	索克	斯钦巴图	2005年12月5日	仁钦道尔吉主编：《蒙古英雄史诗大系》卷三，北京：民族出版社，2008
F	古南布克吉尔嘎拉	乌兰县宗务隆乡苏荣格尔	才仁敦德布	不详	齐·布仁巴雅尔主编：《德德蒙古民间文学精华集》，内部资料，1986

此外在笔者手里还有未公开发表的1个文本。就是德令哈市畜集乡牧民胡亚克图于2005年12月3日演唱、由笔者录音记录的散韵结合体《骑三岁黑马的古南布克吉尔嘎拉》。

（三）比较研究

索克唱本、乔格生唱本、达格玛唱本、胡亚克图演述本、希瓦演述本、苏荣格尔演述本等几个文本在表演形式、叙述文体、故事类型等诸多方面存在较大的差异。诸文本因艺人表演形式的不同，体裁上分属于韵文体的英雄史诗和散文体的英雄故事以及介于两者的散韵结合体。

表2-4 《古南布克吉尔嘎拉》文本比较

序号	异文	演述人、记录者	体裁	类型
A	古南布克吉尔嘎拉	乔格生	英雄史诗	失而复得型
B	三岁的古南布克吉尔嘎拉	达格玛演述，萨仁格日勒记录整理	英雄史诗	失而复得型
C	古南布克吉尔嘎拉	索克演述，斯钦巴图记录整理	英雄史诗	婚姻型

续表

序号	异文	演述人、记录者	体裁	类型
D	骑三岁黑马的古南布克吉尔嘎拉	希瓦演述,纳·才仁巴力记录整理	英雄故事	婚姻型
E	骑三岁黑马的古南布克吉尔嘎拉	胡亚克图演述,胡和西力记录整理	英雄故事	失而复得型和婚姻型的复合形式
F	古南布克吉尔嘎拉	苏荣格尔演述,才仁敦德布记录	英雄故事	特殊婚姻型
G	骑三岁黑马的古南布克吉尔嘎拉	胡亚克图演述,斯钦巴图记录	散韵结合体	失而复得型和婚姻型的复合形式

属于英雄史诗的有乔格生演唱的《古南布克吉尔嘎拉》、达格玛演唱的《三岁的古南布克吉尔嘎拉》、索克演唱的《古南布克吉尔嘎拉》三部。属于英雄故事的有苏荣格尔演述的《古南布克吉尔嘎拉》,胡亚克图演述、胡和西力记录整理的《骑三岁黑马的古南布克吉尔嘎拉》、希瓦演述、纳·才仁巴力记录整理的《骑三岁黑马的古南布克吉尔嘎拉》。胡亚克图演述、笔者记录的《骑三岁黑马的古南布克吉尔嘎拉》属于散韵文结合体。艺人当时患肺病,不能长时间演唱,所以以优美的韵文演唱开头,之后不久便换散文叙述形式,以节省体力,保证完整地演述史诗故事。

这些英雄史诗和英雄故事在类型上分为四种,第一种是失而复得型,第二种是婚姻型,第三种是失而复得型和婚姻型史诗的复合形式,第四种是特殊婚姻型。

仅仅从诸异文的类型差异上看,就不难看出其内容的复杂多变,而细察其内容,就会发现诸文本之间的复杂关系甚至它们同整个青海蒙古民间叙事传统的普遍联系。

首先,乔格生和达格玛演唱的失而复得式史诗叙述这样的故事:英雄古南布克吉尔嘎拉外出打猎时,十二个头的阿图嘎尔哈日蟒古思来劫掠了他的臣民,夺走了他的妻子,奴役了他的父母。古南布克吉尔嘎拉回来,见妻子留下的书信,远征蟒古思。他在途中先后见到为蟒古思放牧的父母,解救他们,最后与长着十二颗头颅的蟒古思战斗，消灭蟒古思，解救妻子。妻子已经生了蟒古思的儿子，他在杀死蟒古思的儿子时应妻子的请求，以不见血的方式结束了他的生命。这个故事与北京木刻版《格斯尔》第五章《锡莱高勒三汗之部》的故事有很大关系。第五章讲述了这样的故事：趁着格斯尔远征，长着十二颗头颅的蟒古思未归，锡莱高勒三汗（白帐汗、黄帐汗、黑帐汗）夺走格斯尔的结发妻子茹格牡高娃，茹格牡高娃在箭杆上写信射向格斯尔，格斯尔变幻成乞丐潜入三汗领地，最终打败三汗解救妻子，以不见血的方式杀死妻子与白帐汗所生之子。两者的互文关系是显而易见的。

其次，希瓦演述、纳·才仁巴力记录整理的文本以及索克2005年演唱、笔者记录的文本虽然同属婚姻型，但它们的内容却大相径庭。希瓦演述本讲的是这样的故事：从前有一位英雄叫作古南布克吉尔嘎拉。一天，他变成乞丐来到一个可汗的领地，并成为那个可汗的马夫。可汗的小女儿和古南布克吉尔嘎拉之间有了爱情，可汗虽然不情愿，但还是同意他们成婚。可汗有一匹骒马年年生神驹，却一出生即被迦罗迪鸟吃掉。在骒马生产时可汗准备派七个儿子和二十一个女婿去守卫。古南布克吉尔嘎拉也自告奋勇报名前往。骒马生产时迦罗迪鸟叼起神驹而去，其他人都没有发现，只有古南布克吉尔嘎拉发现并射下迦罗迪鸟的爪子和神驹的一只耳朵。可汗派七个儿子和二十一个女婿追杀迦罗迪鸟，古南布克吉尔嘎拉也请缨前去。他凭借智慧和神力消灭了为害人间的迦罗迪鸟，救出了神驹。而可汗的七个儿子和二十一个女婿为了夺取头功谋害了他。坐骑救出主人，古南布克吉尔嘎拉带着迦罗迪鸟的尸体，赶着神驹群，回到可汗那里，处死可汗的七个儿子和二十一个女婿，古南布克吉尔嘎拉得到可汗的赏识，继承汗位，过上了幸福的生活。可见，这个文本虽然也是婚姻型的，但与上述索克唱本在故事情节上相差甚远。

胡亚克图先后两次的唱本就是乔格生和达格玛演唱的失而复得式故事和希瓦演述的婚姻型文本的复合体。具体来说，就是在乔格生和达格玛演唱的失而复得式故事中嵌入了希瓦演述的婚姻型故事。即叙述古南布克吉尔嘎拉在去夺回被长着十二颗头颅的蟒古思掠走的妻子的途中娶了一位可汗的小女儿，然后再消灭蟒古思夺回原配妻子的故事。除了人物名字和个别情节有所不同,没有其他新的故事情节。值得一提的是,胡亚克图为笔者演述这部史诗时反复强调是蒙古《格斯尔》的一部篇章。

但是,苏荣格尔演述的文本与上述所有文本不同,叙述的故事同索克等人演唱的另一部史诗《七岁的道尔吉彻辰汗》的故事情节一样。

通过以上比较,我们可以看到除了索克唱本和苏荣格尔演述本之外,其他几个文本虽然彼此有区别,但都有着故事情节上的联系。然而,虽然索克唱本和苏荣格尔演述本在故事情节上与其他文本没有多少关系,但索克唱本通过与《格斯尔》史诗的关系,与上述诸文本还是有了内在的联系。所以下面我们再探讨它们同《格斯尔》的关系。

(四)《古南布克吉尔嘎拉》与《格斯尔》

在青海蒙古族史诗传统中,《古南布克吉尔嘎拉》历来被认为是《格斯尔》史诗的一个篇章。的确,被认为是《格斯尔》篇章的《古南布克吉尔嘎拉》诸文本均含有与《格斯尔》相关的故事情节。

第一,索克演唱的《古南布克吉尔嘎拉》史诗后半部分叙述古南布克吉尔嘎拉娶霍尔兄弟三汗的女儿的部分与北京木刻版《格斯尔》第五章《锡莱高勒三汗之部》的部分情节相吻合。在《格斯尔》第五章,叙述了锡莱高勒三汗夺取格斯尔的妻子茹格牡高娃以及格斯尔从锡莱高勒三汗手中夺回妻子的故事。其中就有格斯尔娶黑帐汗的女儿乔木措高娃的故事。古南布克吉尔嘎拉娶霍尔兄弟三汗之第二汗的女儿为妻的故事与这个故事有以下几个共同点。

(1)古南布克吉尔嘎拉娶霍尔兄弟三汗之第二个可汗的女儿。霍尔兄弟三汗即《格斯尔》中的锡莱高勒三汗,霍尔和锡莱高勒互为别称。而《格斯尔》中确有格斯尔娶霍尔三汗之黑帐汗的女儿乔木措高娃的故事。

(2)在认识乔木措高娃之前,格斯尔确也变幻成乞丐模样躺在霍尔三汗之女取水时的必经之路上,以引起她关注。与此情节对应的是古南布克吉尔嘎拉走到霍尔三汗之第二个汗的宫殿之外,在外露宿的情节。显然,两者有明显的影响关系。

（3）霍尔兄弟三汗让温杜尔乌兰布克、古南哈尔布克、董金哈尔布克三位大力士与古南布克吉尔嘎拉较量，试探古南布克吉尔嘎拉的情节同格斯尔通过摔跤除掉乔木措高娃的未婚夫，打败霍尔三汗的三个女婿的情节有关。

第二，乔格生唱本和达格玛唱本叙述的故事情节，也与《格斯尔》第四章、第五章的部分情节相似。北京木刻版《格斯尔》第四章和第五章都是失而复得型故事。其中，第四章叙述格斯尔消灭长着十二颗头颅的蟒古思夺回妻子图门吉尔嘎朗的故事，但英雄的回归部分却放在第五章。上述两个文本恰恰与第四章故事和第五章中的英雄回归故事有关系。这种关系表现在：

（1）两个文本中出现长着十二颗头颅的蟒古思，它夺走了古南布克吉尔嘎拉的妻子。这与《格斯尔》中长着十二颗头颅的蟒古思夺走格斯尔的妻子图门吉尔嘎朗的情节一致。

（2）古南布克吉尔嘎拉在复仇途中遇见被蟒古思奴役的父母亲的情节与《格斯尔》中格斯尔消灭长着十二颗头颅的蟒古思后回归途中遇见被超同奴役的父母的情节基本相同。但这属于相认情节的叙述模式方面的问题，而北京木刻版中有这种叙述模式可能与青海蒙古史诗传统的影响有关。

（3）古南布克吉尔嘎拉消灭长着十二颗头颅的蟒古思夺回妻子后，除掉妻子与长着十二颗头颅的蟒古思所生的儿子的情节，同《格斯尔》第五章中格斯尔杀死白帐汗后除掉茹格牡高娃与白帐汗所生儿子的情节一致。

（4）在很多细节方面，两个文本同《格斯尔》有更多相同之处。例如，古南布克吉尔嘎拉的妻子被长着十二颗头颅的蟒古思夺走后用不同颜色梳理左右两边头发的情节，我们可在《格斯尔》第四章中见到。

在《古南布克吉尔嘎拉》史诗的诸多文本中，乔格生唱本和达格玛唱本最具蒙古卫拉特英雄史诗的传统特色。然而就是这样的两个文本，却有了把北京木刻版《格斯尔》第四章、第五章的故事情节重新编排成一个故事的特点。

第三，希瓦演述的文本和胡亚克图演述的文本中均包含古南布克吉尔嘎拉通过射取迦罗迪鸟的羽翼、射死迦罗迪鸟来战胜和除掉竞争者，聘娶一个可汗的女儿为妻的故事。这个故事与北京木刻版《格斯尔》第一章里的格斯尔通过各种竞技战胜超同，迎娶茹格牡高娃的故事中的部分情节相似。

第四，胡亚克图先后两次演述的失而复得型加婚姻型故事在故事框架上与北京木刻版《格斯尔》第五章故事有关。细察第五章，我们惊奇地发现，这个故事叙述了格斯尔在夺回被锡莱高勒三汗掠走的茹格牡高娃的途中娶黑账汗的女儿乔木措高娃为妻的情节。在这点上两个故事完全吻合。只有看到这一点，我们才能理解胡亚克图为何坚持认为《古南布克吉尔嘎拉》是《格斯尔》的一个篇章。

四、《七岁的道尔吉彻辰汗》史诗

蒙古英雄史诗和英雄故事中有一类故事，叙述英雄的妻子、姐妹或母亲与外来敌人勾结，企图加害于英雄，被英雄识破阴谋，最终被处死的故事。笔者在前面已经简略地谈到这类史诗，并建议称这类史诗为"特殊婚姻型史诗"。这个类型标签的好处在于，可把这类史诗从家庭矛盾的狭隘范围中解放出来，放入更广阔的民族历史文化背景中去揭示其内涵。

（一）异文情况

《七岁的道尔吉彻辰汗》史诗就是青海蒙古特殊婚姻型史诗的一个典型。目前已经公开或内部发表的文本有以下几种：1982年由索克演唱、道荣尕记录整理的《七岁的道尔吉彻辰汗》[1]，由达格玛演唱、萨仁格日勒记录的《七岁的道尔吉彻辰巴托尔》[2]以及2005年索克演唱、由笔者记录的《七岁的道尔吉彻辰汗》[3]。

---

1 见于内蒙古社会科学院文学研究所、内蒙古自治区《格斯尔》工作领导小组办公室编：《格斯尔》丛书之《格斯尔——青海〈格斯尔〉四章》，内部资料，1984。
2 发表于仁钦道尔吉等主编：《蒙古英雄史诗大系》卷三，北京：民族出版社，2008，第1276—1294页。
3 同上书，第1294—1339页。

即索克先后演唱的两个文本和达格玛唱本。

《七岁的道尔吉彻辰汗》史诗以英雄故事的形式在新疆卫拉特民间流传，目前公开发表的有两部新疆乌苏市艺人唱本，其一是1985年6月乌苏市奥其尔加甫演述、旦布尔加甫记录的《道尔吉彻辰莫尔根汗》，其二是1985年6月乌苏市孟克达莱演述、旦布尔加甫记录的《道尔吉彻辰莫尔根》。[1]

另外，属于此类的青海蒙古其他英雄故事还包括勒格珠尔、达尔汗、毛浩尔三人演述，苏荣、乌云毕力格、曲力腾整理的《好汉哈日杭吉斯》（叙述好汉哈日杭吉斯的母亲和弟弟通敌，屡次让他完成危险的任务，英雄被敌人杀害后他的三个姐姐让他复活，以及英雄最后除掉敌人，惩处通敌的母亲和弟弟的故事）、乌兰县布热演述、查干巴特尔记录的《好汉哈日库克克布恩》以及1984年乌兰县艺人桑鲁演述、秦建文录音、纳·才仁巴力誊写的《道格森哈日巴托尔》。

（二）内容概述

索克1982年唱本和2005年唱本在故事情节内容上没有多少变化。但是，一位中断演唱很长时间的艺人在相隔20多年后演唱同一部史诗，在具体细节以及描述上还是有所变化。

1. 索克1982年唱本

七岁的道尔吉彻辰汗的妻子叫作董阿嘎勒，妹妹叫作哈尔尼敦。道尔吉彻辰汗一天出去打猎，睡觉，他的战马叫醒他说："你的家乡被敌人侵犯，你格斯尔汗为什么在这里如此大睡！"英雄听从战马的劝告，赶紧回家，叫哈尔尼敦赶快出来把猎物卸下。哈尔尼敦却说，嫂子生病都快死了，请医吃药都无济于事，谁还有空帮你卸猎物。格斯尔汗急忙问如何才好。哈尔尼敦说，只有吃恶魔的铁青公牛的心脏才有可能救嫂子一命。于是，格斯尔汗出征，猎杀恶魔的

---

[1] 所述两个英雄故事见于旦布尔加甫、乌兰托娅整理：《萨丽和萨德格：乌苏蒙古故事》，北京：民族出版社，1996，第129－134、135－142页。

铁青公牛去了。途中，他经过仙女大姐家门前，大姐请他进屋喝茶，顺便询问弟弟为何出远门，格斯尔汗如实回答。继续赶路，杀死恶魔的铁青公牛，取其心脏，回家。途经大姐家，仙女大姐用一般公牛的心脏调换了恶魔的铁青公牛的心脏。格斯尔汗又一次出去打猎，坐骑又说家乡被敌人侵占了。回家后，又是妹妹哈尔尼敦说嫂子病还没好，喝恶魔的苍狼的胆汁才能治好。格斯尔又一次出征，过程同前一次一样，只是他的仙女二姐把恶魔的苍狼的胆汁调换成一般狼的胆汁。第三次，仙女三姐把恶魔的白骆驼的乳汁调换成别的骆驼的乳汁。格斯尔再次出去打猎，发现自己的小黑公驼杀死了恶魔的大黑公驼，自己的小黑儿马杀死了恶魔的大黑儿马。回家时，哈尔尼敦变成天神的摔跤手乌图沙尔，杀死了道尔吉彻辰汗。

两匹骏马奔向天界，向腾格里天神诉说道尔吉彻辰汗的不幸。又到三位仙女姐姐那里，报告道尔吉彻辰汗的遭遇。三位姐姐下凡，各施法术，让道尔吉彻辰汗死而复生。然后告诉道尔吉彻辰汗，妻子董阿嘎勒如何与天神的摔跤手乌图沙尔勾结，阴谋杀害道尔吉彻辰汗、侵占他的家乡的全部真相。

道尔吉彻辰汗回来，与天神的摔跤手乌图沙尔战斗，消灭它，处死背叛通敌的妻子董阿嘎勒，过上了安宁的生活。

2. 索克 2005 年唱本

很早以前，有个汗叫七岁的道尔吉彻辰汗。他的妻子叫作董阿嘎勒，妹妹叫作哈尔尼敦。他还有三位姐姐，有两匹白马、两只猎鹰、两条猎犬。一天，道尔吉彻辰汗外出打猎，在中途休息的时候他的坐骑、猎鹰、猎犬警告他家乡被敌人侵犯，叫他赶紧回去。道尔吉彻辰汗却继续打猎。

他打猎回家，叫妹妹哈尔尼敦出来帮忙卸下猎物。哈尔尼敦却说自己正在看护生重病的嫂子，没工夫出来帮忙。他忙问应该吃什么药才好，哈尔尼敦说，需要喝恶魔的苍狼的胆汁。于是，道尔吉彻辰汗出发，在两匹骏马的帮助下猎杀恶魔的苍狼，取出它的胆汁，回家来。哈尔尼敦出来迎接说道，还没有等到你拿来苍狼胆汁，嫂子的病已经好了。道尔吉彻辰汗把狼胆收好，休息睡觉了。梦中仿佛见到三位姐姐在叫醒他。他又出去打猎，途中经过大姐家门前，大姐请他进屋喝茶，然后用其他狼胆换掉了恶魔的狼胆。

道尔吉彻辰汗继续打猎，途中休息的时候两只猎鹰警告他，家乡被他人侵占。道尔吉彻辰汗回来，叫哈尔尼敦出来帮忙卸下猎物。哈尔尼敦说嫂子病了，没工夫帮你。这回她说，治好嫂子的病需要吃恶魔的铁青公牛的心脏。道尔吉彻辰汗前去，在猎狗和坐骑的帮助下射杀恶魔的铁青公牛，取其心脏而归。途中经过二姐家，二姐用一般公牛的心脏调换了恶魔的公牛的心脏。道尔吉彻辰汗回家，妻子的病却早已经好了。

于是，道尔吉彻辰汗又出去打猎。还是猎鹰、猎犬和坐骑说他的家乡已经被他人侵占。道尔吉彻辰汗回来，发现妻子又病了。这回说需要喝恶魔的白骆驼的乳汁。道尔吉彻辰汗听坐骑的建议变幻成一只麻雀藏在羔驼的鬃毛里，在羔驼吃奶时趁机取了白骆驼的乳汁。回家途中经过三姐家，三姐用一般的骆驼奶调换了白骆驼的乳汁。三位姐姐都提醒道尔吉彻辰汗，你的家乡已经被敌人侵占，你这次回去要格外小心。

果然，道尔吉彻辰汗回来的时候妹妹哈尔尼敦变成天神的摔跤手乌图沙尔，向道尔吉彻辰汗猛扑过来，把他按倒在地，并按道尔吉彻辰汗妻子董阿嘎勒的要求把道尔吉彻辰汗杀死、碎尸，扔向四处。之后的故事与1982年唱本一样。

（三）比较研究

1. 索克唱本之间的比较

把两个文本相比较，不难发现，在故事情节的完整性和叙述套路的传统性上，1982年的唱本略胜一筹。因为，1982年唱本从第一次出征开始就进入了蒙古英雄史诗中特殊婚姻型故事的传统套路，没有像2005年唱本那样英雄第一次完成妻子和妹妹交给的任务后直接回家，而是先到大姐家，大姐用一般公牛的心脏调换了恶魔的铁青公牛的心脏。2005年演唱时显然一开始没有进入这个套路，因而在演唱的过程中突然安排英雄梦见姐姐的情节。真正进入传统套路是从第二次出征开始的。

两个异文的另一显著区别是，1982年唱本中该史诗以七岁的道尔吉彻辰汗的名字开始，叙述间七岁的道尔吉彻辰汗突然又变成了格斯尔汗，而格斯尔汗又突然变成道尔吉彻辰汗，并在整个唱本中多次反复。同时，对于七岁的道尔吉彻辰汗为什么就是格斯尔汗这个问题，演唱者在唱词中巧妙地借英雄的哈萨尔、巴萨尔两只猎狗的话予以了答复：英雄第三次远征猎取恶魔的白骆驼奶的路上，两条猎狗跑过来对英雄说"七岁的道尔吉彻辰汗啊，你是圣主格斯尔汗的第一世化身，你知道那恶魔的白骆驼的习性吗？"意思是道尔吉彻辰汗是格斯尔汗的前世。青海蒙古族民间普遍有格斯尔与佛陀一样多次降生凡间的观念。关于这种观念，会在后面的有关章节中详细讨论。

英雄被通敌的妹妹、妻子迫害的故事，是蒙古英雄史诗一个常见的类型，《七岁的道尔吉彻辰汗》的故事情节完全属于这个类型，因而它无疑是属于青海蒙古古老的史诗传统，与《格斯尔》史诗没有关系。那么为什么艺人把这么一部传统的青海蒙古史诗纳入《格斯尔》史诗之列进行演唱呢？大概有两个方面的原因。其一，如前所述，青海蒙古民间有一种关于格斯尔的认识，说格斯尔汗神通广大、法力无边，他经常以不同的名字和不同的身份来到世界上降妖除魔，巴达尔汗台吉、古南布克吉尔嘎拉等等都是格斯尔汗的化身。索克把七岁的道尔吉彻辰汗看作格斯尔的化身，与这种认识有关。其二，20世纪80年代初，正是全国成立《格萨（斯）尔》工作领导小组办公室，西藏、内蒙古、新疆、青海等省区也纷纷成立《格萨（斯）尔》工作领导小组办公室，对《格斯尔》史诗突击抢救的年代，其抢救力度和规模前所未有。因而，内蒙古社会科学院文学研究所、内蒙古《格萨（斯）尔》工作领导小组办公室和中国社会科学院少数民族文学研究所以及其他院校和机构的人员接连到青海进行田野调查，目的明确，都是为了搜集《格斯尔》史诗。因此，我们不能排除艺人们迎合当时人们搜集《格斯尔》的口味，把传统的青海蒙古史诗当作《格斯尔》的篇章来演唱的可能性。萨仁格日勒曾经针对青海蒙古史诗传统中存在把传统的青海蒙古史诗纳入《格斯尔》史诗系列的发展趋势的观点，发表过这样的看法："这是口头文学发展史上的一种现象。这一现象是在学术界不自觉的引导下产生的。

这一现象有它的正反两面性。"[1]我想,她的这一观点可能有一定的道理。然而,笔者2005年采访索克时并没有宣示要专门搜集《格斯尔》,但是他的唱本的最后部分不但出现了格斯尔的名字而且还出现了格斯尔的儿马同毛思的儿马的较量以及格斯尔的公牛同毛思的公牛的较量的情节。这说明,索克在演唱《七岁的道尔吉彻辰汗》史诗时的确把道尔吉彻辰汗视同格斯尔汗。

2. 索克唱本与达格玛唱本的比较

1990年8月由达格玛演唱、萨仁格日勒记录的《七岁的道尔吉彻辰巴托尔》史诗与索克演唱的同名史诗,在故事情节上大体一致,但也有区别。其故事如下:

> 七岁的道尔吉彻辰巴托尔的妻子叫作彻辰策勒门哈敦,妹妹叫作哈尔尼敦。他有三位仙女姐姐,有三匹战马、两只猎鹰、两条猎犬。一天,道尔吉彻辰巴托尔外出打猎,遇到前来抢夺其妻子的乌图沙尔。七岁的道尔吉彻辰巴托尔与之战斗,战胜了他并把它打入九十九丈深的地牢。第二天出去打猎前英雄告诫妻子和妹妹,不要登上宝尔焦图山岗。妻子和妹妹违反了禁忌登上山岗,发现困在地牢的乌图沙尔,并用长头发把他从地牢里解救出来,医治好他的伤口,把他带到家里来,在自己的床下挖掘十丈深洞把他藏了起来。然后彻辰策勒门哈敦上床装病,让道尔吉彻辰巴托尔去取毒蛇的胆汁。道尔吉彻辰巴托尔取回蛇胆途中经过三位姐姐家,三个姐姐把毒蛇胆汁调换了;杀死恶魔,取回白骆驼的乳汁时,把骆驼牵过来拴在门口,妻子赶紧让他把骆驼放走;取出盘羊的心脏回家的途中三个姐姐也调换了心脏。看到道尔吉彻辰巴托尔平安归来,妻子和妹妹又给他下毒药。道尔吉彻辰巴托尔中毒,这时乌图沙尔出来与道尔吉彻辰巴托尔搏斗,妹妹帮助乌图沙尔,让乌图沙尔杀死了哥哥并碎尸。乌图沙尔娶了道尔吉

---

[1] 萨仁格日勒:《青海蒙古史诗的搜集与研究概况》,《内蒙古社会科学》(蒙古文版)2007年第4期。

彻辰巴托尔的妻子，带着他的妹妹，把道尔吉彻辰巴托尔的家乡劫掠一空。三个姐姐带着调换的毒蛇胆、骆驼奶、盘羊的心脏来到道尔吉彻辰巴托尔的尸体旁，分别作法，让英雄复活。最后，英雄消灭乌图沙尔，处死了通敌的妻子和妹妹。

毋庸置疑，就特殊婚姻型史诗来讲，达格玛演唱的《七岁的道尔吉彻辰巴托尔》在故事的结构、叙述顺序、情节的完整性等方面均在索克唱本之上。达格玛唱本一开始便叙述道尔吉彻辰巴托尔战胜前来抢夺其妻子的乌图沙尔，把他打入地牢。这是这类史诗故事的传统开篇情节。有了这样一个交代，往后的各个情节、英雄的妻子和妹妹的种种作为，都有了一个合理的注脚。但是，索克1982年唱本和2005年唱本中均没有这个开篇情节。因而英雄的妻子和妹妹的行为一开始就让人摸不着头脑，疑惑不解，英雄的妹妹最后变成乌图沙尔也显得很突兀。由于开篇部分遗漏这个情节，也给听众的理解带来了不便。

达格玛唱本中，大部分情节的先后衔接非常到位，例如，一开始道尔吉彻辰巴托尔取来毒蛇胆，途中经过三个姐姐家，姐姐们把毒蛇胆调换的情节。但也有例外，如第二次取来骆驼奶汁时没有说姐姐调换的事，代之以其他情节，到了最后却又说三个姐姐带来毒蛇胆、骆驼奶、盘羊心让道尔吉彻辰巴托尔复活。看来艺人演唱时又出了一些差错。倒是索克1982年唱本中说，英雄先后经过大姐、二姐、三姐家，三个姐姐把三样东西给调换。这种情节安排比较符合口头史诗重复递进规律。

达格玛唱本和索克唱本还有一个重要区别在于，达格玛唱本保持着青海蒙古古老英雄史诗传统本色，没有把道尔吉彻辰巴托尔与格斯尔汗混同。说明《七岁的道尔吉彻辰汗（或巴托尔）》本是一部古老的、独立于《格斯尔》的史诗。把道尔吉彻辰汗混同于格斯尔，只是后来发生的变化，这种变化可能是无意间形成，也有可能迎合某种潮流而形成。但这只是针对这部史诗而言，对于其他史诗来讲，把它们纳入《格斯尔》史诗系列中进行演唱，确有艺人们自己的道理。

另外，我们在前面曾经提到过乌兰县宗务隆乡苏荣格尔演述的《古南布克吉尔嘎拉》[1]在故事情节上与《七岁的道尔吉彻辰汗》史诗高度一致。我想，这应该是演述者苏荣格尔错把七岁的道尔吉彻辰汗演述成古南布克吉尔嘎拉的结果。青海蒙古史诗中这样的情况屡屡发生。例如，把达兰泰老汉和赫勒特盖贺萨哈勒混同等。

3. 青海异文与新疆异文的比较

1985 年旦布尔加甫从新疆乌苏县（今乌苏市）蒙古族艺人口中记录的《道尔吉彻辰莫尔根汗》和《道尔吉彻辰莫尔根》是上述青海蒙古史诗的新疆异文。

在故事情节上，孟克达莱演述的《道尔吉彻辰莫尔根》与索克演唱的《七岁的道尔吉彻辰汗》和达格玛演唱的《七岁的道尔吉彻辰巴托尔》非常相似，尤其是与达格玛唱本有着惊人的一致性。孟克达莱演述的英雄故事与达格玛演唱的史诗之间有下列共同之处。

（1）人物名称方面，达格玛唱本中有道尔吉彻辰巴托尔、妻子彻辰策勒门哈敦、妹妹哈尔尼敦，还有三位仙女姐姐，有三匹战马、两只猎鹰、两条猎犬；在孟克达莱演述本中有道尔吉彻辰莫尔根、妻子策勒门彻辰、妹妹哈尔尼敦、有三位姐姐、两只猎鹰、两条猎犬和两匹战马。两个文本几乎一样。

道尔吉彻辰的对手在达格玛演唱本中叫作乌图沙尔，在孟克达莱演述本中是布昆沙尔，名字相似。

（2）在故事情节方面，如同达格玛演唱本那样，首先叙述道尔吉彻辰莫尔根外出打猎，与布昆沙尔相遇，两人搏斗，道尔吉彻辰莫尔根把布昆沙尔放入地牢。但是，他的妻子和妹妹把敌人放出来，藏在自己的床底下。然后妻子装病，叫道尔吉彻辰莫尔根取毒蛇的肾脏、狮子的心脏、迦罗迪神鸟的肾脏。道尔吉彻辰莫尔根的三个姐姐途中把这三样东西都给调换。这些情节模式与达格玛演唱本完全一致。

所不同的是，道尔吉彻辰莫尔根并没有像达格玛唱本那样最后把妻子和妹

---

[1] 齐·布仁巴雅尔主编：《德德蒙古民间文学精华集》第一册，内部资料，第 171—178 页。

妹全部处死，而是处死了妻子，给妹妹留了一条活路。

乌苏县奥其尔加甫演述的《道尔吉彻辰莫尔根汗》的故事模式有点像索克演唱的《七岁的道尔吉彻辰汗》，但故事的结尾却令人意外。其故事情节如下：

> 道尔吉彻辰莫尔根汗有一个妻子还有一个妹妹。一天妻子生病，叫他找来毒蛇的心脏、迦罗迪鸟的心脏和和老虎的心脏。英雄依次取这些东西来，他的三个姐姐均把它们给调包了。妻子还叫他拿来新鲜鹿皮和豆子，叫他坐下来喝茶。不料，他刚一坐下，布昆沙尔从座位底下出来搏斗。妻子在英雄脚下垫上了湿鹿皮，还撒上了豆子，英雄被害，被碎尸。妻子跟着敌人走了，还劫掠了英雄的一切。之后英雄的三个姐姐施法让道尔吉彻辰莫尔根汗复活。道尔吉彻辰莫尔根汗追布昆沙尔的路上见到了妹妹，她已经成为布昆沙尔的奴隶，正在取水。布昆沙尔举行婚礼的时候道尔吉彻辰莫尔根汗赶到，战胜了布昆沙尔，但是在妻子的哀求下没有杀死布昆沙尔，反而与之结为义兄弟。等到道尔吉彻辰莫尔根汗回到家乡的时候，却发现三个姐姐被三个蟒古思夺走了。道尔吉彻辰莫尔根汗消灭了三个蟒古思，过上了幸福的生活。

在所有此类英雄史诗和英雄故事中，英雄最终与抢夺自己妻子的敌人结为义兄弟情节的很少见。因为这个文本的故事模式与那些最常见的英雄复仇、消灭敌人、处死通敌者的模式相去甚远。像这样不同的结局在文化史上意味着什么，我们还需进一步探讨。

至此，对上面的比较研究做一个小结如下。（1）《七岁的道尔吉彻辰汗》是青海蒙古聚居区和新疆卫拉特蒙古聚居区流传的民间口头作品。其主要人物名字和角色的功能都十分相似或相同。故事模式和情节内容也十分相近。这些都说明这两个地区的民间口头传统的历史渊源关系。但是，这部口头作品在新疆主要作为英雄故事在流传，而在青海则作为英雄史诗在流传，说明两个地区口头传统的区别。（2）与青海蒙古其他艺人唱本相比，索克唱本在故事情节模式上不够完整，但是与新疆异文相比较，也可发现索克唱本之情节模式并不是由于演唱者的疏忽所造成，而是传统中本来就有这样的模式。虽然索克1982年唱本有为迎合当时搜集者的兴趣而把道尔吉彻辰汗故意换成格斯尔汗的嫌疑，但是2005年的唱本在人物名字、角色功能和故事情节上基本回归了该史诗的本来面貌。这些都说明，索克在演唱《七岁的道尔吉彻辰汗》的时候，是按照传统模式来演唱的，其中有即兴创编的情节，但并没有改变该史诗主干情节。

五、《赫勒特盖贺萨哈勒》与《达兰泰老汉》

青海蒙古民间流传着一部叫作《赫勒特盖贺萨哈勒》的史诗和英雄故事。讲述赫勒特盖贺萨哈勒为父报仇不成，反被恶魔杀死，他的两个儿子为他报仇雪恨的故事。

（一）异文情况

目前已发表的韵文体史诗文本只有索克演唱、笔者记录的文本[1]，和乌兰齐齐格、才布西格记录，由达格玛、拉嘎等人演述的散文体文本[2]两种。故事情节上与这部史诗相同的，还有叫《达兰泰老汉》的史诗和英雄故事。这部史诗还以散文体形式流传，而且故事名称变为《华岱老汉》。[3]在青海，有很多人能够演述《达兰泰老汉》故事，例如，景瑟尔加布、伊布新等人演述，奥·才仁敦德布记录的文本发表在《德德蒙古民间文学精华集》中，但是编者把原来的《达兰

---

1 仁钦道尔吉主编，朝戈金、旦布尔加甫、斯钦巴图副主编：《蒙古英雄史诗大系》第三卷，北京：民族出版社，2008，458—490页。
2 才布西格、萨仁格日勒搜集整理：《德德蒙古民间故事》，北京：民族出版社，1986；郝苏民搜集整理：《卫拉特蒙古民间故事》，呼和浩特：内蒙古人民出版社，1986。
3 关于华岱老汉的故事参见都吉雅、高娃整理：《蒙古族民间童话故事》，北京：民族出版社，1984，第55—65页。编者说明，《华岱老汉》故事搜集者（录音者）是郭永明，录音资料的誊写者是章楚布，整理者是托德。演述者、记录时间、记录地点等一概不详。

泰老汉》改成了《勇斗迦罗迪鸟的勇士》。[1] 除了这些演述本，还有一个散文体文本，是 2002 年嘎拉桑喇嘛演述、跃进记录的《替父报仇》。[2] 这个故事中虽然没有出现赫勒特盖贺萨哈勒的名字，却在故事情节上与这部史诗非常相似。

表 2-5 《赫勒特盖贺萨哈勒》《达兰泰老汉》异文统计

序号	异文名，演述时间	演述者、记录者	体裁	发表情况
A	《赫勒特盖贺萨哈勒》，2005	索克演唱、斯钦巴图记录	史诗	仁钦道尔吉主编，朝戈金、旦布尔加甫、斯钦巴图副主编：《蒙古英雄史诗大系》第三卷，民族出版社，2008
B	《赫勒特盖贺萨哈勒》	达格玛、拉嘎等人演述，才布西格、乌兰齐齐格记录	英雄故事	才布西格、萨仁格日勒搜集整理：《德德蒙古民间故事》，民族出版社，1986；郝苏民搜集整理：《卫拉特蒙古民间故事》，内蒙古人民出版社，1986
C	《达兰泰老汉》，2005	索克演唱、斯钦巴图记录	史诗	未发表
D	《勇斗迦罗迪鸟的勇士》（《达兰泰老汉》）	景瑟尔加布、伊布新等人演述，奥·才仁敦德布记录	英雄故事	齐·布仁巴雅尔主编：《德德蒙古民间文学精华集》，内部资料，第一册，1986
E	《华岱老汉》	演述人不详，郭永明录音记录，章楚布誊写，托德整理	英雄故事	都吉雅、高娃整理：《蒙古族民间童话故事》，民族出版社，1984
F	《替父报仇》	嘎拉桑喇嘛演述、跃进记录	英雄故事	跃进主编：《青海蒙古族民间口头文学集锦》，内蒙古教育出版社，2008

---

1 齐·布仁巴雅尔主编：《德德蒙古民间文学精华集》第一册，蒙古文，海西州文化局、海西州民语办编辑出版，内部资料，1986，第 231－253 页。
2 跃进主编：《青海蒙古族民间口头文学集锦》下册，呼和浩特：内蒙古教育出版社，2008，第 936－939 页。

（二）内容概述

2005年12月7日夜索克演唱、笔者记录的《赫勒特盖贺萨哈勒》的故事情节如下：

很早以前，有一个人叫作赫勒特盖贺萨哈勒，有两个妻子。赫勒特盖贺萨哈勒经常骑灰公牛在野外放羊。一天，他抓住公牛，把它甩到大海彼岸，回家对两个妻子说，我要到远方去向恶魔复仇。两个妻子以年事已高相劝，但他执意要去。临行前，他吩咐怀孕在身的两个妻子，孩子出生后按照他的旨意分给他们家产。

他骑马出发。路上依次见到牧羊人、放牛人和牧马人，问他们这是谁的牧群，回答是恶魔胡赫哈尔的牧群。还告诉他，恶魔胡赫哈尔已经死了七年，他的两个妻子和两个儿子在家里，恶魔的两个儿子经常习练武功，说是准备与格斯尔进行较量。他们得知赫勒特盖贺萨哈勒要向胡赫哈尔复仇，担心他白白送死，分别劝他别去，但是赫勒特盖贺萨哈勒不听，继续往前走。

赫勒特盖贺萨哈勒来到恶魔家，恶魔的两个儿子不在。进屋后两个妖婆请他坐两个儿子的座位，但赫勒特盖贺萨哈勒没能爬上去。妖婆把他抱到儿子的座位上。在两个儿子喝茶的碗里倒茶给他，碗太沉，他没能拿动。给他两个儿子吃肉的刀子，刀柄太粗，他没能抓住。两个妖婆叫他吃自己的奶，奶头太大，他没能放进口中。两个妖婆见他这般能耐，耻笑他不自量力向她们的两个儿子挑战。为了避免两个儿子在家里杀死赫勒特盖贺萨哈勒，两个妖婆把他放进装牛粪的口袋藏了起来。妖婆的两个儿子从外面回来，闻见人类的气味，问两个母亲格斯尔是否已经来到。两个母亲想隐瞒，但两个儿子最终发现了赫勒特盖贺萨哈勒，并把他扔给母狗，母狗则一口吞进了肚里。

赫勒特盖贺萨哈勒的两位妻子分娩，生了两个儿子。两个儿子逐渐长大，开始询问父亲在哪里，母亲对他们隐瞒真相。两个儿子想办法逼母亲说出父亲的去向,决定去寻找父亲。

  他们俩出发,依次遇见恶魔的牧羊人、放牛人和牧马人,分别宰吃恶魔的公羊、公牛和种马,然后来到恶魔家。父亲未能推开的门他们推开了。父亲未能爬上的椅子他们坐上去了,椅子不堪重负被压坏。用父亲未能拿动的碗喝茶,用父亲未能用的刀子吃肉,两个妖婆让他们吃奶的时候他们趁机把两个妖婆杀死。然后战胜恶魔的两个儿子,从母狗的肚子里救出父亲,父子团聚回乡,开始了幸福的生活。

(三)比较研究

  在一次访谈中索克曾说,《赫勒特盖贺萨哈勒》又名《达兰泰老汉》史诗,说明在他心目中两者是一回事,所以在索克演唱的所有史诗中,《赫勒特盖贺萨哈勒》与《达兰泰老汉》在故事情节上特别一致,也就不足为奇了。

  虽然索克声称《赫勒特盖贺萨哈勒》与《达兰泰老汉》是同一部史诗,但是他前后两夜演唱的这两个文本之间还是有了一定的变化。其中最引人注目的变化之一是在人物名字方面的变化。在2005年11月25日的一次访谈中索克说,赫勒特盖贺萨哈勒的两个儿子名叫阿迪亚、布迪亚。但是2005年12月7日演唱的《赫勒特盖贺萨哈勒》中,这两个名字却始终没有出现,可能是艺人在演唱时一时没有想起这两个人的名字所致。同时,在他声称是同一部史诗的《达兰泰老汉》中达兰泰老汉的儿子却变成了阿尔查希迪与阿木嘎希迪。

  我们发现,在不同艺人演述的《赫勒特盖贺萨哈勒》或《达兰泰老汉》中,赫勒特盖贺萨哈勒或达兰泰老汉的两个儿子的名字总是有不同的变化。达格玛演述的《赫勒特盖贺萨哈勒》中分别叫作胡儒克苏德尔、胡热尔岱布克,景瑟尔加布、伊布新等人演述的《达兰泰老汉》中则是赫岱和布岱,而在《华岱老汉》中是大阿里马和小阿里马。可见,在青海蒙古族史诗、英雄故事和民间故事中人物名字的变化与交叉是一个常见的现象。

  索克演唱的《赫勒特盖贺萨哈勒》在故事情节上与当地流传的同名故事和史诗保持着一致。而在叙述方式上则更加符合英雄史诗的叙事套路。赫勒特盖贺萨哈勒的复仇旅途和他的两个儿子的复仇旅途在叙事结构上完全相同，只是结果不同。相似情节的多次重复是史诗的重要叙述手法。从这里可以看到，索克是严格按照其既定的叙事模式进行演唱的。

景瑟尔加布、伊布新等人演述的《达兰泰老汉》的故事情节的前半部分与索克、达格玛等人演述的《赫勒特盖贺萨哈勒》一致。而后半部分则叙述了另一个故事，且其情节与前述希瓦演述、纳·才仁巴力记录整理的《古南布克吉尔嘎拉》，2003年胡亚克图演唱的《古南布克吉尔嘎拉》的故事情节相似。[1] 这种变化可能是整理者把不同艺人演述的故事编成一个故事的结果。索克演唱的《赫勒特盖贺萨哈勒》和《达兰泰老汉》在故事情节上与《华岱老汉》也颇为相似。但是，后者的结尾却十分有趣。那里，华岱老汉不是被杀死，而是被恶魔的两个儿子奴役。华岱老汉的两个儿子与恶魔的两个儿子搏斗，未能取胜，只得先与他们结为兄弟，取得他们的信任并探听到恶魔的秘密后才把他们杀死。

至此，我们可以就索克演唱的《赫勒特盖贺萨哈勒》和《达兰泰老汉》史诗作如下总结。（1）索克演唱的《赫勒特盖贺萨哈勒》和《达兰泰老汉》在青海蒙古口头传统中是相互调换了主人公名字的同一部史诗或英雄故事，更多的时候是作为散文体英雄故事形式流传的，比较完整地表现了父子两代的英雄事迹，属于征战型加失而复得式故事类型。（2）索克演唱的无论是《赫勒特盖贺萨哈勒》还是《达兰泰老汉》，都与当地流传的同名史诗或英雄故事在人物名字、故事情节上保持着较高的一致性。（3）但是，在索克演唱的同一部史诗中有一些人名却常常发生着变化，例如达兰泰老汉的儿子在这次唱本中是阿迪亚、布迪亚，在那次唱本中就成为阿尔查希迪与阿木嘎希迪等等，表明索克演唱的有些史诗故事在不断的变化当中，可知索克的演唱易受他现场即兴发挥的影响。这将在后面对他演唱的变异史诗的探讨中逐步得到确认。

值得一提的是，史诗、故事的名称是民间艺人记忆和演绎的重要标识和提

---

[1] 《古南布克吉尔嘎拉》的希瓦演述本和胡亚克图演述本均见于跃进主编：《青海蒙古族民间口头文学集锦》，呼和浩特：内蒙古教育出版社，2008，第463—478页。

示,有着重要功能。不同的命名方式往往能够让人窥探艺人的记忆习惯和演绎规律。所以,在记录整理民间文学"作品"时,保留艺人自己为史诗和故事打上的标签有重要意义。但有的时候我们会看到记录整理者不顾这些因素,随意为史诗和故事另起名的现象,这是不可取的。

六、《阿努莫尔根阿布盖》史诗

2005年11月26日索克在德令哈市演唱、笔者记录整理的史诗《阿努莫尔根阿布盖》[1]是一部失而复得式史诗。主要叙述英雄阿努莫尔根阿布盖外出打猎时铁木尔通古斯劫掠其家乡,夺走其妻子、父母和百姓,阿努莫尔根阿布盖战胜铁木尔通古斯,夺回妻子,解救父母胜利回归的故事。此前,在1982年索克曾给道荣尕演唱过这部史诗,道荣尕把唱本整理后于1986年在《青海〈格斯尔传〉(三)》中以《阿努莫尔戈特阿巴盖》之名发表。[2] 1984年索克演唱的一部《格斯尔》篇章的主人公名叫阿曼莫尔根阿布盖,2008年跃进编辑出版《青海蒙古族民间口头文学集锦》时根据其内容,以《阿曼莫尔根阿布盖》之名发表了那次唱本。其故事情节与笔者从索克口中记录的《阿努莫尔根阿布盖》有很大差别。还有,索克给笔者演唱《阿努莫尔根阿布盖》时并没有声称这是《格斯尔》第十六章。但是,在具体演唱过程中格斯尔的名字时不时出现。

(一)内容概述

我们先看一看索克2005年唱本的故事情节:

很久以前,有一位英雄名字叫阿努莫尔根阿布盖。妻子叫纳仁达格尼,

---

[1] 仁钦道尔吉主编:《蒙古英雄史诗大系》卷四,北京,民族出版社,2009,第3—35页。
[2] 见于内蒙古社会科学院文学研究所、内蒙古自治区《格斯尔》工作领导小组办公室编:《青海蒙古〈格斯尔传〉(三)》,内部资料,呼和浩特,1986。

母亲叫纳仁格日乐。一天,阿努莫尔根阿布盖要出去打猎,叫夫人拿出枪、弓箭、马鞭、利剑等武器,带上两条猎犬和两只猎鹰,踏上了狩猎的路程。他来到阿木尔汗布拉格地方休息,把坐骑驱入龙王的野马群,把两条猎犬放到龙王的黄狗群,把两只猎鹰赶到腾格里天神的鸟群。自己则用猎物肉填饱肚子,抽上几口烟,然后心满意足地躺下睡觉了。这一睡就是三年。

两只猎鹰飞回来叫醒主人,告诉他铁木尔通古斯勇士将要侵犯他的家乡。阿努莫尔根阿布盖不理会两只猎鹰的警告。两条猎狗跑来叫醒主人,告诉他铁木尔通古斯勇士已经侵占家乡,夺走了夫人,奴役了他的父母。阿努莫尔根阿布盖仍然不予理会。坐骑奔跑过来叫醒主人,并以猎鹰、猎犬的话警告主人。阿努莫尔根阿布盖这才重视起来,打开108卷的《甘珠尔经》算了一个卦,又打开通晓百年事理的占卜经做了一个占卜,得知从日落的方向起了不祥的尘土。

他急忙上马返回家乡。不料,过来时是陆地的地方现在却变成了大海。阿努莫尔根阿布盖听从战马的建议,用锅盛了一锅海水,让战马用鼻子吸了一肚子海水,无边无际的大海立刻消失。通过大海继续走,过来时平坦的草原这时却变成了无法逾越的高山峻岭。阿努莫尔根阿布盖听从强弓的建议,用强弓利箭把高山拦腰射断。通过高山后又遇到熊熊火海。他听从战马的建议,让战马喷出吸入的海水,扑灭了火海。过了火海,又遇到无法跨越的深壑,他又听从宝剑的建议,抽出宝剑削平了深壑。过了深壑前行,闯入了浓浓迷雾中。听从烟袋的建议,从怀中拿出临走时妻子纳仁达格尼赠送的神镜,用它照亮了迷雾中的黑暗。通过迷雾却找不到铁木尔通古斯掠走家人的路径。他听从猎犬的建议,让猎犬用敏锐的嗅觉找到了铁木尔通古斯走过的路径。

跟踪铁木尔通古斯,阿努莫尔根阿布盖来到外海边,停下来休息。这时,从日出的东南方飞来了一只乌鸦,又从日落的西北方飞来了一只乌鸦,两只乌鸦相互询问所见所闻。来自东南方的乌鸦说,在铁木尔通古斯劫掠过的地方有吃不完的尸骨,你为何不到那边去。来自西北方的乌鸦说,铁木尔通古斯夺去纳仁达格尼后天天举行盛宴，企图博得夫人的芳心，我们可以用宴会的剩餐余羹来填饱肚子。又说，阿努莫尔根阿布盖的弟弟宝日朗布统领铁木尔通古斯的千军万马，却不认识自己的哥哥，纳仁达格尼则祝福阿努莫尔根阿布盖前去雪恨，把一边的头发梳得干干净净，而诅咒铁木尔通古斯早日灭亡，把另一边的头发弄得污垢蓬乱，正在等待阿努莫尔根阿布盖的到来。

听到这些，阿努莫尔根阿布盖义愤填膺，大声叫铁木尔通古斯前来决战。铁木尔通古斯出战，双方先以弓箭相向。阿努莫尔根阿布盖射死宝日朗布，射伤铁木尔通古斯的喉咙。然后肉搏。纳仁达格尼在阿努莫尔根阿布盖脚下洒下面粉，让他站稳，在铁木尔通古斯脚下洒下豆子，让他滑倒。阿努莫尔根阿布盖消灭了铁木尔通古斯，夺回纳仁达格尼，返回家乡。

回归途中，遇见一位打水的老太婆。询问为什么在这里打水。老太婆回答说，我是阿努莫尔根阿布盖的母亲，现在却成了铁木尔通古斯的奴隶。在喝茶的时候，纳仁达格尼拿出自己的碗倒茶，老人看见碗便想起贤惠的儿媳妇，不禁悲伤。看见老人的悲伤，纳仁达格尼变回原貌与老人相认。遇见放羊的老头，吃肉时老者看见阿努莫尔根阿布盖拿出来的碗和刀，想起儿子不禁悲伤，阿努莫尔根阿布盖变回原貌与父亲相认。如此又与祖母和叔父相认，大家一起回到故乡过上了幸福生活。

1984年唱本与此有一些不同：

很早以前有一位英雄叫作阿曼莫尔根阿布盖。一天他外出打猎，中间休息。这时，坐骑警告他，他的家乡和家人都被敌人夺走。阿曼莫尔根阿布盖并不理会。从东北方向和西北方向各飞来一只乌鸦，它们说铁木尔通古斯蟒古思劫去了阿曼莫尔根阿布盖的家人和家乡民众，阿曼莫尔根阿布盖的弟弟宝日朗布成了蟒古思军队的统帅，已经把阿曼莫尔根阿布盖的家人劫持到大海彼岸，阿曼莫尔根阿布盖大难临头了。

阿曼莫尔根阿布盖赶紧回到家乡，发现敌人果真劫走了他的家乡。他从自家的一棵大树上发现文字，那是他的家人留下的书信。阿曼莫尔根阿布盖想到了叔父，在一处悬崖上发现了他。通过叔父找到了姑姑。叔叔和姑姑给他找来了武器。

阿曼莫尔根阿布盖追踪铁木尔通古斯而去，见到了为铁木尔通古斯放牧的母亲。其相认过程与2005年唱本、《格斯尔》以及其他青海蒙古史诗中的相认情节一样。

阿曼莫尔根阿布盖继续前行，遇到大海，听从战马的建议，自己用锅盛了一锅海水，让战马用鼻子吸了一肚子海水，无边无际的大海立刻消失。遇到火海，把一锅海水洒向大火，叫战马喷出吸入的海水，扑灭了火海。铁木尔通古斯以嗅觉和夺来的夫人脸上发出的光彩，预感阿曼莫尔根阿布盖即将到来。阿曼莫尔根阿布盖又见到给蟒古思放牛的父亲，与父亲相认，情节与母亲相认的情节相同。

阿曼莫尔根阿布盖来到大海边，遇上蟒古思军队的统帅——弟弟宝日朗布。阿曼莫尔根阿布盖一箭射死了弟弟宝日朗布和蟒古思的军队。与铁木尔通古斯交战。阿曼莫尔根阿布盖的妻子帮助丈夫探听到了蟒古思寄存灵魂之处，消灭了蟒古思，解放了人民，过上了幸福生活。

可以看出，索克演唱的两个文本在故事情节上有较大的差别。主要表现在以下几个方面。（1）人物名字上，1984年唱本中的阿曼莫尔根阿布盖与2005年唱本中的阿努莫尔根阿布盖很相似但有区别。两个文本中敌人铁木尔通古斯的名字没有发生改变。铁木尔通古斯手下的军队统帅都是宝日朗布，1984年唱本中说宝日朗布本是阿曼莫尔根阿布盖的弟弟，2005年唱本中这个信息很模糊。1984年唱本中阿努莫尔根阿布盖的妻子的名字不是很明确，似乎是纳日朗格、萨日朗格，但是2005年唱本中是纳仁达格尼。（2）故事情节方面，先后两次唱本的开头部分故事情节很不同。2005年唱本中英雄打猎途中休息睡觉,他的战马、猎鹰、猎犬依次来提出警告,然后英雄进行占卜,这些情节在1984年唱本中很简略;2005年唱本中英雄从打猎途中返回家乡追击敌人的时候依次经过三道障碍,1984年唱本中没有这个内容;1984年唱本中英雄返回家乡后发现书信,然后从叔父和姑母口中知道追击敌人的方向,2005年唱本中没有这个情节;两个文本叙述杀死铁木尔通古斯的故事情节也有很大的不同。

这些说明,索克1984年演唱的《阿曼莫尔根阿布盖》和2005年演唱的《阿努莫尔根阿布盖》是同一部史诗,其故事情节属于失而复得式,但是相隔21年演唱的两个文本在故事情节上发生了较大的变化。

(二)比较研究

到目前为止,我们还没有看到青海蒙古其他艺人演唱的同名史诗。都兰县女艺人比拉演述、才仁敦德布记录的英雄故事《好汉额尔克胡亚克》[1]在故事情节上倒是与《阿努莫尔根阿布盖》有几分相似之处。其故事情节如下:好汉额尔克胡亚克有个弟弟叫作额尔克卓日克,妻子叫作绿度母,有一个女佣人叫毛浩莱莎日,坐骑是一匹黑骏马,还有两只猎鹰和两条猎狗。一天早上,铁木尔通古斯率三十三名勇士和三千名士兵包围了额尔克胡亚克家,额尔克胡亚克冲出包围到杭爱山下休息睡觉三年。坐骑建议他回去看看家乡,额尔克胡亚克听从,回去一看,铁木尔通古斯早已把他的家乡劫掠走了。他听从战马的建议,依次找到家人留下的书信。他从敌人后面追去,首先见到变成敌军统帅的弟弟额尔克卓日克,把弟弟使劲一甩,甩出了他口中的黑血块,再用药物医治弟弟,弟弟这才醒悟过来。他把弟弟装进腰袋里,自己变成一只乌鸦落在铁木尔通古斯的敖包上。铁木尔通古斯带领三十三名勇士和三千名士兵前来,准备射杀乌鸦。乌鸦往上冲了三次,往下冲了三次,使铁木尔通古斯及其军队全军覆没。

---

[1] 跃进主编:《青海蒙古族民间口头文学集锦》,呼和浩特:内蒙古教育出版社,2008,第510—513页。

额尔克胡亚克最终夺回了妻子。原来，他的女仆毛浩莱莎日与敌人里应外合，使英雄的家乡遭到劫掠。额尔克胡亚克处死通敌者，与妻子、弟弟过上了美好生活。

这个故事与《阿努莫尔根阿布盖》的共同点有以下几点：（1）两者在结构上都是失而复得式；（2）劫掠者都是铁木尔通古斯；（3）额尔克胡亚克的弟弟变成了敌军统帅等。

两者还有很多不同点：（1）《好汉额尔克胡亚克》中铁木尔通古斯一开始就包围额尔克胡亚克的家，劫走了他的妻子和臣民，额尔克胡亚克逃出包围圈，到山上躲了三年。而《阿努莫尔根阿布盖》中则相反，说阿努莫尔根阿布盖打猎三年未归之际铁木尔通古斯劫掠了其家乡，夺走了他的妻子。但铁木尔通古斯夺走英雄的妻子上两者一致。（2）阿努莫尔根阿布盖处死为敌人效力的弟弟，而额尔克胡亚克没有杀死弟弟，但是处死了通敌的女仆毛浩莱莎日；（3）两者最大的不同点在于，《阿努莫尔根阿布盖》是一个不折不扣的失而复得式史诗，但是《好汉额尔克胡亚克》既有失而复得式故事情节，同时也有特殊婚姻型故事情节。这是个有趣的变化。如果比照一下，我们从《阿努莫尔根阿布盖》中也可发现特殊婚姻型情节。阿努莫尔根阿布盖的弟弟宝日朗布统率铁木尔通古斯的军队与兄长打仗，兄长最后把他杀死，这其实就是典型的特殊婚姻型故事情节的残余。只是通敌的妹妹变成了弟弟。《好汉额尔克胡亚克》中通敌者虽然表面上不是其弟弟而是女仆，但是英雄的弟弟仍然在为敌人效力。由此可以设想，《阿努莫尔根阿布盖》原本可能是一部特殊婚姻型史诗，在流传过程中逐步变成了失而复得式史诗。

如果上述假设成立，那么，在蒙古国库苏古尔省流传的《阿纳莫尔根汗》[1]史诗可能与《阿努莫尔根阿布盖》史诗有联系。把两者联系起来的有两个因素：（1）首先是主人公的名字。如果去除"阿布盖""汗"等尊称，"阿努莫尔根"

---

[1] 1946年蒙古国库苏古尔省艺人陶克涛尔演唱、巴嘎耶娃记录，最初发表于1949年乌兰巴托出版的《民间文学汇编》中，蒙古文转写本见于仁钦道尔吉等主编：《蒙古英雄史诗大系》第一卷，北京：民族出版社，2007，第1317—1329页。

和"阿纳莫尔根"两个名字非常相似。说实话,索克演唱本中"阿努"这个词的发音比较模糊,笔者反复听录音,在"阿努"和"阿纳"两个发音中最终选择了"阿努",于是主人公的名字被确定为"阿努莫尔根阿布盖"。(2)《阿纳莫尔根汗》是特殊婚姻型史诗,叙述英雄的妹妹通敌,害死哥哥阿纳莫尔根,阿纳莫尔根最终消灭敌人,处死妹妹的故事。这与《好汉额尔克胡亚克》的故事情节部分一致,在弟弟通敌这个情节上也与《阿努莫尔根阿布盖》相似。

青海蒙古史诗与蒙古国西部地区史诗之间的关系令人关注。我们知道,《汗青格勒》史诗是青海蒙古史诗的典型代表,与此同名的史诗在我国其他蒙古族地区不曾被发现,却在蒙古国西部的巴亦特人、杜尔伯特人中流传;《宝尔玛汗的儿子宝玛额尔德尼》是蒙古国西部地区的史诗,但是,有人从我国青海记录了其一个异文。现在,我们又看到《阿努莫尔根阿布盖》和《阿纳莫尔根汗》之间的联系。至于为什么青海蒙古史诗同蒙古国西部卫拉特史诗有如此密切的联系,或许跟历史上宗教文化交流有关。在明清时期,尤其是清朝时期,蒙古族地区喇嘛教盛传,有无数蒙古族喇嘛赴山西的五台山、青海的塔尔寺、西藏的大昭寺、甘肃的拉卜楞寺朝圣。有东西两条线。东线是从蒙古族各地到山西五台山,西线则是经青海塔尔寺至西藏拉萨和甘肃拉卜楞。走西线必经青海蒙古族聚居区。蒙古族喇嘛中有很多爱好史诗和故事的人。或许他们把蒙古国流传的一些史诗带到了我国青海蒙古族民间,在流传的过程中又有了不同的变化。反之,也有可能朝圣回乡的喇嘛将一些青海蒙古史诗带到了蒙古国西部。

七、《道勒吉延宝彦额尔德尼》史诗

《道勒吉延宝彦额尔德尼》史诗[1],2005年12月6日夜,索克演唱、笔者记录。目前还没有发现其他人演唱的同名史诗。

---

1 发表于仁钦道尔吉主编:《蒙古英雄史诗大系》卷二,北京:民族出版社,2007,第546—613页。

(一)内容概述

很早以前,有一位英雄叫作道勒吉延宝彦额尔德尼。他有两位仙女姐姐,还有个妹妹叫作彻辰查干。有两匹骏马、两条猎犬、两只猎鹰。有一天,道勒吉延宝彦额尔德尼对父母说要出去打猎。父母以其年岁尚幼为由劝他不要远行。但道勒吉延宝彦额尔德尼还是抓来战马,鞴好鞍,拿起武器出发了。

在疾驰中,道勒吉延宝彦额尔德尼感觉踩到一个软绵绵的东西,还闻到一股腥味儿。他并不当回事继续往前走,两匹战马却停住脚步不敢向前。战马说,我们正在走向蛇口,这条巨大的毒蛇经常在一年路程之外就能嗅到猎物的气味,在一个月路程之外就能觉出猎物的动静,一天路程之内把舌头伸出去,半天路程之内就把猎物吸入肚内。现在你下来,让我们吃草恢复体力,拉满强弓搭上利箭放在身边,然后睡觉休息。道勒吉延宝彦额尔德尼听从战马的建议,一觉醒来发现弓箭已经射死毒蛇,把它的心肺拿来挂在了他的小手指上。

接着,又遇到恶魔的白骆驼。那白公驼非常凶猛,生吞所遇见的一切。道勒吉延宝彦额尔德尼正想办法,从后边飞来了他的两只猎鹰,建议主人骑着自己飞过白公驼。猎鹰腾空而起,飞到高空的时候刮起了一股强风,道勒吉延宝彦额尔德尼差点被从猎鹰背上吹下来。猎鹰喊道,恶魔的白公驼在张口吸气,欲把你吸入口中,你要拿出你的马鞭抽打它。主人照做,过了一会儿,强风停止,他们安全闯过了恶魔的白公驼这一关。这时自己的两条猎犬和两匹战马也赶了过来。道勒吉延宝彦额尔德尼拿过自己的弓箭,猎杀许多猎物,吃饱喝足后休息,沉睡了过去。

道勒吉延宝彦额尔德尼醒来时已经过了六十四年。他拿出翡翠、珊瑚两只戒指,口中念念有词,第二天早上向戒指询问父母、兄弟姐妹的情况。戒指告诉他,从东方来了铁木尔哈日克布恩,掠走了你的家乡,夺走了你的父母和姐妹。

道勒吉延宝彦额尔德尼追踪铁木尔哈日克布恩。他遇到了一个滚烫的大海。听从战马的建议拿出神镜向腾格里天神祈祷,天空立刻刮起刺骨的寒风,下起了鹅毛大雪,整整下了三天三夜,使滚烫的大海冷却下来,让他们得以通过。

在旅途中，道勒吉延宝彦额尔德尼碰到一位牧羊的姑娘。互问姓名和家乡，那姑娘是北方一位可汗的独生女，名叫乌力吉双霍尔。道勒吉延宝彦额尔德尼就地向她求婚，姑娘说婚姻大事要听命于父母。但她接受英雄赠送她的信物——一枚戒指，并戴在中指上。太阳下山时分姑娘才赶着羊群回家，遭父母质疑。她起初隐瞒了真相，后来还是忍不住说出了实情。听到这话，父母议论道，从前我们听说南方的可汗有个儿子，女儿今天遇到的可能就是他。说话间，道勒吉延宝彦额尔德尼到了他们家里。姑娘请他进屋喝茶用餐。寒暄之后，姑娘的父母了解到他的年龄，脸上露出了悲伤的样子。原来，他们家本来有十六个孩子，但都被铁木尔哈日克布恩一一吃了。他们家后面有一个湖，本来是乳海，铁木尔哈日克布恩却把它变成了血海。姑娘的父母请求勇士把血海重新变成乳海，为他们报仇雪恨。

道勒吉延宝彦额尔德尼听从战马的话，把弓箭放在那户人家的房顶上，再拿出经文念经求佛。正要把血海变成乳海的时候，铁木尔哈日克布恩军队的统领乌图沙尔布克出来阻止。道勒吉延宝彦额尔德尼与之进行摔跤、射箭、赛马、剑术比赛，均胜出，并最终战胜他，把血海恢复成乳海。道勒吉延宝彦额尔德尼与乌力吉双霍尔成亲。

道勒吉延宝彦额尔德尼要去征服仇敌铁木尔哈日克布恩，解救父母亲人，乌力吉双霍尔的父母坚持与女儿女婿一起迁徙到女婿的家乡生活。英雄在回归的路上先见到一个幸存的流浪者，再见到祖母吉尔嘎玛拉查干额吉，他把祖母安顿好，继续追铁木尔哈日克布恩。在路上又见到骑白马的人，那个人告诉他，铁木尔哈日克布恩劫持了你的妹妹布尔玛央宗，用各种方法折磨你的父母。道勒吉延宝彦额尔德尼快马加鞭急追过去。

他遇到无底深壑、浓浓迷雾、无数鬼魂三道障碍，用各种法术通过。又遭到骑黑公驼人的阻击，战胜他。经过一座白毡房门前，一位美丽的妇人手捧美食迎来，请英雄品尝。道勒吉延宝彦额尔德尼品尝后立刻死去。那妇人把英雄的尸体分解，抛到各处。他的两只猎鹰防住食肉的飞禽，两条猎犬阻挡地上的猛兽，两匹战马用尾巴和鬃毛驱赶苍蝇和虫子，保护英雄的尸骨，这时天上下来两个仙女，在英雄的尸体上洒上圣水，让英雄复活。

英雄问那个美丽的妇人用什么上天。妇人说，我要乘坐熊熊烈火上天。于是他把她扔进火海烧死。再问通敌的表妹如何上天。表妹说，我要乘坐铁钉的利尖上天，于是他用铁钉把她钉死。

最后与铁木尔哈日克布恩较量，用弓箭把他射死。划开铁木尔哈日克布恩的肚子，被他吞食的人畜从里面依次出来，络绎不绝。道勒吉延宝彦额尔德尼怎么也找不到彻辰查干和布尔玛央宗两个妹妹，最后他杀死恶魔的一只麻雀，从麻雀肚子里救出了两个妹妹。这样，道勒吉延宝彦额尔德尼迎娶妻子，又战胜仇敌，解救亲人和臣民，过上了幸福生活。

（二）比较研究

如前所述，目前没有发现《道勒吉延宝彦额尔德尼》的同名其他文本。那么，这是索克的个人创作，还是传统中固有的史诗？只有把它同蒙古族英雄史诗传统、青海蒙古史诗中的其他史诗比较，才可以发现其与传统的联系和演唱者的即兴创编能力，找到最终答案。

首先，这部史诗在故事框架类型上属于失而复得式史诗，即：叙述英雄打猎——敌人劫掠其家乡——追赶敌人并通过障碍——消灭敌人夺回失去的一切——回归。但是，在这个框架结构内还夹着一个结构，是婚事型故事。这个婚事故事结构是英雄远征（追赶敌人的远征）——遇到美女并求婚——消灭竞争者——成婚——踏上远征路。

我们首先看一看其失而复得式故事的框架结构。从上面的图式看，索克演唱的这部史诗无疑是典型的失而复得式史诗。然而，索克在演绎这个故事的时候并没有按照这类史诗惯用的套路去演绎，而是在各个细节上都让传统的套路有所变化。例如，一开始英雄外出打猎的旅途，被艺人描绘得如同英雄到恶魔领地的路途那样。他通过了恶魔的巨大毒蛇和恶魔吃人的白骆驼两道障碍。其中，表现巨大的毒蛇这道障碍时，说毒蛇在一天路程外伸出舌头，英雄没有发现自己已经策马走在了毒蛇的舌头上。铲除毒蛇等障碍的过程也很特别，不是其他地区蒙古英雄史诗传统中那样，英雄以智慧力气和武艺等等取胜，而是依靠巫术的力量，通过施法的弓箭来铲除障碍。这不仅是索克演唱史诗的一个特点，也是青海蒙古史诗传统中常见的一种叙事套路。

英雄通过障碍后在打猎途中大睡。这是蒙古族及北方民族史诗中常有的情节。而醒来后得知铁木尔哈日克布恩早已劫掠家乡，英雄从后面追赶而去。路上又经过一道障碍——滚烫的大海，其经过也与依靠骏马的本领飞越大海的传统模式不同，英雄向腾格里天神祈祷，让天空刮起寒风，下起鹅毛大雪，冷却滚烫的大海，然后从上面通过。我们还没有从传统中的其他史诗中见到这样的情节，可认为是艺人的创造性发挥。

英雄成婚后继续追踪敌人。这一次，艺人的演唱是按照青海蒙古史诗的传统套路走的。他首先见到家乡的一个人，从他的口中得知事情的经过。然后还见到祖母等其他人，他们都提供了敌人的有关情报。在途中再次通过几道障碍：无底深壑、浓浓迷雾、无数鬼魂、骑黑公驼的人、手捧毒药的美女。前几道障碍顺利通过，但死于美女的毒药，仙女姐姐从天下凡让英雄复活。这些都是蒙古英雄史诗传统中经常见到的、非常定型的固定套路。最后，消灭铁木尔哈日克布恩，夺回自己失去的一切的情节也符合蒙古英雄史诗模式。

我们接着看里面嵌入的婚事型故事的框架结构。这个故事以英雄的远征（追赶敌人的远征）开始，途中遇到前世有缘的姑娘，订下婚约。然后再到未婚妻家，岳父提出条件：消灭铁木尔哈日克布恩，把变成血潭的湖泊变成乳海。然而，英雄并未消灭铁木尔哈日克布恩，而是消灭了其手下乌图沙尔布克，迎娶妻子，最后岳父带着臣民与女儿女婿一起迁徙。

这个婚事故事在大的框架结构上是完整的，是符合青海蒙古史诗及整个蒙古英雄史诗传统套路的。但是，中间有一些地方似乎在细节的前后衔接上出了问题。其一是交代与英雄前世有缘的未婚妻的情节安排得稍晚了一点。其二是乌图沙尔布克代表铁木尔哈日克布恩的出场稍微唐突了一点。

在笔者看来，这部史诗原本的结构可能是婚事故事加失而复得式故事。之所以变成现在这个结构，原因在于艺人现场创编的过程。根据有以下两点：（1）史诗一开始描绘英雄打猎的路途，其通过各种危险的障碍的经过很像蒙古英雄史诗和英雄故事中部分婚事型故事的套路。在那些史诗中，英雄娶亲路上也都经过危险的障碍；（2）英雄先后消灭两个敌人，头一个是乌图沙尔布克，我们知道，蒙古英雄史诗传统中这个人物经常以英雄的婚姻竞争对手的身份出现，在《道勒吉延宝彦额尔德尼》史诗中，这个敌人同样出现在英雄的婚事故事中，虽然不是直接以竞争者身份出现，但是他阻挠英雄婚事的传统角色并没有改变。因此我们可以认为，乌图沙尔布克身份的改变与艺人现场创编时的失误有关。

如果按照这个思路回顾整个史诗的故事情节，就会呈现出结构非常完整、内容非常清晰的婚事故事加失而复得式故事：英雄启程远征 — 通过各种障碍 — 到达前世有缘的未婚妻家 — 岳父让英雄完成艰巨的任务 — 打败婚姻竞争者迎娶新娘 —— 带着妻子和岳父及其臣民回到家乡 — 发现敌人劫掠家乡 — 从幸存者口中得到敌人的情报 — 追击敌人 — 通过障碍 — 消灭敌人 — 解救家人和臣民。我想，这个结构在艺人的现场创编中稍微发生了变化，变成夹带婚事故事的失而复得式史诗。

这部史诗的一些故事情节与其他史诗和故事以及《格斯尔》史诗的某些故事有点关系。例如，道勒吉延宝彦额尔德尼杀死一只坐在小拇指上的麻雀，从麻雀肚子里救出彻辰查干和布尔玛央宗两个妹妹的情节让人想起鲍·雅·符拉基米尔佐夫搜集、帕尔沁演唱的《汗青格勒》史诗中汗青格勒寻找被蟒古思夺走的妹妹，最后从三只麻雀肚子里找到妹妹的情节。

因而，可以断定，这部史诗在类型和故事框架上属于传统的蒙古史诗，在情节安排上由于现场创编的压力，发生了一些变化，而在叙述细节上充满了艺人个体的创造。

八、青海蒙古英雄史诗与英雄故事的关系

我们介绍和分析探讨了索克演唱的《汗青格勒》《道力静海巴托尔》《古南

布克吉尔嘎拉》《七岁的道尔吉彻辰汗》《赫勒特盖贺萨哈勒》(《达兰泰老汉》)《阿努莫尔根阿布盖》《道勒吉延宝彦额尔德尼》等 7 部史诗。这 7 部史诗中有青海蒙古族家喻户晓的史诗，如《汗青格勒》《道力静海巴托尔》《古南布克吉尔嘎拉》等，这些史诗都有不同艺人在不同时间演唱、由不同人记录的诸多文本。7 部史诗中还有一些是索克演唱的孤本，目前还没有记录其他史诗艺人演唱的同名史诗，这样的史诗有《阿努莫尔根阿布盖》《道勒吉延宝彦额尔德尼》。另外还有一部分是在青海蒙古民间以不同名称在流传的史诗，如《赫勒特盖贺萨哈勒》《达兰泰老汉》。

这些史诗有一个共同之处，就是它们都是按照蒙古古老英雄史诗的传统题材和结构模式创编并按传统的套路进行演唱的，在故事情节上涵盖了蒙古族古老史诗的全部类型，有征战型、婚事型、结义型、特殊婚姻型，以及所有这四类的不同排列组合型或混编型。

对这些史诗文本的比较研究显示，青海蒙古古老的英雄史诗，是在与传统中的其他史诗和英雄故事的广泛联系中被艺人们所掌握和演绎的。正是由于这一点，我们在探讨一些史诗文本的相互关系时被各种错综复杂的关系所困惑，感觉眼花缭乱、头晕目眩。因为我们总是从一个文本看到另一个或几个文本的一些影子或它们的因素，这种文本间的关系不仅存在于青海蒙古诸史诗文本内部，而且还存在于青海蒙古史诗传统、新疆卫拉特蒙古史诗传统和蒙古国西部卫拉特史诗传统的跨区域、跨国界传统之间。而青海蒙古史诗传统同蒙古国西部卫拉特史诗传统之间的相互关系很密切，若要揭开这种关系的形成原因，我们需要结合历史上宗教文化交流等社会历史因素进行深入分析。

我们在具体的文本比较中还发现，蒙古英雄史诗故事情节的征战型、婚事型、结义型、特殊婚姻型四大类型，在艺人的具体演绎过程中，尤其是在把这四个类型的故事按不同排列组合方式进行演绎时，一些类型之间是很容易转换的。例如，婚事型故事与特殊婚姻型故事类型的转换，征战型故事与结义型故事的转换等等。这些说明，这四大类型为艺人的表演指明了一种方向，引导艺人按传统套路演唱的同时，类型之间的某些相似结构也为艺人们提供了滑出经典轨道去客串另一种类型,从而演绎别具一格的故事的可能性。正因为如此,我们才见到了看似差别巨大但故事框架上相当一致的《汗青格勒》史诗的青海诸异文和蒙古国诸异文。

这7部史诗作为索克这个艺人个体演唱的作品,我们还应该指出下列几点。索克在演唱这7部史诗时是严格按照蒙古英雄史诗固有的传统套路去演唱的。说明索克是一位谙熟传统的艺人。同时,他的唱本同其他艺人唱本之间也保持着高度一致性,说明索克还是一位遵守传统规矩的艺人。而他的唱本在故事情节安排上的独特性、与其他文本的关系的广泛性和复杂性、细节叙述的多变性等均表明,索克又是一位能够自由驾驭传统、善于即兴创编的天才艺人。

还应该重点指出的是,上述7部英雄史诗中除了索克演唱的个别史诗,其他史诗均有同名的英雄故事在流传,对于英雄史诗和英雄故事的无区别对待、两个体裁之间的自由转换是青海蒙古史诗传统一个重要的特征。在蒙古英雄史诗和英雄故事的关系研究方面,我们应该重点关注青海蒙古史诗传统的这一特征。因此,在这里我们结合田野调查和比较研究,简单讨论这个问题。

在第一章我们说过,过去我们判断一个文本是不是史诗文本的时候,往往首先看它是不是韵文体。在遇到表现了通常意义上的史诗题材的文本时,看它是韵文体还是散文体,似乎已经成了国内判断英雄史诗和英雄故事的一个标准。如果拿这个标准去衡量青海卫拉特史诗艺人们表演的文本,就会立刻陷入困境。因为在青海卫拉特人那里,散文体还是韵文体,并不是判断他们所表演的是史诗还是英雄故事的标准。在那里,人们普遍认为只要不改变故事情节,用散文体叙述和用韵文体演唱,就叙说的故事本身来讲是没有任何区别的。甚至,在叙说同一个"作品"时,他们还会把散文叙述和韵文演唱两者结合起来。所以有许多史诗,同时有若干同名英雄故事。一篇英雄故事,也有同名的英雄史诗。我们从本章讨论中已经看到,《道力静海巴托尔》的索克1984年唱本和2005年唱本以及达格玛唱本都是韵文体的,伊克都的唱本是散文体的,而扎吉娅演唱、斯·窦步青整理的《道力静海巴托尔》是散文夹韵文体;《古南布克吉尔嘎拉》不仅有索克演唱、笔者记录的韵文体异文,达格玛演唱、萨仁格日勒记录的韵文体异文，乔格生演唱、萨仁格日勒记录的韵文体异文，而且还有2003年的德令哈市蓄集乡艺人胡亚克图演述、胡和西力录音记录的散文体异文，由胡亚克图演唱、笔者记录的散文韵文结合体异文等等。我采录胡亚克图演唱的《古南布克吉尔嘎拉》时，老人开始韵文体演唱，后来改成散文体叙述。女艺人道力格尔苏荣也一样，在演唱《汗青格勒》时，她也是韵文演唱开始，中间夹杂着散文叙述的部分。这里固然有老人们体能上的原因，但更重要的是当地史诗传统允许他们的这种表演。

如前所述，在青海卫拉特地区根本不存在我们通常使用的"陶兀里"（tuuli）这一史诗概念。取而代之的是"陶兀吉"。"陶兀吉"包括韵文体的史诗和散文体的英雄故事。也就是说，对于一部"陶兀吉"来说，只要完整地叙述其故事情节，那么，用韵文体演唱抑或是用散文体叙说并不重要。这就是青海蒙古族关于史诗的本土界定。按照这样的理解，他们把学术界严格区分的史诗、英雄故事，在"陶兀吉"这一术语下统统包括了进来。那么，在青海蒙古族地区，这两种体裁之间的差别是怎样产生的？

根据笔者在青海蒙古族地区进行的田野调查，一个英雄故事或英雄史诗，之所以以英雄故事的体裁或以英雄史诗的体裁呈现，并不是因为这两种体裁的固有区别所决定，而是取决于艺人的表演能力和表演方式。据笔者的调查，总的来说，表演能力决定艺人的表演方式，而艺人对表演方式的选择，决定了表演文本在体裁上的不同。

艺人们之间在表演能力上存在着很大的差别。有些艺人的能力，决定了他只能以普通的散文演述方式进行表演。因为他缺乏专门的训练，没有掌握韵文体演述或演唱的足够的技能和储备。例如没有掌握传统中大量固定的各种程式化段落（英雄、家乡、宫殿、战马、美丽妻子、蟒古思、搏斗、婚礼等等），没有掌握传统的各种曲调，缺乏表演历练等，这就决定他的表演能力只够散文体演述。

另一些艺人，他们或者受家族传承的影响，或者接受有经验的艺人的指点，经过长期的努力，掌握了韵文体表演的所有技能。包括语言（各种程式化段落，足以支撑他以不同的优美诗句描绘不同的场景)、曲调、现场即兴创作等。

有意思的是,这样的艺人不一定总是以韵文体演唱方式表演。他们能够以散文体叙述、韵文体演唱两种方式表演。他们根据表演当时的实际情况,自由决定表演方式。制约他们选择表演方式的因素有很多,有时候是身体原因,有时候是时间条件原因(艺人自身和听众、搜集者的时间条件),有时候是观众的原因(比如,索克曾在一次访谈中说,传统的、年老的听众更愿意听语言优美的韵文体演唱,而青少年听众则更愿意听快节奏推进故事的散文体演述),有时候可能是情绪的原因等等。

因此,对于这样一群艺人来讲,不是英雄故事、英雄史诗的体裁决定他们的表演方式,而是,他们对表演方式的选择决定了他们表演文本的体裁究竟属于英雄故事,还是英雄史诗。至于那些只会用散文体演述的艺人来讲,还是他们的表演能力最终决定了其表演文本的体裁属性。

还有一个问题比较重要。那就是,艺人们都有一个努力方向,那就是尽可能地获得韵文体演唱能力。具体表现在那些还没有能力用韵文体表演的艺人演述的文本中,夹杂着很多韵文体部分。因此在这个意义上,韵文体的史诗,是这类故事的最高表现形式,而散文体的英雄故事,则是其亚型。所以说,在当今的青海蒙古族艺人那里,最终起决定性作用的是他们的表演能力,表演能力进而决定表演方式,表演方式决定了体裁的不同。

那么,体裁的不同,又会带来哪些表演文本之间的差异呢?

英雄史诗是由一些核心信息和一些附加信息构成。核心信息,就是一部史诗区别于另一些史诗的关键信息。包括英雄及其坐骑、结义兄弟、敌人、故乡以及与它们相关的特性形容词,还有这部史诗的故事情节。有时候还包括该史诗所有文本都保留的一些母题、神话等等。这些核心信息不管是在哪个异文中,或者英雄史诗、英雄故事哪个体裁的异文中,大都稳定地传承。

相比之下,还有相当一部分信息,它们固定地附着于一定的程式化套语当中,随着艺人运用这些套语,进入史诗的信息系统,也随着艺人不用这些套语,从史诗信息系统中消失,呈现出附加的特点,所以叫作附加信息。附加信息不属于特定的某部史诗，而是传统中的一切史诗都可以共享，是传统的共享财富。

举个例子。希瓦演述、纳·才仁巴力记录的散文体（英雄故事）《古南布克吉尔嘎拉》这样介绍英雄古南布克吉尔嘎拉：很久以前，有个叫作古南布克吉尔嘎拉的人，坐骑是三岁的黑马，武器是金托银筒的枪。[1]同样散文体英雄故事的、由胡亚克图演述的另一个异文则这样介绍：很早以前，世界一片祥和的时候，在下界有一个人，名字叫作古南布克吉尔嘎拉。[2]然而，在乔格生演唱、萨仁格日勒记录的韵文体史诗《古南布克吉尔嘎拉》用这样的诗句介绍了古南布克吉尔嘎拉：

Keduin keduin tsag-tu gene	很久很久以前
Keree mergen tsag-tu gene	膜拜乌鸦的时代
Urdiin urid tsag-tu gene	很早很早以前
Uguuli mergen tsag-tu gene	崇拜猫头鹰的时代
Teniger tenger gedeg ni	上面的天空
Tebkiin čineen baikhad gene	巴掌大的时候
γalba yirtimč gedeg ni	下面的大地
γal γolomtiin čineen baikhad gene	像炉灶大小的时候
Naran sayi sayi mandaj baiba gene	太阳刚刚升起的时候
Nabči sayi sayi delgerej baiba gene	树木还是嫩芽的时候
Sara šine mandaj baiba gene	月亮刚刚升起的时候
Šajin šine mandaj baiba gene	宗教刚刚传播的时候
Sün dalai ni šalchig baiba gene	大海像池塘那么大的时候
Sümbur uula ni dobong baiba gene	须弥山像土丘那么大的时候
Oγtarγuin odon ni γaγtsa nigeken baiba gene	天上星星很少的时候

---

[1] 跃进主编：《青海蒙古族民间口头文学集锦》上册，呼和浩特：内蒙古教育出版社，2008，第463页。

[2] 同上书，第468页。

Orčilangiin amitan nilkha balčir baiba gene	地上人类幼小的时候
Daibung haan ni balčir baiba gene	大王可汗刚出生的时候
Dalai lama ni bandi baiba gene	达赖喇嘛还是小沙弥的时候
Muu tootniig horij yavdag	有个人，他阻挡一切恶人
Manγas bolγaniig darj yavdag	降伏一切恶魔
Sain tootniig tusalj yavdag	扶助一切好人
Sanγusbai bolγaniig darj yavdag	镇压一切祸患
γalba yirtinčiig tuulj čiddag	他是世上自由驰骋的
γurban bairiig ejelen suugsan	守护三大雄关的
γunan khara moritoi γunan nastai	骑三岁黑马的
γunan bökjirγal gedeg	三岁的古南布克吉尔嘎拉
Negen baatar baiba gene.[1]	他是一位英雄。

可以看到，当艺人用散文体演述的时候，抓住了最基本的三点：很久很久以前的时间、人物古南布克吉尔嘎拉、人物的属性英雄。但用韵文体演唱的时候，运用传统中的程式化诗句来介绍，这时不仅有上述三个基本信息，还增加了更多的信息。时间变成天地宇宙刚刚形成的时代，这里展现了蒙古族宇宙天地形成的神话观念，人物是骑三岁黑马的三岁的古南布克吉尔嘎拉，他是惩恶扬善、铲除恶魔、守护三大雄关、自由驰骋世上的英雄。通过一系列程式化诗句，蒙古族古老的萨满教日月崇拜、乌鸦崇拜、猫头鹰崇拜等信仰信息被带进史诗中，而且须弥山、沙弥、达赖喇嘛等佛教信息也被带进史诗信息系统。这些信息与史诗的程式化套语绑在一起，艺人可以把这些程式化套语用于任何史诗的演唱，因此程式化套语及其所带各种信息是整个传统共享的财富，而非特定史诗所独有。而且，随着艺人运用这些程式化套语，其所承载的各种信息进入特定史诗，由于一时未能唤起记忆中的那些程式化套语，其所承载的信息也

---

[1] 仁钦道尔吉主编：《蒙古英雄史诗大系》卷2，北京：民族出版社，2007，第373页。

就从史诗中消失。因而它们属于附加信息。

启用附加信息这个概念，目的是提醒人们，那些程式化套语承载的信息并不是特定史诗的专有物、必有物，只是附加物。想用这些附加信息，去研究特定史诗产生年代、反映的历史，那是徒劳的。只有抓住核心信息讨论，才是正道。顺便想说，在《江格尔》产生、形成时代的大讨论中，人们就始终没有区别这两种信息。区分核心信息和附加信息对于史诗研究来讲特别重要。因为在蒙古史诗研究中，有很多探讨特定史诗历史文化内涵的论著，都不加区分地用那些附加信息在说事。

那么，英雄史诗体裁和英雄故事体裁相互转换的时候，正是这些附加信息消失或者增加的时候。英雄故事以"很久很久以前"这样非常简单的方式开场，表示一般的古代。但是，韵文体演唱的时候，这个短语变成几行、几十行甚至上百行。增加很多有关神话、宗教、政治、军事、经济、生产生活、民俗方面的信息。散文体演述的时候，就有很多信息脱落。总之，韵文体演唱的时候，也就是史诗演唱的时候，一个事件往往以更古老的形态被描绘。而一个很古老形态出现的史诗，在变成英雄故事时，却可能以很普通的故事形态出现。可见，艺人的表演能力、表演方式对传统的影响是何等的重要。

这里想再次强调，从尊重传统、实事求是的立场出发，我们应当把青海蒙古英雄故事纳入史诗范围中来加以综合研究。因为该史诗传统已经兼容了英雄故事体裁。我们不能以其所不认可的任何东西强加于某一传统，也不能强行分割传统自认为一体的有机整体。我们的任务是继续深入研究英雄故事和英雄史诗之间体裁转换关系及其起源关系等一系列问题，以解释青海蒙古史诗传统的这一特殊特征的形成原因。这是一项既富有挑战性又有重要理论意义的课题。

第三章

青海蒙古《格斯尔》及其索克唱本

第三章 青海蒙古《格斯尔》及其索克唱本

　　索克不仅会演唱青海蒙古史诗艺人们经常演唱的大多数古老史诗，而且还能演唱青海蒙古其他艺人不曾演唱的史诗。其中既有以典型的蒙古英雄史诗的故事框架类型，以蒙古史诗艺人们惯用的传统套路进行创编的史诗，例如《阿努莫尔根阿布盖》《道勒吉延宝彦额尔德尼》，也有大体结构上符合蒙古英雄史诗结构模式、人物方面多少与《格斯尔》有些关系却不以《格斯尔》命名的、在具体细节叙述上又充满艺人个性色彩的一组史诗。例如《额尔肯巴彦汗》《阿拜杨宗巴托尔与阿拜旺钦巴托尔》《七岁的东吉毛劳姆额尔德尼》等。我们称之为索克演唱的变异史诗。另外，索克还演唱了多部《格斯尔》史诗篇章，但是他演唱的《格斯尔》与青海蒙古其他史诗艺人演唱的《格斯尔》史诗、他自己演唱的变异史诗以及北京木刻版《格斯尔》等书面史诗文本又有着重大区别，我们把这部分史诗也包括在变异史诗范围内进行分析和比较研究。

　　由于他演唱的变异史诗多与《格斯尔》有关，因而本章有必要简要介绍和回顾蒙古《格斯尔》、青海蒙古口传《格斯尔》，以便在比较中更好地认识索克演唱的《格斯尔》篇章以及变异史诗的独特性、创造性，还有索克作为一位艺人，个体独特的创编才能。

一、蒙古《格斯尔》概述

《格斯尔》是蒙古族人民家喻户晓的著名史诗。其流传范围甚广，不仅包括中、蒙、俄三国蒙古族聚居区，而且还流传在蒙古语族的达斡尔族、裕固族、保安族、土族等民族民间，还通过蒙古族流传到了突厥语的图瓦族民间。在起源上，这部史诗同藏族的《格萨尔》有着密不可分的联系，学界一般认为蒙古族的《格斯尔》和藏族的《格萨尔》是同源异流之作。在流传方式上分口传方式和书面方式两种，且其口传方式在先，书面方式在后。但是《格斯尔》作为蒙古族英雄史诗为世人所瞩目，首先是从书面《格斯尔》开始的。

不知从什么时候开始，蒙古民间以口头方式流传着一些《格斯尔》史诗篇章，在这些口头篇章的基础上产生了最早的一批记录该史诗故事的蒙古文记录本，并在民间以相互转抄的方式流传。到了清朝康熙年间，在北京召集蒙古各地学者、佛教高僧以蒙古文大规模翻译出版佛教文献时，一同出版了木刻版《格斯尔》一种。这便是北京木刻版《格斯尔》。其出版时间是康熙五十五年（公元1716年）。这也是迄今为止最早的也是唯一一种《格斯尔》木刻版。属于同一时代或稍晚时代的手抄本还有许多，例如鄂尔多斯本《格斯尔》、咱雅本《格斯尔》、诺木齐哈敦本《格斯尔》、托忒文《格斯尔》等等。蒙古民间还有译自藏文的书面《格斯尔》流传，那就是蒙古《岭格斯尔》。所有这些书面《格斯尔》，除了个别的含有与北京木刻版《格斯尔》不同的若干篇章，其余大多数书面《格斯尔》的基本章节都与北京木刻版《格斯尔》保持一致，如诺木齐哈敦本《格斯尔》、咱雅本《格斯尔》等。而托忒文《格斯尔》不过是北京木刻版《格斯尔》的托忒文转写本而已。所有这些书面记录的《格斯尔》中流传范围最广、影响最大的，还是北京木刻版《格斯尔》。

北京木刻版《格斯尔》一经出版，在蒙古族地区迅速传播开来，传播到当时的内蒙古、喀尔喀各部，居住在阿尔泰山周围和天山一带的卫拉特人以及远到欧洲伏尔加河流域的卡尔梅克人那里，甚至还传到了唐努乌梁海的图瓦人中间。同时还从书面转为口头传播。从各地蒙古族聚居区搜集的口传《格斯尔》

各部篇章之故事情节都与北京木刻版《格斯尔》基本一致。例如，巴林《格斯尔》、新疆卫拉特《格斯尔》等都在基本故事情节上与北京木刻版《格斯尔》保持着较高的一致性。但也有例外，那就是布里亚特《格斯尔》。布里亚特《阿拜格斯尔克布恩》是在布里亚特古老史诗基础上产生的长篇史诗。

北京木刻版《格斯尔》由7章构成。第一章叙述腾格里天神的儿子降生下凡，铲除各种各样危害人间的鬼怪和蟒古思，与以超同为代表的社会黑恶势力做斗争，屡屡取得胜利，在与众多婚姻竞争者的较量中胜出，迎娶美丽的妻子茹格牡高娃，圣主格斯尔汗的英名十方远扬的故事。第二章叙述格斯尔消灭危害人类的北方恶魔黑斑虎蟒古思的故事。第三章叙述格斯尔到汉地固玛汗的宫廷，用计谋让固玛汗埋葬死去的皇后，破掉固玛汗各种各样的刑坑，最终娶固玛汗的女儿为妻的故事。第四章叙述格斯尔消灭长着十二颗头颅的蟒古思，夺回爱妻图门吉日嘎朗的故事。第五章叙述格斯尔征服锡莱高勒三汗，夺回被他们夺走的爱妻茹格牡高娃的故事。第六章叙述蟒古思喇嘛与茹格牡高娃勾结，把格斯尔变成毛驴，格斯尔的另一妻子阿珠莫尔根消灭敌人拯救格斯尔的故事。第七章叙述母亲逝世后，格斯尔到地狱的阎罗王处，把母亲的灵魂从地狱救出的故事。

二、内容与北京木刻版相近的青海蒙古口传《格斯尔》

如前所述，集中搜集记录青海蒙古口传《格斯尔》，是从1978年以后开始的。迄今为止，许多学者采访众多青海蒙古格斯尔奇，记录了他们演述的《格斯尔》篇章。然而，只有部分学者整理发表各自搜集的文本，更多的还没有整理发表。

目前，较完整地发表的有著名史诗艺人诺尔金演述的《格斯尔》口头文本、胡亚克图演述的《格斯尔》口头文本以及索克演唱的《格斯尔》口头文本。此外还有肃北史诗艺人们演唱的《格斯尔》篇章。这些文本具体发表在内蒙古《格斯尔》工作领导小组办公室编印的内部资料集《格斯尔传——青海格斯尔四章》(1984年)、《格斯尔传——青海〈格斯尔〉传说》(1984年)、《青海〈格斯尔传〉(二)》(1986年)、齐·布仁巴雅尔、图格、却苏荣于1986年编印的三卷本《德都蒙古民间文学精华集》(内部资料)、斯·窦步青搜集整理的《肃北蒙古族英雄史诗》[1]、跃进主编的《青海蒙古族格斯尔传说》[2]、玛·乌尼乌兰编著的《〈格斯尔传〉西蒙古变异本研究》[3] 等资料中。

这些资料基本能够反映青海蒙古口传《格斯尔》的规模、形式以及艺术成就。其中,诺尔金、胡亚克图、曲力腾、乌泽尔等演述的诸篇章与北京木刻版《格斯尔》的故事更加接近,索克等其他艺人演唱或演述的《格斯尔》篇章则有的与北京木刻版《格斯尔》的相关篇章接近,有的则毫不相干。

对青海蒙古口传《格斯尔》的研究成果,代表性的有齐木道吉的《青海〈厄鲁特格斯尔〉(传唱本)与〈北京木刻版〉的关系》[4]《纵谈蒙古〈格斯尔〉》[5],乌·新巴雅尔的《关于青海蒙古〈格斯尔〉》[6],古·才仁巴力的《青海蒙古〈格斯尔〉简论》[7],玛·乌尼乌兰的《〈格斯尔传〉西蒙古变异本研究》[8] 以及巴·布和朝鲁的《柴达木田野调查报告(1985、1988、2001)》《大河源上观巨流——再谈柴达木蒙古〈格斯尔〉之特性及其典型意义》[9] 等。

---

1 斯·窦步青搜集整理:《肃北蒙古族英雄史诗》,北京:民族出版社,1998。
2 跃进主编:《青海蒙古族格斯尔传说》,呼和浩特:内蒙古文化出版社,2003。
3 玛·乌尼乌兰编著:《〈格斯尔传〉西蒙古变异本研究》,北京:民族出版社,2005。
4 全国《格萨(斯)尔》工作领导小组办公室主编:《格萨尔研究集刊》第五辑,北京:民族出版社,2001,第120—131页。
5 中国社会科学院民族文学研究所编:《〈格斯尔〉论集》,呼和浩特:内蒙古人民出版社,2003,第475—497页。
6 乌·新巴雅尔:《蒙古〈格斯尔〉探究》,呼和浩特:内蒙古教育出版社,2002,第170—186页。
7 中国社会科学院民族文学研究所编:《〈格斯尔〉论集》,呼和浩特:内蒙古人民出版社,2003,第254—262页。
8 玛·乌尼乌兰编著:《〈格斯尔传〉西蒙古变异本研究》,北京:民族出版社,2006。
9 巴·布和朝鲁:《柴达木田野调查报告(1985、1988、2001)》,载中国社会科学院民族文学研究所编《论集》,呼和浩特:内蒙古人民出版社,2003,第137—176页;巴·布和朝鲁:《大河源上观巨流——再谈柴达木蒙古〈格斯尔〉之特性及其典型意义》,载中国社会科学院民族文学研究所主办,2007年8月在吉林省前郭尔罗斯举行的"中国蒙古文学与文化国际学术讨论会"论文汇编。

齐木道吉主要从文本关系入手，认为"青海《厄鲁特格斯尔》大体有两种形式的传唱本。其一种是比较有系统、有一定代表性而确具鲜明格斯尔的故事特色的散文体《格斯尔汗传》……其另一种形式是全用韵文体说唱，由说唱艺人把传统的某一蒙古族英雄史诗中的故事情节，利用革新，使之成为了格斯尔的故事，把主人公变换成为格斯尔可汗的"。并认为，诺尔金、初鲁图木（曲力腾）、乌珠尔（乌泽尔）等人以散文体说唱的《格斯尔》才是"真正能体现《格斯尔》特色的青海《厄鲁特格斯尔》"，而索克用韵文体演唱的《格斯尔》篇章"与书写卷本，特别是与《北京木刻版》毫无依存关系，因而显现不出《格斯尔故事》的特色，实际上是属于一般的英雄史诗作品"。[1] 古·才仁巴力主要从蒙藏《格斯（萨）尔》的关系和青海蒙古《格斯尔》的产生、发展的角度出发，认为青海蒙古《格斯尔》中最先在民间传播的篇章是北京木刻版中的若干篇章，这部分在起源上与藏族《格萨尔》关系密切，但通过蒙古族艺人的再创作，已经相当蒙古化了。与北京木刻版《格斯尔》不同的那些篇章，例如索克演唱的《格斯尔》是把古老蒙古史诗改编或把古老蒙古史诗的一些故事情节同《格斯尔》的一些故事结合起来再创作的结果。巴·布和朝鲁的观点在核心思想上与齐木道吉和古·才仁巴力的观点一致。其类型上的三分法把关于格斯尔的故事放在核心位置，然后往外扩展，扩展到外围的青海蒙古传统的英雄史诗。新巴雅尔主要指出青海蒙古《格斯尔》同藏族《格萨尔》的关系以及青海蒙古《格斯尔》在表演形式上的类型区别。而玛·乌尼乌兰的主要贡献在于把青海蒙古（含肃北）口传《格斯尔》同北京木刻版进行详细比较，指出它们之间的异同。

学者们的研究从不同侧面说明了青海蒙古口传《格斯尔》形成扩展的基本途径，那就是以北京木刻版《格斯尔》的基本故事为核心，形成青海蒙古口传《格斯尔》的基本篇章，以古老英雄史诗素材同《格斯尔》故事结合的形式产生了一批新的《格斯尔》篇章，以直接把古老英雄史诗纳入《格斯尔》系统的

---

[1] 齐木道吉：《青海〈厄鲁特格斯尔〉（传唱本）本与〈北京木刻版〉的关系》，载全国《格萨（斯）尔》工作领导小组办公室主编：《格萨尔研究集刊》第五辑，北京：民族出版社，2001，第120—131页。

方式进一步扩展《格斯尔》史诗系列。这符合青海蒙古口传《格斯尔》的客观实际。

然而，除了古·才仁巴力和布和朝鲁外，其他学者基本偏向于说明青海蒙古口传《格斯尔》与北京木刻版之间的渊源关系。至于那些与北京木刻版的故事情节有很大区别的、独具青海蒙古口传《格斯尔》特点的篇章，学者们只是粗略地发表了观点，没有做进一步分析和研究。对于传统的、古老的英雄史诗何以进入《格斯尔》史诗系列的认识根源，也需要进一步探讨。

在青海蒙古族地区，每一位《格斯尔》演唱艺人都有共同的文化传统、共同的生活环境，同时也都有自己不同的知识结构、语言能力、生活背景和自己喜欢演唱的《格斯尔》篇章。有很多不识字的艺人，还有能读蒙古文的、能读藏文，有以蒙藏两种语言演唱《格斯尔》的艺人，有喇嘛出身的、有牧民出身的艺人等等。他们不同的语言能力、知识结构和生活背景造就了他们各自不同的演唱内容、编创能力和表演风格。因而，了解一下具有代表性的几位艺人演唱的《格斯尔》篇章是非常必要的。在这里，我们把注意力放在与北京木刻版之间的异同点，尤其是叙述模式、人物变化、内容上的异同点上加以观察。

我们先看一看诺尔金、胡亚克图、曲力腾、乌泽尔演述的《格斯尔》篇章同北京木刻版《格斯尔》的异同。这四位艺人演述的《格斯尔》有一个共同的特点是，在内容上都与北京木刻版《格斯尔》的故事情节相近，但是在叙述模式、情节和章节编排以及人物方面又与之有着重大差别。

诺尔金演述、却苏荣记录的《格斯尔》本来不是分章演述，而是连续演述的口头文本。整理者根据其基本主题分了若干个篇章，并用概括每部篇章内容的语句作为篇章名。在1986年内蒙古自治区《格斯尔》工作领导小组办公室编印的《青海〈格斯尔传〉（二）》把诺尔金演述的《格斯尔》分为9章，而同年编印的由齐·布仁巴雅尔主编的《德都蒙古民间文学精华集》中则分了10章。跃进主编的《青海蒙古族格斯尔传说》（2003年）和《青海蒙古族民间口头文学集锦》（2008年）也收录诺尔金演述的上述《格斯尔》史诗篇章，同《德都蒙古民间文学精华集》一样也分10章。区别在于跃进将原先的整理者却苏荣用古代蒙古书面语记录的文本重新用现代蒙古语记录，同时参照由内蒙古社会科学院和内蒙古自治区《格斯尔》工作领导小组办公室以内部资料编印的《青海〈格斯尔传〉（二）》和海西州政府编译室才仁敦德布提供的原记录稿重新核对，尽量做到了对演述文本的忠实记录，同时对一些疑难词语做了注释。[1] 玛·乌尼乌兰编著的《〈格斯尔传〉西蒙古变异本研究》选录了跃进主编的《青海蒙古族格斯尔传说》中的诺尔金演述本 10 章。笔者对上述各文本进行了比较，发现 1986 年由内蒙古自治区《格斯尔》工作领导小组办公室编印的《青海〈格斯尔传〉（二）》发表的文本更具口头性特点。

曲力腾演述的《格斯尔》发表在内蒙古《格斯尔》工作领导小组办公室编印的内部资料集《青海〈格斯尔传〉（二）》，胡亚克图演唱的《格斯尔》发表在跃进主编的《青海蒙古族格斯尔传说》，乌泽尔演述的《格斯尔》发表在内蒙古自治区《格斯尔》工作领导小组办公室编印的《格斯尔传——青海〈格斯尔〉四章》（1984 年）。

（一）叙述模式的变化

上述四位艺人演述的《格斯尔》，除了诺尔金的唱本，在叙述格斯尔降生下凡的故事方面，与北京木刻版《格斯尔》之间最大不同出在故事类型的差异上。在北京木刻版中，格斯尔是按照预卜先知的释迦牟尼佛的旨意，受腾格里天神之委派降生下凡的。但是，在多数青海蒙古艺人们演述的《格斯尔》中，则是不堪忍受恶魔残害的人类央求腾格里天神，要求派三个太子之一下凡降伏恶魔，天神答应他们的要求，天神之子遂投胎人类降生下凡。于是，在青海蒙古口传本中虽然还保留着天神派遣内容，但是随着人类求告天神和天神之子降生的故事情节的发展，天神派遣型叙述模式转变为蒙古古老英雄史诗的求子降生型叙述模式。这种模式是北京木刻版所没有的。乌泽尔演述本更把人类的代表阿卡曲尔昆到天界求天神的路程叙述得像蒙古英雄史诗对英雄征途的描述一样——

---

[1] 参见跃进主编《青海蒙古族格斯尔传说》，海拉尔：内蒙古文化出版社，2003，第 45—46 页。

阿卡曲尔昆通过三道障碍才到达天界。这种过三道坎儿的情节模式属于典型的蒙古古老英雄史诗。

北京木刻版《格斯尔》、藏族《格萨尔王传》（贵德分章本）、蒙古族各种抄本以及口传《格斯尔》中，格斯尔与超同的赛马比赛是一个特别重要的内容。为娶到美如天仙的茹格牡高娃，格斯尔同包括叔父超同在内的众多竞争者展开较量，赛马是其中的一个项目。在藏族民间，这个故事还单独成为《格萨尔》的一个篇章。

如果把北京木刻版《格斯尔》、藏族《格萨尔》的《赛马登位》篇章中的赛马情节同青海蒙古口传《格斯尔》的赛马情节做对比，也可以发现青海蒙古口传《格斯尔》与它们之间在故事内容上的相似性和叙述类型上的相异性。

在北京木刻版《格斯尔》中，赛马的情节安排同藏族《赛马登位》篇章相类似。贵德分章本中就没有赛马纳妃情节。北京木刻版《格斯尔》中，格斯尔用于参加比赛的马是从其叔父那里讨来的脊背长疥疮的小马驹，出发时落后于其他赛马。但是，格斯尔超过众多骑手的手段，在比赛的前半段靠小马驹的本领，而最后超过两个主要竞争对手，靠的是天界的众多保护神的帮助。藏族的《赛马登位》中也一样，格萨尔超越众多竞争对手时，依靠的也是众神灵的暗中帮忙。[1] 两者的共同之处是赛马过程中格斯尔（格萨尔）与众神灵的频繁互动以及这种互动对赛马结果的影响。

然而，青海蒙古口传《格斯尔》中，赛马情节与纳妃情节脱离。同时，赛马过程中格斯尔与神灵之间没有互动，靠的完全是坐骑的耐力、速度以及神奇本领。例如，诺尔金、曲力腾、胡亚克图、乌泽尔演述的《格斯尔》中，格斯尔骑脊背长疥疮的小马驹参加比赛时，非但没有寻求保护神的帮助，反而落在众人的后面，驮上满满七十袋灰尘（或两袋灰尘）不紧不慢地出发。中途用计超越替超同参赛的妖婆，到超越对手的关键时刻，把两袋灰尘洒在地上，让众人淹没在尘土中，最后格斯尔获胜。我们知道，对于赛马情节的这种叙述模式，

---

[1] 参见西南民族学院语言文学研究所、四川省《格萨尔》工作领导小组办公室编《藏族史诗〈格萨尔〉》（内部资料），李学琴译，第107—244页。

来源于蒙古卫拉特英雄史诗传统。

在青海蒙古民间,《格斯尔》史诗叙述模式上的这种变化很早就已经产生。我们从北京木刻版《格斯尔》中看到,在失而复得式故事的亲子相认情节的叙述中,已经有了青海蒙古史诗中普遍存在的亲子相认模式。例如,在北京木刻版第五章《锡莱高勒三汗之部》中,格斯尔消灭了长着十二颗头颅的蟒古思返回家乡的时候,见到被超同奴役的父亲,格斯尔没有立即与父亲相认,先让妻子拿出自己的碗,让父亲喝茶、吃肉。老人认出儿子经常用的碗,先是喜形于色,然后又陷入悲痛。让老人用格斯尔常用的刀吃肉,老人认出刀又喜又悲。格斯尔见此情景心中不忍,于是出来与父亲相认。这种相认情节的叙述模式,至今在青海蒙古英雄史诗中仍然普遍存在。例如《汗青格勒》《古南布克吉尔嘎拉》《阿努莫尔根阿布盖》等史诗中都有这样的情节。可见这种相认情节的叙事模式产生于青海蒙古史诗传统,并迄今保持不变,这种叙事模式对北京木刻版《格斯尔》也产生了影响。

以往学界面对青海蒙古口传《格斯尔》与北京木刻版关系的认识总是自相矛盾的。学者们一方面承认青海蒙古地区是蒙古《格斯尔》最先流传地,认为青海蒙古口传《格斯尔》在"北京版《格斯尔》在北京用木刻版出版之前,早已在厄鲁特蒙古族民间家喻户晓,说唱艺人更是谙熟的……应该说当今的厄鲁特蒙古族《格斯尔》传唱本与昔日从厄鲁特蒙古族民间记录、整理,而成为书写卷本的北京版《格斯尔》是一脉相承的"。[1]但是另一方面,一旦发现青海蒙古口传《格斯尔》与北京木刻版之间的共同点,立刻又说这是北京木刻版对青海口传《格斯尔》的影响,说两者之间有"依存和源流关系",这"源"是北京木刻版《格斯尔》,"流"则是青海蒙古口头传唱本,青海蒙古口传《格斯尔》是依存于北京木刻版《格斯尔》基础之上的。这显然是相互矛盾、本末倒置的说法。

---

[1] 齐木道吉:《青海〈厄鲁特格斯尔〉(传唱本)与〈北京木刻本〉的关系》,载全国《格萨(斯)尔》工作领导小组办公室主编:《格萨尔研究集刊》第五辑,北京:民族出版社,2001,第122页。

实际情况则是，青海蒙古口传《格斯尔》当初是北京木刻版《格斯尔》之源，但当今的口传本并不依存于北京木刻版《格斯尔》，青海蒙古族《格斯尔》口传本与北京木刻版之间的所有异同都是在当初那个青海蒙古口传《格斯尔》传统的自然发展过程中形成的。在青海蒙古族地区，《格斯尔》的口头传统自始至终保持着活的形态，它并不依赖于书面文本。因此，拿北京木刻版《格斯尔》来当作一个甄别标准，去讨论青海蒙古口传《格斯尔》的问题并不合适。

（二）章节安排和内容上的异同

从目前已发表的诺尔金、胡亚克图、曲力腾、乌泽尔等艺人演述的青海蒙古口传《格斯尔》看，人们都认为诺尔金演唱了10部篇章、胡亚克图演唱了9部、曲力腾演唱了4部，而乌泽尔演唱了1部。在胡亚克图唱本还没有发表之前，有学者认为，"真正能显示《格斯尔》特色的青海《厄鲁特格斯尔》是那些以散文体说唱的部分，即以诺尔金说唱的10章；初鲁图木（曲力腾——引者注）说唱的4章；乌珠尔说唱的1章，共15章构成"。[1]然而，如前所述，诺尔金演述本可能原来并不是分章的，分章可能是记录整理者所为，并加上了标题。因为，在1986年内蒙古自治区《格斯尔》工作领导小组办公室编印的《青海〈格斯尔传〉（二）》中，诺尔金演唱的《格斯尔》是9章，而同年编印的由齐·布仁巴雅尔主编的《德都蒙古民间文学精华集》中则分了10章。多出的一章是把前者的第九章一分为二形成的。

我们暂且不论这些艺人演唱部数的多寡，先看一看这些篇章的内容。

诺尔金演述的10章本中与北京木刻版相对应的故事包括格斯尔降生、消灭恶魔的乌鸦、除掉残害幼儿的喇嘛、通过比赛战胜超同迎娶美丽的妻子、与神箭手美女邂逅和结婚、铲除长十二颗头颅的恶魔夺回妻子、被妻子下迷魂药忘记家乡、战胜锡莱高勒三汗夺回妻子以及在此过程中娶铁匠之女为妻等。这些

---

[1] 齐木道吉：《青海〈厄鲁特格斯尔〉（传唱本）与〈北京木刻本〉的关系》，载全国《格萨（斯）尔》工作领导小组办公室主编：《格萨尔研究集刊》第五辑，北京：民族出版社，2001，第121页。

第三章 青海蒙古《格斯尔》及其索克唱本

故事涉及北京木刻版的第一章、第四章、第五章的部分内容，而不是全部。其中，所谓的诺尔金演述本第一章、第二章、第四章、第五章、第六章的故事情节，加起来与北京木刻版第一章的部分故事相似；所谓的第七、第八章内容与北京木刻版第四章故事相近。而所谓的第九章、第十章，其故事情节与北京木刻版第五章的故事相似。

但是，这些看似相似或相近的故事比起北京木刻版的故事，都有了较大的变化。例如，所谓的第七、第八章的故事虽与北京木刻版第四章相似，但是也有重要的区别。首先，北京木刻版第四章是失而复得式，但是诺尔金演述本的故事结构是征战型故事加上一个失而复得式结构，又称两次征战型结构。前面的征战型故事讲述阿卡超同请求格斯尔消灭危害一方的恶魔。格斯尔全副武装，带着猎犬和猎鹰出战。通过互射、肉搏等较量，战胜并消灭恶魔之后凯旋。然而，回到家乡却发现妻子被长着十二颗头颅的恶魔夺走。这是蒙古英雄史诗的征战型加失而复得式结构类型中前一个部分的典型情节。同时，把英雄出征前的准备、出征时带猎鹰猎犬、英雄同恶魔的较量等，完全按照蒙古古老英雄史诗传统的方式叙述。其次，失而复得式故事也发生了很多变化，而且北京木刻版第五章里的格斯尔路过妻子阿珠莫尔根家的故事，以及格斯尔杀死茹格牡高娃同白帐汗生的儿子的故事情节在这里出现。格斯尔消灭恶魔回家乡的途中试探妻子的忠诚的故事情节在北京木刻版中没有出现。

诺尔金演述的《格斯尔》中北京木刻版所没有的故事情节还有很多。例如，襁褓中的格斯尔宰杀一头牛，不让超同的小女说出去的故事，超同试图让长十二颗头颅的恶魔吃掉襁褓中的格斯尔，结果格斯尔拔出恶魔的心肝，把恶魔的上下颚骨掰断的故事等。

胡亚克图演述的《格斯尔》也一样。在跃进主编的《青海蒙古族格斯尔传说》中他演述的《格斯尔》虽然分九章，叙述的故事内容与北京木刻版的第一章、第四章、第五章、第六章、第七章的部分故事情节相近，但均有非常大的改变。纳木叉尔根到天界去请天神之子下凡的故事已经发展成一部独立的故事。其故事是这样的：纳木叉尔根本有三个属虎的儿子，但黑心肠的超同每年用属

137

虎的男孩孝敬恶魔，纳木叉尔根的两个儿子已经孝敬给恶魔吃了，现在又要献祭第三个儿子。纳木叉尔根忍无可忍，决定到天上去问天神解决的办法。他敲响了大鼓，他在天上的三个女儿听见了，认为敲响大鼓表明父亲那边一定有急事要办。因此，三个女婿中必须有一个到下界了解究竟发生了什么。一个女婿下来，要和恶魔决一死战，纳木叉尔根制止，让女婿到占卜师那里问解决的办法。结果占卜师说，除非请天神的三个儿子的一个下凡，不然谁都不可能降伏恶魔。纳木叉尔根通过几道障碍到了天界，天神答应让儿子下凡。于是，天神的小儿子变成金胸银臀的鸟下凡，投胎于超同的姐姐，降生于人间。这个故事在叙述模式上采用了蒙古英雄史诗求子的情节模式，内容上与北京木刻版的故事有很大区别。不同于新疆蒙古口传《格斯尔》还部分保留着书面文本的特点，青海蒙古口传《格斯尔》彻头彻尾地保持着口头性特点。襁褓中的格斯尔消灭长十二颗头颅的恶魔的故事（包括诺尔金演述本中的同一个故事）看起来很像北京木刻版第二章格斯尔消灭黑斑虎恶魔的故事，但老虎变成了吃人的长十二颗头颅的恶魔。而这个故事，与青海蒙古族的春节习俗传说合二为一，表明该故事在青海蒙古民间流传的悠久性。

格斯尔战胜超同登上汗位的故事虽与北京木刻版第一章故事相似，但北京木刻版中的故事为婚姻型故事，而胡亚克图演述的故事为征战型故事。竞技的目的是汗位的夺取，而不是获得美女。而且，故事情节也大相径庭。

格斯尔娶阿鲁莫尔根的故事中依稀可以看到《玛尼巴达尔汗传》的部分故事情节和格斯尔娶茹格牡高娃故事的部分情节。《玛尼巴达尔汗传》是释迦牟尼佛本生故事。在这里出现说明青海蒙古口传《格斯尔》同释迦牟尼佛的故事有紧密联系。

格斯尔娶长着十二颗头颅的蟒古思的姐姐玛尔塔胡拉姆为妻的故事，既有北京木刻版第一章中格斯尔娶阿珠莫尔根故事的影子（因为玛尔塔胡拉姆同阿珠莫尔根一样，是百发百中、百步穿杨的神箭手），又有第七章格斯尔把母亲的灵魂从十八层地狱拯救出来的故事的影子（因为恶魔的姐姐、格斯尔的妻子玛尔塔胡拉姆死后被阎罗王抛入一百零八层地狱的最下层，格斯尔念及夫妻一场的情分，把她的灵魂从十八层地狱拯救出来，并还阳人间），同时还有北京木刻版第六章中格斯尔娶蟒古思的姐姐的故事影子（因为玛尔塔胡拉姆是恶魔的姐姐，格斯尔战胜她并行将结束其性命的时候，她才央求嫁给格斯尔的。北京木刻版第六章中，格斯尔射穿了蟒古思的姐姐的身体，因此蟒古思的姐姐发誓成为格斯尔的妻子，格斯尔把箭从她体内拔出；被认为是北京木刻版续集的隆福寺《格斯尔》第十章还说，成为格斯尔妻子的蟒古思的姐姐，她的武艺高强）。但是，这个故事并不是北京木刻版上述几个篇章之故事因素的简单拼凑，因为它有贯穿始终的主题，即娶神箭手、蟒古思的姐姐玛尔塔胡拉姆为妻。整个故事情节围绕这个主题被组织得井井有条，显然不是艺人一时心血来潮东拼西凑的创编。同时，胡亚克图还演述了与北京木刻版第六章相似的篇章。在那里，格斯尔娶蟒古思的姐姐已经变成格斯尔消灭蟒古思的姐姐。说明胡亚克图演述的上述故事并非北京木刻版《格斯尔》第六章的简单复述。可以认为，胡亚克图演述的这个故事可能有比北京木刻版更久远的民间口传历史。在北京木刻版中，这个故事只是被提到了主题，即仅仅提到她很厉害，格斯尔射穿她的身体，逼着她嫁给自己，却没有展开来叙述更详细的故事。而民间口传的这个故事则很详细地叙述了格斯尔娶她为妻的经过。

曲力腾演述的《格斯尔》篇章被分为四章，主要叙述了格斯尔降生下凡和幼年格斯尔的故事以及格斯尔降伏长十二颗头颅的恶魔，夺回结发妻子的故事。主要故事情节与上述两位艺人演述的故事一致。

乌泽尔演述的《格斯尔头章》，虽然只是一章，但包含的故事却与北京木刻版《格斯尔》第一章、第四章、第五章的部分故事有关。其故事情节基本上与诺尔金、胡亚克图等人演述的故事相同。

（三）人物方面的异同

青海蒙古口传《格斯尔》在人物方面更与北京木刻版《格斯尔》有巨大的差别。我们知道，在蒙古英雄史诗中，人物的名字，尤其是那些主要人物的名字都是特定史诗区别于其他史诗的核心要素。这个核心要素上的重大差别反映了青海蒙古口传《格斯尔》的独立发展特征。

在青海蒙古口传《格斯尔》中，除了格斯尔、超同、阿珠莫尔根、阿鲁莫尔根以及长十二颗头颅的恶魔、罗布萨嘎蟒古思等名字，其他人物名几乎都与北京木刻版《格斯尔》不同。十五岁的安崇巴托尔、博伊东巴托尔、乌兰尼敦、哲萨、巴尔斯巴托尔、巴姆索伊扎等格斯尔三十名勇士的名字，茹格牡高娃、图门吉尔嘎朗、乔木措高娃、古恩高娃等格斯尔众多妻子的名字很少出现。这也是青海蒙古口传《格斯尔》区别于其他地区《格斯尔》传统的重要地域性特征。

在北京木刻版中，格斯尔在天上时父亲的名字叫作霍尔穆斯塔天神，而在青海蒙古口传《格斯尔》中则是天上的德格珠嘉布希汗（还有德格金嘉布希汗等多种变化）；格斯尔在天上的名字在北京木刻版中是威勒布特格奇，青海蒙古口传本中则是道尔卡尔特努克台吉（2005年索克演唱、笔者记录的文本）、道尔卡尔扎勒布台吉（2005年胡亚克图演唱，笔者记录的文本）、特伯日图特根台吉（1982年乌泽尔演唱、道荣尕记录本）、图古儒塔尔乞扎勒布台吉（曲力腾演述、巴·布和朝鲁、乌云巴图录音记录本）等，威勒布特格奇这个名字只有在诺尔金演述本中出现，胡亚克图演唱的不同文本中以不同的名字出现[1]。

北京木刻版中霍尔穆斯塔天神的三个儿子名叫阿敏萨黑格奇、特古斯朝克图、威勒布特格奇。但是在青海口传《格斯尔》之胡亚克图唱本中则是嘉嘎加尔卡尔台吉、宝东敦德布台吉、道尔卡尔扎勒布台吉（2005年胡亚克图演唱、笔者录音记录本），诺尔金演述本中是尼玛奥斯尔、达瓦奥斯尔、威勒布特格奇，曲力腾演述本称格斯尔在天上没有其他兄弟，只有三个姐姐，乌泽尔演述本也没有提到格斯尔在天上时的兄弟姐妹。

北京木刻版中，格斯尔在人间的生身母亲叫贺格沙阿穆尔吉拉，本是超同的妻子，后被送与其兄桑伦；而在青海蒙古口传《格斯尔》中则是阿曼库珠恩

---

[1] 胡亚克图演述的另一个文本中提到了格斯尔在天上时的名字叫作威勒布特格奇（载跃进主编：《青海蒙古族格斯尔传说》，海拉尔：内蒙古文化出版社，2003，第55页），但是2005年11月给我演唱同一部篇章时把这个名字唱作"道尔卡尔扎勒布台吉"。

或阿曼贺格扎，其与超同的关系也并非夫妻，而是变成了姐弟或叔嫂关系。

北京木刻版《格斯尔》和青海蒙古口传《格斯尔》中还有一些名字由于口语音变以及前后加一些尊称语而变得不同，例如，超同两个兄长的名字在北京木刻版中是叉尔根和桑伦，而在青海蒙古口传本中成为纳木叉尔根和桑囊。

另外，北京木刻版中的几个非常重要的人物的名字在青海蒙古口传《格斯尔》中很少出现。例如格斯尔之兄弟哲萨希格尔、荣萨，格斯尔的妻子图门吉尔嘎朗、乔木措高娃等。只提到锡莱高勒三汗或霍尔三汗，但不具体说白帐汗、黑帐汗、黄帐汗等等。

综上所述，青海蒙古口传《格斯尔》在故事情节上既与北京木刻版发生关联，但又保持着与之独立的口传传统，它们之间的共性产生于北京木刻版问世之前的口传时代，而其不同之处则发生于《格斯尔》在青海蒙古民间口传历史的整个过程中。它们之间的关联性很大程度上存在于共同的情节因素上，但情节的组织安排与1716年或之前的情节编排相比，发生了巨大的改变。同时，在叙述模式上更多地向蒙古古老的英雄史诗传统靠拢。作为史诗核心要素之一的人物方面的变化更是巨大。除了格斯尔、超同等北京木刻版《格斯尔》中的核心人物，其他很多常出现的人物在口传本中很少出现或变换名称出现。从反映18世纪以及之前的《格斯尔》故事面貌的北京木刻版中，我们也找不到口传本中出现的许多人物及其名字。这些都充分说明，青海蒙古口传《格斯尔》和北京木刻版《格斯尔》同出一源，木刻版反映了18世纪初以及之前的《格斯尔》故事面貌，但它在被书写的那一刻就物化不变了，然而青海蒙古口传《格斯尔》始终保持着独立的民间活态传统至今，它并不像人们所认为的那样依存于北京木刻版或其他什么书写传播方式。

三、内容与北京木刻版不同的青海蒙古口传《格斯尔》

前面讨论了故事内容上与北京木刻版同出一源的青海蒙古口传《格斯尔》

篇章，探讨了它们与北京木刻版之间的联系和区别。可以看见，诺尔金、曲力腾、乌泽尔、胡亚克图演述的《格斯尔》篇章中相当一部分是与北京木刻版在故事内容上相似或相近的。除了这部分篇章，还有一部分篇章，演唱者们均声称是格斯尔的故事，但在故事内容、叙事模式、表演形式、人物等诸多方面都与上述篇章相去甚远，而与青海蒙古古老英雄史诗没有任何区别。这样的《格斯尔》篇章在青海蒙古《格斯尔》中还为数不少。例如，胡亚克图说《古南布克吉尔嘎拉》是《格斯尔》的第四章，《巴达尔汗台吉》也属于《格斯尔》的一个篇章；肃北艺人查干夫演唱的《骑三岁黑马的格斯尔汗》[1]，乌兰县艺人伊布新演述的《善良的纳木珠海老人》[2]等。

演唱这类《格斯尔》篇章最多的艺人是海西州德令哈市著名艺人索克。有1982年给道荣尕等人演唱的《十四岁的阿穆尼格斯尔博格达和十三岁的阿拜昂钦把托尔》《阿尔查希迪格斯尔台吉》《七岁的道尔吉彻辰汗》《降伏霍尔黑尔扎勒布蟒古思之部》《骑黑棕马的格斯尔博格达汗》《降服乌隆沙日蟒古思之部》《降伏骑黑公驼的恶魔之部》《阿努莫尔戈特阿布盖》，给萨仁格日勒演唱的《巴达拉希日布汗》（2005年7月2日录像记录）、《阿穆尼格斯尔博格达汗》（1989年8月9日录音记录），给巴·布和朝鲁等演唱的《巴达拉希日布汗》《黑汗、黄汗、白汗》《塔本南齐莫尔根汗》以及2005年给笔者演唱的《十四岁的阿拜杨宗巴托尔与十三岁的阿白旺钦巴托尔》《巴达拉希日布汗》《塔本南齐莫尔根汗》《七岁的道尔吉彻辰汗》《阿努莫尔根阿布盖》《额尔赫巴彦汗》《古南布克吉日嘎拉》《道勒吉延宝彦额尔德尼》《科勒特盖赫萨哈勒》《骑黑棕马的格斯尔博格达汗》《降服十方敌人的圣洁英明的格斯尔汗》《东吉毛劳木额尔德尼》等。

---

1 斯·窦步青搜集整理：《肃北蒙古族英雄史诗》（蒙古文），北京：民族出版社，1998，第185—296页。
2 见于齐·布仁巴雅尔主编：《德德蒙古民间文学精华集》（蒙古文）第一册，海西州文化局、海西州民语办编辑出版，内部资料，第216—230页。

（一）《骑黑棕马的格斯尔博格达汗》

1. 内容概述

索克于2005演唱，时长2小时30分钟[1]。故事如下：

很久以前，有一位汗叫作骑黑棕马的格斯尔汗。他有两个妻子，一个叫作曼迪格姆（有时也唱作迪格姆），另一个叫作曼拉姆（有时也唱作拉姆）。有一天，他准备出猎，问曼拉姆在他回来的时候拿什么当作凯旋的礼物。曼拉姆回答说，生个金胸银臀的儿子作为礼物迎接他。再问曼迪格姆，曼迪格姆回答，要给他做一件坚固的铠甲（依据蒙汉"狸猫换太子"故事，可断定开头的大妃欺负陷害小妃这部分叙述是正确的，在后面的演唱中把曼迪格姆和曼拉姆的名字搞混了，所以在整理时把名字改过来了）。

格斯尔在狩猎途中大睡七年。两只乌鸦飞过，带来了家中两个妻子的消息，说曼迪格姆独揽大权，对格斯尔以及臣民带来祸害，曼拉姆已经成为其女仆，蟒古思已经侵占了格斯尔南边和北边的领土。格斯尔用猎物犒赏乌鸦，叫它们继续提供家里的信息。在继续打猎途中，格斯尔遇见了正在放牛的哈日高勒汗的女儿。格斯尔向其求婚，并跟随其到哈日高勒汗家。虽然哈日高勒汗十分不愿意，但还是把女儿嫁给了格斯尔。

哈日高勒汗有一匹骒马年年生神驹，却一出生即被迦罗迪鸟抓走。在骒马生产时，汗准备派自己的军队去守卫。变作穷孩子的格斯尔也自告奋勇报名前往。他骑着变幻成瘸腿的两岁马的骏马最后出发，却在众人之前到达了目的地。众人在马群旁守了七天七夜，未见骒马生产。因多日劳累，众人昏昏睡去，只有格斯尔清醒。正在此时，骒马生产，生了个小神驹，与此同时迦罗迪鸟突然出现叼起神驹而去。格斯尔急忙搭弓射箭，才射下了迦罗迪鸟的爪子。众人睡醒后问格斯尔，骒马是否生产，格斯尔说生了，

---

[1] 该史诗文本发表于斯钦巴图搜集整理《青海蒙古〈格斯尔〉索克唱本》，北京：民族出版社，2017，第1—75页。

但马驹被迦罗迪鸟抓走了。众人要去追迦罗迪鸟,格斯尔也一同前去。路上格斯尔各种方式捉弄众人:到了干涸的戈壁上众人口渴的时候骗他们喝马尿;到了寒冷的地方,骗他们剥各自坐骑的皮当作被褥;到了寸草不生的沙漠上缺乏柴火和支锅的石头时,骗他们把各自的马鞍当柴火,用膝盖支起锅,烫伤身体。最终,哈日高勒汗派出的众人无法继续前行,只好让变幻成穷孩子的格斯尔去完成任务。

格斯尔离开众人前行,从迦罗迪鸟的牧马人、牧羊人和老女仆等人口中得知迦罗迪鸟所在位置,一箭射死了迦罗迪鸟。然后消灭了迦罗迪鸟的军队,驮起迦罗迪鸟的尸体,赶着神驹,回到众人那里。他没有听从坐骑的忠告,中了众人的奸计,掉入了陷阱。众人想驮着迦罗迪鸟的尸体回去,但是驮不动,想赶着神驹回去,又追不上神驹,只好杀一只壁虎送给哈日高勒汗,说那就是迦罗迪鸟的尸体。

且说格斯尔落入陷阱后,格斯尔的坐骑用尾巴,各种飞禽用翅膀,把格斯尔从陷阱中救了出来。格斯尔驮着迦罗迪鸟的尸体,赶着神驹来到了哈日高勒汗家附近。将神箭射了出去,把哈日高勒汗家东边的小山岗射断了。又射了一支箭,射断了哈日高勒汗的旗杆。射出了第三支箭,射中了哈日高勒汗的手指头。格斯尔与哈日高勒汗开始战斗。哈日高勒汗叫来了沙日高勒汗和查干高勒汗的军队。格斯尔把他们全部消灭。最后剩下哈日高勒汗的一个儿子,格斯尔把他也杀死,彻底铲除了这三个汗的残余。

格斯尔在回乡途中口渴,喝了一眼泉水中毒死了。坐骑拾来各种药草医治主人,格斯尔死而复生。到了家乡,先后看见白色帐房和黑色帐房,从白色帐房里走出一个美女邀格斯尔进屋用茶,格斯尔没有进入。从黑色帐房里又出来一个美女请格斯尔喝茶。格斯尔喝了茶,又中毒死亡。坐骑飞到天上禀报格斯尔的不幸,天神派喇嘛手捧圣水医治格斯尔,格斯尔又一次死而复生。

且说,曼拉姆生了金胸银臀的男婴,然而曼迪格姆却用狗崽把男婴调换,将金胸银臀的男婴放在铜盆中,弃于恒河。这时,格斯尔回家,听信曼迪格姆的话，把曼拉姆流放到荒山野岭中。格斯尔到恒河边饮马群，发现河里有东西发光。曼迪格姆把男婴从恒河里捞出，把他埋在地下。然而那男婴又变成植物从地下冒了出来。曼迪格姆发现后将之烧掉，把灰给母牛吃了下去。男婴变作牛犊又降生到这个世界。格斯尔梦见自己见到了金胸银臀的人，第二天出外散心。这时，两只乌鸦、两只猎鹰、两条猎狗告诉他所发生的一切。曼迪格姆为了加害于格斯尔，假装生重病，让格斯尔去取腾格里的白骆驼的奶汁。格斯尔用计取回了奶汁。两只喜鹊、两只黄羊以及坐骑等又把真相告诉格斯尔。格斯尔变作喇嘛到曼拉姆被流放的地方。发现曼拉姆洗了一边的脸，梳了一边的头发。问其原因，曼拉姆说，她洗一边的脸，梳一边的头发，是为了使格斯尔早日醒悟，她不洗另一边的脸，不梳理另一边的头发，是为了诅咒恶魔的末日早一天到来。

格斯尔又一次回到家里。曼迪格姆为了杀害变作牛犊的男婴，又假装生病，要求格斯尔杀死牛犊给她吃。牛犊立刻恢复金胸银臀男儿原貌，揭穿曼迪格姆的种种恶行。最后，格斯尔处死曼迪格姆，请来了曼拉姆，与儿子一起过上了美好的生活。

这个文本中，一开始说曼拉姆要为格斯尔生金胸银臀的儿子，后来改成了曼迪格姆生了金胸银臀的儿子，相互有矛盾。另外，开始没有交代哈日高勒汗（意为黑河汗）还有兄弟叫作查干高勒汗（意为白河汗）和沙日高勒汗（黄河汗），显然在即兴创编过程中与锡莱高勒三汗混同了。再后来，演唱者把蒙古民间广为流传的关于妻妾之间相互陷害的故事（与明清小说中"狸猫换太子"故事相似）编入所演唱的史诗中，使故事情节有了戏剧性的变化。

2. 比较研究

（1）索克1982年唱本与2005年唱本之比较

索克于1982年给道荣尕等人演唱过这部史诗。但其故事情节与2005年唱本有比较大的差别。其差别主要在故事的后半段。

1982年唱本一开始未交代格斯尔的两个妻子。直接从外出打猎时与乌孙淖尔汗的女儿萨仁高娃姑娘相遇，征得汗的同意与之成婚的故事开始。汗的名字在2005年唱本中变成了哈日高勒汗。成婚后，格斯尔与乌孙淖尔汗的女婿们一起去消灭汗迦罗迪鸟的故事与2005年唱本差别不大。但在这里，格斯尔回来后并没有杀死岳父乌孙淖尔汗，岳父也没有变成锡莱高勒三汗中的一位，而是与妻子和岳父乌孙淖尔汗过上了幸福的生活。

接下去的故事与2005年唱本差别很大。一天，乌鸦和喜鹊来告诉格斯尔，蟒古思夺走了他的妻子萨仁高娃。于是格斯尔追击蟒古思。他先见到了被蟒古思奴役的妻子萨仁高娃，发现妻子已经生了蟒古思的儿子。她让蟒古思的儿子哭闹，逼蟒古思说出隐藏灵魂的地方。格斯尔先消灭蟒古思的灵魂，最后杀死蟒古思。回家途中格斯尔想起还没有杀死萨仁高娃所生的蟒古思的儿子，于是回去杀死了那个小恶魔。

可见，1982年唱本的后半部分与北京木刻版《格斯尔》的第四章、第五章的部分故事情节有关。北京木刻版《格斯尔》第四章有格斯尔通过被蟒古思夺走的妻子图门吉尔嘎朗知道蟒古思灵魂寄存处，然后先消灭蟒古思的灵魂最后杀死蟒古思，夺回妻子图门吉尔嘎朗的故事。在第五章，有格斯尔消灭锡莱高勒三汗，夺回妻子茹格牡高娃，回乡途中想起茹格牡高娃与白帐汗所生儿子，返回消灭了那个儿子的故事。索克1982年唱本的后半部分应该与这两个故事情节有关。

（2）与蒙古文《岭格斯尔》之比较

索克演唱的《骑黑棕马的格斯尔博格达汗》的开头部分和后半部分的前半加起来，其故事情节与蒙古《岭格斯尔》第一章的部分情节相似。索克唱本说格斯尔有两个妻子，一个叫作曼迪格姆，另一个叫作曼拉姆，曼拉姆许愿为格斯尔生金胸银臀的儿子，但是曼迪格姆却心生妒忌，把金胸银臀儿子换作狗崽，陷害曼拉姆，让格斯尔把曼拉姆流放到崇山峻岭中。而在蒙古《岭格斯尔》中说，岭地方的大汗达格巴拉尔和妻子南金玛共生育五个儿子。长子僧唐腊杰、三子超同。僧唐腊杰先娶拉姆为妻，但不曾生儿育女。于是又娶拉姆的妹妹南迪格玛为妻，南迪格玛也不生育。然而有一天，拉姆夫人突然看见天上许多仙女拥抱着一个男孩从头顶上飞过,从此拉姆夫人怀孕。妹妹知道这个秘密后,生怕姐姐生儿子会让自己失宠,就与超同一起设计让僧唐腊杰出去打猎,在这个期间投药给拉姆吃,使之失去正常思维。等到僧唐腊杰回来之时,又谏言让僧唐腊杰把拉姆流放到崇山峻岭中。拉姆就在那里生了哲萨和格斯尔兄弟俩。

显然,索克演唱的《骑黑棕马的格斯尔博格达汗》的部分故事情节与蒙古《岭格斯尔》的这一故事情节有关。只是,艺人把格斯尔父母亲的故事同格斯尔的故事混同罢了。

(3)与其他艺人唱本之比较

索克1982年唱本和2005年唱本中的前半部分大体一致,但也有差别。不过,从整体上看,这部分故事与青海女艺人希瓦演述的《古南布克吉尔嘎拉》的故事情节基本相似,与胡亚克图演述的《古南布克吉尔嘎拉》的故事也部分一致。希瓦演述的故事是这样的:

> 很早以前有一位英雄叫作古南布克吉尔嘎拉。一天,他变幻成乞丐来到一个可汗的领地,并成为可汗的马夫。可汗的小女儿和古南布克吉尔嘎拉之间有了爱情,可汗虽然不情愿,但还是同意他们俩成婚。可汗有一匹骡马年年生神驹,却一出生即被迦罗迪鸟吃掉。在骡马生产时可汗准备派七个儿子和二十一个女婿去守卫。古南布克吉尔嘎拉也自告奋勇报名前往。骡马生产时迦罗迪鸟飞来叼起神驹而去,其他人都没有发现,只有古南布克吉尔嘎拉发现并射下迦罗迪鸟的爪子和神驹的一只耳朵。可汗派七个儿子和二十一个女婿追杀迦罗迪鸟,古南布克吉尔嘎拉也请缨前去。他凭借智慧和神力消灭为害人间的迦罗迪鸟,救出神驹。而可汗的七个儿子和二十一个女婿为了夺取头功谋害了他。坐骑救出主人,古南布克吉尔嘎拉带着迦罗迪鸟的尸体,赶着神驹群,回到可汗那里,处死可汗的七个儿子和二十一个女婿,得到可汗的赏识,继承汗位,过上了幸福的生活。

索克演唱的《骑黑棕马的格斯尔博格达汗》中可汗变成了哈日高勒汗(黑

河汗），从而在故事的结尾处接上了《格斯尔》史诗《锡莱高勒三汗之部》的部分情节，并进行改编，创编出了既与传统《格斯尔》故事有关，又与之不同的新的故事。在传统的蒙古《格斯尔》之《锡莱高勒三汗之部》中确有格斯尔娶黑帐汗的女儿乔木措高娃的故事。因在故事的开头部分交代了格斯尔的两个妻子曼迪格姆和曼拉姆及其生儿育女的承诺，于是在叙述完斯尔娶哈日高勒汗的女儿为妻后，艺人又接上开头交代的故事线索。

如上所述，索克演唱的这部史诗在部分故事情节上与胡亚克图先后两次演唱的《古南布克吉尔嘎拉》史诗故事相似。胡亚克图的《古南布克吉尔嘎拉》叙述古南布克吉尔嘎拉在去夺回被长着十二颗头颅的蟒古思夺走的妻子的途中，娶一可汗的小女儿，然后再消灭蟒古思，夺回妻子的故事。其中，在征途中娶一可汗的女儿的故事正好与索克演唱的《骑黑棕马的格斯尔博格达汗》的前半部分的故事情节相似。

索克演唱的《骑黑棕马的格斯尔博格达汗》中格斯尔的形象仍然保留着格斯尔特有的爱捉弄人、爱恶作剧的嬉皮士性格。例如，在与哈日高勒汗派出的众人一起去追击迦罗迪鸟的路上，到了干涸的戈壁上众人口渴的时候骗他们喝马尿；到了寒冷的地方，骗他们剥坐骑的皮当作被褥；到了寸草不生的沙漠上缺乏柴火和支锅的石头时，骗他们把马鞍当柴烧，用膝盖支起锅，烫伤身体。这样的情节在北京木刻版《格斯尔》第一章中也有。不过在那里，格斯尔捉弄的对象是超同汗。

（4）与《佛说孝顺子修行成佛经》之比较

艺人利用了流传广泛、家喻户晓的蒙古传统民间故事的现成素材进行了即兴创编。这个故事便是蒙古族民间金胸银臀男孩的故事，与明清小说中的"狸猫换太子"故事相似，其故事来源于佛本生经《佛说孝顺子修行成佛经》。

栴陀罗颇黎国王有三个妃子。一天国王做噩梦，为避邪要到山里待一段时间。临行前问三个妃子，我回来之时你们以什么迎接我。大妃子说以各种美食迎接，二妃子说以御衣万件迎接，只有小妃说以一子迎接。国王走后小妃果然生下一个相貌非凡的男孩。两妃子嫉妒，用狸猫换太子，想用各种办法杀害太子而不能,最后让恶母牛吞下太子。然后报告国王,国王怒将小妃做苦役。不料,生吞太子的母牛不久生下一只金角银蹄的牛犊,国王很是喜欢。两妃子知道那是太子,遂装病,要求吃那牛犊的心肝治病。牛犊说服屠夫放走自己,屠夫则用帝释天变成的黑狗的心肝,搪塞两妃子。牛犊来到舍婆提国,而舍婆提国公主嫁给了他。国王耻于女儿嫁给牛犊,把他们流放。牛犊与公主来到金城,恢复太子真身,成为金城国天子。于是他领金城国和舍婆提国军队前往栴陀罗颇黎国救母。太子与父母相认,两妃子受到惩罚,国王传位于太子。[1]

《佛说孝顺子修行成佛经》的故事以民间故事、史诗的体裁在蒙古族民间广为流传,例如演唱者、演唱地点、演唱时间不详的《扎嘎尔布尔迪汗》史诗[2]、青海蒙古族民间故事《伊尔毕希尔毕汗》[3]、鄂尔多斯民间故事《三个妻子的故事》[4]、新疆蒙古族民间故事《老占巴拉汗》[5]和《库克布尔克布恩》[6]、内蒙古苏尼特民间故事《小妃的礼物》[7]等。

值得一提的是,蒙古族民间流传的相关故事和史诗,大多只有大妃子迫害小妃子,多次加害于太子,太子最后恢复真身,可汗惩处大妃子的故事,却没有太子逃出险境后与他国公主成婚,被岳父流放,在金城国登位,解救母亲,登上王位的故事。只有在上述新疆异文《库克布尔克布恩》和苏尼特异文《小妃的礼物》保留了这个内容。关于《佛说孝顺子修行成佛经》在蒙古族民间流传与变异情况及传播途径,笔者已发表专论,故不再赘述。[8]蒙古文《岭格斯尔》

---

[1] 方广锠:《关于〈佛说孝顺子修行成佛经〉的若干资料》,《南亚研究》2007年第1期。
[2] 甘珠尔扎布编:《英雄古那干》,呼和浩特:内蒙古人民出版社,1956。
[3] 跃进主编:《青海蒙古族民间口头文学集锦》下册,呼和浩特:内蒙古教育出版社,2008,第850-852页。
[4] 巴雅尔整理:《鄂尔多斯民间故事》,呼和浩特:内蒙古人民出版社,1990,第138-149页。
[5] 旦布尔加甫、乌兰图雅整理:《萨丽和萨德格:乌苏蒙古故事》,北京:民族出版社,1996,第240-248页。
[6] 新疆蒙古族民间文学丛刊《汗腾格里》1992年第2期(总第46期)。
[7] 策·那日玛、图·呼日勒巴特尔、关布苏荣、阿·斯钦巴特尔主编:《内蒙古民间故事全书·苏尼特右旗卷》,呼和浩特:内蒙古人民出版社,2008,第235-237页。
[8] 斯钦巴图:《〈孝顺子成佛记〉研究》,《中国蒙古学》2013年第3期。

中大妃迫害小妃的故事也保留着这个佛经故事的基本框架。与此比较可发现，索克 2005 年唱本开头部分和后半部分的故事情节基本上与《佛说孝顺子修行成佛经》相同。而 1982 年唱本中却没有这样的故事。可见，索克 2005 年在创编《骑黑棕马的格斯尔博格达汗》史诗时，把蒙古族民间流传的《佛说孝顺子修行成佛经》的故事纳入其中，使得他演唱的两个文本之间产生了较大的变异。

（二）《降服十方敌人的圣洁英明的格斯尔汗》

《降服十方敌人的圣洁英明的格斯尔汗》是索克于 2005 年 12 月 9 日演唱、笔者录音记录的史诗。共 6 个小时。[1] 全部韵文体演唱，其唱词优美，但故事情节安排有些混乱。

1. 内容概述

格斯尔汗的妻子叫作娜日布尔拜纳仁达格尼，坐骑叫作八条腿的奈尔马。一天，他得到长十二颗头颅的恶魔来侵犯的消息，带上弓箭、钢剑、马鞭、长枪等武器，骑上战马，踏上征程。妻子提醒他穿上铠甲、带上佛经和阿纳巴托尔。

路上遇到一个女妖，用拐杖打断格斯尔坐骑的八条腿。格斯尔想消灭女妖，但想起妻子不要杀生的嘱咐，作罢。休息八天，八条腿的奈尔马痊愈。继续赶路，先后遇到一个年轻人、恶魔的七个老虎，全部战胜。长十二颗头颅的恶魔决意去侵占格斯尔的家乡。这时格斯尔却昏睡不醒。坐骑、两只猎鹰、两条猎狗、两只布谷鸟叫醒，他都不予理会。等到他睡醒的时候，身上落下的灰尘堆积如山。睡醒后继续打猎，长十二颗头颅的恶魔的女儿来到他身边，给他喝酸奶，格斯尔中毒死亡。

时间已经过了很多年。家乡被恶魔践踏，民不聊生。为寻找长期不归

---

1 《降服十方敌人的圣洁英明的格斯尔汗》史诗文本发表于斯钦巴图搜集整理《青海蒙古〈格斯尔〉索克唱本》，北京：民族出版社，2017，第 76—232 页。

的格斯尔，阿纳巴托尔出发，在恒河岸边找到了格斯尔的尸体。用药物和佛经的力量让格斯尔死而复生。格斯尔让阿纳巴托尔先行回家，自己随后出发。经过一间毡房，一位美丽的姑娘出来邀请他进毡房。毡房里有一个老太婆。格斯尔与那姑娘成婚，又忘了回家之事。不久，妻子怀孕，生了一个儿子，但很快夭折了。有一天格斯尔想起娜日布尔拜纳仁达格尼妻子，想回家，被新婚妻子阻止。这位妻子看到格斯尔睡觉的时候鼻孔里放射出彩虹，知道他是格斯尔汗。

这时，西南方长十二颗头颅的恶魔抓走格斯尔和妻子，并杀害他们。有一个坐禅的喇嘛通过占卜知道格斯尔汗。两只布谷鸟来问喇嘛格斯尔汗的下落后飞走。

后来，这三个人[1]升上天，成为腾格里天神的三个儿子。一天，三只乌鸦飞来对天神说，凡尘世上恶魔横行，人类正在遭殃，请腾格里汗派儿子去拯救世界。又依次来两只孔雀和两条猎狗，说了同样的话。从下界又先后来了两个喇嘛、两只天鹅，说的话也一样。于是，腾格里天神决定派三个儿子下凡，令布木措、达木措、齐木措三个女儿为三个弟弟准备帐房；黑铁匠、黄铁匠、青铁匠三个铁匠为他们锻造武器；三个木匠为他们制作军鼓；三大军团演练阵势，准备天神之子下凡时做他的军队；天神的能工巧匠们、手艺精湛的裁缝们为他们准备铠甲和战袍；造诣精深的喇嘛们为他们传授佛经；各种猛禽磨练利爪，随时准备跟随下凡；众多学者互相答辩，准备跟随下凡为他们服务。腾格里天神想知道三个儿子下凡能否完成重任，问三个女儿和三个女婿，他们说弟弟们翅膀还不硬。于是，天神犹豫，久不能决。这时，来了一个蓬头垢面的人说下界人类正在遭受痛苦，请腾格里天神派人去拯救人类。腾格里天神答应十二年后派儿子下凡。

腾格里汗叫来三个儿子，给大儿子起名叫扎嘎扎尔黑尔台吉，属于上

---

[1] 我们不知道这是哪三个人，似乎指格斯尔和那两个布谷鸟。这可能是艺人在现场创编过程中出现的失误。

界，色白；给二儿子起名叫霍尔道尔喀尔台吉，属中界，色红（唱本中还说色黄）；给小儿子起名叫贵门台吉[1]。逐个问三个儿子谁下凡降妖除魔，三个儿子都不愿意去。最终小儿子贵门台吉决定去。

此后的情节同诺尔金、乌泽尔等艺人演述的格斯尔从天上下凡人间的故事基本相似。倒是到下界的过程描绘得很有特色。

贵门台吉下凡途中见坐禅修练的喇嘛，喇嘛说不能以天界身躯下凡，应换血肉身。于是他死去，换了血肉身躯。

贵门台吉经过重重黑雾，来到他从前侦察过的地方，看见那个向他献母乳祭的老妪帐房。这时，贵门台吉顿时失去知觉，醒来时已经成为老妪阿曼赫格扎的儿子，正在吃奶。

此时超同的女佣来叫他母亲扫雪。格斯尔想宰羊给母亲吃，超同却给母子俩一头凶猛的公牛，想让公牛杀死格斯尔。不料，格斯尔不仅宰掉了它，还吃光了肉。超同又让一条恶狗咬死格斯尔，但恶狗不仅不咬格斯尔，反而向他撒娇。超同还让长十二颗头颅的恶魔生吞格斯尔，格斯尔却趁机消灭恶魔。

格斯尔降生下凡和与超同斗争的这些故事情节，大体上与青海蒙古其他艺人叙述的口传《格斯尔》一致。且在细节描绘上有过人之处。尤其是超同决定拿格斯尔向恶魔献祭、母亲为之悲恸、恶魔吞下他时格斯尔在恶魔喉咙里的每个动作以及最后消灭的整个过程，描绘得尤为细致。

有趣的是，在格斯尔消灭恶魔后，艺人又捡起了他一开始叙述的故事情节，说：

---

[1] 艺人在几分钟之内对这个名字做了三次修正，最先说起名叫扎嘎尔诺尔布台吉，然后纠正为贵门台吉，再后来又说贵门道尔吉台吉，再到后来又变成伟根道尔吉台吉。可见对这个名字把握不准。

格斯尔从恶魔口中出来，砍断了恶魔的手指头，娜日布尔拜纳仁达格尼和儿子竟从中走了出来。找到妻儿的格斯尔决定回到天上，不管妻子怎么挽留。在回天界的路上，他突然想起自己的纳仁赛音妹妹，于是到阎罗王处寻找，没有找到。再到黄河岸边，看到三个白色毡房，其中一个毡房中一个老人抱着一个婴儿在唱着摇篮曲哄孩子，摇篮曲说那婴儿是纳仁赛音的儿子，于是兄妹相见。

然后，到天界，他征服了那里的所有竞争者，见到天神父亲，却见不到母亲。于是到阎罗王那里和目连那里去找，都没有找到，最后见到一位拾柴的老妪，认出那就是母亲，母子相认。

2. 比较研究

《降服十方敌人的圣洁英明的格斯尔汗》这部篇章，在故事情节层面上难免让人觉得有些混乱。故事一开始便交代格斯尔和妻子娜仁布尔拜纳仁达格尼以及八岁的儿子。然后叙述坐骑、乌鸦、猎鹰、猎犬警告说，长着十二颗头颅的蟒古思将要来袭，然而蟒古思始终没有出现。

格斯尔出去打猎，却在途中与一女子结婚，在那里同那个女子一起被蟒古思杀死。从此开始，进入了腾格里天神派儿子下凡和格斯尔降生的故事。这个故事同青海蒙古口传《格斯尔》的相应故事基本一致，但细节上又有很多不同。格斯尔降生后的遭遇和业绩的叙述，也同青海蒙古口传《格斯尔》的相应情节相似。

与青海蒙古口传《格斯尔》相似的这些部分同时也与北京木刻版《格斯尔》的一些故事情节发生关联。例如天神在三个儿子中选派幼子下凡的故事，格斯尔投胎于事先选定的女子的情节，超同数次想加害于幼年格斯尔，格斯尔一一化解的故事等。

然而，自从格斯尔消灭每年吃掉一位少年的、长十二颗头颅的恶魔之后，又让人诧异地续上开头的故事，格斯尔也砍断恶魔手指，妻子娜仁布尔拜纳仁达格尼和儿子从中出来。这样，叙述格斯尔降生和少年时期故事的前后端故事

153

相加，成为一个格斯尔外出娶一个妻子，回来时长十二颗头颅的恶魔夺走他的原配妻子，格斯尔消灭恶魔夺回妻子的完整故事。

在这个篇章里，消灭长十二颗头颅的恶魔的情节为两个故事结构服务：一是为格斯尔消灭恶魔夺回妻子的失而复得式故事结构服务。这种故事情节与北京木刻版《格斯尔》第四章的结构相似。另一个是为格斯尔消灭每年吃掉一位少年的恶魔，建立功勋的故事结构服务。这种故事情节与青海蒙古口传《格斯尔》中格斯尔初建功勋的故事结构相似。

因此，如果我们把艺人插入式演唱的格斯尔降生和建立功勋的部分放到整个篇章的前头，然后把两端的故事衔接起来，再加上消灭长十二颗头颅的恶魔解救妻子的故事放在其后，便能看到与北京木刻版《格斯尔》第一章、第四章相似的故事内容和结构。在笔者看来，索克演唱的这部篇章中，有些故事情节的安排是随着艺人的即兴编创发生变形和扭曲的。

格斯尔回归天界的故事在青海蒙古口传《格斯尔》中是存在的。但是，索克演唱的这部篇章中却出现了两次到阎罗王处找寻亲人的情节。头一个突然冒出来的是找寻妹妹的情节。这应该说是艺人恢复对格斯尔地狱救母情节记忆的前奏。一旦开始叙述，艺人便想起了格斯尔寻找母亲灵魂的情节。所以他不能让格斯尔在阎罗王处找到妹妹，于是用蒙古族地区广为流传的民间故事的素材，把结果变为通过老人哄孩子的摇篮曲与妹妹相认。这是艺人即兴编创能力的体现。

随后，艺人叙述格斯尔找寻母亲的情节。这一故事情节很古老，在北京木刻版《格斯尔》第七章专门叙述这样的故事。有些学者认为，北京木刻版《格斯尔》中格斯尔救母故事可能与目连救母故事有关。[1] 索克在演唱中让格斯尔到目连处寻找母亲，可能反映出演唱者心目中把格斯尔寻母故事同目连寻母故事联系起来的倾向。但其结尾的处理仍然还有变形。

尽管如此，索克演唱的《降服十方敌人的圣洁英明的格斯尔汗》，是一个富

---

1 达·策仁索德纳木：《蒙古佛教文学》，呼和浩特：内蒙古人民出版社，2000，第387页。

于艺人即兴创编光芒的篇章。尽管在故事情节的编排上还有很多漏洞甚至混乱，但认真加以分析，还是能够发现其遵循传统的《格斯尔》史诗情节的努力。其中改编的那些情节，则反映了艺人个体对《格斯尔》这部伟大史诗的理解和认识，在一定程度上代表着青海蒙古民间对这部作品的认识和把握。

（三）《降服霍尔黑尔扎勒布蟒古思之部》

这是1982年索克演唱、道荣尕记录整理的史诗。发表在内蒙古社会科学院文学研究所、内蒙古自治区《格斯尔》工作领导小组办公室于1986年编印的《格斯尔》内部资料丛书之《青海〈格斯尔〉（二）》中。在整理过程中似乎对原唱本在语言层面上进行过改动。因为，我们从这个文本中看不到索克特有的演唱风格、语言特点和大量的重复等等。[1]

1. 内容概述

该史诗叙述格斯尔同妻子纳仁高娃去拜佛时，霍尔黑尔扎勒布蟒古思让超同作为内应，袭击格斯尔的家乡，格斯尔战胜蟒古思的故事：

> 一天，超同听说格斯尔和妻子纳仁高娃拜佛去了，就把这个消息告诉霍尔黑尔扎勒布蟒古思，商定一起起兵夺取格斯尔的妻子和家乡。留在家中的格斯尔的另一个妻子萨仁高娃带领臣民拼死抵抗，打退敌人进攻，带着大家到格斯尔那里去。在路上，蟒古思变幻成喇嘛，企图抢夺萨仁高娃，又被打败。蟒古思的母亲来帮儿子，重重包围萨仁高娃。
>
> 法铃自动响起，佛知道发生的事情，让格斯尔赶紧回去。格斯尔变幻成流浪的乞丐，来到霍尔黑尔扎勒布蟒古思那里，躺在他们取水的必经之路上。蟒古思的两个女儿先后来取水，从格斯尔身上跨了过去。回去报告

---

[1] 在语言上，索克演唱史诗时大量重复运用一些助动词的持续态、过去态等时态形式来调整诗句以适应曲调的节奏；索克还大量使用nigen nigen（一个，一个）等数词来达到同样的目的；从一个自然段进入到下一个自然段时常用"于是这样以后"这一固定的诗句。从这个文本中看不到这些表明索克演唱风格的东西。

蟒古思看到的事情。蟒古思派小女儿探听虚实，格斯尔割下她的舌头。蟒古思亲自找格斯尔，没找到，却找到一孤儿，那正是变幻了的格斯尔。蟒古思带孤儿回去抚养，使唤他做各种活儿。格斯尔用法术让蟒古思的女儿看见自己屠杀蟒古思的马群。蟒古思听女儿报告，出来查看，格斯尔并没有杀它的马群。从此，恶魔便不相信女儿说的话。用相似的方法也让超同不相信蟒古思女儿说的话。

经过这样的准备，格斯尔开始各个击破敌人。先击溃超同，后收拾蟒古思。蟒古思求饶，格斯尔念他未对萨仁高娃下毒手，仍命他管理原来的属地。命霍尔黑尔扎勒布蟒古思的两个女儿做日月山的山神。然后再挥师击败围困萨仁高娃的蟒古思喇嘛，过上了美好生活。

2. 比较研究

这部史诗中，一开始企图夺走格斯尔妻子的是霍尔黑尔扎勒布蟒古思。但是它被打败以后，继续围困格斯尔妻子的是蟒古思的母亲和蟒古思喇嘛，霍尔黑尔扎勒布蟒古思却退回到自己的地盘上。这种情节我们从书面和口传各种《格斯尔》异文中从未见到。倒是格斯尔到霍尔黑尔扎勒布蟒古思之地以后的故事情节，有几分像青海蒙古口传《格斯尔》以及北京木刻版《格斯尔》之《锡莱高勒三汗之部》的部分故事情节。

首先是，格斯尔变幻成流浪的乞丐，来到霍尔黑尔扎勒布蟒古思那里，还躺在霍尔黑尔扎勒布蟒古思的女儿们取水的必经之路上，并且蟒古思的两个女儿从他身上跨过，这一点与青海蒙古其他艺人演述的锡莱高勒三汗的故事以及北京木刻版第五章的部分故事相似。

其次，从格斯尔变幻成孤儿，被霍尔黑尔扎勒布蟒古思收养的情节中，隐约能看到青海蒙古口传《格斯尔》以及北京木刻版《格斯尔》中格斯尔为黑帐汗收养的情节。并且收养后给他起的名字都一样，都是奥勒吉拜，意即"捡来的人"。

最后，格斯尔打败霍尔黑尔扎勒布蟒古思之后没有铲除他，而是让霍尔黑尔扎勒布蟒古思照旧管理原来的地盘，让它的两个女儿做日月山的山神，这种情节安排也让人想起北京木刻版《格斯尔》中格斯尔打败锡莱高勒三汗以后迎娶黑帐汗的女儿，因而没有杀黑帐汗，让他照旧管理所属地盘的情节。

但是，这部史诗与青海蒙古口传《格斯尔》和北京木刻版《格斯尔》之锡莱高勒三汗的故事不同的内容很多。比如，格斯尔用计让霍尔黑尔扎勒布蟒古思的女儿在其父亲和超同面前失信的故事等。

据此我们可以说，《降服霍尔黑尔扎勒布蟒古思之部》是索克在青海蒙古口传《格斯尔》关于降服锡莱高勒三汗故事，某些情节因素基础上的即兴创编的作品。值得一提的是，艺人在演唱这部史诗的时候可能并没有把它作为一部独立篇章来演唱。因为整理者道荣尕特别说明，他把从青海蒙古史诗艺人那里记录的《格斯尔》篇章整理成册的时候，把乌泽尔演唱的1部篇章和索克演唱的3部篇章作为一册，把索克演唱的其他10部篇章根据其内容整理成5部，与朝格德布演唱1部一起作为一册予以编印了。[1]因此，我们怀疑，这部故事的前后可能还有连续不断地演唱的其他故事存在，就像索克为笔者演唱《降服十方敌人的圣洁英明的格斯尔汗》的情况那样。不过，他演唱的这个篇章之故事情节在上面提到的三个方面与北京木刻版和青海蒙古口传《格斯尔》之关于锡莱高勒三汗的故事有关，是不争的事实。

（四）《降服乌隆沙日蟒古思之部》与《降伏骑黑公驼的恶魔之部》

这是1982年索克为道荣尕演唱的《格斯尔》之2部篇章。道荣尕记录整理后发表在内蒙古社会科学院文学研究所、内蒙古自治区《格斯尔》工作领导小组办公室于1986年编印的《格斯尔》内部资料丛书之《青海〈格斯尔〉（三）》中。

---

1 参见内蒙古社会科学院文学研究所、内蒙古自治区《格斯尔》工作领导小组编印：《青海〈格斯尔〉（三）》内部资料，1986，第170—171页。

1.《降服乌隆沙日蟒古思之部》

当格斯尔汗在外打猎的时候,乌隆沙日蟒古思来夺走了格斯尔的马群。格斯尔在打猎途中睡觉,梦见蟒古思抢走他的马群。格斯尔睡醒,为夺回马群追赶蟒古思。路上见到离群的两岁马,它告诉格斯尔蟒古思所走的方向。蟒古思的一条母狗预知格斯尔的到来而狂吠不止。蟒古思见状占卜,结果显示格斯尔的马群还在它的掌握中。第二次占卜,结果显示格斯尔已到门口躺在地上。它急忙派母狗去查看,母狗以为躺着的格斯尔是一具死了三年的尸体。蟒古思放松警惕。这时格斯尔突然袭击,消灭了蟒古思。

(1)抢夺马群题材

敌对双方互相抢夺马群,是蒙古英雄史诗一个非常古老的题材。在新疆卫拉特《江格尔》和卡尔梅克《江格尔》中有好几个篇章叙述了争夺马群的战争,如《洪古尔活捉阿里亚芒古里之部》《美男子明彦偷袭阿拉坦突厥汗的马群之部》《洪古尔夺取沙日库尔门汗的马群之部》《萨纳拉驱赶塔克毕尔莫斯汗的马群之部》《江格尔的阿兰扎尔马被盗之部》等。同时,这也是北方民族史诗常有的题材,例如在柯尔克孜史诗《玛纳斯》中就有《夜袭空吾尔巴依的马群》这样的篇章。这种题材是基于古代北方游牧民族的生活现实产生发展的。《蒙古秘史》中就记载着成吉思汗的政敌札木合之弟弟抢夺成吉思汗的马群,从而挑起成吉思汗与札木合之间战争的事件。在古代北方民族中,马群不仅有重要的生产生活用途,也有重要的军事用途。因而,偷袭马群就成为敌对双方相互较量的重要的军事手段。关于这点,笔者曾进行过专门探讨。[1]但是,在蒙古《格斯尔》口传与书面各种文本中,从来没有发现过有这种情节的篇章。甚至在整个青海蒙古英雄史诗传统中,这种抢夺马群的故事也极为少见。但因蒙古族及北方民族史诗中抢夺马群是个常见题材,索克创编这样的故事情节有其传统依据。

(2)预知吉凶的黄狗母题

在蒙古英雄史诗和民间文学中经常出现这种母题。譬如,《蒙古秘史》第

---

[1] 斯钦巴图:《蒙古英雄史诗抢马母题的产生和发展》,《民族文学研究》1996年第3期。

189段记载，乃蛮部的塔阳汗有一条狗能预知吉凶，蒙古部和乃蛮部交战前夕，那条狗哀嚎不止。《蒙古黄金史纲》也有记载，说唐古特人的失都儿忽汗有一条黄狗，也能预知吉凶。成吉思汗出兵唐古特前，那条狗整整哀嚎三年。[1]在青海蒙古古老英雄史诗中也都有狗发出敌情警报的情节，例如索克、达格玛、拉嘎等人演唱或讲述的《赫勒特盖贺萨哈勒》中就有这样的情节。

因此可以说，《降服乌隆沙日蟒古思之部》其实就是纳入到《格斯尔》史诗系列的青海蒙古古老史诗。

2.《降伏骑黑公驼的恶魔之部》

这个史诗篇幅不长，故事情节也比较简单。叙述了这样的故事：格斯尔在巡查疆土时发现，土伯特的女巫师的徒弟——骑黑公驼的恶魔，正在诅咒格斯尔及其人民，准备传播瘟疫。为了抗击恶魔传播瘟疫，格斯尔决定坐禅21天。格斯尔坐禅期间，恶魔把瘟疫散播到格斯尔的家乡。它骑黑公驼到处乱转，口念咒语作法，黑公驼的鼻孔中喷出瘟疫的黑雾，格斯尔家乡的人畜染上了可怕的瘟疫。格斯尔坐禅结束回来，见到这种状况，开始诵经破除咒语，使恶魔巫师张不开嘴，使恶魔的黑公驼喷不出瘟疫的黑雾。恶魔巫师见状，变成乌鸦逃窜。格斯尔变成雄鹰紧追不舍，斩断了乌鸦的左右翅膀。恶魔巫师拿出诅咒经开始诅咒，它的黑公驼鼻子里喷射黑色的烟雾，立刻变幻成一只黑鸟，在空中与格斯尔周旋。这时，格斯尔的白公驼变作白狮子，替格斯尔对付恶魔的黑公驼。格斯尔见恶魔巫师坐在悬崖顶上，拿出弓箭射穿了它的胸膛。但是，恶魔用诅咒经当作自己的心脏继续顽抗。格斯尔再次念破咒经，彻底消灭了恶魔。格斯尔的白骆驼把恶魔的黑骆驼紧紧地压在自己的身下，其状犹如雪山上的白狮子。于是格斯尔让它变作雪山白狮子。

这是个以铲除散播瘟疫的恶魔为主要内容的篇章。在蒙古口传《格斯尔》以及北京木刻版等多种《格斯尔》书面文本中很少见到这种故事。只有在金巴

---

[1] 宝力高校注：《蒙古黄金史纲》，呼和浩特：内蒙古教育出版社，1989，第58—86页。

扎木苏演唱的《格斯尔》中有一部篇章叫作《破除固儒汗散播的瘟疫之部》[1]的故事与之相似。那里讲，固儒汗自小行为不端，品行不良，拜一个作恶多端、会传播瘟疫的女魔为师，学习如何用瘟疫来残害人间。师徒二人散播的瘟疫不知夺走了多少生命。格斯尔命令妻子阿珠莫尔根扑灭瘟疫，阿珠莫尔根念陀罗尼经降下甘雨，扑灭了愈演愈烈的瘟疫。女魔师徒不甘心，口吹瘟疫之风，人间又遭殃。阿珠莫尔根又念佛经清除了祸害，女魔和徒弟固儒遁入深山密林。最后，格斯尔砍断女魔的喉咙，使之不能吹出瘟疫之风，同时消灭固儒汗，让世界恢复太平。

关于散播瘟疫的女魔或女巫的故事在蒙古族民间古而有之。譬如，在17世纪成书的《蒙古黄金史纲》《蒙古黄金史》《蒙古源流》《大黄册》等诸多蒙古文历史文献中就有这种故事：成吉思汗在征服唐古特的途中遭遇唐古特女巫的诅咒，最后让弟弟哈萨尔射死女巫。这个故事甚至流传到俄联邦图瓦民间，成为图瓦《格斯尔》的一个独立篇章。[2]

如果详加比较，我们从索克演唱的这部史诗、17世纪蒙古文历史文献中关于成吉思汗让哈萨尔射杀唐古特女巫的故事和金巴扎木苏演唱的《破除固儒汗散播的瘟疫之部》三者间能发现一些相似点。主要有：（1）女巫作法传播瘟疫残害人类，这是三者的第一个相似点；（2）女巫传播瘟疫的手段是诅咒、吹风、吹瘟疫的黑雾，尤其是吹风传播瘟疫和吹黑雾传播瘟疫之间明显有关系，这是三者的第二个相似点；（3）破除瘟疫之魔咒的办法是射杀女巫（射断其喉咙为主），这是第三个相似点。除此之外，索克演唱的《降伏骑黑公驼的恶魔之部》中还有格斯尔和女巫变幻斗法的情节，这让人想起17世纪蒙古历史文献中描绘的成吉思汗同唐古特失都儿忽汗的妻子古尔伯勒津高娃斗法的故事。在北京木刻版《格斯尔》第五章中也有茹格牡高娃与锡莱高勒三汗用变幻术较量的情节。

根据上述这些，可认为索克演唱的这部史诗或许在起源上与成吉思汗征服

---

1 道荣尕整理：《宝格德格斯尔汗传》，呼和浩特：内蒙古人民出版社，2000，第213-249页。
2 斯钦巴图：《图瓦〈格斯尔〉：蒙译注释与比较研究》，北京：民族出版社，2008，第59-94页。

唐古特人的故事有关。至于关于成吉思汗的故事如何进入青海蒙古《格斯尔》史诗之系列，可能有其深刻的原因，应继续予以探讨。

（五）《额尔肯巴彦汗》史诗

这是2005年12月3日索克演唱、笔者记录的一部史诗。[1] 目前还没有发现同名的英雄史诗或英雄故事。但是其故事情节却与《格斯尔》《古南布克吉尔嘎拉》《巴达尔汗台吉》等史诗与英雄故事产生广泛联系。

1. 内容概述

这部史诗故事情节非常曲折复杂，主要叙述几段故事：开头叙述长十二颗头颅的蟒古思杀死额尔肯巴彦汗，侵占其国家的故事。第二部分叙述腾格里天神的儿子道尔卡尔特努克台吉下凡，投胎于额尔肯巴彦汗的侍女，出生后与长十二颗头颅的蟒古思斗争，最终铲除恶魔的故事。接着叙述腾格里天神的儿子道尔卡尔特努克台吉到遥远的东方娶纳仁格日勒汗的女儿，恢复格斯尔真身的故事。第三部分叙述格斯尔回到家乡，消灭霸占其妻子的恶魔的故事。由于该史诗文本篇幅较长，内容丰富，故事情节复杂，有故事套故事的结构特点，所以分段进行介绍和比较研究。

（1）关于额尔肯巴彦汗的故事

很早以前，额尔肯巴彦汗，兄弟三个。有一个女仆叫做努森芒珠尔。额尔肯巴彦汗经常一睡就是几个月。在他睡觉的时候，两只乌鸦、坐骑、猎鹰来提醒他，东北方长着十二颗头颅的蟒古思就要来侵犯。但额尔肯巴彦汗不予理睬。结果，蟒古思来把他杀死，侵占了他的家乡，奴役了他的人民。这一部分故事比较简单，是叙述两代以上英雄事迹的史诗惯常的开篇方式。在这类史诗中，通常情况下第一代英雄没有建立什么功勋就被敌人杀害，主要叙述第二代或第三代英雄的事迹。额尔肯巴彦汗的故事就有这样的特点。

---

[1] 该史诗文本经笔者整理后发表于仁钦道尔吉主编《蒙古英雄史诗大系》第4卷，北京：民族出版社，2009，第560－627页。

（2）关于道尔卡尔特努克台吉的故事

道尔卡尔特努克台吉的故事也分两段。第一段是叙述消灭长十二颗头颅的蟒古思的故事。腾格里天神得知蟒古思杀害额尔肯巴彦汗的消息，决定从胡尔查莫尔根台吉、胡尔敦扎尔利克图台吉、道尔卡尔特努克台吉三子中派道尔卡尔特努克台吉下凡消灭蟒古思。腾格里天神让道尔卡尔特努克台吉下凡的故事与蒙古《格斯尔》中天神派次子下凡的故事情节没有多大差异。道尔卡尔特努克台吉变作乌鸦，寻找合适的投胎对象，这一情节与青海卫拉特口传《格斯尔》的相应情节基本一致。

腾格里天神之子道尔卡尔特努克台吉投胎下凡后，蟒古思为试探他的本事，先后给他们母子以公羊、公牛和公马吃，道尔卡尔特努克台吉一一宰杀。蟒古思要吃努森芒珠尔的儿子（格斯尔），小孩子卡在他的喉咙里，并且不断让身体膨胀，最后杀死蟒古思。

第二段叙述道尔卡尔特努克台吉到远方娶亲的故事。消灭蟒古思后，道尔卡尔特努克台吉踏上了娶亲的征程。目的地是遥远的东方。他来到纳仁格日勒汗[1]的领地，成为纳仁格日勒汗的马夫。纳仁格日勒汗有一匹骡马年年生神驹，却一出生即被迦罗迪鸟吃掉。于是，纳仁格日勒汗年年在骡马生产时派大批军队去守卫。但却一次都未能救回神驹。这年，他照常派出三十万大军去守卫，道尔卡尔特努克台吉也自告奋勇报名前往。三十万大军的统领处处为难他，他却凭借智慧和神力消灭为害人间的迦罗迪鸟，救出神驹。大军统帅为了功名谋害了他。道尔卡尔特努克台吉的坐骑飞到天上，向腾格里天神报告所发生的不幸。天神派三十三条龙前去营救被打入深渊的道尔卡尔特努克台吉。于是，道尔卡尔特努克台吉带着迦罗迪鸟的尸体，赶着神驹群，回去献给纳仁格日勒汗。纳仁格日勒汗非常赏识道尔卡尔特努克台吉，并把汗位禅让给他。他如愿娶了纳仁格日勒汗的女儿，恢复格斯尔真身。

---

1 演唱中对这个人物的名字前后有几种不同的说法。一开始说阿拉坦格日勒苏迪汗，之后说阿拉坦格日勒汗，最后坚持了纳仁格日勒汗这个说法。

在这段故事中也有另一个故事占很大的篇幅。那就是守卫骡马，射杀迦罗迪鸟，与纳仁格日勒汗三十万大军统帅之间的较量。从前面各章中我们看到这一故事在青海蒙古口传《格斯尔》其他篇章和《古南布克吉尔嘎拉》等青海蒙古其他史诗中普遍存在。

（3）关于格斯尔汗的故事

最后一部分是恢复格斯尔真身的道尔卡尔特努克台吉回到故乡后的故事。这时的故乡已经被恶魔所侵占。格斯尔妻子也被它霸占。格斯尔回到家时恶魔外出不在，格斯尔妻子在家里。她一边的头发蓬乱，一边的头发梳理得干干净净。格斯尔从妻子那里掌握恶魔寄存众多灵魂的地方和身上命根子的秘密，铲除恶魔，夺回妻子，过上幸福的生活。最终，他圆满完成天神父亲交给的任务，回到了天界。

2. 比较研究

显然，这部史诗是把不同史诗和故事的情节糅合而成。史诗的第一部分是关于额尔肯巴彦汗的故事，这部分实际占该史诗很小的篇幅，但额尔肯巴彦汗的名字却成为整部史诗的名称和一个重要标志。这是蒙古史诗乃至阿尔泰语系民族史诗中存在的一种普遍现象。当史诗叙述两代以上英雄的故事时，通常第一代英雄的故事占很小一部分篇幅，但第一代英雄的名字却成为整部史诗的名称。这是一种惯例。在这样的史诗中，第一代英雄的名字往往最先出现，有很多艺人就用头一个登场的史诗人物名字命名史诗。例如《汗青格勒》史诗的主要英雄是汗青格勒，但最先提到的是他父亲胡德尔阿尔泰汗，因此有些艺人就以第一个出场的人物胡德尔阿尔泰汗的名字命名《汗青格勒》史诗。还有新疆蒙古英雄史诗《那仁汗克布恩》的主要英雄是北方孤独的伊尔盖，但最先出场的是那仁汗克布恩，所以大多艺人均以他的名字作为史诗的名称，但也有少数艺人用主要英雄北方孤独的伊尔盖的名字命名史诗。像这样的例子还可以提到内蒙古呼伦贝尔巴尔虎史诗《恩克宝力德汗》等。这反映了不同艺人对史诗的不同记忆方式。蒙古族民歌有很多都以歌词第一个诗句作为歌名。这与史诗艺人用第一个出场人物名字记住史诗的记忆方式是相同的。

我们正在讨论的这部史诗的开篇部分，额尔肯巴彦汗并没有建立什么英雄业绩就被敌人杀害。这种开篇方式算是典型的蒙古族史诗以及诸多北方民族史诗典型的模式。问题在于，在接下来的展开中，我们却看到了来自流传在当地或在新疆蒙古族地区的不同史诗或英雄故事的情节。既有来自蒙古书面或口传《格斯尔》的故事因素，又有来自《巴达尔汗台吉》《赫勒特盖贺萨哈勒》等史诗和故事的情节因素。同时，很多情节还与索克本人演唱的其他史诗的故事情节有着紧密的联系。仔细观察和研究这些现象，将有助于揭开艺人的表演活动中当地的史诗演唱传统、对史诗演唱的认识以及艺人自身储备的表演曲目及其表演经验如何发挥作用。

（1）道尔卡尔特努克台吉下凡的故事与格斯尔下凡的故事

关于道尔卡尔特努克台吉的故事的前半段，叙述的是他下凡和消灭长着十二颗头颅的蟒古思的故事。这一故事与蒙古《格斯尔》中格斯尔下凡的故事极为相似。同时，在艺人演唱的过程中格斯尔的名字也不时地出现，说明在艺人心目中这两部史诗有着内在的联系。其主要相同点有：

①《额尔肯巴彦汗》中腾格里天神有三个儿子，分别是胡尔查莫尔根台吉、胡尔敦扎尔利克图台吉、道尔卡尔特努克台吉，三子中选派道尔卡尔特努克台吉去下界消灭蟒古思。在北京木刻版《格斯尔》中霍尔穆斯塔天神有阿敏萨黑克奇、威勒布特格奇、图古斯朝克图三个儿子，三子中选派威勒布特格奇下凡人间降妖伏魔。两者间的对应是明显的。

②道尔卡尔特努克台吉下凡前向父亲提出回到天界后继承汗位的要求，这一情节与北京木刻版《格斯尔》中威勒布特格奇下凡前提出的要求完全一致。

③道尔卡尔特努克台吉向父母索要凡间使用的各种武器装备，与北京木刻版《格斯尔》中的相关情节高度一致。

④两者都有下凡前变作鸟前往人间寻找合适的投胎对象的情节。

⑤两者都叙述了天神之子下凡出生时下大雪，唯独他出生的那个毡房周围地区没有下雪的情节。

⑥两者都叙述了天神的儿子下凡后母子艰难生活的情景。考虑到他们下凡

的使命是铲除人间的蟒古思以及如上几点相同情节,可以说,这部分故事情节来源于以北京木刻版《格斯尔》为代表的传统《格斯尔》。

但是接下来的故事发展却与书面流传的《格斯尔》有很大不同。其特点是把《格斯尔》史诗不同篇章的故事情节巧妙地编入同一个故事。

《额尔肯巴彦汗》史诗中道尔卡尔特努克台吉建立的首功是铲除长着十二颗头颅的蟒古思。这个情节与北京木刻版《格斯尔》中格斯尔建立的第一个英雄业绩是消灭专门啄瞎一岁婴儿眼睛的恶魔乌鸦不同,却与其第四章格斯尔消灭长着十二颗头颅的蟒古思的故事在主题层面上相同,但在情节层面上不同。

道尔卡尔特努克台吉进入蟒古思的口中,撑开其上下颚消灭蟒古思的方式,却很容易使人联想到北京木刻版《格斯尔》第二章叙述的格斯尔消灭北方黑斑魔虎的故事情节。

这样,仅仅在关于道尔卡尔特努克台吉的故事的前半部分,就有了北京木刻版《格斯尔》史诗第一章、第二章、第四章的故事情节因素。不仅如此,如果把这部分故事同青海蒙古卫拉特口传《格斯尔》的故事情节作一个对比,就会发现,两者之间还有更多的一致或相似的地方。例如,天神的儿子在凡间的母亲叫作努森芒珠尔、努森芒珠尔被人奴役等等。可见,索克演唱的这部史诗把北京木刻版《格斯尔》各章节各种故事情节和青海蒙古其他史诗、英雄故事、神奇故事的故事情节糅合在一起,并重新编排成自成青海蒙古口传《格斯尔》史诗系列的一部篇章。

(2)道尔卡尔特努克台吉娶亲故事的比较

道尔卡尔特努克台吉下凡降服长十二颗头颅的蟒古思以后,史诗接着叙述了他到远方娶亲的故事。而这个故事中不仅有青海蒙古族民间广为流传的《古南布克吉尔嘎拉》、在甘肃省肃北县和内蒙古额济纳旗蒙古族民间流传的《牧童的故事》等史诗或故事的情节,也有来自北京木刻版等书面流传的《格斯尔》史诗中格斯尔娶茹格牡高娃故事的情节因素。

首先,这部史诗与《古南布克吉尔嘎拉》史诗或英雄故事在故事情节上有着极为密切的关系。乌兰县宗务隆乡牧民希瓦演述的散文体《古南布克吉尔嘎拉》[1]的整个故事情节与道尔卡尔特努克台吉娶亲的故事相当吻合。在希瓦演述的文本中，古南布克吉尔嘎拉为了娶亲，在一位可汗家做仆人，赢得可汗之女的芳心，与之成婚。接下来古南布克吉尔嘎拉消灭迦罗迪鸟，赶回神驹立功的故事，与道尔卡尔特努克台吉的故事完全一致。

这段故事也与北京木刻版《格斯尔》中格斯尔娶茹格牡高娃的部分故事情节有关。

道尔卡尔特努克台吉/古南布克吉尔嘎拉通过射杀伽罗迪鸟证明自己的能力，聘娶妻子。这是考验婚型英雄史诗中常见的情节。北京木刻版《格斯尔》第一章有一段叙述格斯尔通过各种竞技战胜竞争者迎娶茹格牡高娃的故事情节，其中就有格斯尔射取迦罗迪鸟羽翼，在考验中胜出的情节。在希瓦演述的《古南布克吉尔嘎拉》中射杀迦罗迪鸟的情节安排在英雄娶妻情节之后，而索克演唱的《额尔肯巴彦汗》和北京木刻版《格斯尔》中，均把这一情节安排在英雄成婚之前。

道尔卡尔特努克台吉/古南布克吉尔嘎拉在射杀迦罗迪鸟的途中捉弄同伴/竞争者的故事情节，与北京木刻版《格斯尔》相关故事情节有一致之处。《格斯尔》中叙述道，当格斯尔在诸多竞技中胜出，将与美女茹格牡高娃成婚的时候，叔父超同却提出抢先猎杀一万只鹿者娶茹格牡高娃。在行猎途中，超同派一条能说人语的狗探听格斯尔在说什么，那狗只听格斯尔说明天要到弓箭河取弓箭，到鞋子河取鞋子，因此今晚把所有弓箭全部毁掉，把鞋子都挂在牦牛角上，然后每三个人用膝盖把锅支起来，生火做饭，不准空腹过夜。超同听了狗的汇报，照着格斯尔说的做，不料这下没有了打猎用的武器和走路用的腿和鞋子。

在索克演唱的《额尔肯巴彦汗》史诗中，道尔卡尔特努克台吉捉弄大军统帅的情节几乎与北京木刻版《格斯尔》一样。而在希瓦演述的《古南布克吉尔嘎拉》中，可汗的七个儿子和二十一个女婿派去探听古南布克吉尔嘎拉的是人

---

[1] 跃进主编：《青海蒙古族民间口头文学集锦》上册，呼和浩特：内蒙古教育出版社，2008，第463—468页。

而非狗。

道尔卡尔特努克台吉/古南布克吉尔嘎拉想跟着可汗的三十万大军/汗的七个儿子和二十一位女婿一起去射杀迦罗迪鸟时遭可汗劝阻的情节,也同北京木刻版《格斯尔》一致。北京木刻版中,格斯尔变幻成衣衫褴褛、穷困潦倒的乞丐,去参加茹格牡高娃的招婿会,成功挫败竞争者,即将成为可汗的女婿时,超同提议再进行一次赛马。正当格斯尔骑着已变幻成满身疥疮的小驹的骏马参加比赛的时候,茹格牡高娃的父亲劝说格斯尔不要去参加比赛。

道尔卡尔特努克台吉在完成射杀迦罗迪鸟,挫败三十万大军的统帅的阴谋后,向纳仁格日勒汗显露格斯尔英雄真身,继承纳仁格日勒汗的汗位,说明索克的创编已正式转入到传统《格斯尔传》的轨道。

道尔卡尔特努克台吉娶亲的故事的这段情节也见于青海卫拉特另一位艺人胡亚克图演唱的《古南布克吉尔嘎拉》[1]中。不过后者没有捉弄竞争者的情节。

《额尔肯巴彦汗》史诗中道尔卡尔特努克台吉娶亲的故事还与流传在甘肃省肃北县、内蒙古阿拉善盟额济纳旗土尔扈特人中的《牧童的故事》部分相似。《牧童的故事》,即放牛娃的故事,在青海蒙古族地区普遍被认为是《格斯尔》史诗的一个篇章。肃北县张超演述的《牧童的故事》[2]由两个部分构成。前半部分与索克演唱的《赫勒特盖贺萨哈勒》史诗相一致。叙述赫勒特盖贺萨哈勒远征恶魔,被恶魔的两个儿子杀害,其同父异母的两个儿子向恶魔复仇的故事。后半部分叙述赫勒特盖贺萨哈勒的两个儿子消灭恶魔回来时,大儿子的母亲已死,大儿子不堪后母的欺凌离家出走,成为沙扎海汗的牧童,与沙扎海汗的女儿成婚的故事。而这后半部分故事正好与《额尔肯巴彦汗》史诗中道尔卡尔特努克台吉迎娶纳仁格日勒汗的女儿的故事相同。另外,内蒙古阿拉善盟额济纳旗达木丁演述、却丹达尔记录的《牧童的故事》[3]的情节大体上与道尔卡尔特努

---

[1] 胡亚克图演述、胡克西力记录的《古南布克吉尔嘎拉》,跃进主编:《青海蒙古族民间口头文学集锦》上册,呼和浩特:内蒙古教育出版社,2008,第468—478页。

[2] 见于拉喜、道布钦整理:《肃北蒙古民间故事》,海拉尔:内蒙古文化出版社,1984,第26—50页。

[3] 郝苏民搜集整理:《卫拉特蒙古民间故事》,呼和浩特:内蒙古人民出版社,1986,第45—51页。

克台吉娶亲的故事相同。

（3）《额尔肯巴彦汗》史诗关于格斯尔的故事之比较

变回格斯尔真身的道尔卡尔特努克台吉回到故乡，铲除侵占家乡、霸占妻子的恶魔，整个故事情节与北京木刻版《格斯尔》第四章的后半部分故事情节相一致。有这么几点：

长十二颗头颅的恶魔霸占了格斯尔的妻子，格斯尔消灭恶魔夺回妻子。这一点与《格斯尔》第四章的总体故事情节相一致。

在细节上还有很多一致之处。其一，格斯尔潜入恶魔的城池与妻子会合，妻子把他藏在家里。其二，格斯尔妻子被恶魔奴役期间，一边的头发不加梳理，一边的头发梳理得干干净净，以诅咒恶魔必灭，祝愿格斯尔必胜。其三，格斯尔在妻子的配合下趁恶魔睡觉之际消除恶魔的神力。其四，格斯尔的妻子设法了解恶魔寄存灵魂的地方，格斯尔消灭恶魔的灵魂。其五，为知道格斯尔所在位置，恶魔进行占卜，格斯尔的妻子却破坏占卜器具的神力。这五个情节也就是北京木刻版《格斯尔》第四章的标志性细节。因而可以肯定，《额尔肯巴彦汗》中的这段故事情节与《格斯尔》第四章的故事情节同出一源，彼此有源流关系。

当然，在细节方面，也与北京木刻版《格斯尔》其他章节的故事情节不无联系。比如说，《额尔肯巴彦汗》中说，格斯尔的妻子与恶魔生有一子，消灭恶魔回归的路上格斯尔想到这个，于是返回杀死了那个孩子。妻子见自己一边的乳房渗出血液，另一边的乳房溢出奶汁，便知道格斯尔要杀其与恶魔所生之子，从后面追赶但为时已晚。这个情节明显与北京木刻版《格斯尔》第五章的故事情节有关。格斯尔战胜锡莱高勒三汗，夺回妻子茹格牡高娃后，潜入白帐汗家，看见茹格牡高娃与白帐汗所生之子，便提起小儿的两条腿将其摔死，边摔边说："如果你是我的孩子，就流白乳，如果是白帐汗的孩子，就流红血吧！"结果被摔的孩子身体鲜血直流。两个故事情节的相互联系是明显的。

综上所述，索克演唱的《额尔肯巴彦汗》史诗在故事框架上由三个部分组成。首先以额尔肯巴彦汗的故事为开头，然后进入与《格斯尔》有关的青海蒙古古老史诗情节,由此再进一步滑入人们普遍认同的《格斯尔》故事框架。在这个框架中,演唱者把流传于青海蒙古族、甘肃肃北县蒙古族、内蒙古额济纳旗蒙古族民间流传的诸如《古南布克吉尔嘎拉》《牧童的故事》等史诗和英雄故事,以及青海蒙古口传《格斯尔》,北京木刻版等书面《格斯尔》的故事情节融入自己的演唱中重新编排,形成了青海蒙古口传《格斯尔》一部新的篇章。

在故事各部分的转变和重新编排过程中,格斯尔转世的观念起着决定性作用。在青海蒙古地区,普遍存在这样的观念:格斯尔法力无边、变化多端,经常以不同的身份转生于世。他每转世一次,都产生叙述他业绩的新的《格斯尔》篇章,因而关于他的史诗很多,像《古南布克吉尔嘎拉》《牧童的故事》《赫勒特盖贺萨哈勒》《巴达尔汗台吉》等,都是关于格斯尔的史诗。这种观念,是《额尔肯巴彦汗》史诗中三段不同故事依次得以转接的关键。

当然,索克演唱的《额尔肯巴彦汗》在三段故事的连接上也不是天衣无缝,甚至有些粗糙,从一段进入下一段故事时缺乏必要的铺垫和说明,给人突兀的感觉。但这是由口传史诗创编和变异规律所规定的。有所瑕疵,甚至相互矛盾,本来就是在现场表演压力下创编史诗所不可避免的。

虽然有这样那样的问题,但索克演唱的《额尔肯巴彦汗》史诗使人们又一次集中而清楚地看到了青海蒙古族英雄史诗、英雄故事和口传《格斯尔》、书面《格斯尔》之间紧密的关系和青海蒙古英雄史诗传统在这样的相互作用中向前发展的轨迹。

(六)《阿拜杨宗巴托尔与阿拜旺钦巴托尔》

2005年12月6日夜,索克给笔者演唱了《阿拜杨宗巴托尔与阿拜旺钦巴托尔》史诗[1]。演唱者说史诗名是《十四岁的阿拜杨宗巴托尔与十三岁的阿拜旺钦巴托尔》,在《蒙古英雄史诗大系》中刊发时把题目简化翻译成了《阿拜杨宗巴托尔与阿拜旺钦巴托尔》。共有2700余诗行。

---

[1] 仁钦道尔吉主编:《蒙古英雄史诗大系》卷二,北京:民族出版社,2007,第613-670页。

1. 内容概述

很早以前，有一对兄弟名叫十四岁的阿拜杨宗巴托尔和十三岁的阿拜旺钦巴托尔。两位英雄幼小的时候父母死于战火，兄弟俩成为孤儿。五万五千五百五十岁的阿穆尼南齐叉尔根和吉尔嘎玛勒查干额吉是照顾和辅佐他们的亲人。

有一天，乘骑驼背黑马的布孔布克托斯到东布岭来，向阿拜杨宗巴托尔和阿拜旺钦巴托尔进行挑衅，使东布岭草原陷入战火，草原上白骨成山、鲜血成海。阿穆尼南齐叉尔根老人开始训练两位勇士，教他们学会武艺。两位勇士很快变成了神箭手。长枪利剑样样用得得心应手。

两位勇士掌握本领，就要上战场。阿拜杨宗巴托尔和阿拜旺钦巴托尔各自骑着白马，穿着白色长袍，手持白色长枪、白色利剑、白色弓箭出战，一天下来，白马变成了血红马，白色长袍变成红色长袍，白色长枪、利剑和弓箭都变成红色。不分胜负。阿穆尼南齐叉尔根参加战斗，仍不能取胜，最后吉尔嘎玛勒查干额吉前来助阵，把布孔布克托斯射死。

这时，一个叫作和硕奇吉尔嘎拉布克的人从北方来犯。阿拜杨宗巴托尔和阿拜旺钦巴托尔各自骑着白象出战，大战和硕奇布克吉尔嘎拉，并将他摔了个粉碎。战争造成人畜生灵死伤无数，腐尸恶臭传到了天界。腾格里天神下令举行二十五年的寺庙法会，净化了天地三界，东布岭草原终于归于平静，人们过上了安宁幸福的日子。

2. 比较研究

索克是一位现场创编能力超强的艺人。在与他接触采访的过程中发现，对人们提出的问题，索克很少回答"不知道"或"不会"，对所有问题他都能做出回答。在现场演唱的过程中，当叙述中出现明显漏洞的时候，他也不会停止演唱或从头进行纠正，而总是能安排一些巧妙的细节，把差错纠正过来。他具备超强的补救能力。他的《十四岁的阿拜杨宗巴托尔与十三岁的阿拜旺钦巴托尔》，很可能是艺人现场创编的一部新作。

之所以这样说，是因为艺人在演唱结束后告诉笔者，史诗中的十四岁的阿拜杨宗巴托尔与十三岁的阿拜旺钦巴托尔是格斯尔的两位勇士。我们发现，史诗中确实出现了《格斯尔》史诗一个人物，那就是南齐叉尔根老人。叉尔根老人在北京木刻版《格斯尔》以及青海蒙古口传《格斯尔》中都是格斯尔的叔父。艺人的声明和史诗中出现叉尔根的名字，让人想起在史诗名称上与这部史诗很相似的、索克演唱的另一部史诗，即于1982年为道荣尕演唱的《十四岁的阿穆尼格斯尔汗与十三岁的阿拜昂钦巴托尔》[1]。但经过比较发现，《十四岁的阿拜杨宗巴托尔与十三岁的阿拜旺钦巴托尔》和《十四岁的阿穆尼格斯尔汗与十三岁的阿拜昂钦巴托尔》虽然史诗名称上有些相似，但其故事情节相差甚远。在本人2005年采录他演唱的史诗时也没有演唱《十四岁的阿穆尼格斯尔博格达汗与十三岁的阿拜昂钦巴托尔》这部史诗。

同时，在史诗中出现了一些前后矛盾、衔接不清的情节，以及蒙古英雄史诗传统中不曾出现，甚至不符合蒙古英雄史诗传统套路的故事情节。例如，十四岁的阿拜杨宗巴托尔和十三岁的阿拜旺钦巴托尔数度与敌人交战，都不曾战胜对手，然后五万五千岁的南齐叉尔根也加入战斗仍不能取胜的情况下，吉尔嘎玛勒查干额吉老太婆却骑马亲上战场，拉满强弓射出利箭，把布孔布克托斯射死。这种情节明显不符合蒙古英雄史诗传统。

但是，艺人演唱这部史诗的语言很优美，在演唱过程中大量运用了蒙古英雄史诗的程式化重复手法。这些都反映了艺人高超的遣词造句表现能力。

---

[1] 这部史诗文本见于内蒙古社会科学院文学研究所、内蒙古《格斯尔》工作领导小组办公室编印：《格斯尔》资料丛书之《青海格斯尔（一）》，内部资料，1984。

第四章

青海蒙古《格斯尔》与佛经故事

第四章　青海蒙古《格斯尔》与佛经故事

我们从前面的讨论中已经看到，在青海蒙古口传《格斯尔》故事情节中有来自佛经故事的内容。例如，在索克演唱的《骑黑棕马的格斯尔博格达汗》里就有来自《佛说孝顺子修行成佛经》的故事。来自佛经的故事不仅在青海蒙古口传《格斯尔》中有，而且在1716年出版的北京木刻版中也有。说明佛经文学很早就开始影响这部史诗。但这并不意味着佛经故事在《格斯尔》史诗产生之初就发生影响，相反，《格斯尔》在产生之初与佛教并无关系，其影响是在佛教传入藏族、蒙古族民间的时代逐步发生的。这表现在北京木刻版《格斯尔》对格斯尔降生的两种叙述上。一种是没有子嗣的可汗向山神献祭求子，另一种是天神根据佛的旨意派遣天子下凡。前者显然是北方民族英雄史诗中普遍存在的母题，它反映了《格斯尔》产生之初的一种叙事。后一种显然是佛教盛行时代的产物，但后来居上，把前者淹没，使之模糊不清。因此，我们在探讨当今青海蒙古口传《格斯尔》与佛经故事的关系前，先看看300多年前的1716年出版的北京木刻版《格斯尔》中来自佛经故事的内容及其影响。

一、北京木刻版《格斯尔》与佛经故事

北京木刻版《格斯尔》中来自佛经的内容各种各样，并不来自同一部经文，也不按故事原貌叙述，是经过精心挑选、巧妙改编过的。有的时候也并不选用故事，而是把英雄名字用各种办法与释迦牟尼佛的名字联系起来。

（一）佛的法旨

北京木刻版开篇就讲，在释迦佛涅槃之前，霍尔穆斯塔腾格里（帝释天）前往拜谒。佛降旨道：五百年后天下将大乱，你须从三个儿子中选派一个，让他主宰世界。

释迦牟尼佛的这一法旨对《格斯尔》史诗具有非同寻常的价值和意义。因为它概括了整部史诗的故事内容，规定了整部史诗的结构框架。如果说《格斯尔》是"蒙古《三国志》"[1]，那么，释迦牟尼佛的法旨就是这部"蒙古《三国志》"中的"隆中对"。然而，它并不是改编者的杜撰，而是有着佛经文献根据。蒙古文《甘珠尔·诸品经》第六卷、第七卷详细记载了释迦牟尼涅槃前的各种故事，其中就有释迦牟尼涅槃前霍尔穆斯塔腾格里（帝释天）前往拜谒的故事。霍尔穆斯塔腾格里到了佛前拜谒，然后请旨道：如果将来众阿修罗来犯诸天，我该如何应对？佛降旨道：如果众阿修罗来犯诸天，你尽管呼唤我的名字，如此，诸天将会获胜，众阿修罗则被打败。[2]

显而易见，佛祖涅槃前霍尔穆斯塔腾格里前去拜谒、佛祖对后者降法旨这个故事情节，完全是根据佛陀传改编的。然而，应该注意到，北京木刻版中佛陀的法旨，既与佛经中佛陀的法旨相似，也有重要的不同之处。佛经中，法旨针对的是诸天与阿修罗之间的生乱，而北京木刻版中却改成针对人世间的生乱。佛经中暗示佛陀将助诸天战胜阿修罗，恢复天界安宁，而北京木刻版中却改成了霍尔穆斯塔腾格里之子奉佛命下凡，助人类降伏妖魔，恢复人间和平安宁。

这是一个重要的改编模式。即，既根据和利用佛经文献的内容和结构，又对其进行改编，以适应、串联和组织《格斯尔》史诗不同的篇章和故事。说它是一个重要的改编模式，是因为这种模式在北京木刻版中一而再、再而三地重复出现，成为贯穿始终的改编原则。

1　1716年的北京木刻本每一页左上角都印有"三国誌"字样。
2　蒙古文《甘珠尔·诸品经》第六卷上一百零三至下一百零三。

（二）格斯尔各种名字与释迦牟尼佛本名

北京木刻版里，格斯尔在不同时期有不同的名字。下凡前在天界的时候，他的名字叫作"威勒布图格奇"，意为"成就者"。下凡降生的幼年时期，其名字为觉如，而功成名就成为主宰十方的可汗以后，他的名字叫作格斯尔。

巧的是，格斯尔在天界时的名字"威勒布图格奇"，与释迦牟尼出家前的本名 Sarvartha-Siddha（或作 Siddhartha），虽然语言和读音不同，但词义上完全相同。释迦牟尼佛的本名，汉语音译作"悉达多"，意为"一切义成"。

这是在人物名称方面既根据佛经文献，又对之进行改编的例子。因为，悉达多这个名字，在蒙古文《甘珠尔》《丹珠尔》以及其他经文中音译作"阿尔塔希迪""萨尔瓦阿尔塔希迪"，或者意译成 tusa bütügsen，都是"一切义成"之意。但是北京木刻版中，却刻意避免用这些译名，而选择了与这些译名意义完全相同的其他词，作为格斯尔在天界的名字。

这样的改变有着深刻的含义。一方面，它与佛经中佛陀涅槃前的法旨相关联。我们知道，在佛经中释迦牟尼佛降下法旨，答应将来帮助帝释天平阿修罗之乱。在蒙古文手抄本《甘珠尔》的佛本生故事中，确实也有佛转生为帝释天，战胜阿修罗军队的故事。[1] 而在《格斯尔》史诗中，佛尊的法旨虽然没有说自己转生为帝释天的儿子，替帝释天平人间之乱，但我们在史诗中却看到，佛尊的确以帝释天的儿子的身份、以意义相同的"威勒布图格奇"名字出现了。只不过平乱对象不是阿修罗之乱，而是人世之乱罢了。另一方面，可能与史诗的改编者的意图相关联。我们知道，释迦牟尼佛诞生后，占卜师曾预言，悉达多"处国当为转轮圣王七宝自至，若舍国出家为自然佛"[2]。悉达多终究没有成为转轮圣王，而是成了佛，而佛经也就记述了"舍国出家为自然佛"的事迹和故事，缺少"处国当为转轮圣王"的故事。那么，北京木刻版《格斯尔》改编者在此处引入与佛名同义之名字，似乎是试图以根据、利用和改编佛经故事的方

---

[1] 蒙古文手抄本《佛本生经》第八十二上至八十五上，第十一故事《帝释天本生》。
[2] 梁沙门释僧祐撰：《释迦谱卷第一并序》。

法，把《格斯尔》史诗改编，创造出悉达多"处国当为转轮圣王"的史诗式传记故事。

"格斯尔"这个名字，还是与佛陀有关。蒙古文《甘珠尔·诸品经》第六卷中，有莲花尊如来及其莲花世界的故事。在莲花世界，佛陀、菩萨降生于莲花花蕾之中，随着莲花瓣展开，佛陀和菩萨从其中走出。而莲花尊如来降生于莲花世界菩提王树旁的一个更为巨大的莲花瓣中。该经中还有释迦佛曾转生为"莲花僧"的故事。[1] 佛传故事中，也有说释迦佛降生后"忽然现身住宝莲花，堕地行七步，显扬梵音"[2]。蒙古文《甘珠尔》中，将莲花瓣译作 linghus-un-geser 或 geser，并强调其巨大且由各种宝所构成。[3] 莲花瓣（linghus-un-geser 或 geser）在佛经中总是与佛有关，或为其宝座，或为其胎盘。因此，"格斯尔 geser"这个名字，与佛陀有关。

有意思的是，北京木刻版有时把格斯尔的名字写成"格斯尔－嘎尔布－东鲁布"，而索克演唱的《格斯尔》史诗一部篇章叫作《阿尔查希迪格斯尔台吉》。在"阿尔查希迪格斯尔台吉"这个名字中，"阿尔查希迪"和"格斯尔"是同位词，表示格斯尔、释迦牟尼是同一个人。[4] 另外，格斯尔有时被称为"赡部洲的雄狮英雄"，而蒙古文《甘珠尔》有无数地方，把释迦牟尼称为"雄狮释迦牟尼"[5]。

另外必须注意到，格斯尔名字前的固定形容词"十方之主"与佛经中的"十方之佛"的对应。佛经中常出现"十方之佛"，但在史诗中，只有格斯尔被称为"十方之主"，按照仿造结构原则，可视之为对"十方之佛"的仿造。

---

1 蒙古文《甘珠尔·诸品经》第六卷下一百五十。
2 梁沙门释僧祐撰：《释迦谱卷第一并序》。
3 蒙古文《甘珠尔·诸品经》第六卷下一百八十九至上一百九十。
4 《阿尔查希迪格斯尔台吉》是索克1982年演唱，由道荣尕记录整理的一部《格斯尔》篇章。发表在内蒙古科学院文学研究所、内蒙古自治区《格斯尔》工作领导小组办公室编印的《格斯尔》资料丛书的《青海格斯尔传（一）》（内部资料集，1984年）中。
5 参见蒙古文《甘珠尔·诸品经》第六卷下一百零二；第七卷下十六以及《律师戒行经》第一卷下六十四、上八十一等等。

（三）格斯尔与释迦牟尼佛降生故事

在此，我们把《甘珠尔·诸般般若经》第一卷、金巴道尔吉所著《水晶鉴》以及梁沙门释僧祐所撰《释迦谱》中的释迦牟尼降生故事同北京木刻版《格斯尔》第一章中的格斯尔降生故事做一比较。[1]

1. 从天下凡

在佛经中，释迦牟尼佛下凡降生前是一生补处菩萨，住兜率天。而《格斯尔》中，格斯尔下凡前则是帝释天的儿子。

2. 预言

《格斯尔》中，格斯尔下凡前三位占卜师预言格斯尔降生，谁将是其父亲等。而在《甘珠尔·诸般般若经》第一卷中则有燃灯佛预言释迦牟尼佛将降生于白净饭王家，投胎于王后摩诃摩耶。史诗和佛传中的预言，连语言形式都一致。

3. 选择母亲

下凡前考察和选择适合于投胎的母亲。释迦牟尼佛下凡降生前，诸天子共聚，商议他应该降生于何处、何人之胞胎。他们逐一考虑摩竭国、拘萨大国、维耶离国的国王和王后，认为只有释迦种的白净王性行仁贤，夫人妙姿性温贞良，犹天玉女，护身口意，强如金刚，前五百世为菩萨母，适合菩萨降神投她的胞胎。格斯尔下凡前则变作一只鸟首人胸的鹰，先行下凡，寻找适合投胎降生的母亲，选中了图萨部首领桑伦的妻子格格沙阿木尔吉勒。

4. 以特异形貌显神和投胎

在佛经中，选定投胎的母亲后接下来要选择佛应以什么形貌降神母胎。他们分别设计了儒童形、释梵形、日月王形、金翅鸟形、六牙白象形等形貌，最

---

1 此处按梁沙门释僧祐所撰《释迦谱》中的叙述归纳了释迦牟尼降生故事。该经广泛引用了众多佛经，采用述而不作的体例，把散见于各种经、律、传记中有关释迦牟尼氏族的族源，释迦牟尼的降生、成道、成佛经历的记载连贯起来，最后形成《释迦谱》一书。金巴道尔吉所著《水晶鉴》，也引用佛教经文叙述了释迦牟尼佛下凡诞生的故事，内容与《释迦谱》中的叙述一致。金巴道尔吉著、留金锁校注：《水晶鉴》(蒙古文)，北京：民族出版社，1984，第47－55页。

终选择了六牙白象形貌。《甘珠尔·诸般般若经》第一卷载，王后（释迦牟尼佛的母亲）梦见自己被一天王连同被褥一起带到一棵树下，然后让她在海中沐浴，身上洒了各种花香，然后带到一个银山上的宫殿里，让她躺在床上，之后佛变作白象，从她的右胁降神母胎。而格斯尔则是以一只鸟首人胸的鹰显神投胎。

5. 一样的出生方式

在北京木刻版《格斯尔》中，格斯尔的母亲临产，她的肚子里传来四个婴孩通报名字、任务的声音。接着，一个女婴从头顶出生，诸天敲锣打鼓，吹奏仙乐，香雾缥缈，用一匹金鞍白象迎接她回天宫去了；另一个女婴从右胁出生，龙王以同样的方式把她请回龙宫去了；再一个女婴从肚脐出生，十方仙女用相同的方式请她到仙宫去了。最后格斯尔从正路出生。在蒙古文《甘珠尔·诸般般若经》第一卷载，释迦牟尼佛也从正路出生。在汉文佛经中，例如《佛所行赞经》中有优留王股生，異偷王手生，曼陀王顶生，伽叉王腋生，菩萨（即佛）从右胁生之说。虽在叙述出生方面有所区别，但格斯尔的三位神姊的出生方式仍然与汉文佛经故事相同。

6. 家畜也与主人同时出生

格斯尔出生的时候，其家中牛羊畜群的母畜全部受孕生产。蒙古文《甘珠尔》第61卷有佛出生时一百个孩童、两万头小象、耶输陀罗等一万名女婴、八百个侍女、五百头牛犊同时出生的说法。而汉文佛经《修行本起经》中则有释迦佛诞生时，父王的"马生驹。其一特异。毛色绝白。名为骞特。厩生白象。八万四千。其一白象。七肢平跱。髦尾贯珠。口有六牙。是故名为白象之宝"之说。两者的关系自然清楚。

总之，在从天下凡、考察人间寻找投胎对象、以特异形貌显神（六牙白象，鸟首人身鹰）等方面极其相似。下凡前诸天子商议的情景，有些相似。格斯尔和释迦牟尼都从"正路"出生。北京木刻版中对帝释天之子变成鸟首人身鹰考察人间的故事叙述较简单。但是，在《贵德分章本》中叙述了梵天之子对超同、僧达、僧唐王三个家庭逐一考察的情景。青海蒙古口传《格斯尔》中，也叙述考察超同、叉尔根、芒珠尔的情景。这些都与释迦牟尼投胎下凡前考察众多种姓的情节相似。

（四）格斯尔、释迦牟尼降伏妖魔

格斯尔降伏妖魔的故事在《格斯尔》史诗中的分量我们无须多说。这是史诗本身的重要题材。因此，我们不能说《格斯尔》中的降伏妖魔故事来源于佛经。但是，佛经中有很多叙述释迦牟尼佛降伏妖魔的故事，这也是无可争辩的事实。且其中描述的魔王与《格斯尔》所描绘的魔王并无二致。例如，在释迦牟尼出家修苦行的时候，魔王想破坏佛的修行，率领魔军前来威胁。那些魔军形貌各异：或猪鱼驴马、狮子龙头，或一身多头，或面各一目，或众多目，或头在胸前，或两足多身，或色如灰土，或身放烟焰，或披发裸形，或面色半赤半白，或唇垂至地，上寨覆面，或身着虎皮，或蛇遍缠身。[1]

格斯尔和释迦牟尼都降伏妖魔，区别在于格斯尔主要通过武力和法力，消灭魔王的灵魂和躯体，而释迦牟尼则用法力，从精神上降伏魔王。可以说，两者的相似之处是有关释迦牟尼佛的故事进入《格斯尔》史诗的基础。

（五）格斯尔、释迦牟尼成亲故事

北京木刻版《格斯尔》第一章中有一个很重要的内容就是格斯尔与茹格牡高娃成亲的故事。而这个故事与悉达多成亲故事有许多相似之处。

1. 选夫情节

《格斯尔》史诗中，僧格斯鲁可汗的女儿茹格牡高娃到了出嫁的年龄，想嫁给一个万夫不当之勇的英雄。她听说吐伯特有三十位勇士，心想其中也许有出色的英雄。于是带领三名大力士、三名神箭手以及一名高僧前来，开万人比武大会。佛经中则说，悉达多长大后父王要为他选妃。悉达多提出了选妃条件。于是，派人去考察国中符合条件的姑娘。最后，认定一女子符合条件。王子看

---

[1] 金巴道尔吉所著、留金锁校注：《水晶鉴》，北京：民族出版社，1984，第88-93页。

了，也很满意。但是，女子的父亲说只有文武双全的人才有资格配他的女儿。于是国王就安排射箭、摔跤等比赛，悉达多胜出，如愿迎娶妻子。

2. 婚姻竞争者

格斯尔和悉达多的婚姻竞争者中都有他们的亲属。在《格斯尔》中，不仅有一万名勇士参与竞争，而且格斯尔的叔父超同、格斯尔名义上的父亲叉尔根等都加入了竞争者行列。而在悉达多的婚姻故事中，他的堂弟提婆达多、同父异母的弟弟难陀等都加入了竞争。

3. 比赛项目

比赛项目也很相似。在《格斯尔》史诗中，比赛项目有射箭、摔跤、赛马。首先比射箭。众勇士与茹格牡高娃带来的三位神箭手比试，都败下阵来。格斯尔出场，赢下了射箭比赛。在摔跤环节，格斯尔又打败茹格牡高娃的三名摔跤手。此时，超同提出再进行赛马，胜者娶茹格牡高娃。赛马环节，格斯尔又赢了。于是超同依次提出一箭射死一只鹿、一天猎杀一万只鹿、一箭射死彩凤等比赛要求，宣称谁获胜谁娶茹格牡高娃，但均以失败告终。格斯尔与茹格牡高娃终于成婚。

在佛经中，悉达多的比赛分四项：比试力气、算术、摔跤、射箭。在力气较量中，首先由提婆达多用右手牵象，左手扑杀之。然后难陀把死象牵移路侧。最后悉达多用右掌把死象扔出城外，悉达多获胜。比算术，悉达多对树木药草有多少棵全清楚。在摔跤环节，悉达多举提婆达多身"在于空中三反跳旋使身不痛"[1]。比射箭，提婆达多射中四十里鼓，但未能射穿。难陀射中了六十里鼓，亦不得越。悉达多引弓，弓即被拉断。于是用祖父所用的强弓射穿了百里鼓。悉达多终于娶了美丽的妻子。

两相比较，悉达多娶亲故事和格斯尔娶茹格牡高娃的故事，最大的共同点是两者均通过婚姻竞争，最后打败了参与竞争的亲属，娶回美丽的妻子。悉达

---

[1] 按蒙古文佛经中的说法，到了这个环节共剩下32名竞争者。佛弟难陀、堂弟阿难陀、堂弟提婆达多都在竞争者之列。难陀、阿难陀慑于佛的威严，未经比试自己倒地，提婆达多比试失败。

多的异母弟难陀和堂弟提婆达多等加入了婚姻竞争者行列，悉达多打败了他们。而格斯尔这边，格斯尔名义上的父亲叉尔根和叔父超同等进入婚姻竞争者行列，格斯尔打败了他们。

从这一比较中尤其应该重视的是悉达多和格斯尔最主要的婚姻竞争者位置上出现的两个人物——提婆达多和超同。因为我们知道，提婆达多既是悉达多——释迦牟尼的堂弟，又是一辈子与释迦牟尼作对，同时成就释迦牟尼佛教伟业的人。而超同同样既是格斯尔的叔父，又是一辈子与格斯尔作对，同时成就格斯尔英雄伟业的人。在佛经故事中，释迦牟尼和提婆达多是一组重要的形象，那么在《格斯尔》史诗中，格斯尔和超同又是一组贯穿始终的极其重要的形象。

（六）超同与提婆达多

如果说前面的比较始终围绕格斯尔与释迦牟尼的关系上，那么，对于他们婚事斗争的比较，使我们的焦点从格斯尔与释迦牟尼的比较带到了格斯尔与超同、释迦牟尼与提婆达多两组人物关系的比较上。这是一个有着重要意义的发现和转移。因为，正如谢·尤·涅克留多夫所言，"如果说《格斯尔》的情节基础是这部英雄史诗特有的'传记因素'的话，那么超同则是从格斯尔诞生起始终不曾稍停的冲突因素的体现者。大量情节线索正是以同他的各种关系为基础建立起来的"[1]。而这一组决定着《格斯尔》基本情节、篇章结构的人物及其故事，与佛传中的释迦牟尼与提婆达多这组人物及其故事有诸多联系和相似之处。

通过前面的比较，格斯尔和释迦牟尼的很多相似或相同点已经揭示出来了。接下来，重点考察超同与提婆达多之间的更多相似点。因他们之间的相似点分别在表现与格斯尔和释迦牟尼的关系上，故这两个人物的比较实际上就是格斯尔和超同、释迦牟尼和提婆达多这两组人物的比较。

---

1 ［苏］谢·尤·涅克留多夫：《蒙古人民的英雄史诗》，徐昌汉、高文风、张积智译，呼和浩特：内蒙古大学出版社，1991，第176页。

1. 亲缘关系

在《格斯尔》中，超同是格斯尔人间父亲的弟弟，与格斯尔是叔侄关系。而在佛经中，释迦牟尼和提婆达多的父亲是兄弟俩，释迦牟尼和提婆达多是堂兄弟关系。两组人物都是近亲关系。

2. 权力之争

在《格斯尔》中，格斯尔与超同之间的汗位之争是长期存在的。甚至在格斯尔还未出生之前，超同就害怕格斯尔降生危及他的汗位。北京木刻版第一章集中叙述了他们之间的汗位之争。在佛经中，提婆达多是权力欲极强的人。早在释迦姓诸子出家的时候，他就心里有一个盘算：让其他有资格继承王位的人全部出家，自己好继承王位。释迦牟尼看透了他的心，于是设法让他当众做出出家的承诺。后来，他与释迦牟尼公开争夺对僧众的领导权，最终受挫。[1]

3. 加害行动

在北京木刻版中，超同加害于格斯尔无数次。例如，以害死格斯尔为目的，把格斯尔流放到食人七魔经常出没的地方，结果格斯尔用智慧和法力消灭了七魔；流放幼年的格斯尔于一处不毛之地，结果格斯尔用法力使荒原戈壁变成水草丰美的人间乐土；抢夺格斯尔的妻子不成，恼羞成怒的他酿制毒药使格斯尔中毒，让蟒古思夺走格斯尔的妻子，结果格斯尔消灭蟒古思，夺回妻子。超同的每一次加害行动都没有成功，反而每每为格斯尔成功地"铲除十方十恶之根源"这一伟大事业添砖加瓦。

而佛经中的提婆达多，对释迦牟尼也做出种种加害行动。提婆达多争夺领导权、阴谋分裂僧众均告失败，气急败坏的他进而企图害死释迦牟尼。如同超同想借食人七魔之手消灭格斯尔一样，提婆达多想借阿阇世王之手杀害释迦牟尼，怂恿阿阇世王派人刺杀释迦牟尼。结果，释迦牟尼却用真诚和法力感化和震慑了刺杀他的人，使他们皈依佛门；提婆达多教唆阿阇世王的象师用狂象踩

---

[1] 蒙古文《甘珠尔·律师戒行经》第五卷下六十三至上六十四，上二百五十九至下二百六十三。

死释迦牟尼，佛同样以法力驯服了狂象。[1]最终，阿阇世王看破了提婆达多的阴谋，从反佛立场转变为皈依释迦牟尼的佛教。这样，提婆达多的各种阴谋均未得逞，反而却让释迦牟尼的佛教得以弘扬和发展。容易看出，史诗中超同的故事与佛经中的提婆达多的故事，在故事的结构和结果上是相似的。

尤其值得注意的是提婆达多毒爪伤佛故事。提婆达多在数次对佛的妻子耶输陀罗图谋不轨失败后，恼羞成怒，以毒药涂在指甲缝中，然后伪装向释迦牟尼忏悔，趁机以毒指甲抓向释迦牟尼，但未能伤害释迦牟尼。这个故事，同超同毒害格斯尔的故事有重要共同点。那就是，毒害时间点都是两者在对对方妻子图谋不轨失败后不久。但是，还有重要的不同点。那就是格斯尔中毒气、重病，而释迦牟尼却用法力避免了中毒。而这个不同点很关键。因为，正因为格斯尔中毒，才牵引出格斯尔的妻子阿尔鲁高娃被长十二颗头颅的蟒古思霸占，格斯尔历经三年的艰苦卓绝的斗争夺回爱妻的故事。

4. 不轨企图

在《格斯尔》史诗中，超同对格斯尔的妻子们总是抱有不轨企图，而在佛传故事中，提婆达多也一再对释迦牟尼的妻子耶输陀罗做出不轨之举。

北京木刻版第四章开头故事讲，超同对格斯尔的爱妻阿尔鲁高娃说道，格斯尔娶了固穆汗的公主，在那里生活了三年，现在回来住在茹格牡高娃那里，却不搭理美丽可人的你，我娶你吧。阿尔鲁高娃严词批评和羞辱了超同，却让他吃饱喝足后体面地离开了。但是过了几天，他又到阿尔鲁高娃那里重复了上次的话。这一次，阿尔鲁高娃没有给他好脸色，直接叫人把他连人带马暴打了一顿，没收了马，让他徒步回去。超同恼羞成怒，于是做出了制作毒药，通过蟒古思毒害格斯尔的勾当。

蒙古文《甘珠尔·律师戒行经》第五卷佛传故事讲，提婆达多回到迦毗罗卫城宫中，企图趁释迦牟尼在外修行之际霸占耶输陀罗。他对耶输陀罗说，佛陀正在外面修行，我们俩就结合在一起吧。耶输陀罗严词批评，提婆达多不死

---

[1] 蒙古文《甘珠尔·律师戒行经》第五卷下二百四十三至下二百四十八。

心，跟着耶输陀罗上楼。于是耶输陀罗把他扔到院中。附近的人们听到消息纷纷过来，痛打提婆达多一顿，又撕下他的衣服，把他赶出城外。没过多久，他召集释迦种姓的众人说，你们让我登上王位，让耶输陀罗当王后。说完，他又登上阁楼去找耶输陀罗。结果，又被耶输陀罗臭骂痛扁了一顿，只能灰溜溜地走开。于是做出了毒爪伤佛的恶行。可以看到，超同和提婆达多的这两个故事如出一辙。

5. 同身关系

在蒙古文《甘珠尔·律师戒行经》第五卷在历数提婆达多前世今生对佛所作的种种恶行之后，众弟子问释迦佛：为什么提婆达多世代与佛作对？佛讲了一个故事，用故事回答了其缘由。佛和提婆达多转生为一身两首鸟，住在海边。一个叫 omči（汉文经书作达摩），另一个叫作 omči busu（汉文经书作阿达摩）。他们两个轮换休息。有一次阿达摩休息，达摩值班。恰在此时，水中漂来一个水果。达摩想："他已经睡了，待他醒来就是明天了。反正我们的身体就一个，且急需补充食物。"于是，达摩吃了那个水果。阿达摩醒来闻到水果味，就质问达摩，后者说明了理由。等到阿达摩值班的时候，水中漂来一个毒果实。阿达摩想起上次的事情，就独自吃掉了那个毒果实而双双昏厥过去。从此，阿达摩就记下了仇，发誓世世代代与达摩作对。而达摩则许愿说，我愿意世世代代供养你。那时的达摩是佛，阿达摩就是提婆达多。

这个故事在汉译佛经《根本说一切有部·毗奈耶药事》也有：复次大王。乃往古昔。于一方处。有好丛林。然有菩萨。在不定聚。傍生之中。作共命鸟。一身两头。一名达摩，二名阿达摩。时达摩食好甘果。后时阿达摩便食毒果。两俱闷乱。共相评论。一作邪愿。愿我所生之处。常共汝为恶友。能为损害。二者发愿。愿我生生之处。常行慈心。利益汝身。佛告大王。于汝意云何。尔时名达摩者。即我身是。其名阿达摩者。即提婆达多是。

而北京木刻版中，有叙述格斯尔与超同如同一人的故事，与上述故事关系密切。"隆福寺《格斯尔》"第十章叙述了格斯尔为庆贺铲除昂杜拉玛蟒古思以及哲萨在锡莱高勒三汗的战争中遇难后复活，重新回到格斯尔身边这两件大事，举行了隆重的宴会。酒循几杯，哲萨看见在座的超同，想起他做过的种种恶行，气不打一处来。暴怒之下，他抽出宝剑要砍超同，吓得超同钻到桌底颤抖不已。格斯尔赶紧劝哲萨道：如果我想杀他，早就该杀了。但是，如果没有超同，我铲除十方之恶的事业不会这么成功。我不能杀他，是因为这坏超同，是我一千个化身之一。说着格斯尔把超同从桌底唤出。这时，众人看到的格斯尔和超同果真如同一人。

很显然，在格斯尔与超同之间种种敌对故事行将结束的时候，在第十章说出格斯尔与超同一身说，与佛经在历数提婆达多前世今生对佛所作的种种恶行之后，提出释迦牟尼与提婆达多原为一身两头鸟说之间，存在着明显的对应关系。北京木刻版在此处安排这个故事，不仅解释了超同一辈子与格斯尔作对，无恶不作，格斯尔却从不对他加害这一矛盾，而且还用这个故事映射了释迦牟尼与提婆达多，给《格斯尔》史诗又烙上了深深的佛传故事烙印。

其实，超同与提婆达多相似的特征还表现在很多方面。性格上，超同和提婆达多都是见利忘义、奸诈狡猾、言行不一、嫉贤妒能的小丑形象。而格斯尔惩戒超同和释迦牟尼惩罚提婆达多在方式上也非常相似。他们多用捉弄的方式或恶作剧的方式惩罚超同和提婆达多，而从不伤及他们的生命。释迦牟尼用捉弄的方式或恶作剧的方式惩罚提婆达多的故事集中在佛本生故事中。在本生故事中，释迦牟尼佛一改严肃、端庄的修行者形象，往往以活泼、幽默、智慧且不乏嬉皮士性格的各种人物或动物出现。这一点，也恰恰与格斯尔的性格特征极为相似。

总而言之，在我们比较的范围之内，释迦牟尼与提婆达多这组人物故事，和格斯尔与超同这组人物故事之间，存在着无可争辩的诸多相似性和对应性。这些相似性和对应性不是表现在少数故事情节上的，而是表现在全局性、结构性的相似和对应上。而这种结构性相似和对应性，因为其中存在一些佛传中的标志性故事而强化了史诗故事与佛传的关系。

（七）阿尔鲁高娃与耶输陀罗

在北京木刻版中有一个著名故事，即第四章《格斯尔铲除十二个头的蟒古思，与爱妃居住在魔王城中的金塔下的故事》和第五章《征服锡莱高勒三汗之部》中的阿尔鲁高娃给格斯尔吃一种迷魂食物的故事。故事讲，当格斯尔历尽三年艰辛战斗消灭了蟒古思全族，夺回爱妃阿尔鲁高娃后，后者为了与格斯尔长相厮守，便做了一种叫作"巴格"（baγ）的迷魂食物给格斯尔吃，使他忘记了家乡、忘记了其他后妃、忘记了一切，两人就在魔王城中的金塔下居住了下来。第五章接着叙述，格斯尔在外，锡莱高勒三汗趁机向格斯尔的家乡发动进攻，要夺走美丽的茹格牡高娃。众勇士浴血奋战，终因超同的变节而失败。茹格牡高娃向格斯尔发出信号，要他迅速来解救。但是，阿尔鲁高娃却继续用迷魂食物，阻止格斯尔返回。格斯尔在胜慧三姊的帮助下摆脱迷魂食物的作用，返回家乡，继续踏上征程。

有趣的是，在蒙古文《甘珠尔·律师戒行经》第五卷中也有与此相似的故事。当释迦牟尼出家六年后，妻子耶输陀罗生了他的儿子罗怙罗。又过六年，释迦牟尼佛回到家乡探望父王并传播佛教。一天，他到后妃的宫殿去用餐。妻子耶输陀罗为了留住佛，就托一妇人做了一道叫作"拉都"（ladu）的、能够留住人的迷魂食物[1]，让儿子罗怙罗交给未曾谋面的父亲吃。佛把自身变成一百尊佛，但罗怙罗仍然认出佛的真身，把食物献给父亲。佛的法眼看破一切，接过食物自己食用，又分给罗怙罗食用。结果，耶输陀罗不但未能留住佛，反而食用了迷魂食物的儿子罗怙罗却跟着佛，从此不肯离开。耶输陀罗并不甘心，亲自做了一种能使男人迷恋女色的迷魂药，想让佛食用。结果又未能得逞。接着，佛对众徒弟讲述了与耶输陀罗的一段前世姻缘的本生故事。那是一段耶输陀罗用迷魂酒成功地让佛放弃修行，并与自己缠绵，最终佛又克服她的诱惑，重新修行的故事。

---

[1] 关于叫作 ladu 的食物名称前，蒙古文经文中不同地方有不同定语。在此处，根据前后语境，其定语具有"能够自由支配任何人的""能够使妇人们留住丈夫的"等意思。

第四章 青海蒙古《格斯尔》与佛经故事

可见，史诗和佛经的这两个故事有很多共同之处：首先，与丈夫长时间分离之后的两个女人，为了使丈夫留在身边，采取了同样的措施——做一种具有使男人不离其身功效的食物给丈夫吃。其次，上述佛本生故事在隐士食用"迷魂酒"后放弃修行，而后又摆脱"迷魂酒"的作用恢复智慧这一点上，与格斯尔食用"迷魂食物"忘记家乡、亲人、后妃，之后又恢复和继续英雄事迹的故事结构相当吻合。说明后一个故事是借鉴和利用了前一个故事。

我们更应该注意到，北京木刻版第四章的故事随着格斯尔铲除十二个头的蟒古思及其全族而实际上全部结束了，一般英雄史诗篇章也都是这么结尾的。但就在这个时候，却插入了与佛传故事相似的故事。而这个看似无关紧要的插曲却有着大用场，它不仅在格斯尔故事中增加佛传故事因素，而且还在第四章和第五章之间发挥了重要的连接作用。正因为格斯尔食用了阿尔鲁高娃的迷魂食物而长期滞留在外，给锡莱高勒三汗趁机侵略格斯尔的故土、夺走茹格牡高娃提供了条件。于是，第四章和第五章之间形成故事时间上的先后顺序，情节上形成连续性。

二、《巴达拉希日布汗》与《阿尔塔希迪王子传》

《巴达拉希日布汗》，该史诗全名称叫 ma jangčin jalab badra šireb khan，由于汉语音译字数太多不易阅读和记住，因而简化成巴达拉希日布汗。2005 年由索克演唱、笔者记录。在仁钦道尔吉主编的《蒙古英雄史诗大系》卷四中发表。索克声称，他演唱的这部史诗是《格斯尔》的一部篇章。

（一）内容概述

史诗叙述巴达拉希日布汗的儿子阿尔查希迪被后母迫害流放，途中经历种种奇遇，最终娶一位龙女归来，严惩后母，过上太平幸福生活的故事：

很早以前，有一位汗叫作巴达拉希日布汗，他有一位美丽贤惠的妻子。他们虽然生了16个孩子，但都夭折了。有一天，妻子的鼻子上突然出现一道15色彩虹。上至可汗下至平民无人知晓这道彩虹为什么在王后的鼻子上出现。可汗的一位大臣问占卜师玛尼嘎尔布彩虹的事情。占卜师预言道，巴达拉希日布汗的妻子将生一个儿子，额头上长有三角形大黑痣，门牙上刻有文字，应该给他起名叫阿尔查希迪。大臣把预言告诉巴达拉希日布汗。不久，王后果然要生产了。人们把西山头摘过来给她做了扶手，把东山头移过来给她做了踢脚。王后终于在火虎年火虎月火虎日火虎时生下一子。这一时刻，在蒙古包顶上出现了24种颜色的吉祥彩虹。孩子的体貌特征果如预言家所言，于是起名叫阿尔查希迪。

不幸的是，不久后王后逝去，幼小的阿尔查希迪成了孤儿。过了几年，人们给巴达拉希日布汗聘娶了东北方道郎尧道尔地方的汗[1]的女儿穆杜仁哈敦。

有一天，穆杜仁哈敦的鼻子上也出现了15种颜色的彩虹。原先那位大臣还问占卜师，占卜师预言，穆杜仁哈敦将要生一儿子，其额头上有三角形小黑痣，门牙上刻有文字，他将在水蛇年水蛇月水蛇日水蛇时来到人间，应该给他起名叫阿木嘎希迪。穆杜仁哈敦果然生一男孩，给他起名叫阿木嘎希迪。阿尔查希迪有了弟弟，两个孩子逐渐成长，他们一起玩耍，兄弟感情甚笃。

然而，随着孩子们逐渐长大，人们也开始议论兄弟俩谁将会继承汗位。在民间、在宫廷、在官吏们中间这种议论越来越蔓延开来，多数人认为阿尔查希迪应该继承汗位。这些议论最终被穆杜仁哈敦听到。为了除掉阿尔查希迪，以便让自己亲生儿子阿木嘎希迪继承汗位，穆杜仁哈敦假装重病缠身，在巴达拉希日布汗询问病情时说，只有吃了阿尔查希迪的心脏才能治好。昏了头的巴达拉希日布汗要取阿尔查希迪的心脏，弟弟阿木嘎希迪

---

[1] 蒙古语里叫作 doloon yodoriin haan。

力保哥哥性命。最终兄弟俩被流放到远方。在被流放途中,弟弟阿木嘎希迪饥渴倒下,阿尔查希迪找到一处水源把弟弟安顿好,并做记号,继续前行。

他来到一个隐居修身的喇嘛身边,隐姓埋名成为喇嘛的徒弟。然而,喇嘛仍然看出了他有心事,阿尔查希迪把自己的身世和盘托出。喇嘛告诫他不可将自己的生辰透露给任何人。他们住的地方的西北边有一个大湖泊,阿尔查希迪在砍柴拾柴途中经常经过那里,也发现有几个姑娘经常在那里玩耍。久而久之,他和她们开始接触,成为好朋友。一天,其中一位姑娘询问阿尔查希迪的姓名和年龄,阿尔查希迪如实回答。而那位姑娘也说出了自己的姓名和年龄。她是水蛇年水蛇月水蛇日水蛇时出生的名叫乌杜玛的姑娘,她的父亲就是那个湖泊的汗,此时她的父汗到天上供职13年还没有归来。阿尔查希迪回到师父身边时师父显得很着急,原来他已经知道灾难将至。果不其然,乌杜玛姑娘回去后无意间透露了阿尔查希迪的身世和生辰。于是,住在那里的人们说如果用火虎年火虎月火虎日出生的人献祭,血海将变成乳海。他们派出几万人来抓走阿尔查希迪,用他向湖泊献祭,血海立刻变成了乳海。

自从阿尔查希迪遇难,乌杜玛姑娘时刻想念他,并越发控制不住自己的思恋,硬要求母亲把阿尔查希迪救回来,不然,她也要死去,陪伴阿尔查希迪于另一个世界。母亲劝不住,派人到天上请她父亲下来。湖泊的主人回来,把阿尔查希迪从另一个世界救了回来。阿尔查希迪和湖泊的主人的女儿成亲。

阿尔查希迪想念自己的弟弟阿木嘎希迪,带着妻子去寻找。他们找到了弟弟。又召集了73万军队,回到家乡,惩处穆杜仁哈敦,阿尔查希迪继承汗位,过上了幸福生活。

（二）比较研究

该史诗又称《阿尔查希迪与阿木嘎希迪》[1]，并且有的艺人还以散文体形式演述同名故事[2]。在我采录该文本之前，中央民族大学教授萨仁格日勒也曾经采访索克并记录了该史诗。但她采录的文本至今还没有发表。另外，20世纪80年代初，内蒙古社会科学院道荣尕先生曾经记录过索克演唱的一部《格斯尔》篇章，题目叫《阿尔查希迪格斯尔台吉》[3]，文本中格斯尔被称为阿尔查希迪格斯尔台吉，但是其故事情节与《巴达拉希日布汗》即《阿尔查希迪与阿木嘎希迪》完全不同。

如前所述，"阿尔查希迪"是释迦牟尼佛的本名，在蒙古文佛教典籍中把梵文 Sarvartha-Siddha 音译为"萨尔瓦阿尔塔希迪"[4]，简称"阿尔塔希迪"。"阿尔查希迪"则是"阿尔塔希迪"在口语中的音变。在蒙古族地区，有关阿尔塔希迪的佛经广为流传。仅在《蒙古国蒙古文手抄本目录》中列出的有关阿尔塔希迪的佛经就有《阿尔达萨迪汗克布恩传》《阿尔达萨迪汗克布恩本纪》《阿尔达萨迪与阿木嘎汗克布恩传》《阿尔达萨迪、阿木嘎萨迪汗传》《阿尔达萨迪，博格达达赖喇嘛一代本生传》《法王阿尔达萨迪传》《法王阿尔达萨迪之传》《阿尔

---

1 笔者于2005年11月25日抵达海西州德令哈市的当晚对索克进行了一次访谈，首先了解他会演唱多少部史诗。他一一回顾所能演唱的史诗，并把曲目告诉笔者。在他回忆的曲目中就有一个叫作《阿尔查希迪与阿木嘎希迪》的史诗。半个月的采录快结束的时候笔者拿起自己的笔记检查还有哪些史诗没有采录，发现《阿尔查希迪与阿木嘎希迪》史诗没有采录，就问索克，索克说《巴达拉希日布汗》就是《阿尔查希迪与阿木嘎希迪》。

2 乌兰县艺人桑路于1984年演述，秦嘉文（音）录音，纳·才仁巴力整理：《阿尔查希迪与阿木嘎希迪》，见于跃进主编：《青海蒙古族民间口头文学集锦》，下册，呼和浩特：内蒙古教育出版社，2008，第852—856页。

3 见于内蒙古社会科学院文学研究所、内蒙古自治区《格斯尔》工作办公室编印：《格斯尔传——青海格斯尔传四部》（内部资料），1984，第52—97页。

4 内蒙古正镶白旗查干乌拉庙木刻本《阿尔塔希迪汗传》（*Sain oyutu blama Artasidi nom-un khayan khoyar-un onol-I ügülegsen čedik niyuča-yin eši kemekü orušiba*）中音译作 Sarva artasidi，也简化成 Artasidi。汉文佛教典籍中把 Sarvartha-Siddha 音译为"悉达多"或"萨婆额他悉陀"。

达萨迪传》《阿尔达萨迪克布恩之传》等多部。[1]

　　《阿尔塔希迪传》有两种。一种是蒙古文《甘珠尔》第九十二卷《诸品经》第三十三所收录的《阿尔塔希迪传》，页数为第78—99页。篇名为 *Tusa bütüksen khayan kübegün*，是梵文 Artha-Siddha 以及藏文 rgyal-bu don grub 的意译。[2] 这里的《阿尔塔希迪传》讲述的是悉达多广施布施的故事，也就是蒙古族民间以手抄本和口头两种方式广为流传的《乌善达拉汗传》。还有一种是五世班禅罗桑益西（1663—1737）所著的关于阿尔塔希迪、阿姆卡兄弟的故事。这部著作的蒙古文题目叫作 *Sain oyutu blama Artasidi nom-un khayan khoyar-un onol-I ügülegsen čedik niyuča-yin eši kemekü orušiba*，清朝中期在内蒙古正镶白旗查干乌拉庙木刻版出版。在内蒙古社会科学院图书馆收藏的多种手抄本均为此版本的转抄本。在这里，我们将五世班禅的书名译作《阿尔塔希迪传》。索克演唱的《巴达拉希日布汗》史诗的故事情节与五世班禅所著《阿尔塔希迪传》在故事情节上十分一致。为了进行比较，我们有必要转述一下五世班禅著作的内容：

　　　　古印度有一个国王叫作巴拉迪瓦，娶希里巴达拉国王的女儿哈姆嘎赛音（蒙古语，意为至善）为妻。虽结婚好几年，但不曾生儿育女。于是请占卜师占卜，结果说，到海岛上的科沙地方祭天地水神，就会赐予一个儿子。国王说，如果你的占卜灵验，我就给你重赏。国王照办，在祭天地龙神的第七天做了一个梦，梦见有人来告诉他，将派观世音菩萨和曼殊室利的化身去下凡降生做他的儿子。国王回宫后不久，王后果然怀孕，生了一

---

[1] ［蒙古］查·娜仁托娅著：《蒙古国蒙古文手抄本目录》（新蒙古文），乌兰巴托，2008，第88页。上述佛经依次为：Ардасад хаан хөвгүүний тууж оршив. 91x. 27×13, 154x. 25×25; Ардасад хан хөвгүүний цадиг. 128x. 27×14; Ардасад Амуга хаан хөвгүүний намтар. 66x. 27×26; Ардасад Амгасад хааны намтар оршив. 390x. 13×26.8; Ардасад, Богд далай ламын нэгэн дүрийн цадиг. 84x. 26×25; Ардасад нэрт номун хааны намтар цадиг. Нууц иш үзүүлсэн судар оршив. 92x. 26×26; Ардасад номун ханы цадиг. 45x. 43×9; Ардасадын намтар. 103x. 25×25; Ардасадын хөвгүүний намтар. 26×13.

[2] 策·达姆丁苏荣、达·呈都：《蒙古文学概要》，呼和浩特：内蒙古人民出版社，1982，第761页。

个全身发光、胸口有文字的儿子，起名叫萨尔瓦-阿尔塔希迪，意为"一切义成"[1]。阿尔塔希迪出生时天上出现了彩虹等很多吉兆。叫看相师看相，说他将成为执掌国政的国王。国王大喜。

阿尔塔希迪五岁，便能诵经。但其母亲因病辞世。于是文武大臣商议给国王续弦，娶了庶民之女莲花为妻，由于没有按规矩举行仪式就请进王宫，所以人们都叫她为"非法妃子"[2]。不久，莲花也做了一个梦，梦见佛之子来向她借宿，从此有了身孕，生了一个手脚掌心都有法轮印记的儿子，起名叫阿姆卡。阿姆卡出生时天上也出现了各种吉兆。阿姆卡自幼与哥哥阿尔塔希迪一起玩耍，形影不离，兄弟感情甚笃。

随着两个王子的逐渐长大，国人到处议论，两个小王子究竟哪个继承王位。人们都说阿尔塔希迪应该继承王位。阿姆卡的母亲听到这些议论，为了让阿姆卡继承王位，想清除阿尔塔希迪。于是装病，让国王向佛起誓要听从她的话，国王起誓后却说，要么让她吃阿尔塔希迪的心脏，要么把阿尔塔希迪流放到遥远的地方。国王不忍心杀阿尔塔希迪，答应把他流放。

然而，听说把哥哥流放，阿姆卡也决意跟随哥哥一同去。不管阿尔塔希迪如何劝阻，弟弟都形影不离。最后，阿尔塔希迪背着五岁的弟弟踏上了流放之路。他们走后国王和莲花叫阿姆卡来见，却发现阿姆卡也不见了，于是，阿姆卡的母亲真的病了。

在路上，兄弟俩吃完了所带的食物，到了荒漠，又饥又渴，年幼的弟弟昏厥过去。阿尔塔希迪找到一处悬崖下的檀香树，用石头垒起一间石屋，把弟弟放在里面，让露水湿润那石屋。之后，阿尔塔希迪继续往前走。七天以后，霍尔穆斯塔天神用起死回生之药让阿姆卡复活。阿姆卡开始采摘野果维持生命。

阿尔塔希迪翻过十八座山，遇见一个隐居修身的喇嘛并成为他的小沙

---

[1] 蒙古文原文作 Sarwa arta sidi，这就是梵文 Sarvartha-Siddha 的音译。关于其意义，蒙古文佛经说 khamuk tusa bütügsen，这与汉文翻译中的"一切义成"之意义完全相同。

[2] 蒙古文佛经说 zokhistu busu-yin khadun，意即"非法妃子"。

弥。喇嘛得知阿尔塔希迪的身世和遭遇后说，你可成为我的接班人。于是叫他每天打柴挑水。喇嘛的法眼虽看穿了阿尔塔希迪的来历和命运，但是并不说什么。过了一个月，喇嘛见阿尔塔希迪的草褥破了，就说，这么长时间我的草褥都毫无破损，你的为什么这么快破了呢？是不是有什么心事夜里翻覆不安？阿尔塔希迪只好把遭流放以及弟弟的事和盘托出。

喇嘛和阿尔塔希迪一起去寻找阿姆卡的尸体。一路上，各种动物来侍奉他们。喇嘛说，我来自佛界，你来自普陀山，将来释教时代，我们将到北方弘扬佛教，那时，这些动物将成为长各种肤色，说各种语言的信徒。

他们来到安放阿姆卡尸体的地方，石屋在，尸体不见了。阿尔塔希迪去寻找弟弟。他走后三头六臂的土地神来到喇嘛跟前说，阿姆卡还活着，只是兄弟俩见面的日子尚未到。喇嘛告诉徒弟土地神的话，两人回去。

一天，阿尔塔希迪出去观景，见到一群孩子在玩耍。他们问王子姓名年龄，王子只回答是行乞的流浪儿。回草房告诉喇嘛所见到的事。喇嘛说，不能告诉任何人你的姓名和年龄。从此，王子每遇见那群孩子就一起玩，而且在所有比试中总能胜出。有一次，他不小心透露了自己属龙。

且说，离喇嘛和王子所住地方不远有一座王城。国王叫作库查，只有一位公主，没有太子。离王城不远有一片湖泊，为求得风调雨顺，国王每年拿18岁属龙的男孩儿向湖泊龙王献祭。这年正愁找不到属龙的男孩，一个叫达里术的大臣告诉国王阿尔塔希迪正好属龙。喇嘛预知国王会派兵抓阿尔塔希迪，把他藏了起来。国王的大臣抓住喇嘛问阿尔塔希迪的下落，喇嘛不肯交出。大臣要杀喇嘛，阿尔塔希迪急忙出来制止，被大臣抓走。

到了王宫，拉其格公主看到阿尔塔希迪便产生爱慕之情。国王看到公主深深地爱上阿尔塔希迪，命大臣另找属龙者。但大臣执意要拿阿尔塔希迪献祭。阿尔塔希迪也想，如果不拿我献祭，必定另有人遭难，决定牺牲自己。公主日夜守着阿尔塔希迪不放，当公主瞌睡稍微放松的时候，阿尔塔希迪便跳入湖中。

且说，阿尔塔希迪带着各种吉祥的征兆到了龙宫，龙王们虔诚地供奉他，请他回到人间，并请他转告人们从此不必用活人献祭。阿尔塔希迪给龙王们讲经五个月，然后带着龙王赠送的各种宝物回到了喇嘛身边。

库查国王见用阿尔塔希迪献祭以来风调雨顺，就想报答喇嘛之恩，派人请喇嘛到王宫。阿尔塔希迪带着面罩装扮成佣人跟随。到了第五天，拉其格公主来拜见喇嘛，并想念阿尔塔希迪，不禁落泪。喇嘛见状说，你们前世有缘，因此还会再见面。喇嘛话音未落，阿尔塔希迪的面罩被风掀开，国王、拉其格公主及众人认出了阿尔塔希迪。喇嘛则把阿尔塔希迪的故事讲给国王等人听。

国王请喇嘛坐在金座上，请阿尔塔希迪坐在银座上，请拉其格公主坐在绿松石座上。把公主许配给阿尔塔希迪，让阿尔塔希迪代替自己当了国王。国王自己则皈依佛门出家受戒。

登上王位的阿尔塔希迪委托那个达里术大臣代理朝政，自己则去寻找弟弟阿姆卡。他再次来到安放弟弟的地方，见到浑身长毛像野人的人在喊着自己的名字，兄弟相聚相认。阿尔塔希迪带着阿姆卡回来。大臣达里术因害怕阿尔塔希迪报复，与边寇为伍叛乱，阿姆卡带兵挫败了叛乱。

阿尔塔希迪带着妻子和弟弟，回到父王巴拉迪瓦和王后莲花身边。之前他几度写信，把兄弟两人的全部遭遇告知父母。莲花夫人向阿尔塔希迪道歉，而阿尔塔希迪则原谅了她。

最后，阿姆卡继承了父亲的王位，阿尔塔希迪国王和阿姆卡国王过上了幸福的生活。

把索克演唱的《巴达拉希日布汗》史诗同五世班禅所著《阿尔塔希迪汗传》相比较，可发现索克唱本是《阿尔塔希迪汗传》在民间传播的口头文本，两者诸多相似之处。主要异同点包括：

（1）两个主人公阿尔查希迪和阿姆嘎希迪的名字与佛经中的阿尔塔希迪和阿姆卡的名字相同。只是没有说明阿尔查希迪是观世音菩萨的化身，而阿姆嘎希迪则是曼殊室利的化身。

（2）史诗中的父王因为无子嗣请占卜师占卜，占卜师的预言成真，王后生下阿尔查希迪，阿尔查希迪额头上有黑痣，门牙上有文字印记，出生时自然界出现奇异现象。这种叙述，只是佛经中巴拉迪瓦王和妻子无子，因而按占卜师的指示到海岛上祭祀天地，由此怀孕生子故事情节的缩版。而且，在索克唱本中，按照蒙古史诗的重复律，把国王新娶的妻子生子的整个过程描绘得与原配妻子生子过程一模一样。

（3）从这个情节一直到阿尔查希迪被流放，兄弟俩一起踏上流放之路的情节，索克唱本和佛经几乎完全一致。只是索克唱本中没有阿姆嘎希迪被霍尔穆斯塔天神医治，死而复生的情节。

（4）兄弟分开后阿尔查希迪遇到一位隐居修身的喇嘛，成了喇嘛的小沙弥以及喇嘛告诫阿尔查希迪，不可将自己的身世和年龄告诉别人等情节与佛经相同。而阿尔查希迪同几位姑娘玩耍时与一位姑娘相恋以及向她透露自己的身世和年龄的情节，是佛经中的阿尔塔希迪向一玩伴透露姓名年龄的情节和国王派人抓阿尔塔希迪后，公主对他一见钟情的情节的合成版。

（5）拿阿尔查希迪向湖泊献祭，血海立刻变成乳海，以及在公主的强烈要求下湖泊的主人回来，把阿尔查希迪从另一个世界救回来的情节，是把佛经中所说湖泊的龙王和湖泊所在的库查国国王合二为一的结果。因此，在索克唱本中没有龙王将阿尔塔希迪送还人间，国王为报答喇嘛请去款待，阿尔塔希迪装扮成佣人随同，结果被公主发现，两人重逢等情节。

（6）阿尔查希迪同公主成亲的情节与佛经相同，但没有了阿姆嘎希迪继承王位的情节。

（7）阿尔查希迪寻找弟弟的故事在细节上与佛经中的故事有了很大的不同。

（8）阿尔查希迪和阿姆嘎希迪最后回到父王身边的故事同佛经一致，但不同的是他们惩处了加害于阿尔查希迪的后母。这是艺人按照蒙古英雄史诗传统中惩处坏心眼儿的后母的传统套路演绎故事的结果。

当然，在更多细节上索克演唱的《巴达拉希日布汗》同佛经故事有很大差别。但是，故事的基本框架、主要情节、人物等各方面还是与佛经高度一致。

这说明，索克演唱的《巴达拉希日布汗》的故事来源于五世班禅所著《阿尔塔希迪传》这部著作。

虽然索克自己声称他演唱的这部史诗属于《格斯尔》系列，但实际上只是五世班禅著作的口头传唱本。在索克心目中把这个《阿尔塔希迪传》跟《格斯尔》史诗联系起来的，只有主人公阿尔塔希迪的名字。索克还演唱过一部史诗叫《阿尔塔希迪格斯尔台吉》，这里阿尔塔希迪和格斯尔是同位词，说明在索克心目中，阿尔塔希迪就是格斯尔，关于阿尔塔希迪的故事就是关于格斯尔的故事。从这里我们也可知，在青海蒙古族民间，与传统《格斯尔》无关的一些史诗和故事进入《格斯尔》史诗系列的一些认识根源。那就是把格斯尔与释迦牟尼佛联系起来，将格斯尔像释迦牟尼佛一样看待，这样将一些佛传佛本生故事纳入了《格斯尔》史诗系列。这样的思想根源早在300多年前的北京木刻版《格斯尔》中就有直接的体现，在那里，不止一次直接声称格斯尔就是佛。

三、《阿尔查希迪格斯尔台吉》与佛本生故事

《阿尔查希迪格斯尔台吉》是索克1982年演唱、道荣尕记录整理的一部《格斯尔》篇章。发表在内蒙古科学院文学研究所、内蒙古自治区《格斯尔》工作领导小组办公室编印的《格斯尔》资料丛书的《格斯尔传——青海〈格斯尔传四章〉》（内部资料集，1984年）中。

（一）内容概述

很久以前，有一位汗叫作扎勒布敦德布阿尔查希迪格斯尔。一天，他外出，在一小毡房里见到三位姑娘，一个在哭泣，一个在歌唱，另一个在欢笑。原来，她们本来有兄弟姐妹九个，被蛇魔每天吞噬一位兄弟姐妹，如今只剩下姐妹三人，母亲为消除灾难烧香求佛去了。因此，今天被吞的在哭，明天被吞的在唱，后天被吞的在笑。格斯尔帮助姐妹三人射杀了蛇魔，然后继续他的旅行。

第四章　青海蒙古《格斯尔》与佛经故事

三个姑娘的母亲回来，得知火虎年火虎月火虎日出生的扎勒布敦德布阿尔查希迪格斯尔台吉消灭了蛇魔，救了她的女儿。为了报恩，追上格斯尔，告诉他西南方孙布鲁汗的女儿是你前世有缘的未婚妻。

格斯尔变幻成穷困潦倒的老汉，朝西南方出发。途中，依次向正在做家务的女人、正寻找栖息地的鸿雁、正在修行的喇嘛以及孔雀，询问通向孙布鲁汗家的道路。做家务活的女人说不知。于是格斯尔说，愿你们每天重复同样的劳动，从此女人们便每天重复做同样的家务活；鸿雁也不知，于是格斯尔许愿让它们每天苦于寻找栖息地；喇嘛指明道路，于是他祝愿喇嘛永远做佛法的主人；孔雀指路，他祝愿它的羽毛长得最美，成为佛教器物。

格斯尔来到孙布鲁汗家取水的路上，在泉眼旁躺了下来。取水的人告诉他，公主刚从人间血肉之躯的地方回来，所以正在沐浴。孙布鲁汗听说来了一个老人，就叫他过去干杂活。孙布鲁汗问他姓名，回答叫阿尔查希迪。孙布鲁汗不信。格斯尔通过论辩、摔跤、射箭等比赛，与孙布鲁汗的女儿成亲。

成婚后，格斯尔踏上回程，去征服侵占他领地、奴役他人民的巴日斋桑。路上，第一个碰到的是长着十二颗头颅的蟒古思。与蟒古思交战不分胜负。此时远处扬起了滚滚红尘。格斯尔心想，如果来的是善者，愿树叶变绿；若是恶者，愿树叶变黄。结果树叶变绿，一个人来到他身边。他叫顺布敦德布阿尔查希迪，原来是他们弟弟，奉霍尔穆斯塔天神之命前来助一臂之力。他们消灭长着十二颗头颅的蟒古思。还应骑黑马人的请求铲除了占领大海、制造干旱的两个恶魔；应骑白马人的请求铲除了吞噬日月的两只老虎，把日月重新放在须弥山的两边。

往后，先后遇到给巴日斋桑放羊和放马的姨妈和舅舅。他们以格斯尔使用的碗和刀认出格斯尔。巴日斋桑的大黄母狗预知格斯尔的到来，狂吠不止。与巴日斋桑交战，最终战胜并消灭了他，解救父母和臣民，返回家乡。

（二）比较研究

故事情节上和篇名上与《阿尔查希迪格斯尔台吉》相同的《格斯尔》篇章

199

目前还没有记录到。可以说，这是一部独特的篇章。其独特性不仅表现在故事情节上，而且表现在篇名上，更表现在透过篇名所反映出来的艺人对《格斯尔》这部史诗的认识、蒙古《格斯尔》同佛传之间的关系上。

《阿尔查希迪格斯尔台吉》在部分故事情节上与艺人经常演唱的另一部史诗《征服七年敌人的道力静海巴托尔》相似。例如，阿尔查希迪格斯尔在消灭巴日斋桑的路上和长着十二颗头颅的蟒古思交战，此时与弟弟顺布敦德布阿尔查希迪会合，以及其后的应骑黑马人的请求铲除了占领大海、制造干旱的两个恶魔，应骑白马人的请求铲除吞噬日月的两只老虎等情节与《征服七年敌人的道力静海巴托尔》非常相似。

至于《阿尔查希迪格斯尔台吉》的故事情节为什么与《征服七年敌人的道力静海巴托尔》相似，可能是因为在索克心中，不管是《阿尔查希迪格斯尔台吉》，还是《征服七年敌人的道力静海巴托尔》，抑或是《七岁的道尔吉彻辰汗》，都是格斯尔的故事。在《阿尔查希迪格斯尔台吉》中就有这样的细节，阿尔查希迪格斯尔台吉在出征巴日斋桑前，对孙布鲁汗说道："从原先的七岁的道尔吉彻辰、征服七年敌人的道力静海巴托尔到格斯尔，我都是以铲除凶恶的敌人为己任的。"这充分说明了在索克的心目中，阿尔查希迪格斯尔台吉、七岁的道尔吉彻辰、征服七年敌人的道力静海巴托尔都是格斯尔，因而，关于他们的史诗，在情节上互有相同之处是天经地义的事。

在故事结构上，该史诗由两个主要部分构成。前半部分是阿尔查希迪格斯尔台吉娶孙布鲁汗的女儿的故事。后半部分是消灭巴日斋桑解救父母臣民的故事。前半部分的婚姻型故事以蒙古英雄故事、英雄史诗中常见的迦罗迪鸟报恩型故事开头，引出被救助的人为了报恩，给英雄透露未婚妻所在的地方的情节。

英雄格斯尔寻找孙布鲁汗宫殿的过程，有些方面确与佛经故事相似。例如，在蒙古文《甘珠尔》第92—93卷或《律师戒行经》第2—3卷善财与悦意的故事中，就有善财（释迦牟尼佛前世）在找寻紧那罗天的女儿悦意途中向鹿獐、蜜蜂、蟒蛇、百舌鸟等动物打听悦意的踪迹的情节；在索克演唱的《淖木齐莫尔根汗》（青海蒙古民间关于善财与悦意的史诗）中也有类似的情节，我们将在后面介绍。

阿尔查希迪格斯尔通过论辩、摔跤、射箭迎娶孙布鲁汗的公主为妻的过程，有些方面也与佛经故事相似。我们知道，蒙古族婚姻题材的传统英雄史诗中，英雄常常在赛马、摔跤、射箭男子汉三项竞技中击败婚姻竞争者。但在青海蒙古传统的婚事史诗中，英雄往往以摔跤、射箭、佛经论辩来决出胜负。这个佛经论辩来自佛经故事。在佛传故事中就有释迦牟尼出家前与众竞争者进行论辩、男子汉力气、武艺三项比赛的故事。这个故事在金巴道尔吉所著《水晶念珠》等蒙古文历史文献中也有。[1]可以认为，青海蒙古英雄史诗这种三项竞技，源于蒙古族及北方民族古老英雄史诗传统，但在佛教盛行时代在其影响下发生了部分变异。

《阿尔查希迪格斯尔台吉》这部史诗最重要的意义在于，它把格斯尔和释迦牟尼佛直接联系了起来，这为我们进一步探讨佛经文学何以进入《格斯尔》史诗系列提供了直接的切入口。

四、《淖木齐莫尔根汗》与《玛尼巴达尔沁汗传》

2005年12月3日夜，索克演唱、笔者录音记录。叙述乌森德布斯格尔图淖木齐莫尔根汗的儿子玛尼巴达尔沁汗消灭自己的三个魔女妻子，迎娶天女马努霍尔的故事。

（一）内容概述

很早以前，有一汗，名叫乌森德布斯格尔图淖木齐莫尔根汗。老来得子，起名叫玛尼巴达尔沁汗。他学习佛经，成为一个很有学问的人。有一天念经的时候，蒙古包顶上落下两只布谷鸟跟着他念经。玛尼巴达尔沁汗告诉父亲布谷

---

1 金巴道尔吉著、留金锁校注：《水晶鉴》（蒙古文），北京：民族出版社，1984，第61—67页。

鸟的事。父亲说，两只鸟中的一只是天女马努霍尔，另一只是紧那罗汗之女。

玛尼巴达尔沁汗有三个老婆，都是妖女，看到两只布谷鸟，就知道其中一只是马努霍尔天女，而且是与玛尼巴达尔沁汗前世有缘的未婚妻。为了阻止他们结合，她们诅咒 21 年，毒害 21 年，终于使玛尼巴达尔沁汗的父亲淖木齐莫尔根汗病倒了。这时，天上来信，叫玛尼巴达尔沁汗到远方去，在 12 年内解除对人间的魔咒，消除对人间的毒害，铲除祸根。玛尼巴达尔沁汗对三个妻子说，我走后你们好生赡养我的父亲，三个妻子发毒誓向他作保证。

三年后的一天，两只乌鸦飞来告诉玛尼巴达尔沁汗，他的三个妖女妻子还在诅咒人间，实施毒害，使人间变成苦海。玛尼巴达尔沁汗继续潜心修炼破解魔咒的经文。两只布谷鸟又来到他身旁跟着他修炼经文。

玛尼巴达尔沁汗手拿套索套住一只布谷鸟的爪子。原来那是马努霍尔天女的小拇指。天女说，我们俩以人形见面的时候未到，要见面一定要清除三大障碍。由于你的套索，人间的血肉味污染了我身体，得回到天上清除干净。天女回到天上，报告父母人间的事。天神说，我和淖木齐莫尔根汗确曾指定过儿女婚事，如今已经 33 年。

且说两只乌鸦又来说三个妖女准备火烧淖木齐莫尔根汗。玛尼巴达尔沁汗不予理睬地继续修炼经文。他以法眼看了看世界，看到人间一片火海，马努霍尔天女从火海中救出了淖木齐莫尔根汗。三妖女恨马努霍尔天女，准备用天女来向恶神献祭。

玛尼巴达尔沁汗终于修成回归，质问三个妻子为何违背誓言加害于父亲。三个妖女则说你念的经文不是经文，而是毒害人的诅咒，没有诅咒人间的祸根，却诅咒了自己的父亲。为了判明是非，玛尼巴达尔沁汗请来三大占卜师。占卜师说，如果不用马努霍尔天女来献祭，世间难以得到安宁。玛尼巴达尔沁汗大怒，消灭了三个妖女和魔界。

玛尼巴达尔沁汗安抚了臣民，接着出发寻找马努霍尔天女。遇到一只乌鸦，向他问天女消息，乌鸦说不知，玛尼巴达尔沁汗说，愿你乌鸦永远在人们住过的地方鸣叫觅食。遇到喜鹊，喜鹊也说不知，于是叫它永远以寻觅死尸为生。

遇到孔雀，孔雀说天女从这里经过已33年。于是祝福它成为佛教尊崇的吉祥物。遇见布谷鸟，布谷鸟说天女经过已经3年。于是祝福布谷鸟成为夏天的吉祥鸟。遇见一位妇人，妇人说不知。于是说愿妇人永远重复昨天做过的事。遇见太阳，太阳说天女经过已经3天。于是祝福太阳永远在天上照耀世界。遇见萨日朗贵汗，指给他天女所住的宫殿。

遇见一个挑水的老太婆，询问天女消息，老太婆不会说话。他拔掉别在老太婆舌头上的金针，老太婆说腾格里汗正在清洗女儿马努霍尔身上的血肉味。走到一处泉眼，他变幻成喇嘛在泉边躺了下来。腾格里汗叫大女儿去挑水，大女儿来到泉眼旁，见躺在泉眼旁的喇嘛不敢跨过去，绕着走取水。喇嘛说口渴，大天女给他水喝，喇嘛竟把一桶水喝完。询问马努霍尔天女，大天女说正在清洗人间血肉味。玛尼巴达尔沁汗在天女水桶里放进套住天女的套索标志。马努霍尔天女认出标志，问标志从哪里来。大天女如实相告。马努霍尔天女和腾格里汗知道玛尼巴达尔沁汗已经来到，于是请他来，经过一番论辩等比赛，玛尼巴达尔沁汗全部胜出，于是迎娶腾格里汗的二女儿玛努霍尔天女，过上了幸福生活。

（二）各种口头异文的比较

《淖木齐莫尔根汗》又叫《巴达尔汗台吉传》，还有《淖木奇莫尔根汗的巴达尔汗台吉》[1]《玛尼巴达尔汗传》《玛努哈尔仙女传》《玛尼巴尔罕汗克布恩》《淖木奇汗的儿子玛尼巴达尔》等名称，在青海蒙古族地区（含甘肃肃北县）、新疆蒙古族地区流传很广。有的艺人还称这部史诗是《格斯尔》的一个篇章。[2]

---

[1] 海西州卫拉特史诗艺人胡亚克图给笔者演唱时题目叫《淖木奇莫尔根汗》，他同时强调《淖木奇莫尔根汗》就是有的人说的《巴达尔汗台吉》。1988年内蒙古社会科学院的布和朝鲁采访胡亚克图时所报题目叫作《淖木奇莫尔根汗的巴达尔汗台吉》[布和朝鲁：《柴达木田野调查报告（1985、1988、2001）》，中国社会科学院民族文学研究所编：《格斯尔论集》，呼和浩特：内蒙古人民出版社，2003]。

[2] 笔者于2005年11月27日采访老史诗艺人胡亚克图时，艺人曾对笔者说《巴达尔汗台吉》就是关于格斯尔的一个故事。

目前，已经记录的口头异文包括青海海西州艺人胡亚克图不同时间演述的两个文本、仁钦道尔吉记录的一部新疆蒙古族口头文本和旦布尔加甫记录的三个新疆口头文本。具体是：

1.《巴达尔汗台吉传》，2003年青海省海西州史诗艺人胡亚克图演述、胡和西力记录的散文体文本。[1]

2.《玛尼巴尔罕汗克布恩》，1985年新疆乌苏县民间艺人明米尔演述、旦布尔加甫记录的散文体文本。[2]

3.《巴德玛雍湖尔湖的巴彦卢汗》，1985年和布克赛尔蒙古自治县艺人巴·陶克涛胡演述、旦布尔加甫记录的散文体文本。[3]

4.《淖木奇汗的儿子玛尼巴达尔》，1986年新疆尼勒克县民间艺人索密延演述、旦布尔加甫记录的散文体文本。[4]

5.《巴达尔汗台吉传》，2005年青海省海西州胡亚克图演唱、笔者记录的散韵结合体文本，未发表。

6.《玛尼巴达尔汗传》，1978年新疆巴音郭楞蒙古自治州巴音布鲁克区民间艺人额仁策演唱、仁钦道尔吉记录的文本，未发表。

胡亚克图演述的《巴达尔汗台吉传》故事由以下几个板块组成：

乌森德布斯格尔图汗和淖木奇莫尔根汗的国土相连，国中各有一湖。然而乌森德布斯格尔图汗贪婪而残暴，国运渐衰，淖木奇莫尔根汗廉洁而仁慈，国运兴旺。乌森德布斯格尔图汗嫉妒，向大臣们询问对策。有人说，这边国运衰退，那边国运昌盛是因为我们湖里的是黑龙王，而那边湖里的是白龙王。只有把白龙王请到我们的湖里，我国国运才能昌盛。乌森德布

---

[1] 跃进主编：《青海蒙古族民间口头文学集锦》上册，呼和浩特：内蒙古教育出版社，2008。
[2] 旦布尔加甫、乌兰托娅整理：《萨丽和萨德格：乌苏蒙古故事》，北京：民族出版社，1996。
[3] 同上。
[4] 旦布尔加甫搜集：《阿拉图杰莫尔根：伊犁地区蒙古民间故事》，乌鲁木齐：新疆人民出版社，1998。

第四章 青海蒙古《格斯尔》与佛经故事

斯格尔图汗于是派人去捉白龙王。但是，淖木奇莫尔根汗叫一个渔夫把那些人赶走，救回白龙王。白龙王请渔夫到龙宫，以如意宝答谢。

且说，淖木奇莫尔根汗有一个儿子叫作巴达尔汗台吉，娶了108个妻子。他每天修炼佛经，每次诵经的时候总是飞来三只鸽子跟着念经，而且巴达尔汗台吉总是比不过那三只鸽子。于是问父亲其中的原因。父亲说，你虽然已经娶108个妻子，但是还没有娶到与你真正有姻缘的妻子。三只鸽子里有你命中注定的妻子，她是上界拉姆扎拉桑汗的女儿玛努海仙女。她们即将来到湖中洗澡。想要娶她，你得去拜托那个渔夫和隐居修炼的喇嘛。巴达尔汗台吉找到喇嘛，询问如何才能娶到天女。喇嘛说，只有白龙王的金质神套索才能套住仙女。找渔夫就能有办法得到龙王的套索。于是，巴达尔汗台吉找渔夫，渔夫找白龙王，获得套索，套住了仙女。巴达尔汗台吉与仙女成婚。

巴达尔汗台吉的108个妻子嫉妒，请来哈日普初喇嘛出主意，让巴达尔汗台吉外出巡视边疆去了。之后喇嘛又投毒给淖木奇莫尔根汗，让汗得病，却说用玛努海公主献祭才能治愈。危急关头，玛努海公主向婆婆索要金衣飞上天，先飞到隐居修炼的喇嘛那里诉说事情的缘由，交给他一枚戒指，让他转交巴达尔汗台吉。

巴达尔汗台吉来到隐居的喇嘛处，得知爱妻遭算计回天宫，就拿着那枚戒指寻找妻子。途中打死毒蛇，救下凤凰的幼雏，得到凤凰的帮助来到天上。他守在一口井边趁来打水的人不注意，把戒指放入水桶里，玛努海公主见戒指知道丈夫来寻找她，把这事向父亲报告。父亲说他能够驯服铁儿马、铁公牛，猎杀腾格里的公驼，我就同意他娶你。巴达尔汗台吉驯服了铁儿马、铁公牛，却被腾格里的公驼杀死。他在天上的三位仙女姐姐让他复活。巴达尔汗台吉杀死了公驼，正式娶玛努海公主回故乡。途中他消灭了为娶玛努海公主前来挑战的腾格里的库鲁克库克巴托尔。最后，驱逐哈日普初喇嘛，处死108个妻子，过上了美好的生活。

这个故事与索克演唱的《淖木齐莫尔根汗》之间有不少不同之处。首先，在人物名称方面，胡亚克图演述文本中分别出现乌森德布斯格尔图汗和淖木奇莫尔根汗两个汗，索克唱本中二者却合二为一，成为乌森德布斯格尔图淖木齐莫尔根汗。巴达尔汗台吉在索克唱本中成为巴达尔沁汗。"巴达尔沁"指一路靠化斋去佛教圣地朝圣的僧人。胡亚克图演述文本中围绕白龙王展开的故事在索克唱本中没有。胡亚克图演述本中围绕巴达尔汗台吉娶玛努海公主的一整套故事在索克演唱本中却残缺不全。显然，故事前后逻辑的合理性、情节的完整性等方面，索克唱本不及胡亚克图演述本。

旦布尔加甫搜集的三个新疆蒙古口头文本同胡亚克图演述的口头文本很接近。尼勒克县艺人索密延演述的故事讲，淖木奇汗哈尚汗的国家比邻而居。然而，淖木奇汗的国家很富有，邻国却很贫穷。于是哈尚汗叫一个会施法的黄胡子咒师去让淖木奇汗的圣湖干涸。湖中的龙王见势不妙，请求猎人消灭那个咒师。猎人消灭咒师，救了龙王。这个部分与胡亚克图演述文本基本相同，但是捉龙王被换成让湖泊干涸。

在湖边行猎时，猎人发现有三只天鹅飞来变作美女在湖中嬉戏，于是向龙王借用捉神的金套索，想套住其中的一个。龙王告诫他，那天鹅美女是紧那罗天神的女儿，名叫玛纳哈尔，是淖木奇汗的儿子玛尼巴达尔的未婚妻，你捉住以后没收她戴在头上的金冠，然后通过隐居修炼的喇嘛把她献给玛尼巴达尔，你将获得想要的一切。猎人照做，得到丰厚的奖赏，玛尼巴达尔则得到了美丽的未婚妻，并与她成婚。这个部分与胡亚克图演述本有较大差异。那就是玛尼巴达尔请求隐居的喇嘛，喇嘛教他求猎人，猎人求龙王讨来神索捉住天女的顺序变为猎人求龙王捉住天女，然后再通过隐居的喇嘛，最后交给玛尼巴达尔。顺序倒过来了，但基本情节都有保留。

淖木奇汗的儿子玛尼巴达尔虽有99个妻子，但没有一个妻子是他真正喜欢的。如今与紧那罗天神的女儿玛纳哈尔成亲以后百般宠爱，这引起99个妻子的嫉妒。她们请来桑斯巴喇嘛商议，喇嘛施法让玛尼巴达尔汗生病。然后建议焚烧玛纳哈尔的身体来给他治病，遭拒绝。她们不甘心，趁玛尼巴达尔汗出去打猎之际想要杀害玛纳哈尔天女，天女向婆婆索要金冠飞上天，先到隐居修身的喇嘛那里，通过他留给玛尼巴达尔汗一枚戒指，然后飞回娘家。这里故事框架没有变化，但是情节有所变化。具体来说，就是用计谋让玛尼巴达尔汗去巡边，让其父亲生病，以治病为幌子企图谋害天女，最终逼走天女的情节在这里有大的变化。

接下去玛尼巴达尔汗寻找妻子和夫妻相逢的情节和最后的结尾均与上述胡亚克图演述的文本没有大的区别，但夫妻相见后的情节有所变化。故事讲玛纳哈尔天女和玛尼巴达尔汗在天上生了两个儿子；紧那罗天神不再具有残暴的性格，很友好地与玛尼巴达尔汗相处；玛尼巴达尔汗在紧那罗天神那里饮酒度日等等。

和布克赛尔县艺人巴·陶克涛胡演述的《巴德玛雍湖尔湖的巴彦卢汗》，其故事情节与胡亚克图演述文本非常接近，尽管人物名称、叙述顺序上有所不同。另外，玛尼巴达尔汗出去巡边后咒师对其父亲的加害以及预谋用天女献祭等极少数情节也没有出现。乌苏县艺人明米尔演述本与其他文本的最大不同，就是缺乏与玛尼巴达尔汗相邻而居的另一个汗派咒师捉龙的故事情节。在其他情节上基本一致。

（二）与佛经善财悦意故事的比较

该史诗故事源于佛本生传，在蒙古文《甘珠尔》第92—93卷、《律师戒行经》第2—3卷有完整版，讲述善财与悦意的爱情故事。在蒙古族民间，有这个故事的多种手抄本流传。在国内外图书馆、博物馆、档案馆也藏有多种手抄本。这个故事以《诺桑王子传》之名在藏族民间也广为流传。现将青海蒙古口传《淖木齐莫尔根汗》各种异文同蒙古文《甘珠尔》之《玛尼巴达尔汗传》进行比较。

1. 南北邻国

古时候在般遮罗国有二王。一在北界，一在南界。我们知道，青海的胡亚克图、新疆尼勒克县的索密延、和布克赛尔县巴·陶克涛呼演述的诸文本中都出现两个汗国和两个可汗。如前所述，索克唱本把两个汗合二为一。或许是把两个故事中出现的三个不同形象之名称合为一体。因为他说的"乌森德布斯格尔图塔本南奇莫尔根汗"之"乌森德布斯格尔图"在胡亚克图演唱的《巴达尔汗台吉》中作为两个汗之一出现；"淖木齐莫尔根"是另一个汗名字之变异。

由于南国新登基的国王贪婪残暴，国运每况愈下。国王问大臣国运衰微的原因。有大臣指出国王的暴政是主因。在青海艺人胡亚克图演述文本中说乌森德布斯格尔图汗的国家越来越穷，而淖木奇汗的国家越来越富，其中也出现一个叫作库尔奎奇老人，他也这样批评残暴的乌森德布斯格尔图汗。蒙古族民间各口头文本的叙述大致保留了南国和北国的差异和两个国王性格的迥异。索克唱本中不见这个情节。

2. 南界王派咒师抓北界龙

佛经云，有大臣说北界有一湖，湖中有龙子。是龙子使北界国运兴盛。于是南界王叫一法师捉龙。胡亚克图唱本说，库尔奎奇老人提醒乌森德布斯格尔图汗，你的神湖中有黑龙王，而淖木奇莫尔根汗的神湖里有白龙王。只有让七大巫师请来白龙王，国运才能兴旺。索密延演述文本中哈尚汗也派一名咒师去捉龙。这些口头文本的故事情节与佛经故事相似。索克演唱文本中没有这个情节。

3. 龙子向猎人求救与猎人救龙

龙子预知大难临头，向湖边的猎人求救。叫猎人在南国巫师用铁网围住神湖作法时制止。巫师作法时猎人持刀赶到，命其解除咒法。巫师照办，猎人即断其命根，龙子得脱。

胡亚克图、巴·陶克涛呼和索密延演述本在猎人营救龙王这个情节上与佛经故事相同。细节方面，胡亚克图演述文本保留了巫师带网丝围住圣湖的情节，但求猎人救龙王的不是龙王本身，而是淖木奇莫尔根汗。巴·陶克涛呼演述文本在细节方面更加接近于这个情节。说龙神知道大难临头，就变作白发老人，从湖中出来，请求猎人相救。尼古勒图汗带着黑巫师来到湖边，用网索围住神湖，把毒药投放于湖里，湖水雲时沸腾翻滚，巴彦卢龙王被逼出来捉住。索密延演述的文本更加完整地保留了上述情节内容。就连龙王从湖中出来与猎人对话的内容也几乎完全一致。明米尔演述本虽然没有前面的各个情节，但称巴里亥咒师把龙神变成小孩子这点上与佛经故事相似。索克演唱文本中没有这个情节。至于猎人救龙这一情节，在胡亚克图、巴·陶克涛呼、索密延演述本均有。尤以巴·陶克涛呼演述本的情节与佛经故事更加接近。

4. 龙子的回报和猎人索要神剑

龙子答谢猎人，送给他许多珠宝。猎人从湖中龙王那里出来，到一个隐士处，告诉他发生的一切。隐士却说，你拿金银珠宝没有用，得索要龙王的神剑才好。猎人得到神剑而归。

胡亚克图和巴·陶克涛呼演述文本叙述龙王答谢的情节很细致。说龙王回府后派一个白发老人请猎人到龙宫，然后盛宴款待，赠送各种珠宝（巴·陶克涛呼演述文本称金佛）。索克演唱文本中没有这个情节。

5. 北界王求子与善财降生

此后，佛经以插入方式叙述了北界财王无儿无女，向天神求子，贤劫菩萨在国大夫人腹内受胎，满十个月后生一子，取名善财，善财日渐长大，学会文字、弓射、王法、算计、识别珍宝等工巧术法及种种技艺，父王给他娶多个妻子的故事。这段故事，在蒙古各口头文本中均没有，但是胡亚克图、索克等艺人演述本中描述了巴达尔汗台吉从小善于习练佛经的场景，可能与佛经中善财从小学习各种技艺的故事有关。

6. 猎人抓住玛努哈尔仙女献给善财

插入的故事叙述完毕，佛经又接续前面猎人的故事。猎人听隐士说附近湖中经常有美女戏水，就用神剑抓住了玛努哈尔仙女，献给善财王子。王子与仙女相爱。索克唱本无此情节，但巴·陶克涛呼演述本和胡亚克图演述本均有。且巴·陶克涛呼演述本与此更为接近，胡亚克图演述本和索密延演述本叙述顺序不同。

7. 婆罗门作梗，王子与天女离别

此时，两个婆罗门来到北界，一个侍从北界王，另一个侍从善财王子。侍从北界王的婆罗门害怕善财即位而自己地位下降，挑起国内叛乱，让善财王子去平叛。王子走前，把玛努哈尔头戴的如意冠和衣服交给母亲，嘱咐除非仙女遇到生命危险，否则不能把这些还给仙女。交代完启程远征。

胡亚克图演述本说，巴达尔汗台吉的108个嫔妃嫉妒天女，请哈日普朸喇嘛出主意，让巴达尔汗台吉巡视疆界去了。巴·陶克涛呼演述本、明米尔演述本除了没有玛尼巴尔汗交给母亲如意冠，其余情节与佛经基本相同。索克唱本虽有老国王生病的情节，但那是玛尼巴达尔沁的三个妖女妻子施法所致，虽有使玛尼巴达尔沁汗远去的指示，但那是从天上来信指示他的。

8. 迫害玛努哈尔

王子走后，趁北界王做恶梦，婆罗门说这是家破人亡的凶兆，须用玛努哈尔献祭才能避免祸端。玛努哈尔知道将大难临头，告诉王子的母亲自己生命有危险。王后把如意冠和衣服还给仙女，仙女飞上天，脱离危险。

胡亚克图演述文本说哈日普朸喇嘛作法让淖木奇莫尔根汗生病，并建议用天女献祭。巴·陶克涛呼和明米尔演述的两个文本中巫师两次施法让老国王做噩梦的情节合二为一，让这个情节变成玛尼巴尔汗做一次噩梦。索克演唱本中也有玛尼巴达尔沁汗的三个妖女妻子恨马努霍尔天女，准备用天女来向恶神献祭的情节。但索克唱本情节顺序有很大不同。

9. 玛努哈尔回天，给玛尼巴达尔王子留口信

玛努哈尔仙女到隐士处，留戒指给善财，并告诉找到她的路径。路途十分凶险，要经过好多障碍：三座黑山、雪山等许多高山，要让鸟王叼着过大山。还要通过大蟒蛇、相斗的公羊、手持铁刀的铁人、药叉、蛟龙、铁嘴蟒古思等，最后到达紧那罗天。交代完飞走。

胡亚克图演述本有这个情节，但说天女到了年长的隐士那儿，委托隐士把一枚戒指转交给巴达尔汗台吉，叫他不要去找她。巴、陶克涛呼、明米尔演述本也基本相同，区别在于天女临走时把金戒指留给玛尼巴尔汗的母亲，并让她转告自己的嘱咐。胡亚克图演述本说，巴达尔汗台吉寻找天女途中打死毒蛇，救下凤凰的蛋，凤凰为了报恩，把他送到了天界。巴·陶克涛呼演述本有玛尼巴

尔汗寻妻途中分别向毒蛇、野兽和月亮打听天女下落的情节。明米尔演述本有蜂、三只野兽、布谷鸟给玛尼巴尔汗带路和腾格里的两个大公驼还有两个妖婆阻挡去路的情节。索密延演述本有相互碰撞的两个大岩石，同样碰撞的两棵大树以及互相顶架的两大盘羊让路的情节。可见，蒙古各口头文本王子寻妻途中的障碍，与佛经故事接近，只不过发生了一些变异而已。

10. 王子归来、找天女

王子班师归来，问为什么不见玛努哈尔，母亲告诉他发生的一切。王子决意去找回玛努哈尔。从隐士处拿到戒指，按玛努哈尔指明的路线来到天界的一口井边。从取水的侍女口中得知，玛努哈尔正被沐浴以消除人间血肉味。王子把戒指放入水桶，玛努哈尔沐浴时看到戒指，便知善财已经来到。

11. 王子通过考验娶玛努哈尔天女

玛努哈尔把善财王子引见给紧那罗王。紧那罗王以演奏各种乐器，用弓箭射野猪等方式考验善财王子。善财王子与玛努哈尔天女正式成婚。成婚后善财王子带着妻子回到父王处，继承王位。

索克唱本说，玛尼巴达尔沁汗在辩论等比赛中全部胜出，迎娶腾格里汗的二女儿玛努霍尔天女。胡亚克图演述本也说，玛努哈尔的父王以驯服铁儿马、铁公牛、猎杀腾格里的公驼考验巴达尔汗，这些与佛经故事相似。但惩罚巴达尔汗的其他妻子，佛经没有这样的情节。

综上所述，我们就青海蒙古口传《格斯尔》与佛经故事的关系，得出如下结论：

（1）青海蒙古口传《格斯尔》中确有许多来源于佛经故事的情节或篇章，丰富和发展了青海蒙古口传《格斯尔》。

（2）1716年北京木刻版《格斯尔》中来源于佛经的故事，都是经过改编、摘选的，其中并无完整利用佛经故事的篇章。但在当今青海蒙古口传《格斯尔》中，既有源自佛经故事的情节，也有整篇叙述佛经故事的篇章，说明在青海蒙古族民间，将佛经故事纳入《格斯尔》史诗系列的实践从未停止，反而有越发加强的趋势。

（3）佛经故事被纳入《格斯尔》史诗系列的认识根源是视格斯尔为佛的化身。在300多年前出版的北京木刻版《格斯尔》中就宣扬了这种思想。在这种认识下佛传故事、佛本生故事或整体或部分地进入《格斯尔》史诗系列就顺理成章了。不仅如此，在这种认识下按照佛本生故事的原理，青海蒙古古老英雄史诗也被纳入《格斯尔》史诗系列，将那些史诗认作格斯尔的一部部本生故事。这也是青海蒙古史诗传统形成"《格斯尔》中心型"发展态势的根本原因。

（4）可从比较中看出，佛经故事在民间口头传播的时候，没有哪个口头文本能够保留佛经故事的所有情节，只有在众多口头异文的互补中才能看到佛经故事的全貌。这可认作书面文学口头传播的一条规律。

第五章

索克的演唱艺术

第五章　索克的演唱艺术

　　索克是当代青海蒙古史诗艺人的代表性人物。在他的史诗演唱实践中，始终坚持着继承传统和对传统的创新，因而我们从他的演唱中总能感受到传统的魅力，也能欣赏到艺人激情四射、灵光闪烁的即兴发挥。不仅能在故事情节的叙述中体会到这一点，而且在沿袭传统的遣词造句中，在诗行的构筑中，在演唱瑕疵的补救中，都能体会到这一点。

　　一个民间艺人之所以能够成为艺人，是由一些因素综合决定的。这些因素中既包括超强的记忆能力、超高的语言表现能力和过硬的心理能力，而且还包括即兴创造能力和现场表演能力。超强的记忆能力将保证一个艺人在自己基本的演唱曲目的基础上不断积累和扩张其演唱曲目储备库。超高的语言表现能力将保证艺人在任何情况下都能用最恰当的言语演绎故事。而过硬的心理素质则保证艺人在现场表演压力下能够应付各种突发状况顺利完成表演。比如说，艺人一时想不起史诗中的某个人物名字、某个情节等状况下的应付能力都取决于艺人的心理承受能力。即兴创造能力和表演能力是以前三个能力为基础的，唯有具备前三个能力的人才可能拥有即兴创造能力和现场表演能力。

　　在传统的由艺人和观众参与的表演场域中，艺人的创编和观众的接受在同一个时空中实现。在这一点上，民间文学的创编和接受与书面文学截然不同。在这里，艺人的演述文本不以文字等可视物质传递到观众，而是以稍纵即逝的音声为媒介即时传递给接受者。也就是说，艺人的创编没有作家文学的创作那样有充足的考虑、推敲和修改时间，而观众的接受也不像书面文学的读者那样有慢慢细品的时间。在这种条件下艺人能够创编、表演，观众能够接受，完成民间文学的传播过程，依仗的完全是传统的力量。因为，一般来说艺人和观众共享着传统，而观众中的很多人对传统的熟悉程度不一定逊色于艺人[1]。也正因如此，观众一般能够完整准确地记住艺人演述的故事情节，甚至描绘场景的程式化套语。

传统的史诗表演以音声媒介即时完成史诗的创编和传播活动，这本身对艺人提出很高的要求。而与他们共享传统、熟悉传统的挑剔的观众，又造成了艺人表演的进一步且最大的压力。艺人表演的任何瑕疵都躲不过观众的挑剔。于是，艺人会竭尽所能完整地、准确地、优美地演述。然而，在多重压力之下艺人的表演、现场创编会不可避免地产生诸如情节叙述、场景描绘、词语搭配、人物姓名等各方面的问题、失误、瑕疵。艺人如果当场发现，可能会明确纠正，但大多数失误和瑕疵，是在艺人不知不觉中发生的。

然而在演唱现场，艺人具备的上述所有能力最终会通过其现场表演中的优美华丽的唱词体现出来。因此，一个艺人在现场表演压力下的综合能力，集中体现在其唱词当中。然而，由于艺人们所处的地域文化环境不同，艺人储备的和善于运用的史诗语言具有强烈的个体风格。这种风格体现在艺人运用的作诗方法上。

一、索克的诗歌艺术

就笔者对索克唱词的研究来看，索克在沿袭传统法则遣词造句时运用的手法是多样的，其中不仅有押行头韵法、行要韵法、行尾韵法，更有随处可见的平行式。

---

[1] 符拉基米尔佐夫曾说，在蒙古卫拉特人那里，究竟哪个是真正的史诗艺人，哪个是一般的史诗爱好者，有时真的很难区别开来。参见鲍·雅·符拉基米尔佐夫：《蒙古卫拉特英雄史诗·序言》，乌·扎格德苏荣编：《蒙古英雄史诗原理》（西里尔蒙古文），乌兰巴托：科学院出版社，1966，第48页。

（一）利用对称关系组织平行式

索克的演唱充分利用日月、天地、东西、南北、前后、左右、上下、大小、粗细、里外、父母、君臣、喜忧、祸福等对立统一和对称关系创编出较为规整的平行式，以此来组织其诗歌。这是他表演艺术的一个突出特点。其一组组对立统一关系中，浸透着蒙古族萨满教世界观和东方古老的阴阳哲学思想。同时，在他的演唱中几乎每个事物都是成双成对的：哈萨尔、巴萨尔两条猎狗；钦沁、明沁两只猎鹰；鸿沙尔嘎、胡澜沙尔嘎两匹骏马，等等。

例【1】

ar baγanaan	后面的柱子
altaar tsutkhuj	是用金子
kideg baiba gene.	锻造出来的。
ömnö baγanaan	前面的柱子
möngöör tsutkhuj	是用银子
kideg baiba gene.	锻造出来的。
züün beyiineen tuurgiig	左边毡壁的外饰
zeer čoniin arsaar	是用黄羊皮和狼皮
büteej tuurγaldaγ baiba gene.	缝制出来的。
baruun beyiineen tuurgiig	右边毡壁的外饰
bar čoniin arsaar	是用虎皮和狼皮
tuurγalj büteedeg baiba gene.	缝制出来的。
ar beyiineen tuurgiig	后边毡壁的外饰是
ang čoniin arsaar	用兽皮和狼皮
büteej tuurγaldaγ baiba gene.[1]	缝制出来的。

---

[1] 索克演唱，斯钦巴图记录整理：《英雄阿拜杨宗与阿拜旺钦》第 0115—0129 诗行，见于仁钦道尔吉、朝戈金、旦布尔加甫、斯钦巴图主编：《蒙古英雄史诗大系》第二卷，北京：民族出版社，2007，第 615 页。

在例【1】中，艺人分别用前后左右的对称方位来遣词造句，构成结构严密且比较工整的诗句和韵律。第一和第四行分别以 ar（后）、ömnö（前）两个方位词开头，构成两个诗句，分别描绘蒙古包中前后两个柱子。第七、十、十三诗行分别以 züün（左）、baruun（右）、ar（后）三个方位词开头，构成三个诗句，描绘蒙古包左边、右边和后边三边毡壁的外饰。这是传统中定型的描绘蒙古包的程式化描绘方式。艺人一旦想起其中的一行，便能联想起其他诗行。其中，有的艺人在描绘蒙古包墙壁的装饰情况时会按照前后左右四个方向都进行描绘，但也有的艺人仅描绘左右两边和后边，不说前边是因为那里是蒙古包的门，而不是前壁。另外，装饰蒙古包的材质和物品包括金子、银子、虎皮、狼皮、黄羊皮等兽皮。金子和银子的对称，虎皮、狼皮、黄羊皮的对称等等，也对艺人遣造诗句产生重要的作用。第八、十一、十四行的 zeer čoniin arsaar（用黄羊皮和狼皮）、bar čoniin arsaar（用虎皮和狼皮）、ang čoniin arsaar（用兽皮和狼皮）三个诗行不仅结构完全一致，而且其差别只有在头一个词上，三个诗行的头一个词分别是黄羊、老虎、野兽。

例【1】共 15 行，每 3 行构成一个诗句，构成结构完全相同、词数和音节数相等、用词对称的 5 个诗句，如果这 5 个诗句的三行连接起来，将其变成 5 个诗行，它们之间的平行关系便一眼就能看出来。

例【2】

bar jakhat zanjunuud ni	穿虎皮衣裳的勇士们
γaraad irbe gene	策马而来
baruun ööd ni	往右边的席上
saataad orkiba gene	依次就座。
zür zakhat janjunuud ni	穿狍子皮衣裳的勇士们
moriloodküreed irbe gene	远道而来
züün ööd ni	往左边的席上

第五章　索克的演唱艺术

saataad orkiba gene.[1]　　　　　　　次第就座。

例【3】

bar zakhat janjunuud ni irej　　　　　穿虎皮衣裳的勇士们上前

baruun suu ööd ni　　　　　　　　　扶起他的右臂

suudaj tüšeed abaad orkiba gene　　　让他跨上骏马。

züün ööd ni suusan　　　　　　　　　坐在左边的

zür zakhat janjunuud ni　　　　　　　穿狍子皮衣裳的勇士们

züün suu ööd ni nigen　　　　　　　　扶起他的左臂

suudaj tüšeed abaad orkiba gene.[2]　　让他跨上骏马。

例【2】的平行式虽然是利用左右方位的对称关系被组织起来的，但是，这里的"左"与"右"并不仅仅指左右方位，艺人在用"左"与"右"组织诗句的时候想到的不仅是左右方位，他们还想到了古代蒙古等北方民族政权中的左翼与右翼军政组织。因此，作为民间史诗艺人创编口头诗歌的方式方法和程式，"左"与"右"的对称在史诗中的运用具有悠久而稳定的传承历史，并具深厚的文化内涵。同时，例【3】的情况比较特殊。因为，艺人显然想运用左右方位的对称关系组织起一组平行式，但在实际演唱中未能组织起完整的目标平行式，只是组织起了相对非完整的平行式。这种状况在艺人们的演唱中经常遇到，说明艺人在现场表演的压力下不可能每每创编出心目中欲达成的目标平行式，其目标平行式会发生各种各样的变化，包括实际上非对称的变化。

---

1 索克演唱，斯钦巴图记录整理：《汗青格勒》第0309—0316诗行，见于仁钦道尔吉、朝戈金、旦布尔加甫、斯钦巴图主编：《蒙古英雄史诗大系》第一卷，北京，民族出版社，2007，第829页。

2 索克演唱，斯钦巴图记录整理：《汗青格勒》第0721—0727诗行，见于仁钦道尔吉、朝戈金、旦布尔加甫、斯钦巴图主编：《蒙古英雄史诗大系》第一卷，北京，民族出版社，2007。这两个诗句中的 bar zakhat janjunuud 和 zür zakhat janjunuud 从字面意义上看似乎是指穿虎皮领子的衣服的勇士们和穿狍子皮衣领的勇士们，实际上指的是右手勇士和左手勇士，第838页。

例【4】

ömööreen önjüüt khonuut yobba gene	往前走了两三天
öl altan olongiig ni	把马鞍的肚带
tataad orkiba gene.	勉强扣上。
khooroon khonuut önjüüt yobaad orkiba gene	往后走了两三天
khul altan khudargiig ni	把马鞍的后鞦
tataad orkiba gene.[1]	勉强扣上。

在例【4】的这个诗句中，ömööreen（往前）和 khooroon（往后）两个表示相反方向的副词引导出两个规整的平行式。其中，第2行和第6行的 yobba gene 和 yobaad orkiba gene 之后者使用了一个联动动词。其余各诗行之间全部有对称关系。

利用宇宙天地的对称关系构成平行式，如用日月对称的：

例【5】

nar say say	太阳最初
mandalj baiba gene	升起的时候
namč tsetseg say say	花朵最初
delgerč baiba gene.	盛开的时候
sar say say	月亮最初
mandalj baiba gene	升空的时候
šajin tör khoyar say say	政教最初
geik gej baiba gene.[2]	兴起的时候。

---

1 索克演唱，斯钦巴图记录整理：《汗青格勒》第0675－0682诗行，见于仁钦道尔吉、朝戈金、旦布尔加甫、斯钦巴图主编：《蒙古英雄史诗大系》第一卷，北京，民族出版社，2007，第837页。

2 索克演唱，斯钦巴图记录整理：《汗青格勒》第0007－00146诗行，见于仁钦道尔吉、朝戈金、旦布尔加甫、斯钦巴图主编：《蒙古英雄史诗大系》第一卷，北京，民族出版社，2007，第823页。

在例【5】中，用太阳和月亮的对称关系作引导，创编出优美而具深刻哲学内涵的平行式诗句来。其巧妙之处在于，宇宙天体的太阳和月亮在这里不仅仅是一种引导，它们带出地球上的花朵和政教来，四者之间又形成对称关系，用太阳和月亮的光明和永恒，隐喻地球上的花朵和政教的光明和永恒，表达了对宇宙天地万物以及国家政教的美好愿望。并且，在花朵和政教的对称关系中还暗含着政教、传播像花朵绽放那样兴旺的隐喻关系。当然，这种程式化高度定型的平行式诗句，并不是索克的独创，而是在蒙古族古老英雄史诗的开头经常被用到的诗句，反映的是蒙古族人民古老时代的共同思想和愿望。但是并不是所有利用太阳和月亮的对称关系作引导形成的平行式都有这样的含义。例如：

例【6】

narnii köl door yabdaγ	走在太阳底下的
nayan tümen angir tsookhor	八十万花马
aduutai baiba gene.	是他的马群。
sarnii köl door yabdaγ	走在月亮底下的
saya tümen khonγor tsookhor	百万万花马
aduutai baiγsan baiba gene.[1]	是他的马群。

在例【6】中，虽然还是以太阳和月亮的对称关系来引导和构成平行式诗句，但太阳和月亮不具有例【5】那样的隐喻意义，在这里用"太阳底下"和"月亮底下"，辅之以八十万和百万万这些数字来衬托史诗主人公之马群数量之庞大，胜过用"漫山遍野"来形容。实际上，在"太阳刚刚初升的时候，花木刚刚绽放的时候，月亮刚刚升起的时候，政教刚刚兴起的时候"这样的诗句中已经很好地利用了天地对称关系，因为太阳和月亮属于天体，而相对于此，花

---

[1] 索克演唱，斯钦巴图记录整理：《汗青格勒》第 0052—0057 诗行，见于仁钦道尔吉、朝戈金、旦布尔加甫、斯钦巴图主编：《蒙古英雄史诗大系》第一卷，北京，民族出版社，2007，第 824 页。这个诗句以稍微变化的形式多次出现在该史诗中。

木和政教乃地球上的事物。

类似的例子还有：

例【7】

orčilangiin kün	世界上的人
nige khoyar baiɣsan baij gene	只有一两个的时候，
oɣtorɣuin naran	天上的太阳
odon tedüi baiba gene.[1]	像星星那么小的时候

例【8】

tenger tebkiin čineen	天宛如毽子一样
baɣ balčir baiba gene.	微小的时候
ɣajar ɣolumtiin čineen	地宛如炉灶一样
nilk balčir baiba gene.[2]	渺小的时候

例【7】和例【8】的第一、第二诗行与第三、第四诗行构成一个平行式，都是以天地的对称关系组织起来的，但是其中也有古老的神话观念在起作用。例【7】中把地上的人和天上的太阳作为平行对照的事物，在蒙古史诗中更多的时候是把天上的星星和地上的人们作为相互有对应关系的事物来叙述的——"天上星星很少的时候，地上的人们稀少的时候"这样的诗句在蒙古史诗中经常出现。这是因为，在蒙古古老的神话观念中，地上的人数与天上的星星数是一致的，地上有多少人，天上就有多少颗星星，人死了，天上属于他的星星也会

---

[1] 索克演唱，斯钦巴图记录整理：《汗青格勒》第 0019－0022 诗行，见于仁钦道尔吉、朝戈金、旦布尔加甫、斯钦巴图主编：《蒙古英雄史诗大系》第一卷，北京，民族出版社，2007，第 823 页。

[2] 索克演唱，斯钦巴图记录整理：《汗青格勒》第 0039－0042 诗行，见于仁钦道尔吉、朝戈金、旦布尔加甫、斯钦巴图主编：《蒙古英雄史诗大系》第一卷，北京，民族出版社，2007，第 823－824 页。

随之陨落，或者天上的星星陨落，地上相应的人就会死去。所以人们看到流星就会很恐惧，赶紧对着天空说：那是其他人的星星，而不是我的！因此，在人们的古老观念中，地上的人和天上的星星是有联系的。蒙古史诗艺人们显然是利用了这种观念组织起了这样的平行式。

有的时候把天地对称关系与上下运动的对称关系组合在一起组织平行式诗句：

例【9】

tenriin odiig	数着天上的星星
toolon bolkiba gene	猛烈地腾跃
tegš saindaan	因为平衡技术好
es tabiba gene	才没摔下马
γazriin ündesiig	数着地下的树根
toolon bolkiba gene	剧烈地尥蹶子
γabšuun saindaan	只因反应快
es tabiba gene.[1]	才没有摔下马。

例【9】的四个诗句是蒙古英雄史诗传统中常见的诗句，是高度程式化和高度定型的。其中第一行、第二行的 tenriin odiig / toolon bolkiba gene 诗句在字面上是"数着天上的星星腾跃"之意，第五行、第六行的 γazriin ündesiig / toolon bolkiba gene 诗句在字面上是"数着地下树根腾跃"之意。在这里，"数着天上的星星腾跃"和"数着地下树根腾跃"两个诗句还表达了马的腾跃次数之多。第三诗行、第四诗行的 tegš saindaan / es tabiba gene 诗句与第七诗行、第八诗行的 γabšuun saindaan / es tabiba gene 诗句之间只有一个词的差别。这样，例【9】

---

[1] 索克演唱，斯钦巴图记录整理：《汗青格勒》第0405—0412诗行，第0423—0432诗行，见于仁钦道尔吉、朝戈金、旦布尔加甫、斯钦巴图主编：《蒙古英雄史诗大系》第一卷，北京，民族出版社，2007，第823—824页，第832页。

的四个诗句以前两个诗句的"天"和后两个诗句的"地"为对称关系形成了一个工整的平行式。然而在另一个意义上,"数着天上的星星腾跃"表示马的腾跃运动的朝上方向,而"数着地上植被的根茎腾跃"则与之相对,表示马的腾跃运动的朝下方向。于是,这个平行式又多了一个以上下运动的对称关系来组织的特点。最终,艺术夸张地描绘了骏马腾跃上天入地的矫健影姿。

例【10】

baakhan baakhan tabij tataj	调整骏马的步幅
güilgej baib gene,	让它朝着前方奔驰,
budant tenriin naaɣuur	云雾缭绕的天空美景
güilgej baiba gene,	一幕一幕掠过头顶。
naikhluulun naikhluulun	任凭骏马的节奏
güilgej baiba gene,	让它飞驰奔向远方,
nartu tngriin naaɣuur	阳光普照的天空美景
güilgej baiba gene.	一闪一闪掠过头顶。
zaa iigked bolson khoina ni	要说此后怎么样,
sartu tengriin naaɣuur	皓月当空的夜空下
güilgeed orkiba gene,	飞驰起来,
salaatu modonii deegüür	高耸入云的树梢上面
güilgeed orkiba gene,	飞驰起来,
üjüurtü modonii deegüür	乌云密布的天空下
güilgeed orkiba gene,	飞驰起来,
üületü tengriin naaɣuur	一望无边的密林上
güilgeed orkiɣsan baiba gene.[1]	飞驰起来。

---

[1] 索克演唱,斯钦巴图记录整理:《汗青格勒》第0773—0789诗行,见于仁钦道尔吉、朝戈金、旦布尔加甫、斯钦巴图主编:《蒙古英雄史诗大系》第一卷,北京,民族出版社,2007,第839页。

第五章　索克的演唱艺术

例【10】也是利用天与地的对称关系组织起来的平行式诗句。利用天地的对称和对立统一关系，有其深刻的蒙古族宗教信仰的、古代哲学思想的蕴涵。在蒙古族萨满教世界观中，天被称为 ečige tngri，意为"天父"，地被称为 edügen eke，意为"地母"，天地是缔造世界万物的父母神，从而具有至高无上的地位。因此，在蒙古萨满教诗歌中，充斥着对天父神和地母神的赞美之词，在蒙古人日常生活中也有很多有关天地神信仰的习俗。这种信仰观念深入蒙古人的思想意识深处，支配着他们的行为、习俗，反映到诗歌艺术中，就产生了以天地对称关系组织的平行式诗句。

从例【10】中我们还可以发现，艺人并不是每每都能想起或一下子就能即兴创编出规整优美的平行式来，有的时候创编平行式有一些逐渐思考和构成的过程。在这段诗句中，前8行是摸索性质的。这里，利用天地对称关系的意图一开始就已经有了，以 budant tenriin naaɣuur（云雾缭绕的天空底下）和 nartu tenriin naaɣuur（阳光普照的天空）开始的两个半成品平行式说明了这一点。虽然在这里未能构成用天和地的平行式，但还是与 baakhan baakhan tabij tataj 和 naikhluulun naikhluulun 两个诗行对应，用蒙古诗歌的行头韵法构成了优美的诗句。经过这样的过渡阶段，艺人显然想起了后面的完整而又规整的平行式，于是马上来了一句过渡性的惯用语 Ja iigked bolson qoina ni（从此以后），话锋一转，便进入了下一个更优美的诗句。

索克的表演文本中还有很多利用事物的粗细、大小对称关系来构成平行式的例子。

例【11】

narin öbsönii tolkkoig	骏马奔驰
nakhilzuulun nakhilzuulun	带起风儿
güilgej baiba gene,	嫩草被吹起波浪
büdüün öbsenii tolkhoig	骏马飞奔
bökülzüülen bökülzüülen nigen	带起风浪

225

güilgej baisan baiba gene.¹ 粗草被吹直摇晃。

例【11】体现了蒙古史诗艺人们仔细观察事物，敏锐地发现其中任何用来表现所描述对象特点的现象的能力。从这个诗句中，人们可以想见一位勇士骑马奔驰通过丰美草原的景象。

例【12】

yek kengergeen zodoj	击打着大鼓
yek düngeryečil gedeg	吹起了
büreegeen tatba gene	大东格业齐号角
dund kengergeen zodoj	击打着中鼓
dund düngeryečil gedeg	吹起了
büreegeen tatba gene	中东格业齐号角
baγa kengergeen zodoj	击打着小鼓
baγa düngeryečil gedeg	吹起了
büreegeen tatba gene.	小东格业齐号角。
yek šüteendeen	大神像前面
yek zulaan asaaba gene	点起了大神灯，
dund šüteendeen	中神像前面
dund zulaan asaaba gene	点起了中神灯，
baγa šüteendeen	小神像前面
baγa zulaan asaasan baiba gene.²	点起了小神灯。

---

1 索克演唱，斯钦巴图记录整理：《汗青格勒》第 0745—0750 诗行，见于仁钦道尔吉、朝戈金、旦布尔加甫、斯钦巴图主编：《蒙古英雄史诗大系》第一卷，北京，民族出版社，2007，第 838 页。

2 索克演唱，斯钦巴图记录整理：《汗青格勒》第 0283—0297 诗行，见于仁钦道尔吉、朝戈金、旦布尔加甫、斯钦巴图主编：《蒙古英雄史诗大系》第一卷，北京，民族出版社，2007，第 829 页。

例【12】中，用大鼓与大号角、中鼓与中号角、小鼓与小号角的对称关系；大神像与大神灯、中神像与中神灯、小神像与小神灯的对称关系组织起了平行式诗句。在蒙古英雄史诗传统中，还有用大鼓、中鼓、小鼓分别召集大颚托克、中鄂托克和小鄂托克臣民的比较固定的平行式诗句。这种平行式被认为是古代蒙古社会鄂托克制度和召集鄂托克人的传统方式的反映。我们认为，索克唱本中用大神像与大神灯、中神像与中神灯、小神像与小神灯的对称关系创编的诗句是对用大鼓、中鼓、小鼓分别召集大颚托克、中鄂托克和小鄂托克臣民的比较固定的平行式诗句的发展形式。

还有利用喜忧对立关系组织平行式，如：

例【13】

Jirγalangiin jiran zurγaan ayalγaan	把喜悦的六十六首曲子
züün araandaan nakilan nakilan	从左边的牙缝吹响
nigen güilgej baiba gene,	策马前行，
zoblangiin dalan zurγaan ayalγaan	把哀伤的七十六首曲子
baruun araandaan nakilan nakilan	从右边的牙缝吹响
nigen güilgej baiba gene.[1]	纵马飞奔。

例【13】的这个诗句描述赶远路人的心理活动。路人同时回味喜与忧的生活情景，并在喜忧交替中调整心态，达到心理平衡。诗句有着很深刻的东方哲学含义。而整个诗句不仅利用喜与忧的对立统一关系和对称关系，而且辅助利用左与右的对称关系。

利用性别对立组织平行式，如：

---

[1] 索克演唱，斯钦巴图记录整理：《汗青格勒》第0751—0756诗行，载仁钦道尔吉、朝戈金、旦布尔加甫、斯钦巴图主编：《蒙古英雄史诗大系》第一卷，北京：民族出版社，2007，第838页。

例【14】

ečgiin tsagiin	父亲有没有
üšee yuu baidag bile	未报的仇恨?
ekiin tsagiin	母亲有没有
ataa yuu baidag bile?[1]	未了的嫉恨?

例【14】的第一行以"父亲的",第三行以"母亲的"开头,其他词都相同。同样,第二行的"仇恨"和第三行的"嫉恨"不同,其他词都一样。

利用里外对称关系组织平行式,如:

例【15】

dotor küreenii γazaa	在内墙外面
γadar küreenii dotor	在外墙里面
uyaad orkiba gene.[2]	把马拴好。

利用过去与将来的对称关系组织平行式,如:

例【16】

butsaldaggüi	在神奇的
buγu yingel khaisaan nerjin	布嘎英吉尔锅里
nigen nigen tsai butsalγaj	煮满了茶
yabsan zamdaan nige	往已走过的路
tsatsal bolγaj tsatsba gene	用奶茶献了祭

---

[1] 索克演唱,斯钦巴图记录整理:《汗青格勒》第0156—0159诗行,载仁钦道尔吉、朝戈金、旦布尔加甫、斯钦巴图主编:《蒙古英雄史诗大系》第一卷,北京:民族出版社,2007,第826页。

[2] 索克演唱,斯钦巴图记录整理:《汗青格勒》第0414—0416诗行,载仁钦道尔吉、朝戈金、旦布尔加甫、斯钦巴图主编:《蒙古英雄史诗大系》第一卷,北京:民族出版社,2007,第831页。

yabakh zamdaan bas nigen	又往将要走的路
tsatsal bolγaj tsatsba gene.[1]	用奶茶献了祭。

例【16】中利用 yabsan zam（已走过的路）和 yabakh zam（将要走的路）的对称关系构成了一个平行式，而且这个平行式是与蒙古民族信仰民俗结合在一起的。不仅有优美的诗句，而且有与人民日常生活习俗紧密联系的生活内容。

（二）利用数词组织递进式平行式

在索克唱本中，利用数词的递进关系构成平行式的情况更加频繁地出现。这也是索克表演艺术的一个特点。

例【17】

khazaaraan abč	拿起马嚼子
jiran gurb dallaad orkib gene	挥手叫唤六十三下，
emeeleen abč	拿起马鞍
dalan gurb dallaad orkib gene.[2]	挥手叫唤七十三下。

这里描绘的是主人手拿马嚼子和马鞍叫唤坐骑的场景。艺人用六十三、七十三两个数字的递进关系，创编出规整的递进平行式。

例【18】

dalan kün daadagüi	在七十个人抬不动的
dalγai tsaγaan khundaγand ni	白色海碗里

---

[1] 索克演唱，斯钦巴图记录整理：《汗青格勒》第 1019－1025 诗行，载仁钦道尔吉、朝戈金、旦布尔加甫、斯钦巴图主编：《蒙古英雄史诗大系》第一卷，北京：民族出版社，2007，第 844 页。

[2] 索克演唱，斯钦巴图记录整理：《汗青格勒》第 1050－1053 诗行，载仁钦道尔吉、朝戈金、旦布尔加甫、斯钦巴图主编：《蒙古英雄史诗大系》第一卷，北京：民族出版社，2007，第 845 页。

arban sab arzaas ni	把十斛美酒
nigen meltiitel kiged orkib gene	满满地盛上，
dünjin jingil taijidaan	向敦金精格勒台吉
örgööd orkib gene.	敬献了过去。
dünjin jingil taiji ni	敦金精格勒台吉
baakhan baakhan abaad orkib gene	一饮而尽。
khorin sab khorzoon	把二十斛美酒
γarγajin ireed kiged orkib gene	满满地盛上，
dünjin jingil taijidaan	向敦金精格勒台吉
örgööd orkib gene	敬献了过去。
dünjin jingil taiji ni	敦金精格勒台吉
baakhan baakhan abaad orkib gene	一饮而尽。
iigked bolson khoino ni	从这以后，他的
minγan künii süriig dardaγ	威震千人的
milγar ulaan čirai ni	红色脸庞
ilreed ireb gene	更显威风，
tümen künii süriig dardaγ	威压万人的
tögrög ulaan čirai ni	红色脸庞
ilreed irsen baiba gene.[1]	更显威风。

例【18】通过"十斛美酒""二十斛美酒"和"千人""万人"的递进关系，构成递进式平行式。这样的平行式表现了人们对汗青格勒的尊敬、崇拜的加深，更表现了汗青格勒过人的酒量以及越喝越威风的英雄本色。描绘敬酒饮酒的前半段与描绘英雄越发威风的后半段之间也有了意义上的递进关系，使整段诗词语搭配合理、韵律规整、意境优美。

---

[1] 索克演唱，斯钦巴图记录整理：《汗青格勒》第0532—0552诗行，见于仁钦道尔吉、朝戈金、旦布尔加甫、斯钦巴图主编：《蒙古英雄史诗大系》第一卷，北京，民族出版社，2007，第834页。

例【19】

jaran zurɣaan jirimeen	把六十六条扯带
jir tustal tataad orkib gene	紧紧地拉住，
dalan zurɣaan olonɣoon	用七十六根肚带
dabgetel nigen tataad orkib gene.[1]	紧紧地扣住。

例【20】

bayan altan küder khaan	巴彦阿拉坦库德尔汗
an gegč orniinaan	把昂地方的
arban tümen muj	十万个臣民
albataan tsuɣluulba gene	召集了起来，
tan gegčiineen	把唐地方的
tabin tümen muj	五十万民众
albataan tsuɣluulba gene.[2]	召集了起来。

例【21】

ɣunjin ünee ɣarɣaj	宰了三岁母牛，
ɣurban khonog	举行了三天
nairluulaad orkiba gene	盛大的饮宴，
dönjin ünee ɣaɣaj	宰了四岁母牛，
dörben khonoɣ	举行了四天

---

[1] 索克演唱，斯钦巴图记录整理：《汗青格勒》第 1109—1112 诗行，见于仁钦道尔吉、朝戈金、旦布尔加甫、斯钦巴图主编：《蒙古英雄史诗大系》第一卷，北京，民族出版社，2007，第 846 页。

[2] 索克演唱，斯钦巴图记录整理：《汗青格勒》第 0276—0282 诗行，见于仁钦道尔吉、朝戈金、旦布尔加甫、斯钦巴图主编：《蒙古英雄史诗大系》第一卷，北京，民族出版社，2007，第 828—829 页。

nairluulaad orkiba gene.¹ 盛大的宴席。

例【19】中用六十六、七十六的递进关系，例【20】用昂地方、唐地方的对称关系辅之以十万、五十万的递进关系，例【21】利用三岁和四岁、三天和四天数词的递进关系，分别构成了优美且工整的平行式。

（三）运用谚语、俗语构成平行式

蒙古史诗艺人们从不放过用来叙述故事的任何现成的语言材料。蒙古口头文学传统中那些高度定型的、意义深刻的、语言优美的谚语、俗语等等，更是他们最喜欢运用的材料。索克也不例外。

例【22】

aab mini, aab mini,	父亲啊父亲
tantan tsaij	您已经两鬓斑白
taγlaγtan moroisan baikhad	气力衰退，
ene gegč beyiigten	年岁压住了
nasan darsan baikhad	您的身躯，
öndör gegč uuliigtan	白雪盖住了
tsasan darsan baikhad²	高高的雪山。

例【22】一连使用了 tantan tsaij/ taγlaγtan moroisan 和 beyiig nasan darna/ uuillg tsasan darna 两个俗语。在史诗艺人的语言材料储备库里，谚语、俗语、

---

1 索克演唱，斯钦巴图记录整理：《汗青格勒》第 0318—0323 诗行，见于仁钦道尔吉、朝戈金、旦布尔加甫、斯钦巴图主编：《蒙古英雄史诗大系》第一卷，北京，民族出版社，2007 年，第 829 页。
2 索克演唱，斯钦巴图记录整理：《道利格颜宝彦额尔德尼》第 0103—0109 诗行，见于仁钦道尔吉、朝戈金、旦布尔加甫、斯钦巴图主编：《蒙古英雄史诗大系》第二卷，北京：民族出版社，2007 年，第 548 页。

成语是重要的组成部分，他们视正在叙述的事件，能够恰如其分地使用这些材料，准确而深刻地表达意义的同时轻松构筑诗行，使史诗语言更加生动。

二、即兴表演中创编诗行和争取思考时间

索克在现场即兴创编压力和状态下能够从容地演唱，有其自己的特点和一套技巧。在这里，结合现场观察和誊写整理过程中的发现，归纳几种技巧。当然，这里介绍的仅仅是他的众多技巧中常见的几种，其他更多的表演技巧还有待进一步分析和研究。

（一）"……bolson khoino ni"结构的使用

艺人演唱史诗时唱出的诗歌节拍规整，旋律优美。有时，为了使诗歌节拍与所唱旋律的和谐，会用一些特殊的方法。在诗句意义保持不变的情况下，变换使用一些词语，填充节拍和旋律的空白。

回到索克的演唱实践，我们聆听索克演唱的史诗，或者阅读他的唱本，就会发现他经常频繁地唱出一个固定诗句——"iigked bolson khoino ni"。这个诗句可直译为"这样以后""从此以后""这样一来"等等，是索克在演唱中最常使用的的诗句。在《汗青格勒》史诗中共出现123次，占该史诗全部3920个诗行的3%还多。可见其使用频率之高。

这个固定诗行中，稳固不变的是 bolson khoino ni，单独不表示任何特别的意义，只是放在"iigked（这样、从此）、ta（你）、bi（我）、ene（这）、tere（那、他）、odo（现在）"等单词后面使用。这时，"这样、你、我、这个、那个、他、现在"等词的意义保持不变，bolson khoino ni 这个惯用语在其中只有强调"这样、你、我、他、这个、那个、现在"等词的意义。但是，从诗句构成的角度考虑，在诗歌当中却有着把"你、我、他、这个、那个、现在"等不具备单独成为一个"诗行"的单词强调为单独占用一个"诗行"的程度。即，

艺人演唱每个"诗行"所用的时间虽然有差别，但是与演唱一个单词相比还是较长的。但是在"ta（你）、bi（我）、ene（这）、tere（那、他）、odo（现在）"等单词后面接上 bolson khoino ni，就能形成以这些单词的词义为意义的一个完整"诗行"。所以，"……bolson khoino ni"是索克用一个单词构成一个"诗行"的"工具"。

同时，"……bolson khoino ni"结构的使用还有一个重要的作用。那就是，通过演唱这种结构的固定诗句，在现场即兴表演的压力下能够更多地争取到创编下一个诗句所需的短暂思考时间。

"……bolson khoino ni"结构的"诗行"中，"iigked bolson khoino ni"这个固定语的使用频率最高，而且在不同的语境中产生不同的语法意义。这个固定语在几种情况下使用。

第一种是在从这个段落进入下一个段落时作为一种引导或过渡语来使用。

第二种是用来表示动作、行为、事件的自然顺序。

第三种是在前后两段之间有意义转折时使用。

而且，"……bolson khoino ni"结构的"诗行"在索克的演唱中有着固定不变的曲调。

（二）关于"nigen nigen"的使用

聆听索克演唱的史诗，或者阅读他的唱本，也会发现他经常频繁地使用"nigen nigen"这个词。"nigen"是数词，意为"一个"，单独放在名词前面，表示某具体事物的数量。但是，索克在演唱实践中对这个数词的使用形成了自己的特点。有时表示数量，有时却没有什么实际意义。索克不仅把它以数词定语形式单个使用，还以"nigen nigen"这样的形式的形式重复使用，在表示事物的数量的同时还达到根据旋律调整词数、音节数的目的。并且，这样的重复使用还有在现场表演压力下争取到更多思考时间的作用。

nigen nigen   到了一个

yek γazar kürbe gene　　　　　　开阔的地方，

nigen nigen yek dalaa　　　　　　看见一个大海

butsalj l baiba gene.[1]　　　　　　翻腾着巨浪。

在这个例子中，"nigen nigen"这样的重复一方面有一般的数词定语的意义，同时还具有根据旋律调整用词数量和音节数的作用。同时，重复使得演唱的节奏相对放慢，为艺人思考下一个诗句赢得一些时间。

nigen nigen yek　　　　　　一个大的

eng zakhgüi yek[2]　　　　　　一望无边大的

这个例子中，"nigen nigen"的重复除了为艺人赢得思考时间以外其他几乎没有什么意义。索克的演唱中绝大多数情况下都是"nigen nigen"这样对"nigen"的重复，但是有的时候也重复"khoyor（二、两个）、γurba（三、三个）、dörb（四、四个）"等数词，达到同样的目的和效果。例如：

nigen nigen ödör bolba gene　　　　　　一天一天到了，

nige nigen taiji geibe gene.　　　　　　一位台吉出生了。

ene taiji geigsend　　　　　　这位台吉出生

geigsen khoino　　　　　　出生的时候，

γunan ükeriin čineen　　　　　　三岁牛一样大的

γurbaljin khar temdeg ni　　　　　　三角形黑痣

---

[1] 索克演唱，斯钦巴图记录整理：《道利格颜宝彦额尔德尼》第 1210—1213 诗行，载仁钦道尔吉、朝戈金、旦布尔加甫、斯钦巴图主编：《蒙古英雄史诗大系》第二卷，北京：民族出版社，2007，第 571 页。

[2] 索克演唱，斯钦巴图记录整理：《道利格颜宝彦额尔德尼》第 1346—1347 诗行，载仁钦道尔吉、朝戈金、旦布尔加甫、斯钦巴图主编：《蒙古英雄史诗大系》第二卷，北京：民族出版社，2007，第 574 页。

γol dundaan baiba gene.	后背上有了。
nige nige khonoba gene	一天过去了,
nige nige zuun irgiin arsiig	把一百张羊皮
züij zaaj	缝接起来
nige nigen mantsui yasba gene.	做了一个襁褓,
arai tsaraikhan baγtasan baiba gene.	勉强裹住了他。
khoyor khoyor khonoba gene	两天过去了,
khoyor zuun irgiin arsiig	把二百张羊皮
züij zaaj	缝接起来
nige nigen mantsui yasba gene.	做了一个襁褓。
γurb γurb khonoson baiba gene	三天过去了,
γurban zuun irgiin arsiig	把三百张羊皮
züij zaajin	缝接起来
nigen mantsui yassan baiba gene.	做了一个襁褓。
γurb γurb khonoba gene	三天过去了,
γurban γurban nasiig nasalba gene.	三岁一样大了,
γunjin jingel taiji gej	给他取名叫
neriig ögbe gene.	三岁的精格勒台吉。
dörb dörb khonosan gene	四天过去了,
dönjin jingel gej	给他取名叫
neriig ögsen baiba gene.[1]	四岁的精格勒台吉。

（三）对助动词 baikhu（有）的使用

在蒙古语中，动词"baikhu"的使用范围很大，其词根 bai 后面可加很多

---

[1] 索克演唱，斯钦巴图记录整理：《汗青格勒》第 0097—0124 诗行，见于仁钦道尔吉、朝戈金、旦布尔加甫、斯钦巴图主编：《蒙古英雄史诗大系》第一卷，北京，民族出版社，2007，第 825 页。

不同的附加成分，能够表示多种不同的语法意义。"baikhu"的本义为"有"，其词根后加 -γsan/-daγ/-γsaar/-ba/-baij/-tal/-bal/-γad/-n/-maγts/ 等词缀，表示不同的时态、条件假设等语法意义。索克善于运用这些附加成分，使得单个动词"baikhu"构成一个"诗行"甚至两个"诗行"。

在蒙古语中，动词"baikhu"还放在其他动词后面，用其各种语法意义表示前面的动词所表示的行为、动作、状态的各种时态、条件假设等意义。例如：

…baiba gene	曾经这样
…baiγsan baiba gene	曾经这样
…baiγsan baidaγ baiba gene	曾经这样维持很久
…bain baiγsaar baital	正当保持这样之时

这些仅是部分变化形式，在索克的实际演唱实践中还有很多，但是有一点，不管如何叠加"baiknu"（有）的各种变化形式，艺人要表达的意义始终不变。例如：

iigked bolson khoino ni	从此以后
bain baisaar baiba gene.[1]	还是继续这样。

在这里，"baiknu"（有）的各种语法形式的叠加构成了一个诗行，填补了艺人演唱旋律的空白，但仍重复了前面的意义，使唱词意义没有发生变化，作用就是为艺人思考争取了时间。

（四）一般动词的重复

一般动词的重复，也是索克创编诗行、填补旋律空位的一种重要手段。一

---

[1] 索克演唱，斯钦巴图记录整理：《汗青格勒》第 0097—0124 诗行，见于仁钦道尔吉、朝戈金、旦布尔加甫、斯钦巴图主编：《蒙古英雄史诗大系》第一卷，北京，民族出版社，2007，第 825 页。

般动词的重复，表达该动词所表达的动作持续、重复的状态。

üdiin gazraas	从半天路程远的地方
ükeriin čineen čineen tsuluyaar	举起卧牛石
zodroldood orkib gene	向对方砸过去。
khonogiin čineen gazraas	从一天路程远的地方
khoinii čineen čineen tsuluyaar	捡起绵羊那么大的石头
zodroldood orkisan baiba gene	向对方打过去。
zodroldon zodroldon	相互打来砸去，
iren iren irseer	边打边走
irseer küreed irbe gene.[1]	走了过来。

像这个诗句中对 zodroldon（打斗）、iren（来）两个动词的重复，只表示该动作的持续状态。iren iren irseer 这个诗行完全是出于根据曲调调整词数的需要唱出的诗行，其实无实际的其他意义。

三、索克的纠错技巧

现场表演的特殊性在于要求艺人不加停顿、不加重唱地一次性表演成功。然而，艺人在表演的过程中难免出现一些顾此失彼的失误。如不加以纠正，轻则演唱中出现用词不当、讲述的故事情节前后矛盾的情况，重则无法继续演唱下去，引来观众的嘲笑，演唱将被迫中断。一旦出现这种失误的时候，每个艺人都会有自己的一套解决和脱困的办法。在笔者观察和分析的范围内，索克有如下一些巧妙的补救技巧。

---

[1] 索克演唱，斯钦巴图记录整理：《汗青格勒》第1600—1608诗行，见于仁钦道尔吉、朝戈金、旦布尔加甫、斯钦巴图主编：《蒙古英雄史诗大系》第一卷，北京：民族出版社，2007，第856页。

（一）托梦补救法

曾经听说过有人讲关于著名史诗艺人金巴扎木苏在说唱乌力格尔时发生的一个有趣的故事。有一次，金巴扎木苏说唱一个乌力格尔，说到一个将军正追击一个对手，途中应该发生一个重要的事件，但这时他怎么也想不起来那是个什么事件。于是他说那个将军在追击途中下马躺下休息。睡梦中那位将军突然看见一个可怕的敌人来到跟前，于是起来与之进行了一场殊死战斗。这场战斗险象环生，惊心动魄，扣人心弦，引得听众阵阵喝彩。战斗进行到性命攸关的最关键时刻，那位将军终于逆转乾坤，战胜了对手，自己也从睡梦中惊醒，长舒了一口气。这时，时间早已是深夜，金巴扎木苏就此打住当夜的演唱。经过第二天的准备，他终于想起了那个事件，于是晚上继续演唱时很顺利地进入了故事原有的情节轨道。他的这个为了补救失误而临时增加的故事与原有的故事情节之间衔接得天衣无缝，以至于听众丝毫没有察觉出他的这次窘境和失误。只有一个听众质疑说，这个乌力格尔里本来没有这样的故事，怎么你演唱的时候就有了？金巴扎木苏回答："在梦中什么故事不能发生？"说得对方哑口无言。

这是托梦补救的一个著名实例。在索克演唱《七岁的道尔吉彻辰汗》史诗时，笔者发现他也用让史诗人物做梦来补救自己演唱中的失误的办法。

《七岁的道尔吉彻辰汗》史诗是一部特殊婚姻型史诗。如前所述，特殊婚姻型史诗主要叙述夫妻、兄妹、叔嫂或母子之间围绕外来敌人而展开的斗争。通常叙说英雄战胜一个闯进领地的异族勇士，然后把他关进地牢，自己却外出打猎，这时妻子、妹妹、嫂子、母亲等女性亲属通敌，从地牢里把敌人放出来私通，却欲置英雄于死地，屡次让英雄去完成极其危险的任务，最后英雄识破她们的阴谋，把敌人铲除，惩处通敌的亲属。在这类史诗中，妻子、嫂子、妹妹、母亲通敌加害于英雄，而英雄的姐姐却总是保护英雄。《七岁的道尔吉彻辰汗》叙述勇士的妻子和妹妹通敌，欲加害于道尔吉彻辰汗，却最终失败的故事。这类史诗有固定的故事模式。当英雄一次次为完成黑心肠的亲属交给的危险任务而出远门的途中，英雄的姐姐（通常是三个姐姐）总是把他请进家里，叮嘱他回来的路上也一定到家里来。当英雄完成危险任务回来时，姐姐们也总是把他出生入死得来的宝物偷偷调换。等到英雄被黑心肠的亲属和敌人杀害后，姐姐们拿那些宝物使英雄复活。

索克1982年演唱的《七岁的道尔吉彻辰汗》史诗，从头到尾都是按这种模式演唱的。英雄第一次出去完成任务，经过大姐家，大姐叫他回来时也到家里来。英雄猎杀恶魔的铁青公牛，取其心脏。回家时途经大姐家，大姐用一般公牛的心脏调换了恶魔的铁青公牛的心脏。第二次是他的二姐把恶魔的苍狼的胆调换成一般狼的胆。第三次是三姐把恶魔的白骆驼的乳汁调换成别的骆驼的乳汁。

但是，2005年他为笔者演唱这部史诗时，可能由于太久没有演唱史诗了，一开始没有进入这个固定模式。他开始交代，很早以前，有一个人名叫七岁的道尔吉彻辰汗，妻子叫作董阿嘎勒，妹妹叫作哈尔尼敦，有三个姐姐，有两匹白马、两只猎鹰、两条猎犬。一天，道尔吉彻辰汗出外打猎回来，妹妹哈尔尼敦却说嫂子得了重病，需要喝恶魔的苍狼的胆汁。于是，道尔吉彻辰汗出发，取恶魔苍狼的胆回家来。哈尔尼敦出来迎接说道，还没有等到你拿来苍狼胆汁，嫂子的病已经好了。道尔吉彻辰汗把狼胆收好，休息睡觉了。梦中仿佛见到三位姐姐在叫醒他。他又出去打猎，途中经过大姐姐家门前，大姐姐请他进屋喝茶，然后用其他狼胆换掉了恶魔的狼胆。哈尔尼敦又说嫂子病了，这回需要吃恶魔的铁青公牛的心脏。道尔吉彻辰汗前去，在猎狗和坐骑的帮助下射杀恶魔的铁青公牛，取出它的心脏而归。途中经过二姐家的门前，二姐迎接他进屋，在他喝茶的时候用一般公牛的心脏调换了恶魔的青公牛的心脏。道尔吉彻辰汗回家，妻子的病却早已经好了。

把索克1982年唱本和2005年唱本相比较，不难发现，在故事情节的完整性和叙述套路的传统性上1982年唱本略胜一筹。因为1982年唱本从第一次出征开始就进入了蒙古英雄史诗中特殊的特殊婚姻型故事的传统套路。因而，没有像2005年唱本那样英雄第一次完成妻子和妹妹的任务后直接回家，而是先到大姐家，然后才回到自己家。2005年演唱时显然一开始没有进入这个套路，因而在演唱的过程中突然安排英雄梦见姐姐的情节。于是有了英雄出去打猎时经过大姐家和大姐调换狼胆的情节。说明艺人在这个时候才想起自己的演唱偏出了传统情节。英雄休息睡觉和梦中看见姐姐在叫醒自己的故事情节，正是艺人为纠正这种偏差而临时安排的一个情节。果然，从英雄第二次出征开始，艺人的演唱真正进入了这类史诗经典的叙述模式和传统套路。

这充分说明，在一些演唱经验丰富的艺人那里，演唱中失误的补救办法之一是让史诗人物停下休息、睡觉做梦。这时艺人可以托梦演唱一种新的故事情节，把场面应付过去，不至于陷入想不起故事而尴尬地中断演唱。等到想起那个忘了的故事情节后再让那个史诗人物从梦中苏醒过来，继续按原有的故事套路演唱下去。也可以让史诗人物睡觉，在其梦境中点出正确的故事线索，以此为过渡，再进入正确的故事套路。

（二）神奇化

我们总是认为，史诗中出现的一些神奇事件是原始神话、信仰观念的产物和反映。但是有谁能想到在一些史诗艺人那里，神奇的事件并不一定就是原始神话观念的反映，而是艺人用来弥补演唱失误的一种办法呢？然而，笔者在记录索克演唱的《道力静海巴托尔》时确实看到了索克用神奇化的手段来补救其演唱中的失误。

《道力静海巴托尔》史诗叙述的是英雄道力静海巴托尔远赴西北方的纳古朗汗那里，战胜种种困难和众多竞争对手，聘娶纳古朗汗的女儿为妻，回到家乡的故事。在笔者2005年记录他演唱的这部史诗之前，1984年他曾经演唱过这部史诗。在1984年的唱本中，道力静海巴托尔岳父的名字自始至终都是纳古朗汗，但在2005年给笔者演唱这部史诗的时候，索克始终说西北方的汗，不说西北方的纳古朗汗。因为笔者已经看过他1984年的唱本，所以感到很奇怪。然而，到史诗的最后，叙述道力静海巴托尔启程回乡，拜见父母和祖母，祖母询问道力静海巴托尔是否成功迎娶妻子，勇士自豪地回答大功告成，这时艺人突然提高嗓门唱出了"西北方的纳古朗汗几个字在宫帐顶上出现的金黄色彩虹中闪耀显现"这样的唱词。

那一时刻，笔者明白了艺人的意思。那就是，艺人一开始没有想起西北方的纳古朗汗的名字，到了最后时刻想起来了，于是想通过"西北方的纳古朗汗几个字在宫帐顶上出现的金黄色彩虹中闪耀显现"这样的神奇事件来提醒听众注意，演唱中多次提到的"西北方的汗"名字叫作纳古朗汗！

对于长时间中断演唱的史诗艺人来讲，重新演唱一部史诗的过程就是逐步找回故事情节、人物名称的过程。就拿《道力静海巴托尔》史诗来讲，史诗艺人显然忘记了其中一些人物名称。例如，西北方的汗在1984年唱本中一开始就明确交代是纳古朗汗，但是，2005年唱本中却到最后才交代西北方的汗名字叫那古郎。虽然想到了，但是已经把史诗快演唱完了，所以这就是一个明显的失误。为了弥补这个失误，艺人用了一个特别的强调技巧，那就是神奇化。

由此可见，史诗中的神奇因素不一定就是一部史诗中固有的，它的出现视出现时机的不同，可能有不同的含义。我们不能否认神奇因素本身的古老性，但是这种古老性却不能证明该史诗的起源就一定是古老的。这又为笔者提出的"史诗的故事和叙述故事的言语之间可分离，一部古老的史诗可能以晚近的形式出现，一部晚近的史诗却可以古老的形式出现"的观点提供事证。例如就我们列举的神奇因素来讲，虽然它就其传达的观念来讲是古老的，但它仅仅是对纠错的一种强调，以便引起人们对这一纠正过来的内容的重视。也有许多古老的神奇因素的运用，可能是强调某种意义的一种手段。比如，英雄的神奇诞生，王后的神奇受孕等等，均不可排除对英雄身份的一种强调手段的可能。

（三）直白纠错

这种纠错手段往往用于刚一出错就自己立即发现时使用。有时还用在已经出错，但故事情节推进得不远，还有补救余地的时候。这种时候，艺人往往非常短暂地中断演唱，明白无误地告诉观众，哪个人应该叫什么名字，或者哪个地方应该叫什么，哪个事情应该怎样等。例如，在演唱《汗青格勒》的过程中，汗青格勒在远征途中遇到一勇士，两人之间发生了激烈的战斗。一开始索克没有说出那位勇士的名字，过了一段以后非常短暂地中断了演唱，告诉听众，现在跟汗青格勒战斗的勇士，名字叫作玛德乌兰勇士。[1]

（四）重复演唱来补救

用词上的错误往往采取这样的补救方式。

当艺人用直白的补救方式纠错和重复演唱来补救用词上的欠缺时，作为记录整理者应尊重艺人的真实意图，用他纠正的词语来记录，而不是坚持所谓的"一字不移"的原则把艺人唱错的词、多余的词也都记录过来。这是违背艺人意愿的。同时，在艺人现场纠错的时候，在场的听众都会明白，应该以艺人的纠正内容来理解。这是表演现场艺人和观众之间形成的一种默契，可以叫作现场修复默契。可以认为，这是史诗传统中艺人现场表演和观众现场接受活动的一个规律。有时，艺人对特别常识性的诗句、描绘、叙述中出现的明显瑕疵不予纠正，将纠正之事完全交给与自己共享传统，对传统特别了解的观众。

（五）借助史诗中人物的提醒来纠错

这也是索克使用的一种补救方法。在演唱《降服十方敌人的圣洁英明的格斯尔汗》的过程中，艺人用到了这种方法。在叙述英雄出征时，蒙古英雄史诗演唱艺人们总不忘英雄抓马、备鞍、带上各种兵器、身穿铠甲、头戴头盔等等情节。但是，当叙述格斯尔汗出征时艺人只说他带上弓箭、钢剑、马鞭、长枪等武器，骑上战马，踏上征程。没有描写和交代英雄穿上铠甲、带上助手。于是，艺人在演唱过程中安排了下面的情节：英雄出发后不久，妻子从后面追上来，提醒英雄还没有穿上铠甲、带上佛经和阿纳巴托尔。然后艺人就顺势唱起了格斯尔穿上铠甲、带上佛经重新出发的情节。我认为，这是索克用的一种补救方法。

---

[1] 索克演唱、斯钦巴图记录整理，汗青格勒、载仁钦道尔吉、朝戈金、旦布尔加甫、斯钦巴图主编：《蒙古英雄史诗大系》第一卷，北京：民族出版社，2007，第859页。

附录 1

论民间文学记录整理者的身份流动及身份认同

引 论

回顾民间文学研究史,无论是国外还是国内,都将民间文学传播链限定在艺人和受众及其互动转换上,没有把搜集整理者纳入民间文学传播链上的重要一环加以考察研究,深究他们在这个传播链上扮演的接受者、传播者等多重身份角色。在国外,对一些著名民间文学作品的搜集整理者有研究,但仅限于考察他们的生平事迹、搜集整理过程以及原则方法等。在国内,虽然学界很早就关注民间文学的搜集整理,但重点是搜集整理史和搜集整理方法与原则,而不是搜集整理者本身及其对民间文学传承的影响。而且,把搜集整理者放在民间文学传播链之外,为他们"记什么""怎么记"定规则、立规矩。甚至搜集整理者自身也有意无意以传播链之外的研究者、学者自居,大多以理论上规定的记录整理操作规程办事,没有意识到自己在其中的身份及其变化。

把民间文学搜集整理者排除在传播链之外的民间文学研究是有缺陷的。就拿蒙古族史诗研究为例,过去数百年来产生了诸如民间手抄本、转述本、现场录音整理本、同史诗多异文的互补整理本等多种文本形式。排除搜集整理者因素的传统研究,只能描述各种类型的民间文学记录整理文本的产生过程,不能揭示其产生原因。至于其价值,只能从民间文学记录整理方法和原则的角度,即从民间文学文本客体的角度去认识和评判,而不能把搜集整理者主体方面的因素考虑进去。这样的结果便是,只有其中极少数类型的文本得到认可,其他类型的绝大多数文本的价值得不到正确评价。

关于这个问题,笔者曾于 10 年写过一篇论文,题目叫《论民间文学记录整理者的角色、功能与创造性活动》，在《口头文学异文比较集：青海蒙古史诗与故事》中作为附录出版。[1] 本文是那篇论文的深化和拓展。本文的主旨首先是把搜集整理者纳入民间文学传播链上加以考察，揭示他们在传播链中的多重身份以及身份之间的流动转换，进而分析他们在民间文学传播链中的身份认同，并基于身份认同的分析，从记录整理者主体的角度，反思既往从客体的文本角度认识和评价民间文学记录整理资料的做法，为恰当评估数百年来民间文学记录整理历史中产生的各类文本，提供新的视角和新的途径。其间，将记录整理目的、记录整理者的文化背景、对传统的熟悉度、教育背景、学术训练等，作为记录整理者身份认同及记录整理实践的影响因子，分析研究这些因素如何影响他们的搜集整理实践，从而产生不同属性的民间文学记录整理本的内在逻辑。

一、民间文学记录整理者的接受者身份以及接受活动

民间文学的记录整理者不仅是民间文学传播链上的重要一环，还身兼多重角色身份：既是接受者，也是传播者，其中大多数还是学者。随着记录整理活动每进入新的阶段，多重身份之间不断流动，从而完成每个阶段上的任务。其中接受者和传播者身份是根本的、客观的，不以他们的意志而转移的。

在传统条件下，民间文学表演现场是由艺人和听众构成的。在这个场域，随着史诗艺人面对他的观众开始表演，民间文学文本的现场创编、传播、接受过程也同时开始。艺人表演的结束，意味着艺人完成了本次创编、传播活动。任何人，不管是牧民、工人、教师、学生、军人、民间艺人还是学者，不管他们是从事什么职业什么身份，只要进入民间文学表演现场，观看、聆听史诗艺人的表演，无一例外都会成为受众的一分子，以接受者的身份参与民间文学传播链。假如该民间文学传统的其他艺人进入这个场域观看表演（传统中这样的

---

[1] 斯钦巴图等搜集整理：《口头文学异文比较集：青海蒙古史诗与故事》，北京：民族出版社，2013，第310—319页。

情况并不少见），那他的身份依然从史诗艺人流动回观众。假如是研究民间文学的学者参与进来，那他的身份同样从该传统的研究者流动到观众这边，即便是这个特殊观众带着与一般观众不同的目的和任务。

既然民间文学记录整理者在艺人的表演现场的身份已经变成一个接受者，那我们必须分析现场接受的特点。在传统的由艺人和观众参与的场域中，艺人的创编和观众的接受是在同一个时空中实现。在这一点上，民间文学的创编和接受与书面文学截然不同。在这里，艺人的演述文本不以文字等可视物质传递到观众，而是以稍纵即逝的音声为媒介即时传递给接受者。也就是说，艺人的创编没有作家文学的创作那样有充足的考虑、推敲和修改时间，而观众的接受也不像书面文学的读者那样有慢慢细品的时间。在这种条件下艺人能够创编、表演，观众能够接受，完成民间文学的传播过程，依仗的完全是传统的力量。因为，一般来说艺人和观众共享着传统，而观众中的很多人对传统的熟悉程度不一定逊色于艺人[1]。也正因如此，观众一般能够完整、准确地记住艺人演述的故事情节，甚至描绘场景的程式化套语。如果艺人演述的是史诗，完整准确地记住史诗的故事情节，是史诗传统对艺人和观众提出的最基本且最严格的要求。为了让艺人的演述和观众的接受符合上述要求，传统中有许多禁忌，用来从民俗信仰的高度规范和约束艺人的演述和观众的接受活动。

传统的史诗表演以音声媒介即时完成史诗的创编和传播活动，这本身对艺人提出很高的要求。而与他们共享传统、熟悉传统的挑剔的观众，又造成了艺人表演的进一步且最大的压力。艺人表演的任何瑕疵都躲不过观众的挑剔。于是，艺人会竭尽所能完整地、准确地、优美地演述。然而，在多重压力之下艺人的表演、现场创编不可避免地产生诸如情节叙述、场景描绘、词语搭配、人物姓名等各方面的问题、失误、瑕疵。艺人如果当场发现，可能会明确纠正，

---

[1] 符拉基米尔佐夫曾说，在蒙古卫拉特人那里，究竟哪个是真正的史诗艺人，哪个是一般的史诗爱好者，有时真的很难区别开来。参见鲍·雅·符拉基米尔佐夫：《蒙古卫拉特英雄史诗》序言，乌·扎格德苏荣编：《蒙古英雄史诗原理》（西里尔蒙古文），乌兰巴托：科学院出版社，1966，第48页。

但大多数失误和瑕疵，是在艺人不知不觉中发生的。人不是机器，现场受众的接受不同于录音，对于艺人的演述失误和瑕疵有过滤功能。对于艺人纠正过的，受众绝不会记住和传播错误的，只会按艺人的意图记住正确的。甚至艺人没有纠正过的，接受者也能够正确地接受。这是一条重要的现场接受规律。依仗的依然是传统的力量，只有传统才能够让表演者和接受者按其套路往一处想，从而使表演中的瑕疵在接受层面得到修正。从这里我们可以看到，民间文学表演现场艺人演述的和观众接受的文本，不是像书面文学文本那样一成不变，不是可以原封不动传递来传递去的物质，而是以共享的传统作为支撑，在相互之间心灵交流中传播和接受的灵动的文本。艺人演述的每个史诗或故事，以及其情节、主题、场景和程式化诗句，都将激活现场聆听的接受者知识储存中相关的故事及其主题、场景和程式化描绘，也只有此条件下才能迅速即时地发现和过滤艺人表演中出现的种种问题，并修正那些问题。即便艺人正在演述的是现场受众未曾听过的新的史诗或故事，受众依然能够凭借对传统的知识，敏锐地发现问题并纠正过来。

这说明，表演现场受众的接受活动与书面文学读者的接受活动有根本区别。书面文学的作家按个人的生活经验、情感、对社会以及人生的认识去创作属于他个人的作品，其文本也一样激发读者的审美反应，但这种反应是建立在每个读者个人生活经验、人生感悟之上的，也是个性化的。而民间文学艺人表演现场，艺人追求的不是个性化的创编，是按传统的套路、传统的情节、传统的主题和场景用传统中无处不在的程式化描绘去创编的高度类型化的史诗或故事。而其受众也不是按个体现实生活情感、经验来做出反应，而是跟艺人一样，在传统的知识背景下按传统的套路去做出反应和接受。基于传统知识和范式进行现场过滤和修复的部分，不仅符合传统的路数，还完美地融入艺人正在演述的文本，使之更加完美。这种接受活动的结果就是，一部史诗或故事即便经过千百年的传唱，其主干情节基本稳定，并在一次次的演述中保留其优美的艺术表现。

如前所述，在艺人表演现场，记录整理者的身份流动到观众，即接受者这边。但他的接受活动与一般的受众有所区别，不仅受一般的现场接受规律之制约，也受其事先设定的目标任务的制约，还受其本身文化背景、教育背景、学术背景等各方面因素的制约。与传统接受者不同，他们的任务是以文字形式记录和永久固定艺人演述的、稍纵即逝的文本。与此同时，假如他是民间文学研究者，就会表现得比一般听众都要好奇。要仔细观察表演场域，认真细致地记录，对于不明白的东西，对于他所感兴趣的问题格外留意和记录，以备日后对相关问题进行分析和说明。因此，这样的记录整理者在表演现场，既是接受者，又是亲临现场观察和分析艺人表演场域的学者。也就是说，在艺人表演现场，记录整理者的身份不断在接受者和研究者之间流动。

作为接受者，不管他是不是学者，记录整理者最主要的任务是记录民间艺人演述的文本。而这个文本又是在现场表演压力等复杂情况下即时创编出来的、带着各种各样瑕疵的、同时更重要的是已经过受众现场修正洗礼的文本。那么，面对这样复杂的文本，不同的记录整理者会做出不同的选择。而他们做出的不同选择，尤其是对待和处理艺人表演瑕疵以及现场修复的做法，直接决定出自他们之手的记录整理本的文本类型和价值。

二、记录整理者的传播者身份

一般情况下，当一个田野工作者把民间艺人的演唱用原始的书写记录方式记录下来，或用现代科技手段录音录像记录下来后，应该说他的田野搜集工作就已经结束了。其田野搜集工作因保留住了民间艺人演唱的人类口头与非物质文化遗产，为世人更好地去学习和研究那些口头文类提供了最原始的资料，从而具有重要的价值和意义。事实也是这样。19世纪、20世纪不同的记录者记录的、未整理发表的许多文本，最后经过后人的整理出版发表进入了流通，成为艺人学习和学界研究的重要资源。但是，大多数记录者却并不满足于这样的工作，进而去誊写那些录音录像资料，还对誊写资料或原始记录稿进行整理，最后把整理的资料出版发表。

然而，记录者一旦准备把记录稿或录音资料的誊写稿整理和出版发表，艺人和记录者之间原先的表演者（创编和传播者）、受众（接受者）的双向关系开始被打破。他原本的接受者身份也随之发生变化，流动到传播者一边。因为这时候，他开始代替表演者面对一个更大范围的接受群体。这个群体不曾亲临过表演现场，不曾聆听过艺人的演述，他们的接受活动主要不是通过听觉，而是要通过文字，用视觉去实现。他们的接受活动完全受整理者提供给他们的文字化、视觉化文本的制约。不仅如此，随着记录整理者对艺人表演文本的发表，原始表演时空中的艺人—听众（观众）的二极传播链，为艺人—记录整理者—读者的三极传播链所代替。艺人作为表演主体已经退居幕后，替代他面向读者的，是记录整理者。同时，原始表演场域的即时性时空被彻底打破，通过印刷、翻译、音频、视频等方式，突破方言、语言、区域、民族、国家等界限，无限面向未来时空的读者。而且原始表演场域中口耳相传的动态传播模式被打破，被文字符号、音频、视频等物质媒介所固化，并为通过文字文本学习民间文学和研究民间文学的读者提供便于接受的、尽可能忠实于原演述的文本或忠实于现场接受的文本。另外，民间文学接受活动的另一个重要方面，即现场受众在与艺人共享的传统知识背景下按传统的套路去做出反应和接受这一规律被打破，不同文化传统的人们细嚼慢品地阅读文字化文本，并从各自文化传统、知识背景出发去认识和阐释文本。这就与作家文学的读者趋同。民间文学的记录整理对于民间文学研究和传承来说是革命性的。民间文学研究由此而兴起，21世纪的新生代艺人主要通过记录整理文本学习演述民间文学。

然而，民间文学记录整理者未必能意识到上述这些问题。他们在面对现场笔记的文本或录音誊写文本的时候会发现，未经整理的艺人演述本从词语搭配到故事细节、叙述顺序各方面均有很多瑕疵，并不十分完美。在现场听的时候没有发现的所有问题，或者听的时候没当作问题的问题，这时却全部呈现出来。这就跟人们日常交流一样。人们说的话听的时候感觉很流利，但文字呈现的时候发现有很多不完整的句子、前后颠倒的叙述以及许多多余且没有意义的词语等，但听者却在当时的语境中能够正确地理解。艺人的演述对于现场受众来说也一样，听的时候感觉很流畅，语言很优美，妙语连珠。只有到了把艺人的演述本一五一十地落到文字上的时候，才能发现这些问题。这是因为受众的接受具有选择性，聆听的时候把注意力主要集中在抓住艺人演述的故事情节，以及叙述这些情节的那些优美的诗歌和词语上，根本无暇顾及艺人演述中无足轻重的微小瑕疵，也根本没必要刻意记住有瑕疵的诗句和词语。而听的时候没有发现的所有问题，实际上就是受众在现场修复默契下已经过滤掉的问题。这说明，艺人演述现场均产生两种文本：一个是有声的、唯一的，是出自艺人之口的文本，另一个是无声的、在受众心中形成的文本。有声的文本是可以录音和记录的，其中包含很多瑕疵。无声的接受文本是无法录音却可以由受众书写或传唱的。因受众的选择性接受，其中很多瑕疵是被过滤掉的，但可能仍有很多缺漏，也许还有很多添枝加叶，是受众按传统套路添加的。

  这时候整理者心里会产生纠结：到底是把艺人演述文本的原始记录稿或录音誊写本按原样呈送到读者面前呢，还是通过整理消除那些瑕疵，按现场接受的样子呈送给读者？按照前一种方式处理，符合他事先带来的任务，即记录艺人演述的文本，也符合"忠实记录"这一客观的记录整理原则，能够真实地反映出自艺人之口的文本的本来面目。毕竟表演现场从物理层面上只有艺人演述的声音，受众的接受是无声的。然而，从表演现场的角度，这些瑕疵在接受层面是已经过滤和修复过的。特别是那些艺人自己在演述中已经提示过的瑕疵和失误，在受众心中是已经得到修正了的，传统的规则从来只在乎故事情节的完整准确，并不在乎一词一句的替换变更。这种情况下似乎用第二种方式处理更能反映现场接受的实际，同时符合"适当整理"的原则，还不违反传统的规则。这就变成了是忠实于艺人演述实际，还是忠实于演述现场的接受实际的问题，最终变成了是要忠实于科学理论原则"忠实记录"，还是忠实于传统的接受与传播规则"适当整理"的问题。民间文学记录整理的"忠实记录"与"适当整理"的矛盾纠结即源于此，而传统分类中的民间文学"科学资料本"和"文学读本"的分野也始于此。究竟用哪一种方式记录整理，将取决于其记录整理时的身份认同，也取决于记录整理者对传统的熟悉度等多方面因素。

　　当然，不管记录整理者用何种方式记录整理，其根本任务是将作用于听觉的音声文本转化成作用于视觉的文字文本，为此他要做很多初始的分析性工作。例如，为表示史诗或故事的意义板块和叙事逻辑，要进行分段；为表示音声文本的韵律，要进行分诗行；为了便于读者（接受者）更好地理解记录整理文本，对于特殊词语或特定文化事项等做注释。如果整理成科学资料本，就需要做更多的工作，做更多的选择。例如，是用该传统通用的文字书写，还是用更能反映该语言甚至方言特点的表音符号？如何处理现场接受过程中的现场修复默契等一些现象等等。必须要明白，我们今天看起来理所应当的记录整理文本的形式，当初都是通过记录整理者的一番分析研究才形成的。因此，民间文学的文字化过程中，记录整理者的身份又是在传播者和研究者之间不断流动的。

三、记录整理者的身份认同

　　如前所述，民间文学记录整理者在记录整理实践的不同进程中具有不同的身份，其多重身份之间不断流动变化。这种身份流动不以他们的意志而转移，是客观的。然而，在实际记录整理实践中，记录整理者却不一定意识到他所具有的这些身份，即使意识到了，也不一定认同所有身份。面对现场接受的复杂情况，他们需要确定民间文学记录整理的目的和任务，而这是他们在身份认同上做出选择的重要依据之一：即，是选择忠于科学记录原则的学术或学者身份认同，还是选择忠于传统规则的传统或艺人身份认同。看似问题如此简单，实际却不然。因为影响他们身份认同的因素也很多。语言能力、对传统的熟悉度、教育与学术背景、记录整理目的等等都是基本的影响因子。以蒙古民间文学记录整理者为例，可分为以下几种。

（一）他者视野下的学者身份认同

不可否认，大多数民间文学记录整理者都是在学者身份认同上进行民间文学记录整理工作的。特定语言民间文学传统之外的人介入该语言民间文学的记录整理工作时尤其如此。他们大多数掌握相关语言，接受过民间文学、民俗学、历史学、社会学、人类学、语言学等学科教育和学术训练。正是这些学科教育和学术训练，使他们认识到民间文学的多学科价值，认识到科学记录整理的重要性，这是他们在民间文学记录整理工作中学者身份认同的关键。

就蒙古族民间文学的早期记录整理实践来说，诸如芬兰著名历史比较语言学家 G.J. 兰司铁（Gustav John Ramstedt，1873—1950）、苏联蒙古学家 B.Ya. 符拉基米尔佐夫（Boris Ya.Vladimirtsov，1884—1931）、美国蒙古学家 N.N. 鲍培（Poppe Nikolaj Nikolaevic，1897—1991）、比利时蒙古学家田清波（A.Mostaert，1881—1971）等很多学者是以语言学、历史学、社会学、民俗学、文学研究为多重目的，以学者身份从事蒙古民间文学的记录整理工作的。

兰司铁是芬兰阿尔泰历史比较语言学家，1895年毕业于赫尔辛基大学，有着在蒙古族地区长期田野调研经历，著有多部阿尔泰语言学研究著作，代表作是《阿尔泰语言学导论》。他在1900—1909年间记录了包括史诗在内的大量蒙古族民间文学资料，目的是把蒙古族民间文学当作研究蒙古语及其方言的学术资料，故均用罗马字符拼写，保留了民间文学文本的语言学、方言学特征。[1] 这就无意间形成了蒙古民间文学的科学记录本，成为研究蒙古民间文学重要资料。

苏联著名蒙古学家鲍·雅·符拉基米尔佐夫先后就读于法国巴黎大学东方语言学院和法兰西学院，1909年毕业于圣彼得堡大学东方语言学系，任苏联科学院院士、圣彼得堡大学教授。主要从事蒙古语、蒙古文学、蒙古历史研究，在蒙古族聚居区进行多年田野调查，用表音字符记录多部英雄史诗，并出版发表有关这些领域的学术论著多部。其中，1923年出版的《蒙古卫拉特英雄史

---

[1] 仁钦道尔吉等主编：《蒙古英雄史诗大系》（1），北京：民族出版社，2007，第48—52、53—61、227—234、358—366、557—570、718—729页。

诗·序言》以严谨的历史学家、语言学家、文学家的眼光，基于对卫拉特蒙古英雄史诗传统历史语境及其史诗艺人、受众的透彻观察，从对现场记录整理文本的精准分析入手，深刻揭示了卫拉特蒙古英雄史诗的历史概貌、艺人从学艺到演唱的整个过程、艺人现场创编史诗的手段和方式、史诗《江格尔》的总体结构特征等等，成为蒙古英雄史诗研究史上具有划时代意义的成果，至今保持着其学术价值和理论价值。对于这部学术《序言》来说，具有决定性意义的是其记录整理目的、语言能力、多年的田野作业和多学科知识与学术训练。

N.N.鲍培年轻时就读于圣彼得堡大学东方学系，接受科特维奇（W. L. Kotwicz，1872－1944）、鲁德涅夫（A. D. Rudnev，1878－1958）、符拉基米尔佐夫等著名学者的指导，学习蒙古语等阿尔泰语系语言。先后任圣彼得堡大学教授、美国华盛顿大学教授，他是苏联科学院院士、德国科学院通讯院士。主要从事阿尔泰学、语言学、历史学、文学和文化学研究。多次在蒙古族聚居区做田野调查，用表音字符记录了大量蒙古民间文学资料，以此为基础，撰写发表语言学论著多部，还出版了研究喀尔喀史诗的专著。

比利时学者田清波早年研习哲学、神学、古汉语和蒙古文。1905年－1925年在内蒙古鄂尔多斯以天主教传教士身份生活20年之久，其间开展了蒙古语鄂尔多斯方言、鄂尔多斯历史、宗教、民俗、民间文学、蒙古文历史文献方面的研究，并搜集了大量相关资料。其中，用表音字符记录整理鄂尔多斯民间文学，于1937年在北平出版《鄂尔多斯口头文本》[1]一书。这是一本以研究蒙古语鄂尔多斯方言为主旨的书。有导言，有鄂尔多斯口语转写规则的说明，有鄂尔多斯方言口语语音和形态学的研究，更有民间故事、民歌、谜语、谚语、民间游戏、祝词赞词、咒语等民间口头文本，最后还附有鄂尔多斯方言词语词典。可见，田清波主要是以研究鄂尔多斯方言为主要目的记录整理鄂尔多斯民间文学的。其记录的鄂尔多斯民间文学文本忠实于艺人演述，淋漓尽致地表现了鄂尔多斯

---

[1] Antoine Mostaert.: Textes Oraux Ordos, Printed in china by the Imprimerie des Lazaristes, Peiping,1960.

方言特征，以至于让读者能够想象到民间艺人用浓重的鄂尔多斯方言演述故事的场景。

　　以上学者的共同之处是他们均以他者眼光看待蒙古族民间文学，以蒙古族语言、历史、社会、民俗研究为目的进行记录整理。在很多学者那里，蒙古民间文学研究并不是其主要目的，为蒙古语言学等其他学科研究搜集口语资料才是他们的主要目的。例如，兰司铁利用其记录的民间文学口语资料，写就了国际阿尔泰学的奠基性著作《阿尔泰语言学导论》，符拉基米尔佐夫出版了《蒙古书面语与喀尔喀方言比较语法》，田清波的《鄂尔多斯口语文本》一书本身就是研究鄂尔多斯方言的著作等。他们的第二个共同之处是都熟练掌握了蒙古语，语言能力超强，经过长期的田野工作，对蒙古族民间文学传统也很熟悉。第三个共同之处是接受过多学科教育和学术训练。他们的第四个共同之处是当初不管出于何种需要和目的，但都殊途同归，均为蒙古族民间文学研究提供了忠实于艺人演述的科学资料。

　　这里所说的科学资料，是仅就蒙古民间文学文本层面说的，主要指较忠实地记录了艺人演述的文本。如果按今天民间文学科学资料本的要求衡量，大多数人的记录整理还有很大差距。比如说，他们中的很多人仅记录民间文学文本，却没有关于演述人、演述时间、演述地点、演述民俗的记录和说明。不仅如此，他们的记录整理文本看起来特别干净，语言流利，丝毫没有口头演述中不可避免的一些无意义的词语重复等等，也没有任何现场表演压力下出现的瑕疵，似乎在记录整理过程中已经过滤掉了。是不是这样，只有找到原始记录稿进行核对才能做出回答。

　　对于民间文学的搜集整理者，尤其是对那些记录母语之外其他语言的民间文学的记录整理者来说，语言能力是最基本的先决条件，它决定记录整理者能否胜任特定语言的民间文学的记录整理工作以及能够完成哪一类记录整理工作。如果没有记录整理特定语言民间文学的语言能力，即便满足其他各方面条件，也不可能完成用该语言记录整理的民间文学科学资料本和文学读本的工作，出自这种记录整理者之手的，只能是转述本。例如，边垣（边燮清，1904—1988）

编写的《洪古尔——蒙古民族故事》[1]即属此类。1950年由商务印书馆在上海出版的《洪古尔——蒙古民族故事》是中国《江格尔》第一个确知记录整理者的转述本。边垣的真名叫边燮清，1904年出生于原直隶省唐山县稻地镇边家庄（今河北省唐山市稻地镇边庄子村）。在北京汇文中学上小学、中学和高中。1924年至1928年在燕京大学学习，主修社会学。1928年至1929年在燕京大学社会学专业就读研究生，未修完研究生全部课程便离校。其间，他多次参加社会学田野调查，写过严谨规范的调查报告。1935年8月赴新疆工作，1936年4月赴蒙古族聚居的乌苏县（今乌苏市）任副县长兼独山子石油厂厂长。1937年10月被军阀盛世才逮捕入狱，1945年2月出狱。在狱中，大约从1939年起学习蒙古语，坚持了一年左右。也是在这一时期，他经常聆听同室狱友蒙古族人满金演述《洪古尔》。1942年起，凭记忆用汉文韵文体整理《洪古尔》，并在狱中完成。他在狱中还写了大量诗歌，后来自己整理成诗歌集《呻吟集》。1945年出狱。1949年后在上海电影制片厂工作，创作了一部电影剧本《阿山烽火》。[2]综合以上信息，可以确定以下几点。（1）他学习过蒙古语，但坚持时间不长，或许会一点蒙古语，掌握一点词汇，甚至有过最简单的日常会话能力，也了解一点蒙古族文化和习俗，但仅凭这些是无法独立翻译蒙古族史诗的，即没有记录整理《洪古尔》的语言条件。因此很有可能是满金用蒙古语演述一段《洪古尔》，然后又以汉语翻译给狱友听，久而久之边垣就记住了这部史诗的故事情节。在这种极端困难条件下边垣还是凭记忆准确地、不加删改地、以汉文韵文体结构完整地呈现了《洪古尔》。（2）边垣是从学者的身份认同上以学术的原则和规范记录转述《洪古尔》的。这一点在其坚持情节结构方面不加删改的原则，保留《江格尔》史诗传统的特点，以及对转述文本中涉及蒙古族历史文化的词语做民族志注释等做法中得到充分体现。（3）他在燕京大学的五年里所接受的社会学专业知识和多次参加社会学调查的严格的学术训练，一定程度

---

[1] 边垣：《洪古尔——蒙古民族故事》，上海：商务印书馆，1950。1957、1958年出版了修订版《洪古尔》。

[2] 斯钦巴图：《发现边垣——纪念〈洪古尔〉出版七十周年》，《民族文学研究》2020年第2期。

上弥补了他的短处，在语言能力不够、对卫拉特蒙古史诗传统并不熟悉等极其不利的条件下仍能准确地掌握史诗的情节结构和历史文化信息，完成高质量的转述本。（4）边垣自身的文学和诗歌创作才能，使他能够以汉文诗歌形式优美地叙述史诗故事。从这里我们能够看出语言能力对于民间文学搜集整理的决定性作用，也能看出记录整理者的学术水平、学术训练和其他支撑条件对记录整理者在身份认同上的作用。

（二）成长于传统中的记录整理者之身份认同

对于成长于传统中且熟悉传统的记录整理者来说，存在两种身份认同：一种是认同传统法则的艺人身份认同，另一种是认同学科理论规则的学者身份认同。

1.古旧手抄本佚名记录者的艺人身份认同

在18世纪末19世纪初外国学者记录整理蒙古民间文学之前，本民族知识分子已经开始记录整理蒙古民间文学。像《江格尔》史诗、《汗哈冉贵》史诗、《格斯尔》史诗的各种手抄本等留存至今的各种古代手抄本就是他们的记录整理成果。那些佚名氏记录整理的手抄本有几个共同特点：一是没有关于其记录年代、记录整理者、演述者的任何记录。二是在民间至今口头流传的有些故事或史诗，无论从题目到故事情节，与相应的手抄本故事或史诗基本吻合，说明它们都以口传形式流传到现在。三是与晚近口头演述的任何同名故事或史诗诗章相比，结构更加完整，语言更加优美，描绘格外细致，无论在故事情节还是其他方面，都堪称完美的作品。

留下那些民间文学手抄本的人肯定无一例外都是传统中成长并熟悉传统的人。他们可能以受众身份聆听某一个或多个民间艺人演述一个故事或一部史诗，出于对民间艺术的爱好，以其接受的样子将其记录下来，形成手抄本。或者也可能是有些文字能力的民间艺人把自己最喜爱的故事或史诗记录下来而形成。这种记录已经消除了艺人演述中的种种瑕疵，使之更加完美，反映了记录者并不追求绝对忠实于艺人演述，而是忠实于传统的规则。其主干情节至今在民间演述中未曾改变，其语言表达更加细腻丰满这个事实，就是他们遵循传统规则的有力证据。这种传统规则，就是民间艺人在学习和演述民间文学时普遍遵循的规则。从这里可以看出，历史上那些佚名记录整理者是认同传统规则的，认同传统规则就是认同艺人身份。他们甚至还可能把不同艺人演述的同一部故事或史诗的不同文本相互补充，形成这种成熟丰满的文本。这种做法不是没有先例。《格斯尔》史诗某些诗章的多种手抄本之间就有明显的相互补充的痕迹。

因古旧手抄本的佚名记录整理者遵循传统规则，保留故事情节主干而在叙述语言层面力求优美、细致、丰满，历来受到民间文学研究者的重视和青睐，当作弥足珍贵的学术资料来利用。然而，对于相同规则下产生的现当代同类记录整理实践和成果却持批判和否定态度，这是值得商榷的。

2. 现当代记录整理者的学者身份认同

中国蒙古族民间文学的记录整理工作是从20世纪50年代开始的，基本上是在当时国内关于民间文学搜集整理理论指导与规则下进行的。当时国内蒙古文学术刊物翻译发表周扬的《新民歌开拓了诗歌的新道路》[1]、刘金的《关于民间文学的搜集整理》[2]、光明日报社社论《民间文学工作者的任务》[3]等文章，蒙古族知识分子也开始探讨搜集整理民间文学原则方法，发表相关文章[4]。这些文章涉及的是我们熟知的"忠实记录""适当整理"与"一字不移"的争论和"全面搜集、重点整理、大力推广、加强研究"的"十六字方针"。虽然"一字不移"提法后来没有得到推广，但如何忠实记录，又如何适当整理，如何掌握适当整理的度等基本问题，始终未能形成具体而一致的意见，至今仍有许多模糊地带。这就为不同文化背景、教育背景和学术训练的记录整理者以不同方式记录整理留下了空间。

国内确知的最早用表音字符科学记录蒙古族民间文学的，是阿·太白、曹

1　周扬：《新民歌开拓了诗歌的新道路》，《蒙古历史语文》（蒙古文）1958年第8期。
2　刘金：《关于民间文学的搜集整理》，纳·阿萨拉图译，《蒙古历史语文》（蒙古文）1958年第9期。
3　光明日报社论：《民间文学工作者的任务》，《蒙古历史语文》（蒙古文）1958年10期。
4　例如巴·苏雅拉图：《民间文学的搜集整理必须走群众路线》，《蒙古语言文学历史》1960年第8期。

鲁蒙二人。1956年，他们用俄文字符记录了史诗艺人罗布桑演述的史诗《胡德尔阿尔泰汗》。[1] 用俄文字符记录是由他们的调查目的决定的。原来，他们参加了由中国科学院、中央民族学院、相关省和自治区有关部门人员组成的蒙古语族语言调查队。为调查队提供学术指导的是苏联专家、卡尔梅克人托达耶娃（X.Todaeva,1915−2014）。这就说明了他们是为搜集蒙古语语料的目的才记录了口头史诗，也因此是在苏联专家指导下用俄文字符记录的。其方式方法继承的是欧洲和俄罗斯学者以语言研究为目的记录整理蒙古民间文学的那种模式，无意中成了中国蒙古族史诗科学记录的第一个文本。阿·太白后来又从哥哥吉格米德口中记录整理了《骑银合马的朱拉阿拉达尔汗》[2] 史诗。

国内较早在科学理论指导下记录整理蒙古民间文学的是仁钦道尔吉。1956年−1960年，他在蒙古人民共和国国立乔巴山大学（今蒙古国国立大学）蒙古语文历史系学习，系统接受了苏联口头文学理论。留学归国后，开始了我国蒙古族英雄史诗的田野调查，多次深入呼伦贝尔巴尔虎蒙古地区，搜集记录巴尔虎英雄史诗23部（含异文），成为国内较早实践科学记录蒙古族口头文学资料的学者[3]。他没有对所记录的文本进行改动，韵文演述的，按韵文体记录，散文体演述的，没有试图改成韵文体。不完整演述的，没有试图补全。充分认识民间文学异文的独特价值，认真记录同一部史诗的不同演述文本，没有试图让它们互为补充，合成一个文本。这些都说明，他是从学术认同上记录整理蒙古民间文学的。他整理出版的许多学术资料，受到国内外同行的高度评价，尤其是他主编的四卷本《蒙古英雄史诗大系》，已经成为蒙古英雄史诗研究最为重要的学术资料。

---

1 仁钦道尔吉：《蒙古英雄史诗源流》，呼和浩特：内蒙古大学出版社，2001，第234页。书中对用俄文字符记录史诗的时间有两种说法，一说1956年，一说1957年，因1956年的语言调查工作于当年底结束，故此处取1956年说法。另，此前相关材料均写图白和曹鲁蒙，后经核实，图白即新疆蒙古族作家、学者阿·太白。

2 仁钦道尔吉等：《蒙古英雄史诗大系》(2)，北京：民族出版社，2007，第890−968页。

3 他记录的史诗文本原始记录稿现收藏于中国社会科学院民族文学研究所"中国少数民族文学影音图文档案库"。其中大多数已经出版发表。

但是，因国内接受过民间文学专业训练的学者偏少，按科学规范要求出版的蒙古族民间文学科学资料本数量不多。以新疆卫拉特蒙古史诗和故事的记录整理为例，除了仁钦道尔吉的成果，迄今仅有旦布尔加甫等整理的《萨丽和萨德格：乌苏蒙古故事》[1]、塔亚的《歌手冉皮勒的〈江格尔〉——新疆卫拉特蒙古英雄史诗》[2]、新疆维吾尔自治区民间文艺家协会搜集记录的《中国江格尔奇演唱精选本》[3]、旦布尔加甫的《汗哈冉贵——卫拉特英雄史诗文本及校注》[4]、孟开等主编的《巴音郭楞〈江格尔〉》[5]等。他们认同和遵守学术规范，出自他们之手的记录整理成果受到大家认可，没有争议，在此不展开讨论。

3.现当代记录整理者的艺人身份认同

民间文学古旧手抄本产生的时代，不存在民间文学这一学科，也没有艺人演述的史诗或故事一点都不能改动的要求，佚名记录者按传统规则记录整理民间文学文本是自然而然的。但是，这种认同传统规则的记录整理活动并未因现当代民间文学学科意识的觉醒而消失，而是被一部分人继承了下来，在一些领域一直持续到21世纪。

由于民间文学搜集整理规则不够普及，缺乏受过训练的记录整理者等原因，在现当代蒙古族民间文学的记录整理工作中起到中坚作用的，还是地方基层学者。他们受教育程度参差不齐，接受民间文学学术训练者甚少，但自幼成长在传统中，熟谙和认同传统法则，甚至是传统的艺人，因而，他们在记录整理民间文学时很容易站在艺人立场上看待问题、处理问题。其主要特征是，将不同

---

1 旦布尔加甫、乌兰托娅整理：《萨丽和萨德格：乌苏蒙古故事》（蒙古文），北京：民族出版社，1995。

2 塔亚：《歌手冉皮勒的〈江格尔〉——新疆卫拉特蒙古英雄史诗》（日文），《千叶大学欧亚学会特刊》1999年第1号。

3 新疆维吾尔自治区民间文艺家协会搜集、记录：《中国江格尔奇演唱精选本》（托忒蒙古文），乌鲁木齐：新疆科学技术出版社，2009。

4 旦布尔加甫：《汗哈冉贵——卫拉特英雄史诗文本及校注》（蒙古文），北京：民族出版社，2006。

5 孟开等总主编：《巴音郭楞〈江格尔〉》（蒙古文），呼伦贝尔：内蒙古文化出版社，2015。

艺人演述的同一个故事或史诗的多个文本，在不改变主干情节的前提下互为补充，形成较为丰满的文本。就这一点，越来越受到学术界的批评和质疑，说他们改变了艺人演述文本的本来面目，不属于学术资料，而是文学读本或改编本，否定了它们的资料价值。因此，需要深入分析和研究出自认同传统法则的记录整理者之手的记录整理文本，与传统的史诗演述文本之形成有没有本质区别的问题，以此来重新审视这些文本的价值。

我们以托·巴德玛及其卫拉特史诗记录整理实践为例。

托·巴德玛，1927年出生于新疆乌苏县（今乌苏市），先后在新疆日报社蒙古文编辑部、新疆蒙古师范学校、新疆人民出版社蒙古文编辑部等单位工作，1991年逝世。托·巴德玛生长在蒙古语卫拉特方言区，小时候经常听史诗艺人演述《江格尔》，久而久之自己也学会了演述《江格尔》，1978年以后演述《额尔古古南哈日》史诗和《江格尔》史诗6部诗章。[1]他是深谙卫拉特蒙古文化和英雄史诗传统的人，长期致力于新疆卫拉特蒙古民间文学的传承、记录、整理、出版和研究事业。1978年至1979年，他与内蒙古大学教授宝音和西格深入天山南北的卫拉特蒙古民间，从江格尔奇口中记录了《江格尔》诗章50余部。在此基础上整理出版了十五章本《江格尔》[2]。从1980年3月开始，作为新疆维吾尔自治区《江格尔》工作组组长，与副组长吐·贾木查一起带领组员奔赴新疆各地蒙古族聚居区，大规模搜集记录《江格尔》史诗，在此基础上整理出版七十章本《江格尔》。[3]正是他整理出版的十五章本《江格尔》1卷和七十章本《江格尔》3卷，以其展示中国《江格尔》的规模和基本面貌轰动国内外，受到学术界强烈关注，也引起很大的质疑。

---

[1] 欧其尔加甫·台文：《托·巴德玛手抄资料汇编》，北京：民族出版社，2018，第1—21页。
[2] 托·巴德玛、宝音克希格等搜集整理：《江格尔传》（托忒蒙古文），乌鲁木齐：新疆人民出版社，1979。
[3] 中国民间文艺家协会新疆分会整理：《江格尔（一）》（托忒蒙古文），乌鲁木齐：新疆人民出版社，1985；中国民间文艺家协会新疆分会整理：《江格尔（二）》（托忒蒙古文），乌鲁木齐：新疆人民出版社，1987；内蒙古古籍整理办公室、新疆民间文艺家协会编：《江格尔（三）》（蒙古文），赤峰：内蒙古科学技术出版社，1996。三卷本编委会主编均为托·巴德玛。

那他是怎么整理的？在托·武文十五章本的《出版说明》中明确写道："此书是第一次出版的不成熟的征求意见本。我们只是做了如下工作：对于多位江格尔奇演述的同一个诗章的不同异文，比较和取舍其不同部分而整理成一个文本，但尽量保留其语言特点。"[1] 的确，15 个诗章中有 10 个诗章是单个艺人演述的，5 个诗章是把两个或以上艺人演述的文本整理成一个文本，其中有 3 个诗章是把托·巴德玛自己演述的文本同其他艺人的演述文本进行互补，整理成一个文本。

这是一种记录整理模式，而且在国内国际产生了很大影响，于是在整理出版七十章本《江格尔》时沿用了这一模式。仅以其第一卷为例，30 个诗章中有 7 个诗章是多人演述的合成，其中 4 个由托·巴德玛整理，其他 3 个由阿·太白和吐·贾木查整理。30 个诗章中的 22 个诗章由托·巴德玛独立整理，1 个诗章由托·巴德玛与其他人合作整理，只有 7 个诗章由其他人整理。30 个诗章中有 3 个诗章是托·巴德玛把自己演述的文本同其他艺人的演述本进行互补合成的。

可见，托·巴德玛主导了七十章本《江格尔》的整理工作，并把十五章本《江格尔》的整理思路和模式贯穿其中。至于如何进行合成，因笔者尚未掌握其原始资料而无从知晓。所幸的是，笔者掌握了同一时期托·巴德玛合成整理《那仁汗克布恩》[2] 史诗时主要利用的额仁策演述的原始录音带，加之《那仁汗克布恩》史诗的其他 4 种异文已在国内外出版发表，这样可通过比较一探托·巴德玛在合成不同艺人演述的史诗文本时的一些基本做法。

录音带的来源是这样的：1978 年，仁钦道尔吉、道尼日布扎木苏二人采录了新疆和静县史诗艺人额仁策演述的史诗《那仁汗克布恩》。经过誊写整理，1981 年将其编入史诗集《那仁汗传》一书[3]。该文本共 1962 诗行。当时，他们"将原始录音复制一份留给新疆人民广播电台蒙编部。托·巴德玛等人把额仁策的演唱与道尔加拉的演唱二者编在一起"，于 1981 年出版了有 2800 余诗行的单

1　托·巴德玛、宝音克希格等搜集整理：《江格尔传》，乌鲁木齐：新疆人民出版社，1980，第 3 页。
2　《那仁汗克布恩》（托武蒙古文），乌鲁木齐：新疆人民出版社，1981。该书史诗文本后面注有和静县巴音布鲁克区额仁策、道尔加拉演述，托·巴德玛、库·道尔巴整理字样。
3　仁钦道尔吉、道尼日布扎木苏：《那仁汗传》，北京：民族出版社，1981，第 100－159 页。

行本《那仁汗克布恩》[1]。2022年，仁钦道尔吉又将自己珍藏的该录音带赠送给笔者。

在故事层面上，笔者曾在《蒙古史诗：从程式到隐喻》一书里把托·巴德玛整理的《那仁汗克布恩》史诗文本同国内外记录整理的其他4个异文在主题和故事情节方面进行过比较[2]，分别是仁钦道尔吉等记录整理的《那仁汗传》、蒙古国乔苏荣演述的《那仁汗克布恩》[3]、我国新疆科舍演述的《八岁的那仁汗勇士》[4]、劳瑞演述的《英雄那仁汗克布恩》[5]。经比较，5个文本在英雄、收养、集会、敌人、战斗、增援、决裂、书信、邂逅、结义、婚姻、重归等11个主题上相当一致。这次同额仁策演述的原始录音带进行核对，发现额仁策演述中确实没有收养主题，但托·巴德玛等整理的《那仁汗克布恩》中有，可确定用道尔加拉演述本进行了补充。这样，额仁策演述文本中因缺收养主题而产生的天女之子伊尔盖何以成为那仁汗克布恩的弟弟的过程得到解释，同时没有改变史诗的主干情节。科舍、乔苏荣、劳瑞演述本开头都有叙述那仁汗克布恩的妻子在外面发现婴儿期的伊尔盖，并收养的情节，说明托·巴德玛等整理时用道尔加拉文本补充这个主题，有传统上的合理性。这符合蒙古史诗传统不能改变史诗主干情节的要求，同时也说明具有演述史诗才能和经验的托·巴德玛在这里认同传统法则并进行了整理。

把主干情节上基本一致的多个文本相互补充、合并成一个文本，和把主干情节上不同的几个文本拼凑成一个文本，是不同性质的问题。前一种做法的结果，是得到该史诗的一个新异文，而后一种做法的结果，是拼凑出主干情节上有所不同的一个变体，甚至是新的史诗。从艺人演述的角度说，传统认可前者，而排斥后者。可见，托·巴德玛忠实于史诗的主干情节，遵循的不仅是民间文学

---

1 仁钦道尔吉：《蒙古英雄史诗源流》，呼和浩特：内蒙古大学出版社，2001，第274页。
2 斯钦巴图：《蒙古史诗：从程式到隐喻》，北京：民族出版社，2006，第142—149页。
3 仁钦道尔吉主编：《蒙古英雄史诗大系》卷一，北京：民族出版社，2007，第1113—1180页。
4 巴·旦布尔加甫：《卫拉特英雄史诗》，乌兰巴托：T&U出版公司，1997，第56—111页。
5 同上书，第113—134页。

记录整理的一般原则，而且还有蒙古族史诗传统关于史诗传承的固有规则，是他站在艺人身份认同上整理史诗文本的突出表现。

在场景的描绘及其顺序上，托·巴德玛等记录整理本与额仁策演述录音之间有较大的差别，其叙述顺序如下（表1）。

表1　场景描绘差异

原始录音叙述顺序	托·巴德玛等整理本叙述顺序
开场白	开场白
那仁汗克布恩的家乡，住所位置	那仁汗克布恩的家乡，住所位置
那仁汗克布恩的弟弟伊尔盖	那仁汗克布恩
那仁汗克布恩	那仁汗克布恩居住的蒙古包
那仁汗克布恩的坐骑	那仁汗克布恩的妻子、耳坠
那仁汗克布恩居住的蒙古包	那仁汗克布恩的坐骑
那仁汗克布恩的妻子、耳坠	那仁汗克布恩的马鞍
那仁汗克布恩举行盛宴	那仁汗克布恩的马鞭
盛宴中敌人来犯	那仁汗克布恩的弓箭
	那仁汗克布恩的利剑
	那仁汗克布恩举行盛宴
	那仁汗克布恩妻子在野外发现幼小伊尔盖并收养
	盛宴中敌人来犯

传统上，英雄主题按英雄、家乡、坐骑、宫殿、妻子的顺序叙述。显然，额仁策演述本介绍英雄那仁汗克布恩之前先介绍其弟弟，不符合传统的叙述习惯，可认定为艺人演述的一个小瑕疵。同时，由于不交代那仁汗克布恩收养幼小伊尔盖的事情，无法展开史诗后半段故事，所以到史诗中间部分，额仁策以倒叙的方式叙述了那仁汗克布恩收养幼小伊尔盖的情节，纠正了前面叙述的缺漏，理顺了故事情节逻辑。因此，托·巴德玛等用道尔加拉演述本加入了那仁汗

克布恩的妻子发现婴儿期的伊尔盖并收养的情节，并在开头的英雄主题中去掉了对于伊尔盖的叙述。这个收养主题在乔苏荣演述本和劳瑞演述本中都有。因此，托·巴德玛用道尔加拉演述本补充这个主题，不仅更符合传统，描绘上也变得更加丰满。在保留额仁策演述本中对英雄家乡、英雄及其住所、妻子、坐骑的描绘外，还用道尔加拉演述本增加了马鞍、弓箭、利剑的描述。

我们前面已经介绍过托·巴德玛是有史诗演述能力和经验的艺人。有人还称他为知识分子江格尔奇[1]，艺人在学习和演述史诗时通常会向其他艺人学习，包括学习新的史诗或故事，也学习他们的优美的史诗语言，把习得的内容融入自己的演述中。因此，托·巴德玛在整理两个或两个以上艺人演述的基本情节相同的史诗文本时，采取相互补充、合并成一个文本，其实是遵循了艺人学习和演述史诗的传统做法。因此，在这方面，托·巴德玛还是表现出他更加认同艺人身份，按照传统观念进行整理的特点。

在场景的描绘上，托·巴德玛整理本与原始录音存在差异，主要是由把不同艺人演述本相互补充而形成的。我们以原始录音中关于那仁汗克布恩的妻子的描绘为例，看看这种差异（表2）。

表2　那仁汗克布恩妻子描绘差异

原始录音	托·巴德玛等整理本
那仁汗克布恩迎娶的妻子 您要问她长什么样 在这边脸蛋的光芒下 这边河里的鱼儿 被照得清晰可见 在那边脸蛋的光照下 那边河里的鱼儿 被照得清晰可数	要问那仁汗克布恩 命中注定的妻子 是哪般人 她是下赡部洲的 龙王的女儿 名叫乌仁高娃哈敦 要问这位哈敦 美丽的长相

---

[1] 中国民间文学艺术研究会新疆分会整理：《江格尔》（1），乌鲁木齐：新疆人民出版社，1986，第17页。"江格尔奇"专指演唱江格尔的民间艺人。

续表

原始录音	托·巴德玛等整理本
借她玉体的亮光可以穿针引线	她佩戴着
她身体发出的光芒使人耀眼	用无瑕的黄金
她是龙王的女儿	锻造而成
名叫娜宝格日勒	用洁白的珍珠
娜宝格日勒哈敦	镶嵌而成
佩戴的耳坠	随着美人轻盈的步伐
您要问它什么样	顺着脸颊、脖颈、肩膀
人们都说	轻轻摇摆的
那是用无瑕的黄金	驼掌大小的耳坠
锻造而成	在右边脸蛋的光亮下
用洁白的珍珠	右边河里的鱼儿
镶嵌而成	被照得清晰可见
随着美人轻盈的步伐	在左边脸蛋的光照下
顺着脸颊、脖颈、肩膀	左边河里的鱼儿
轻轻摇摆的	被照得清晰可数
驼掌大小的	她玉体的亮光下可以穿针引线
美丽的耳坠。	她身体发出的光芒使人耀眼

　　额仁策演述的时候把娜宝格日勒和她佩戴的耳坠作为两个描绘单位分别进行叙述，符合传统套路，没有不妥之处。但托·巴德玛等整理本把关于耳坠的描绘作为定语句并入关于娜宝格日勒的描绘当中，同时以道尔加拉演述本中的有关诗句进行补充，使史诗语言更加优美。这是他以艺人的做法把不同艺人的长处相互补充而整理的又一例证。

　　在词语层面上，原始录音中描绘蒙古包的诗句混乱且不十分清楚，艺人自己在演述中也停下来说"失误了"，其中有这么几句：前面的顶盖／用母象牙／雕刻而成／用母象牙制作／蒙古包的乌尼和哈那。在接下来的演述中艺人自己也没有更正自己的失误，把更正的事情完全托付给了他的观众。演述者最主要的失误是他在现场表演压力下把"蒙古包的顶盖"说成是"用母象牙制作的"。乌尼是撑起蒙古包圆顶的长木杆，哈那是用柳条制成的网格状墙体。乌尼上的覆盖物用毛毡或兽皮制作，而不能用象牙制作，叫作顶盖，覆盖在哈那上的毛毡叫围毡。现场观众如果熟悉传统，就很容易知道艺人犯的错误，也能够在心里用正确的方式去纠正。这就是现场修正默契。在熟谙卫拉特史诗传统并有史诗演述才能和经验的托·巴德玛那里，顺着传统思路进行纠错本就是一件得心应手的事，更别说他手里还有其他人的演述本可以参考。艺人叙述到前面的顶盖，但说错了制作顶盖的材料。于是，他顺着艺人的思路，立刻想到了卫拉特史诗传统中描绘蒙古包顶盖的诗句，进而把整个描绘修复成"把鹿皮精心加工／用鹿皮覆盖了／前面的乌尼。／把母象牙精心加工／用母象牙／制成前面的哈那。／把梅花鹿皮精心加工／用梅花鹿皮覆盖了／后面的乌尼。／把猛犸象牙精心加工／用猛犸象牙制作了／乌尼和哈那"这样优美的诗。在这里，托·巴德玛熟悉传统的艺人才能起到了重要作用。

通过以上分析，笔者非常赞同德国著名蒙古学家、史诗学家 W. 海希西的观点。他没有像我们有些学者那样没有具体分析就急着下结论，在经过认真的比较分析后他写道："《那仁汗传》[1]和《那仁汗克布恩》[2]在内容方面极为一致，然而语言的变化以及有时出现的情节顺序的变更表明了口头传统变化万千的即兴表演特点，同一歌手的每次演唱也会发挥出此类变化多端的即兴表演，大概只有微不足道的部分才能算在进行加工的编辑身上。"[3]显然，他肯定了托·巴德玛等整理的《那仁汗克布恩》完全符合蒙古英雄史诗传统法则的事实。

至此，我们对出自认同传统法则的、站在艺人身份认同上记录整理的、以前用"文学读本""混编本""改编本"等术语表示的这一文本做一个属性判断：它既不是额仁策演述本，也不是道尔加拉演述本，且不是什么"文学读本""混编本""改编本"，而是在传统中以传统法则产生的《那仁汗克布恩》史诗新的异文。

如果这一结论成立，那么类似的十五章本《江格尔》、七十章本《江格尔》

---

1 指仁钦道尔吉等整理出版的、忠实于额仁策演述的科学资料，见于仁钦道尔吉、道尼日布扎木苏：《那仁汗传》，北京：民族出版社，1981，第100－159页。
2 指本文分析的托·巴德玛等整理文本。
3 转引自斯钦巴图：《蒙古史诗：从程式到隐喻》，北京：民族出版社，2006，第105页。

以及其他此类整理本的属性和价值判断就该重新讨论。具体着手整理七十章本《江格尔》的人里，像阿·太白、沙海、吐·贾木查、巴·尼木加甫等，均为传统中成长，熟悉传统，认同传统的人。如前所述，阿·太白早在20世纪50年代就开始记录整理卫拉特英雄史诗，而且他本身也是作家和诗人。像沙海、巴·尼木加甫等也都是有着诗歌创作才华的人。出自这类人之手的记录整理本是否也可算在传统中以传统法则产生的新的异文？这需要进一步具体分析和研究。

当然，笔者并不赞同民间文学记录整理中把不同艺人演述的同一个故事或同一部史诗的不同文本以这样的方式整理，更不是在鼓励这种做法。科学记录整理仍然是我们的追求。只是因为，在我们数百年民间文学记录整理历史中产生的此类文本，其数量十分庞大，其价值也弥足珍贵，在我们民间文学研究中足够重要，不能没有具体分析就将这类文本及其科学价值全部否定。这关系到如何评价迄今记录整理的大量民间文学资料，如何对待这宗非物质文化遗产的问题，因而显得格外重要。

附录 2

史诗《阿努莫尔根阿布盖》曲谱

演 唱 者：索　克

演唱时间：2005 年 11 月 26 日

搜集记录：斯钦巴图

记　　谱：阿维雅斯

附录2　史诗《阿努莫尔根阿布盖》曲谱

273

附录2 史诗《阿努莫尔根阿布盖》曲谱

附录2 史诗《阿努莫尔根阿布盖》曲谱

附录2 史诗《阿努莫尔根阿布盖》曲谱

279

附录 2 史诗《阿努莫尔根阿布盖》曲谱

281

附录2　史诗《阿努莫尔根阿布盖》曲谱

283

附录2 史诗《阿努莫尔根阿布盖》曲谱

附录2 史诗《阿努莫尔根阿布盖》曲谱

289

附录2 史诗《阿努莫尔根阿布盖》曲谱

291

附录2 史诗《阿努莫尔根阿布盖》曲谱

附录 2 史诗《阿努莫尔根阿布盖》曲谱

附录2 史诗《阿努莫尔根阿布盖》曲谱

297

附录2 史诗《阿努莫尔根阿布盖》曲谱

299

青海蒙古史诗研究

附录 2 史诗《阿努莫尔根阿布盖》曲谱

301

附录2 史诗《阿努莫尔根阿布盖》曲谱

附录2　史诗《阿努莫尔根阿布盖》曲谱

附录2 史诗《阿努莫尔根阿布盖》曲谱

307

参考文献

一、理论论著

［1］［蒙古］乌·扎格德苏荣编，罗布桑旺丹审：《蒙古英雄史诗原理》，新蒙古文，乌兰巴托：科学院出版社，1966年。

［2］满都呼：《蒙古民间文学简论》，蒙古文，呼和浩特：内蒙古教育出版社，1981年。

［3］［蒙古］策·达木丁苏伦、达·岑都编：《蒙古文学概要》，蒙古文，呼和浩特：内蒙古人民出版社，1982年。

［4］仁钦道尔吉：《蒙古民间文学论文集》，蒙古文，北京：民族出版社，1986年。

［5］［蒙古］达·策仁索德纳木：《蒙古文学》，蒙古文，北京：民族出版社，1989年。

［6］仁钦道尔吉：《中国少数民族英雄史诗〈江格尔〉》，杭州：浙江教育出版社，1990年第1版，1995年修订版。

［7］巴·布林贝赫：《蒙古诗歌美学论纲》，蒙古文，呼和浩特：内蒙古人民出版社，1990年。

［8］［俄］谢·尤·涅克留多夫：《蒙古人民的英雄史诗》，呼和浩特：内蒙古大学出版社，1991年。

［9］［蒙古］沙·嘎丹巴、哈·桑皮勒登德布、策伦索德那木编：《蒙古民间文学》，蒙古文，通辽：内蒙古少年儿童出版社，1991年。

［10］满都呼:《民间文学理论》，蒙古文，沈阳：辽宁民族出版社，1992年。

［11］扎格尔:《江格尔史诗研究》，蒙古文，呼和浩特：内蒙古教育出版社，1993年。

［12］巴·布林贝赫:《蒙古英雄史诗的诗学》，蒙古文，呼和浩特：内蒙古教育出版社，1997年。

［13］仁钦道尔吉:《江格尔论》，呼和浩特：内蒙古大学出版社，1999年。

［14］斯钦巴图:《江格尔与蒙古族宗教文化》，呼和浩特：内蒙古大学出版社，1999年。

［15］［美］约翰·迈尔斯·弗里著，朝戈金译:《口头诗学：帕里－洛德理论》，北京：社会科学文献出版社，2000年。

［16］朝戈金:《口传史诗诗学：冉皮勒〈江格尔〉程式句法研究》，南宁：广西人民出版社，2000年。

［17］［蒙古］达·策仁苏德纳木:《蒙古佛教文学》，蒙古文，呼和浩特：内蒙古人民出版社，2001年。

［18］仁钦道尔吉:《蒙古英雄史诗源流》，呼和浩特：内蒙古大学出版社，2001年。

［19］［日］藤井麻湖:『伝統の喪失と構造分析の行方:モンゴル英雄叙事詩の隠された主人公』，東京：日本エディタースクール出版部，2001年。

［20］萨仁格日勒:《蒙古史诗生成论》，北京：中央民族大学出版社，2001年。

［21］陈岗龙:《锡林嘎拉珠巴图尔——比较研究与文本汇编》，蒙古文，呼和浩特：内蒙古人民出版社，2001年。

［22］全国《格萨（斯）尔》工作领导小组办公室主编:《格萨尔研究集刊》第五辑，北京：民族出版社，2001年。

［23］道·照日格图:《〈汗青格勒〉史诗研究》，蒙古文，呼和浩特：内蒙古人民出版社，2001年。

［24］乌·新巴雅尔:《蒙古〈格斯尔〉探究》，呼和浩特：内蒙古教育出版社，2002年。

［25］满都呼:《民间文学理论》，蒙古文，沈阳：辽宁民族出版社，2003年。

［26］陈岗龙:《蟒古思故事论》，北京：北京师范大学出版社，2003年。

［27］中国社会科学院民族文学研究所编：《〈格斯尔〉论集》，蒙古文，呼和浩特：内蒙古人民出版社，2003年。

［28］［美］阿尔伯特·贝茨·洛德著，尹虎彬译：《故事的歌手》，北京：中华书局，2004年。

［29］才布西格：《美尔根特门传说研究》，蒙古文，呼和浩特：内蒙古人民出版社，2004年。

［30］［法］石泰安著，耿昇译：《西藏史诗和说唱艺人》，北京：中国藏学出版社，2005年。

［31］巴雅尔图：《〈格斯尔〉研究》，呼和浩特：内蒙古教育出版社，2006年。

［32］玛·乌尼乌兰编著：《〈格斯尔传〉西蒙古变异本研究》，蒙古文，北京：民族出版社，2006年。

［33］旦布尔加甫：《卫拉特英雄故事研究》，蒙古文，北京：民族出版社，2006年。

［34］斯钦巴图：《蒙古史诗：从程式到隐喻》，北京：民族出版社，2006年。

［35］［俄］E.M.梅列金斯基著，王亚民、张淑明、刘玉琴译，赵秋长校：《英雄史诗的起源》，北京：商务印书馆，2007年。

［36］［美］理查德·鲍曼著，杨利慧、安德明译：《作为表演的口头艺术》，桂林：广西师范大学出版社，2008年。

［37］斯钦巴图：《图瓦〈格斯尔〉：蒙译注释与比较研究》，蒙古文，北京：民族出版社，2008年。

二、历史文献

［1］额尔登泰、乌云达赉校勘：《〈蒙古秘史〉校勘本》，呼和浩特：内蒙古人民出版社，1981年。

［2］罗桑丹津著，乔吉校注：《黄金史》，蒙古文，呼和浩特：内蒙古人民出版社，1983年。

［3］乌力吉图校勘、注释：《大黄册》，蒙古文，北京：民族出版社，1983年。

[4] 金巴道尔吉著,留金锁校注:《水晶鉴》,蒙古文,北京:民族出版社,1984年。

[5] 巴·巴根校注:《阿萨拉克齐史》,蒙古文,北京:民族出版社,1984年。

[6] 佚名著,朱风、贾敬颜译:《汉译蒙古黄金史纲》,呼和浩特:内蒙古人民出版社,1985年。

[7] 拉喜彭斯克著、胡和温都尔校注:《水晶珠》,蒙古文,呼和浩特:内蒙古人民出版社,1985年。

[8] 巴岱、金峰、额尔德尼整理注释:《卫拉特历史文献》,蒙古文,海拉尔:1985年。

[9] 萨冈彻辰著,呼和温都尔校注:《蒙古源流》,蒙古文,北京:民族出版社,1987年。

[10] 答里麻著,乔吉校注:《金轮千辐》,蒙古文,呼和浩特:内蒙古人民出版社,1987年。

[11] 阿·阿穆尔:《蒙古简史》,新蒙古文,乌兰巴托:科学院出版社,1989年。

[12] 宝力高校注:《蒙古黄金史纲》,蒙古文,呼和浩特:内蒙古教育出版社,1989年。

三、学术资料

[1] 甘珠尔扎布编:《英雄古那干》,呼和浩特:内蒙古人民出版社,1956年。

[2] [蒙古]特木尔其林整理:《汗哈冉贵传》,蒙古文,呼和浩特:内蒙古人民出版社,1962年。

[3] [苏]D.S.库拉尔整理注释:《阿齐图-克孜尔-箴尔根》,图瓦文,克孜勒:图瓦文出版社,1963年。

[4] [蒙古]哲·曹劳、乌·扎格德苏伦编:《西蒙古英雄史诗》,新蒙古文,乌兰巴托:科学院出版社,1966年。

[5] 仁钦道尔吉搜集整理:《英雄希林嘎拉珠》,蒙古文,哈尔滨:黑龙江人

民出版社，1978年。

[6]［蒙古］策·达木丁苏伦编：《蒙古文学范例一百篇》，蒙古文，呼和浩特：内蒙古人民出版社，1979年。

[7] 佚名氏：《祖乐阿拉达尔罕传（蒙古族英雄史诗）》，托忒蒙古文，乌鲁木齐：新疆人民出版社，1981年。

[8] 托·巴德玛、道尔巴：《那仁汗克布恩》，托忒蒙古文，乌鲁木齐：新疆人民出版社，1981年。

[9] 仁钦道尔吉、道尼日布扎木苏搜集整理：《那仁汗传》，蒙古文，北京：民族出版社，1981年。

[10] 王沂暖、华甲翻译：《格萨尔王传（贵德分章本）》，兰州：甘肃人民出版社，1981年。

[11]［蒙古］哲·曹劳：《蒙古民间英雄史诗》，乌兰巴托：国家出版社，1982年。

[12] 精米德口述，阿·太白整理，巴达玛扎布转写，贾木查注释：《祖乐阿拉达尔罕传》，蒙古文，北京：民族出版社，1982年。

[13]［蒙古］Ш.嘎丹巴、Д.策仁索德那木编著：《蒙古民间文学精华集》，蒙古文，呼和浩特：内蒙古人民出版社，1984年。

[14] 道荣尕、特·乌日根等整理：《阿拉坦舒胡尔图汗》，蒙古文，北京：民族出版社，1984年。

[15] 拉喜、道布钦整理：《肃北蒙古民间故事》，蒙古文，海拉尔：内蒙古文化出版社，1984年。

[16] 都吉雅、高娃整理：《蒙古族民间童话故事》，蒙古文，北京：民族出版社，1984年。

[17] 内蒙古社会科学院文学研究所、内蒙古《格斯尔》工作领导小组办公室编：《格斯尔传——青海〈格斯尔〉传说》，内部资料，呼和浩特，1984年。

[18] 内蒙古社会科学院文学研究所、内蒙古自治区《格斯尔》工作领导小组办公室编：《格斯尔传——青海〈格斯尔传〉四章》，蒙古文，内部资料，呼和浩特，1984年。

[19] 内蒙古社会科学院文学研究所、内蒙古自治区《格斯尔》工作领导小组办公室编：《青海〈格斯尔传〉(二)》，内部资料，呼和浩特，1986年。

[20] 齐·布仁巴雅尔主编：《德德蒙古民间文学精华集》(上中下)，蒙古文，内部资料，1986年。

[21] 才布西格、萨仁格日勒搜集整理：《德德蒙古民间故事》，蒙古文，北京：民族出版社，1986年。

[22] 郝苏民搜集整理：《卫拉特蒙古民间故事》，蒙古文，呼和浩特：内蒙古人民出版社，1986年。

[23] 格日勒玛等整理：《卫拉特蒙古史诗选》，蒙古文，北京：民族出版社，1987年。

[24] 扎·仁钦道尔吉、丹布尔加甫搜集整理：《吉如嘎岱莫尔根——伊犁·塔城蒙古民间故事》，蒙古文，海拉尔：内蒙古文化出版社，1988年。

[25] 色楞演唱，瓦尔特·海西希、佛罗尼卡·法依特、尼玛搜集整理：《阿拉坦嘎拉巴汗》，蒙古文，海拉尔：内蒙古文化出版社，1988年。

[26] 纳·才仁巴力搜集整理：《英雄黑旋风》，蒙古文，海拉尔：内蒙古文化出版社，1990年。

[27] 巴雅尔整理：《鄂尔多斯民间故事》，蒙古文，呼和浩特：内蒙古人民出版社，1990年。

[28] 新疆蒙古族民间文学丛刊《汗腾格里》1992年第2期（总第46期），蒙古文。

[29] 旦布尔加甫、乌兰托娅搜集整理：《萨丽和萨德格：乌苏蒙古故事》，蒙古文，北京：民族出版社，1996年。

[30] 旦布尔加甫：《卫拉特英雄史诗》，新蒙古文，乌兰巴托：T&U 出版公司，1997年。

[31] 旦布尔加甫：《阿拉图杰莫尔根：伊犁地区蒙古民间故事》，蒙古文，乌鲁木齐：新疆人民出版社，1998年。

[32] 斯·窦步青搜集整理：《肃北蒙古族英雄史诗》，蒙古文，北京：民族出版社，1998年。

[33] 金巴扎木苏演唱，道荣尕整理：《宝格德格斯尔汗传》，蒙古文，呼和浩

特：内蒙古人民出版社，2000年。

［34］全国《格萨（斯）尔》工作领导小组办公室编：《格萨尔研究集刊》，第五辑，北京：民族出版社，2001年。

［35］跃进主编：《青海蒙古族格斯尔传说》，蒙古文，海拉尔：内蒙古文化出版社，2003年。

［36］仁钦道尔吉主编：《蒙古英雄史诗大系》，1—4卷，北京：民族出版社，2007—2009年。

［37］跃进主编：《青海蒙古族民间口头文学集锦》，蒙古文，呼和浩特：内蒙古教育出版社，2008年。

［38］策·那日玛、图·呼日勒巴特尔、关布苏荣、阿·斯钦巴特尔主编：《内蒙古民间故事全书·苏尼特右旗卷》，蒙古文，呼和浩特：内蒙古人民出版社，2008年。

［39］［蒙古］查·娜仁托娅：《蒙古国蒙古文手抄本目录》（新蒙古文）第88页，乌兰巴托：BEMBI SAN 出版社，2008年。

四、辞书

［1］任继愈主编：《宗教辞典》，上海：上海辞书出版社，1981年。

［2］白依斯哈力、策仁敦德布编：《蒙古语青海方言辞典》，蒙古文，呼和浩特：内蒙古大学出版社，1998年。

后　记

　　2007年起，我承担了中国社会科学院重点课题"青海蒙古史诗研究"，2009年底完成并结项，其最终成果就是本书初稿。初稿完成后本想把资料搜集和撰写成果过程中发现的一些有学术和理论价值的部分好好修改再出版，没想到后续越来越多地发现《格斯尔》史诗以及其他蒙古族口头传统与佛经文学关系的新线索和新资料，并被深深吸引，不能自拔，于2012年成功申请到国家社科基金课题"蒙古族佛经文学口头传统研究"。作为阶段性成果，发表了一系列论文，还出版了两部民间文学资料集。该课题最终成果分两大部分，一是《格斯尔》与佛传故事关系专论，二是蒙古族佛经故事口头传统专论。课题结项后，把这两大部分分别修改并加以扩充，形成《蒙古族佛经故事口头传统研究》和《〈格斯尔〉与佛传故事》两部专著，于2020年在乌兰巴托出版。从那以后直到去年，工作变得特别繁忙，就更加不能腾出时间修改本书初稿。因而本书初稿完成到现在，不知不觉过了15年之久。

　　当去年底重新拿起初稿修改的时候，因时间间隔太久，现在的资料和想法与当初早已大相径庭，要想改，几乎要写一部新的著作，时间精力并不允许，加之初稿在学界已有引用，于是最终放弃大的修改计划，决定保留当初的主要创新内容，仅做部分章节的调整增减以及文字修改工作。

　　本书初稿除绪论一共8章。本次修改，在绪论部分把青海蒙古史诗的搜集、出版、研究述评部分从原来的2万多字压缩到现在的几千字。把初稿第一章"青海蒙古史诗艺人及演唱传统"、第五章"索克演唱的其他史诗"全部删掉，第八章"青海蒙古史诗的记录整理经验——记录整理者的角色、功能与创造"因内容与本书研究主题不符，从正文中拿掉，将在此章基础上写的题为《论民间文学记录整理者的身份流动及身份认同》（发表在《中国非物质文化遗产》2023年第6期）一文作为附录替代原来的第八章。因交代《格斯尔》与佛经故事关系史的需要，在论述"青海蒙古《格斯尔》与佛经故事"关系的第四章增加了"北京木刻版《格斯尔》与佛经故事"一节。

  在此书出版之际，我要特别向为我的田野调查提供无私帮助的青海海西蒙古族藏族自治州民族文化活动中心跃进研究员表示衷心的感谢！最后向学苑出版社陈佳女士以及为本书出版付出辛勤劳动的其他同志表示由衷的谢忱！

斯钦巴图

2024年4月24日